西域余聞

saiiki-yobun

陳舜臣

shunshin
chin

新篇

西域シルクロード物語
《随筆集》

たちばな出版

新篇　西域シルクロード物語〈随筆集〉

西域余聞

シルクロード旅ノート

目次

西域余聞

汗血馬　8
葡萄　24
石榴　34
求法僧　44
唐招提寺　68
西の詩人　99
胡姫　117

夜光杯――139
玉の道――154
紙の道――164
楽　器――219
マルコ・ポーロ前後――231

シルクロード旅ノート

1　ふたたび駱駝の銅像を――254
2　羊、このよきもの――265

3　歌舞の地　275
4　人の世というバザールは　285
5　呼びかける塔　295
6　絹の道の絹　304
7　水こそ命　314
8　絨毯ものがたり　324
9　チャドルとターバン　334
10　穹廬の人、土室の人　345
11　シルクロードの宝石　357
12　くだものの歌　370

13 酒の讃歌 383
14 シルクロードの壁画美術館 396
15 名山、伝説、色々の山 408
16 シルクロードの歌ごえ 420
17 旅人たち 434

装丁 川上成夫

西域余聞

汗血馬《かんけつば》

——善馬多く、馬、血を汗にす。其の先は天馬の子なり。……

と、『史記《しき》』の大宛《だいえん》伝にある。

大宛とは中央アジアのフェルガナ地方のことで、ウズベキスタンに属している。

大宛の名馬は血の汗を流すということから、「汗血馬」と呼ばれた。『史記』にもあるように、汗血馬の先祖は天馬の子であったといわれているので、別に「天馬子」という呼び方もある。

では、汗血馬の遠祖である天馬とはなにであろうか？　現在の私たちは、天馬ということばを耳にすると、すぐにギリシャ神話のペガソスを連想する。

英雄ペルセウスが怪物を退治したとき、その切口からこのペガソスとクリュサオルがとび出した。もともと電光をつかさどるものであったらしいが、いつのまにか英雄ベレ･ロフォンの乗馬になるという話がつくられた。

天馬ペガソスは、ペイレネの泉で水を飲んでいたときに、ベレロフォンにつかまり、彼の怪物退治につき合うのだが、のちに天へのぼるとき、乗っていた英雄をふりおとしてしまうのである。

馬に翼をつける着想は、けっしてとほうもないものではない。脚のはやい馬が「まるで翼をもっているかのように」「飛ぶが如くに」と形容されるのは、むしろしぜんではあるまいか。

一九七四年、私は中国西安《せいあん》市郊外の乾県《けん》を訪れた。西安市は唐《とう》のころの国都長安《ちょうあん》であり、乾県には唐の高宗《こうそう》（六二八—六八三）とその妻の則天武后《そくてんぶこう》（六二四—七〇五）とが合葬されている乾陵《けんりょう》がある。周囲に皇族や功臣の陪塚があり、日本にもそのすばらしい壁画が紹介された永泰公主《えいたいこうしゅ》や章《しょう》懐太子《かいたいし》の墓もその一つである。

乾陵は大唐の黄金時代の最高権力者の陵墓であり、そのスケールはきわめて大きい。自然の山を陵墓としたもので、これまで盗掘をうけた形跡はないという。これが発掘された暁には、たいへんなものが出土するであろうと、いまからたのしみである。

中国には陵墓の参道に石人や石獣をならべる風習があった。乾陵の参道にもそれがならんでいる。北京《ペキン》近郊の明《みん》の十三陵《じゅうさんりょう》は、最も古いものでも、せいぜい今から五百余年前のものにすぎない。「地下宮殿」と呼ばれて、観光客がよく見学する定陵《ていりょう》などは三百数十年前のものである。それにくらべると、唐の乾陵は造営されてから、すでに千三百年に近い。立ちならぶ石人石獣も、歳月を経てずいぶんいたんでいるが、私はそのなかに、まぎれもないペガソス像を発見したのである。

「翼をもった天馬像は、世界でこれが最東端のものといわれています」

と、その地の文物関係の人は説明した。

ギリシャ神話のペガソスが、西方世界の産物であるのはいうまでもない。しかし、翼をもった天馬は、そこにじっととどまっていないのである。東へ東へと伝えられ、七世紀の唐の時代に、長安でその石像がつくられたのだ。これより東には、もはやペガソスふうの像はないという。

シルクロードと呼ばれる東西文明交流のルートは、その東の終点はやはり長安であったことを、乾陵の天馬像は物語っている。

いったい誰がこの天馬像をつくったのであろうか？

唐の長安は国際都市であったといわれている。胡《こ》人も多かった。胡人とはおもにイラン系の人を指したようだ。長安の酒家に胡姫がいて、客を悩殺したことは、詩歌からも察しられる。酒家のホステスだけではなく、石工のなかにも胡人がいたであろう。そのような人が、これをつくったのかもしれない。古典に親しんだ人は、この像の前に立って、

――これが汗血馬の祖先であろうか。……

と、しみじみうちながめたことであろう。

天馬像の立っている乾陵の参道の両側に、見上げるばかりの高い碑が立っていた。陵にむかって左側の碑には、則天武后が自分の功績を誇示する文章を刻みこませていたのである。反対側の碑はもと無銘碑で、立てられたときにはなにも彫られていなかった。後世の人のためにブランクにしておいたのである。むろん彼女は、後世の人も自分の功績をたたえてやまないと信じていたのにちがいない。ぎっしりと称賛の文章が刻みこまれると思いこんでいたであろう。この種の無銘碑を立てるのは、たいした自信といわねばならない。

いまかつての無銘碑は、たしかにもう余白などないほど、ぎっしりと文字に埋まっている。漢字ばかりではない。女真《じょしん》文字や西夏《せいか》文字さえまじっている。ただし、彼女の期待に反して、称賛の文章よりも、その反対のもののほうが多いようだ。

はじめから彫りこんでいたほうは倒壊して、長いあいだ地上に伏せられていたのを、解放後、もとのように立て直したという。天は自賛のほうに痛棒を加えたようである。

ギリシャ神話のペガソスは翼をもっているが、中国で想像されている「天馬」は、べつに翼などをもっていなかった。汗血馬やその先祖である天馬にかんして、いろんな註釈や解説があるが、翼のことに言及したのはないようだ。だから、乾陵の天馬石像は、やはり漢族ではなく、胡人石工の作品とみるべきではなかろうか。

『史記』の集解によれば、大宛《だいえん》には高山があり、その上に馬がいるのだが、どうしてもとらえることができない。仕方がないので、五色の牝馬をその山の下に放っておくと、交尾して駒を生み、これがいわゆる汗血馬である、と説明している。高山の上にいるのが、すなわち天馬であり、汗血馬はしたがって「天馬子」ということになる。

駒というのは二歳の馬のことである。別説では六尺以上が馬で、それ以下が駒という。いずれにしても、駒は若い馬のことなのだ。

『史記集解』は、五世紀の文人である裴駰《はいいん》の著作であった。この時代に、汗血馬についてこのような説がおこなわれていたのである。裴駰の父は『三国志』の註を書いた裴松之《はいしょうし》であり、山西《さんせい》省聞喜《ぶんき》の人だが、南朝の劉宋《りゅうそう》に仕えていた。その子はとうぜん江南っ子で、「南船北馬」という中国の常識からいえば、あまり馬にくわしい人物ではないだろう。それでも、駰《いん》（ドロアシゲの馬）という馬に縁のふかい名をつけてもらい、あざなが「龍駒《りゅうく》」であるのもおもしろい。

龍駒といえば、七世紀、初唐のころの三蔵法師玄奘《げんじょう》の『大唐西域記《だいとうさいいきき》』に興味のある話がしるされている。

屈支国《クチャ》（亀茲とも書かれる。現在は中国の新疆ウイグル自治区庫車《クチャ》）の東辺に大きな龍池があり、そこの龍たちが形を変えて牝馬にまじわり、龍駒を生むというのである。

ところが、その龍駒も暴れん坊で、人間はこれにのることなどできないという。龍駒のつぎの代になって、やっと人間が馭することができる。

玄奘はこの話を紹介して、だからこの地方には善馬を多く産するのである、と説明している。これは『史記』、そして『史記集解』に、大宛がなぜ汗血馬のような名馬を産するか、という説明と酷似している。一方は天馬であり、一方は龍であるというだけのちがいである。

大宛の汗血馬も、天馬の子ではなく、そのあと二代か三代の血統だったかもしれない。

玄奘は僧侶だから、馬についてはあまり関心がなかったのだろうか。彼は屈支国からベダル峠を越え、大清池（イシク・クル）ぞいにフェルガナを通っている。『史記』などは熟読しているにちがいない彼なのに、フェルガナ地方の項では、ごくあっさりと、

――羊や馬に適している。

と、述べているだけだった。

長安よりだいぶ東にある洛陽《らくよう》にも、後漢《ごかん》のころ、天馬と呼ばれる銅像があったという。張衡《ちょうこう》（七八―一三九）の『二京賦』のなかに、「天馬半漢」という句がある。半漢とは馬のいさむさまを形容することばで、きまったように天馬ということばのあとにつけられたようだ。

註解によると、天馬は「銅馬也」とあり、後漢の明帝（在位五七―七五）が、長安から洛陽に移

し、上平門の平楽観に置いたものと説明されている。けれども、その銅馬に翼がはえていたとはしるされていない。そのような異形の馬なら、美文家の張衡はかならず作品のなかで言及していたであろう。

『二京賦』とは、長安と洛陽とを比較した文章であった。張衡はけばけばしかった前漢《ぜんかん》のみやこ長安よりも、すべてがひかえめで、ほどほどだった後漢のみやこ洛陽のほうがすぐれていることを言いたかったのである。前記の「天馬半漢」のすぐあとに、

——奢《おご》れるもいまだ侈《し》ならず、倹なるも陋《ろう》ならず。

という句がある。みごとではあるが、そのみごとさが過剰ではなく、つつましいがつまらないものではないというのだ。それによって、洛陽の天馬像は、翼などというよけいなものは身につけていなかったと想像してよいだろう。

洛陽の天馬像はもともと長安にあったものだが、ほどのよさを好んだ洛陽人士の趣味に合ったから移されたと考えてよい。そのすがたは、半漢——勇ましかったが、けっして異形ではない。

前漢のみやこ長安の未央宮《びおう》に、金馬門という門があった。文学の士がそこに出仕して、天子の詔を待つ場所で、いわば文学顧問室である。門のそばに馬の銅像があったのでそう呼ばれたという。『二京賦』にいう天馬は、おそらく金馬門にあったものであろう。

漢の武帝の寵臣東方朔《とうほうさく》（紀元前一五四—同九三ごろ）は、機知に富み、警句の名人であったが、あるとき酒に酔って、

——おれは金馬門に世を避けているのだ。

と、歌ったことが『史記』にしるされている。

世を避けるといえば、たいてい深山の草庵にはいるというのが常識の時代であった。しかし、遁《とん》世《せい》の地は、なにも深山にかぎらないのである。宮殿のなかだって、世を避ける場所とすることができる。

最もはなばなしい場所を、遁世の地にえらぶという発想は奇抜であった。東方朔は文をもって武《ぶ》帝《てい》（在位紀元前一四一—同八七）に仕えたので、彼が出勤するのは金馬門である。そこは文人のたまり場であった。だから、そばの銅馬にもし翼があれば、誰かの詩文にそのことがふれられているはずであろう。それがないのだから、ペガソスではなかったと断定してよい。サイズについても言及されていないが、それが奈良の大仏さんのような超大サイズでなかったからにちがいない。また過度に巨大なものは、洛陽好みではなかったのである。おそらく等身大ていどの銅馬であったろう。

むかしの人は、巨大なものを造るのが好きであった。秦《しん》の始《し》皇《こう》帝《てい》は天下を統一した直後、全国の兵器を没収して、鐘や金人をつくったという。金は黄金を意味することもあり、金属の総称の場合もあった。兵器が黄金でつくられているはずはないから、『史記』にいう始皇帝の金人は人物の銅像のことにちがいない。その高さ五丈とあるが、当時の丈は現在より短いけれども、それでも十メートルをこえる。そんな巨大像を十二もつくったのである。

『二京賦』にいう金馬は、翼もなければ、とくに巨大なものではなかった。またブロンズであって、黄金ではなかったはずだ。だが、漢の武帝が大宛から汗血馬をもらおうと思って、その代償につくらせて使者にもたせた「金馬」は、おそらく黄金づくりであったろう。

洛陽にはもう一つ銅馬があった。それは宣徳殿《せんとくでん》下に置かれ、「馬式」と呼ばれたものである。こちらのほうはサイズがわかっている。『後漢書』に、

――高三尺五寸、囲四尺五寸と、しるされているのだ。後漢の一尺はほぼ二十三センチだから、高さ八十センチにすぎない。イギリスでは百四十八センチ以下のものはウマとはいわずにポニーと呼んだと、学校で習ったおぼえがある。いくらむかしの馬が小さかったとはいえ、八十センチでは等身大ではなかっただろう。

この馬式を鋳造したのは、伏波《ふくは》将軍という称号を与えられた馬援《ばえん》であった。後漢のはじめ、交阯《こうち》（現在のベトナム北部）に乱があり、それを平定したのが馬援である。彼は戦利品として、おびただしい銅鼓を持ち帰り、それを鋳つぶして馬式をつくった。

中国の南部からベトナムにかけては、銅鼓がよく出土する地方である。さきごろ、私は広西《こうせい》の南寧《なんねい》市を訪れたが、そこの博物館には数室の銅鼓展示場があり、大小さまざまの百数十の古代銅鼓がならべられていた。そのなかには直径一メートル以上の大物もすくなくなかった。

戦利品の銅鼓という量的な制限があったので、等身大のものがつくれなかったのかもしれない。だが、その目的からみて、すこし縮尺したほうが都合がよかったのでもあろう。馬式とは、「馬の理想像」というほどの意味である。からだのプロポーションが、これとどれほど相違するかによって、馬の良し悪しをきめようとしたものだ。モデルとしては、前後左右から検討するために、等身大よりもやや縮尺されたほうが便利ではないか。

なぜそんなモデルが必要であったのか？　それは馬の良否が重大問題であったからにほかならな

い。むかし伯楽《はくらく》という人物が、馬の能力を判定する名人として、その名を知られていた。その名声はあまりにも高く、二十世紀の日本でさえ、才能発掘のジャンル、たとえばプロ野球のすぐれたスカウトなどのニックネームとして使われている。

馬式や伯楽を必要とするほど、良馬の選別は大切なことであった。軍隊の機動力は馬以外に頼れるもののなかった時代である。良馬をそろえるのは、国家の存亡にかかわることであった。

馬援が遠征から凱旋して、馬式を鋳造したのは、なにも戦利品を展示したいという顕示欲からだけではなかった。国防には良馬が大切であることを、実戦によって実感した彼は、このさい記念のために良馬のモデルをつくっておこうとしたのである。

先例があった。明帝（その皇后は馬援の娘）が長安から洛陽に移したあの天馬像は、漢の武帝のころ、東門京《とうもんけい》という馬の専門家が、馬の良否判定のモデルとして鋳造したものだった。武帝は東門京の献じた天馬像を、魯班門《ろはんもん》外に置かせたばかりか、魯班門そのものをも金馬門と改名させた。たかが馬の銅像にしては、異例の処遇といわねばならない。

漢の武帝は無類の馬好きであった。大宛に天馬子といわれる汗血馬がいるときいて、それを手に入れたくてたまらなかった。汗血馬欲しさのあまり、李広利《りこうり》を将軍とする大遠征軍を送ったほどである。これについては、自分の馬道楽のために戦争をおこしたという批難もあった。だが、それはけっして道楽だけのための遠征ではなかったのである。国運をかけて匈奴《きょうど》と戦っていた漢にとっては、良馬をできるだけ多くあつめることこそ、緊急の重要事であった。当時の漢にあっては、馬にいれあげるのは、皇帝の義務といってよかった。

武帝はほんものの汗血馬など見たことはない。だから、よけい欲しかったのであろう。頭のなかでこしらえあげた理想像は、えてして完全無欠なものとなりがちなのだ。

――天馬、西北より来たるべし。

うらないの書にそうしるされていたので、武帝がよろこんだという『史記』にあるエピソードは、よくわかる気がする。良馬が来ることは、それだけ国力が充実されることを意味したからである。

そのころ、イリ地方（現在の中国新疆ウイグル自治区伊寧《いねい》）にいた烏孫《うそん》（白鳥庫吉《しらとりくらきち》説ではトルコ系部族）が、漢に使節を送って馬を献上した。それがすばらしい良馬だったので、武帝はうらないの書が的中したとして、天馬と名づけたのである。ところが、のちに大宛の汗血馬を手に入れてみると、もっとすぐれていることがわかった。そこで、彼はあらためて、汗血馬を「天馬」と称し、これまで天馬ともてはやした烏孫の馬を、降格させて「西極馬」と呼ぶことにした。

汗血馬については、さまざまな説があるらしい。アラブ馬の一種で、トルコ人がアルガマクと呼ぶ馬は、前膊《ぜんはく》の皮膚に毛細血管が走っていて、そこからほんとうに血がにじみ出るという。とくに白馬の場合、それが目立って、血の汗をかいているようにみえるのだろう。

牝馬が天馬や龍とまじわるという伝説があるところから、それは混血馬と想像してよい。西欧の人はこれをトゥルコマン種と呼んでいるようだが、この馬について白鳥庫吉は、

――此の馬の風姿はＡＲＡＢＩＡ馬に及ばざれども、労働に堪ふるの点に於いては世界の馬の中にて之と比敵するものなし。

と、述べている。

雑種の強さをもっていたのである。短距離、短時間には強いが、それが長つづきしない純血種よりも、耐久力のある雑種のほうが、戦力としてはすぐれているのはいうまでもない。前述の天馬や龍との混血伝説を検討すると、どうもわざと混血させていたようだ。その種の馬を得たいための、人為的な交配がおこなわれたと推理してよいだろう。

大宛国の人たちは、自分たちのためにすぐれた汗血馬をつくり出していたのである。漢の最初の使節張騫《ちょうけん》が大宛を訪れてから、大宛と漢とのあいだに交易がひらけた。大宛から漢への主要輸出品は汗血馬であったが、じつは大宛は最上級の汗血馬は、漢の使節の目の届かない「弐師城《にしじょう》」というところにかくしていたのである。自分たちが苦心して馬種改良をした成果の最上のものを、むざむざ外国へもって行かれてはたまらない。

だが、漢と西域との使節の往来は、しだいに頻繁となった。漢から西域への使節は、多い年で十数回、すくない年でも五、六回もくり出された。そんな状況では、弐師城のかくし馬のことは、いつまでもかくしおおせるものではない。漢の使節はいつしかそのことに気づいてしまう。長安に帰った使節団の随員が、それを武帝に告げた。

——大宛の最善の馬は弐師城にかくされていて、漢の使節に与えてくれません。……

これまで連れ戻った汗血馬でさえ、「噂にたがわぬ名馬」と、武帝を感歎させ、烏孫《うそん》の馬の称号を降格させるほどである。それ以上の汗血馬がいると知った武帝が、そのままにしておくはずはない。

武帝は胸をはずませ、いそいそと使節団を大宛へ送った。

――千金及び金馬を持《じ》し、以て宛王に弐師城の善馬を請わしむ。

と、『史記』にしるされている。

ここにいう「金馬」は、馬の銅像のことではない。黄金でつくった馬である。べつに千金を用意したとはいうものの、ブロンズの馬では弐師城の汗血馬の代償としてお粗末すぎる。この金馬のサイズについては、『史記』にも記載はない。けちなことのきらいな武帝のことだから、かなり大きなものだったと考えてよい。すくなくとも手のひらにのるような小さなものではなかったはずだ。

それなのに、大宛では弐師城の汗血馬の引き渡しを拒否してしまった。

――漢使、怒り妄言《ぼうげん》し、金馬を椎《つい》して去る。

拒絶の回答に接したときの漢の使節のようすを、『史記』は右のように描写している。「妄言」とは悪態をつくことであり、「椎」とは金槌でうち砕くことなのだ。この時代、遠地への使者のなかには、かなり柄の悪いのがいたことは史書によってあきらかである。

黄金の馬は粉砕されてしまった。漢使は怒り、罵《ののし》ったのである。なにをちっぽけな国のくせに、という大国意識もあっただろう。大宛のほうでは、漢が大国であることはよく知っているが、長安から大宛までの長いみちのりを念頭において、タカをくっていたのである。

長安を出発した使節団の半ばが、途中で死亡することは、大宛では周知のことだった。タクラマカン越えの遠征軍など、砂漠民族でない漢に編成できるはずはないと思っていたのである。だが、武帝は断固として大宛討伐の遠征軍を送ることをきめた。

総司令官の李広利は、武帝の愛人であった李夫人の兄である。李広利は軍人ではなく、音楽家であった。武帝は愛人の兄に手柄を立てさせ、大名に取り立ててやろうと思ったのだ。

いまの常識からいえば、ばかげたことのようだが、武帝は愛人の一族を軍関係に登用して、これまでみごとに成功している。衛青《えいせい》や霍去病《かくきょへい》といった名将がそれである。柳の下にドジョウは二匹までいたが、三匹目はいなかった。戦争の仕方をしらない、ミュージシャンの李広利は、大宛討伐に失敗してしまった。

そのころ、漢は匈奴《きょうど》とも戦って、二万余の兵を失ったばかりである。最強の敵である匈奴との戦いに総力を集中するために、大宛への遠征を中止すべきであるという意見が多かった。しかし、武帝は首をタテに振らなかったのである。

――ここで大宛討伐をやめれば、汗血馬は永久に来なくなるだろう。

武帝はそう考えたのだ。汗血馬にたいする彼の執念の強さは、想像を絶するものがあった。

第二次遠征軍は六万の軍隊（軍夫を含まず）、馬三万余匹、牛十万頭、そのほか驢《ろば》、騾《らば》、駱駝《らくだ》それぞれ万をもってかぞえるという、大がかりなものであった。

良馬供給の途絶が、国家の安危にかかわることがわかれば、武帝のこの執念も理解できるであろう。さすがに第二次遠征軍は圧倒的な強さを発揮して、大宛を降すことができた。弐師城攻撃の将軍なので李広利には弐師将軍という称号がさずけられた。弐師城の最上の汗血馬が、やがて長安に送られてきたのはいうまでもない。

弐師城がどこにあったか、いろんな説があるが、専門家以外の人にはおもしろくないので、立ち入らないことにしよう。いずれ現在のフェルガナのどこかの地方にあたるはずだ。異説が多いのは、ニサという地名が中央アジアに多いからであり、しかもそれがいずれも名馬の産地として知られているのだ。名馬とニサという地名とは、関連があるにちがいない。

第二次大宛遠征は勝利し、武帝は愛人の兄の李広利を、念願どおり海西侯《かいせいこう》に封じることができた。とはいえ、敦煌《とんこう》の基地を発した六万の健児のうち、生きて玉門関《ぎょくもんかん》に帰りえたのは一万余にすぎなかったという。食糧はじゅうぶん準備したし、戦死者が多いわけではなかったのである。

――将吏、貪《むさぼ》って多く士卒を愛せず。

と、『史記』は批難している。上層が兵糧のピンハネをしたので、兵卒は多く餓死したのである。弐師城で手に入れた汗血馬は貴重なもので、無事に連れて帰らねば、皇帝からどんな罰をうけるかわかったものではない。道中も過保護といえるほど大切にされたのであろう。それにくらべて兵卒の人命のいかに安かったことか。悲惨である。

汗血馬の産地である大宛は、当時、イラン系の住民が住んでいたようである。大宛から安息《あんそく》（現在のイラン）まで、その風俗は大差なかったという記録があり、彼らは定着民であったことはまちがいない。北の康居《こうきょ》、烏孫などのトルコ系諸国は、どうやら行国すなわち遊牧国家であったらしい。

黄金にたいしては、遊牧の人たちのほうが、定着民より関心度が強いのではあるまいか。たえず移動する彼らにとって、小さくて持ちはこびやすい貴重品は、魅力に富むものであったはずだ。ツングース系の人たちの名に黄金を意味するのが多い。満洲族の愛新覚羅《あいしんかくら》の「愛新」は金を意味する。「清」という国号をえらぶ前に、彼らはみずからの政権を「後金」と称した。蒙古《もうこ》にほろぼされた「金」は、やはりツングース系の女真族の政権だったのである。同系の朝鮮に金姓が多いことはよく知られている。

もし烏孫あたりが相手なら、千金や金馬はあんがい効果があったかもしれないという気がする。それにしても、弐師城の汗血馬を手に入れるために、武帝が使者に持たせた黄金の馬は、いったいどんな形をしていたのであろうか？　いまとなってはそのサイズも形状もわからない。ただそれに言及されていないので、翼をもつペガソスでなかったことだけはたしかであろう。翼にこだわるのは、馬の精髄はその脚の速さであり、比較するとすれば対象は飛鳥でなければならないと思うからである。

長安郊外乾陵参道のペガソス石像は、やはり西方から伝えられたものだ。馬の快速についての中国的表現法は、翼をもたせるようなメルヘンではなかった。飛鳥よりも速い馬は、蹄《ひずめ》にそれを踏みつけるという形で表現されたのである。メルヘンではないが、かといってリアリズムの正道からも、いささかはずれている。

甘粛省《かんしゅくしょう》武威県《ぶいけん》雷台《らいだい》から出土された「銅奔馬《どうほんば》」は、高さ三十四・五センチという、それほど大きなものではないが、力の溢れたすばらしい作品である。疾走する馬をみごとに表現している。それが北京の故宮《こきゅう》博物館に展示されているときに、私は見たことがあるが、案内の人が、

――これは中国の秘宝で、アメリカのニクソン大統領が訪中したとき、この複製を贈ったのです。

と、説明していた。蘭州《らんしゅう》の甘粛省博物館でもおなじものを見たが、北京へ出品しているあいだ、代役をつとめる複製であったようだ。右のうしろ足で踏みつけている鳥を、燕《つばめ》と説明されたが、それにしては大きすぎる。鷹《たか》とみてもよいだろう。鷹も猛速の鳥である。ペガソスの翼のように、ラ

イバルの特性を我が身にとりいれるのではない。敵のすぐれた武器を、みずからも採用し、それで敵に勝とうとするのではなく、ただひたすらに、一直線に、おのれの武器でそれを粉砕しようとする。

ライバルを異質のものとして、峻別する意識が、そこに強烈に働いているように思われる。差別意識は単純なものだが、それよりもさらに単純な構造がそこにあるようだ。

馬と燕、獣と鳥――異質なものだから、この二つは本来、比較の対象にならない。しかし比較してはじめて、そのすぐれた点を知り、それをとりいれようとする気持がおこる。比較できないものは、それに圧倒されるか、それを圧倒するか、二つのうちのどちらかしかない。

燕を踏みつけた馬の疾走は、もともと勇ましいものである。だが、しばらくそれをみつめると、ふしぎにもの悲しくなってくる。二者択一の世界には、かなしみがあり、それが銅の馬に伝わっている。

ひょっとすると、西欧の文物を採用するについて、中国が日本より遅れたのは、このストレートな拒絶反応のしからしめたことかもしれない。

葡萄

葡萄《ぶどう》の原産地は西アジアであるが、これを漢にもたらしたのは誰であろうか?漢の武帝の命をうけて西域へ行き、十三年の辛苦のすえ帰還した張騫《ちょうけん》であったという説がある。ロシアの学者ブレトシュナイダー(一八三三—一九〇一)などはそう考えた。十世紀の中国の百科事典である『太平御覧《たいへいぎょらん》』には、弐師将軍の李広利が大宛を破り、「蒲萄」の種を得て、漢に帰ったと述べている。

張騫は西域に派遣されて、はじめて漢に生還できた人物である。日本でもののはじまりが、なんでも弘法大師《こうぼうだいし》にされてしまうように、西域渡来の物品はなんでも張騫が持って帰ったようにされてしまった。葡萄だけではなく、苜蓿《うまごやし》、石榴《ざくろ》、胡桃《くるみ》なども彼が伝えたという。話としてはおもしろいが、『史記』にはそのようなことは明記されていない。

彼は西域からの帰途、匈奴につかまり一年以上も監禁されていた。釈放されたのではなく、やっとのことで脱走したのである。植物の種は小さいので、きびしいボディーチェックをのがれて、どこかにかくし持つことも不可能ではなかっただろう。だが、重要な密書ではあるまいし、そこまでして葡萄の種を守ったとは思えない。長安に帰って、

——あちらにはこんなものがありました。

と、葡萄の形状を説明したていどであろう。

張騫が長安にたどりついたのは、紀元前一二六年のことであった。そして、弐師将軍李広利が大宛から凱旋したのは紀元前一〇一年のことであるから、そのあいだ二十五年の歳月が経過している。史書にもしるされているように、張騫の帰還後、西域との交易がひらけ、多い年で十数グループの使節団が往来したのである。彼らはおもに交易のための使節団であり、商人の目で物産を見ていたのだから、二十数年ものあいだ、葡萄が見すごされたはずはない。

『太平御覧』には、『漢書』によれば、と出典をしるしている。ところが、『漢書』の西域伝には、李広利が大宛を破ったのち、漢使が「蒲陶」「目宿」の種を持ち帰り、離宮館旁にうえたとある。李広利その人ではなく、人質など戦後事務処理と示威のために派遣された使節がもたらしたというのだ。いずれにしても、李広利の遠征の結果だから、彼の名が出てもよいのである。

さきにも述べたように、すでに二十数年の交易の実績があるのだから、この記述は公式の渡来、すなわち宮廷関係の土地にうえられた記録の最初のものと解すべきであろう。民間ではとっくに栽培されていたにちがいない。葡萄は多雨湿潤の地をきらうが、長安一帯は乾燥しているので、その栽培に適しているのである。

葡萄と同時に、葡萄酒も伝わったのはいうまでもない。『史記』にも『漢書』にも、大宛国で葡萄酒がつくられた記事をのせている。富んだ人は万余石も貯蔵し、数十年たっても腐らなかったという。

——（大宛の住民の）俗、酒を嗜《たしな》み、馬は苜蓿を嗜む。

と、人間と馬とをならべたところが、いささかユーモラスである。

史書の記述は、とうぜん漢を本位としているので、「俗嗜酒」という表現は、漢の人にくらべて、大宛の住民のほうが酒飲みだったと解してよいだろう。

だが、風俗は時代によって変わるものである。ことに西域にイスラム教がはいってからは、その戒律に禁酒がうたわれているので、酒飲みの数はだいぶ減ることになった。

戒律といえば、おなじ西域でも、東へ行けば行くほど緩くなるようだ。禁酒についてもおなじであるらしい。アラブ諸国から欧米へ留学した青年で、酒に溺れてダメになるケースがあんがい多いときくが、免疫性をもっていないからであろうか。ふだんの生活のなかで、誰も酒の飲み方を教えてくれなかったのだから気の毒である。

おなじ乾燥地帯でも、土壌が異なるので、西域から長安あたりに移植された葡萄は、それほど成績が良くなかったようである。葡萄が西域から伝来して、七百余年たった唐初でも、それは貴重な果物とされていた。

唐の高祖（在位六一八—六二六）が、群臣と会食していたとき、デザートに葡萄が出された。侍中（顧問官）の陳叔達《ちんしゆくたつ》が、葡萄を手に取りながら食べようとしないので、高祖はそのわけをきいた。

——臣の母はいつも口が乾くと申しております。それには葡萄が一ばん良いのですが、いくらさがしても手に入りませんので。

陳叔達がそう答えると、高祖は、

——おまえにはそれを差し上げる母親がいるではないか。

と涙を流し、しばらく嗚咽《おえつ》したという。すでに母を亡くしている高祖の嘆きである。

侍中といえば、皇帝のそば近くに仕える高官であった。いろいろと有力なコネもあるにちがいない。それなのに、葡萄が手に入らなかったというのだから、たしかに貴重な果物であったにちがいない。

葡萄酒となると、葡萄よりもさらに貴重であった。葡萄が伝わって七百年もたっているのに、唐初にまだ葡萄酒がつくれなかったのはふしぎな気がする。それはもっぱら西域から貢物として献上された。一般の人の口にはいるようなものではない。

おそらく葡萄酒づくりには秘法があって、西域のオアシス国家では、国家的な企業機密として、外にもれるのを厳重に防いでいたのであろう。長安あたりの葡萄園の葡萄を原料にして、試作がおこなわれたのかもしれないが、うまくいかなかったようだ。

唐が国産葡萄酒の製造に成功したのは、高昌国《こうしょう》を版図におさめてからであった。

高昌とは現在の中国新疆ウイグル自治区のトルファン県にあたる。だから、西域のなかでも東端に近い。トルファンの東がハミで、ハミから東へ行けば敦煌《とんこう》地方に出る。漢族圏に近いこともあって、そこにかなり古くから漢族の王朝が樹立され、高昌国と称していた。国王の姓は麴《きく》氏で、三蔵法師玄奘《げんじょう》を、あたたかくもてなした土地でもあった。

玄奘が高昌国に立ち寄ったのは貞観《じょうがん》二年（六二八）であったと推定される。玄奘の生年については、六〇〇年説と六〇二年説とがあるが、いずれにしても、高昌にあらわれたとき、彼は二十代の後半という若さであった。玄奘を形容するとき、かならず眉目秀麗《びもくしゅうれい》であったことに言及される。はるばる天竺《てんじく》（インド）まで行って、仏法についての疑問点を解明し、中国にまだ伝わっていない経典をもたらそうという、すばらしい大志を抱いた、ハンサムな青年僧侶である。人物は高潔で、学問は深遠であった。そんな玄奘に高昌国王が惚れこんだのはとうぜんであろう。

玄奘を迎えたときの高昌国王は麴文泰《きくぶんたい》という人であった。彼は強引に玄奘を高昌国にひきとめようとした。ときには脅迫的な手段も使った。

——わが国にとどまる意思がおありでないなら長安へ送り返しますぞ。

だが、天竺へ行くという玄奘の意思は強かった。どんな脅迫にも誘惑にも、彼は負けなかったのである。

さすがの高昌国王も、この青年僧侶をひきとめるのは不可能だと悟って、あきらめてしまうが、玄奘が出発するにあたって、一つの約束をしたのである。

——天竺からの帰途、わが国に再び立ち寄り、三年間、滞在していただきたい。

玄奘もそれを承諾した。

だが、玄奘はその約束をはたすことができなかった。彼が長安に帰りついたのは貞観十九年（六四五）のことだが、麴氏王朝の高昌国は、それより五年まえに、唐にほろぼされていたのである。

玄奘が唐に帰ってからあらわした『大唐西域記』は、阿耆尼《あぎに》国（カラシャール地方）から始まって、高昌の状況にはふれていない。大唐の西にある諸国を説明するにあたって、

――高昌の故地を出て近いものから……

と書き出している。

かつては小さいながらも独立国であった高昌は、玄奘がこの本を書いたころは、唐の領土となっていた。だから、外国のなかにいれるわけにはいかない。故地という表現のなかに、玄奘はそこで厚いもてなしをうけた思い出をこめたのであろう。

唐の太宗《たいそう》に攻められ、高昌は唐に併合されてしまった。独立性を失ったのだから、国家企業の機密――葡萄酒製造の秘法も、守れなかったのはいうまでもない。

長安をはじめ唐の各地でいくら試作しても、西域からの献上品のようなおいしい葡萄酒ができなかったのはとうぜんであった。原料がちがっていたのである。

――馬乳葡萄。

と呼ばれる種類のものでなければならなかったという。

その実はまるいものではなく、細長い形をしている。円球形ではなく楕円球形なのだ。

高昌の故地であるトルファンに、私は一九七三年の九月に訪れた。そして、案内された葡萄園の葡萄に、細長いのが多いのに驚いたものである。粒はそれほど大きくない。ふつうの人の小指の半分ほどであろうか。

――これは馬乳葡萄です。

という説明をうけた。土地のことばでは、まるい葡萄をユズム、長い葡萄をサイピと呼ぶそうだから、漢語の馬乳葡萄は原音を写したのでないことはたしかである。

牝馬の乳房に形が似ているからであろうか？　李時珍《りじちん》も『本草綱目《ほんぞうこうもく》』に、葡萄の円いものは草龍珠、長いものは馬乳葡萄、白いものは水晶葡萄、黒いものは紫葡萄と名づける、と記しているが、名称の由来にはふれていない。

西域では馬乳を飲む風習があり、私もカザフ族のパオ（移動住居のテント）を訪問して、ご馳走になったことがある。洗面器大の容器のなかの馬乳を、その家の主婦がたえずかきまぜながら、私たちの茶碗についでくれた。かきまぜるのは、そうしないと凝固しやすいからであるという。その味はヨーグルトをすこし薄めて、液状にしたようなかんじであった。かすかな酸味があり、それが葡萄の味に似ていないこともない。私がトルファンの葡萄園で見た細長い葡萄は、色にかんしてはマスカットに似て黄白色のものが多かった。形なのか、味なのか、それとも色なのか、名称の由来はわからない。動物の乳房はたいてい似たような形をしているし、馬乳のほかにも葡萄の味に近いものがあるだろう。色にいたっては、馬乳は黄味を帯びていない。

葡萄の名称に、馬にかんすることばがえらばれたのは、葡萄の産地が名馬のそれとかさなっているからであろう。葡萄は汗血馬とともに東へはこばれたのである。

漢代に伝えられたのは馬乳葡萄ではなかったとみえる。唐の太宗の高昌併合のときに、はじめてその品種のものがはいり、長安の苑中にうえたのである。高昌国の消滅で、葡萄酒づくりの秘法もわかり、宮廷でさかんにつくられ、それが群臣にわけ与えられた。

――京師、始めて其の味を識る。

と、『唐書』にしるされている。

西域献上のおすそわけにあずかれる一部の寵臣を除いて、みやこの人たちはそれまで葡萄酒の味などは知らなかったのである。

――葡萄の美酒、夜光杯

と唐詩にうたわれているが、みやこの酒家でも葡萄酒が飲めるようになったのは、高昌併合後、すなわち七世紀の後半になってからであろう。普及したとはいえ、ほかの酒にくらべて高価なものであったにちがいない。

東方の世界にとって、葡萄はながいあいだエキゾチックなものであった。葡萄をあしらったデザインは、東方世界にあっては、遙かな西の世界を連想させるよすがにほかならなかった。

イギリスのペルシャ学会の機関誌『イラン』は、一九六三年に第一巻が出ているが、そのなかにベシル・グレイ氏の「八世紀から十五世紀にいたるまでの中国美術にたいするペルシャの影響」という論文が収められている。それは、

――アジアにおけるデザインの二つの大きな中心はペルシャと中国である。

という書き出しであった。アジアのデザインのセンターの一つに、インドがはいっていないことについては、執筆者にもそれなりの根拠があるにちがいない。とくに影響や交流という観点からすれば、中国とペルシャのほうが結びつきが強い。

右の論文の執筆者は、これまで東から西への影響に注目されることが多く、その逆はすくなかったと述べている。だがこれは陶磁を中心に考えたのであって、私は全般的にはかならずしもそうではないとおもう。ヨーロッパの学者のなかには、中国文明のほとんどすべてについて、西方起源説

を主張する者がすくなくない。日本でも明治以来のはげしいヨーロッパ志向があり、その変形として、歴史のうえでの西からの文明の流れを、ことさら重くみる傾向があった。

それはさておき、西から東への流れの一つのシンボルが葡萄唐草《からくさ》模様であるといえよう。雷文、雲文、回文といった固有のデザインに葡萄の茎や蔓、あるいは房をあしらった模様が加わることで、中国の生活はよりゆたかに装飾されるようになった。日本に伝わって唐草文と呼ばれているが、おそらく中国が西から東へバトンタッチしたので、「唐」の字がかぶせられたのであろう。

日本にはデザインとして伝えられたが、葡萄そのものは、はたして渡来したのであろうか？　行《ぎょう》基《き》（六六八―七四九）作と伝えられる薬師如来像に、右手に葡萄を持っているものがあるという。行基の時代に、すでに葡萄が日本に来ていたとすれば、それは遣唐使の誰かが持ち帰ったものかもしれない。

甲州の雨宮勘解由《かげゆ》が、みごとな野生葡萄を発見し、その根を掘りおこして移植し、丹精して育てたのが、日本の葡萄栽培のはじまりといわれている。それは平安末期の文治二年（一一八六）のことであった。雨宮勘解由のみつけた野生葡萄は、遣唐使の懐からこぼれた葡萄の種の末裔であろうか。

ちかごろタネ無し葡萄がよく店頭に出ているが、それはいつごろからあったのだろうか？　清《しん》の乾隆帝《けんりゅうてい》（在位一七三五―一七九五）の作った詩に「奇石蜜食」と題するものがある。この四字は原音ではチスミシと読むが、これはウイグル語で緑葡萄の一種であるという。詩のなかに、

本来、子《たね》無きに根は何《いかん》して託せし
鶏卵、誰《いずれ》か先なる、辨じて豈《あ》に窮らんや

という句があり、この「奇石蜜食」はタネ無し葡萄であることがわかる。タネがないのに、どうして生えて出る根があったのだろうか？　それはニワトリと卵とどちらが先にあったかを論じるのとおなじで、キリのないことだ、という意味である。

中国がわの西域には、むかしこの種の葡萄はなく、数百年前（乾隆時代からかぞえて）布哈爾（ブハラ）からこれを得たとある。おなじく詩中に、

苑中、初めて熟す緑葡萄

の句があるから、北京の禁苑にも移植されていたことがわかる。

いまではトルファン産の葡萄でもタネ無しのものが多い。そして馬乳葡萄は、土地の人はみな皮ごと食べている。そういえば、皮がやや剝ぎにくいのである。一昨年、トルファンの葡萄が日本に試験輸入されたそうだが、量的にすくなかったせいか、あまり反応をきかない。

石榴

タネ無し葡萄のことを、「奇石蜜食（チスミシ）」と呼んだことは前述した。この四字の上下を除くと「石蜜」となる。『本草綱目』の説明を読めば、氷砂糖であるらしいことがわかる。だが、おなじ石蜜ということばは、ある時期、「奇石蜜食」を指したのではないかと考える人もいる。魏《ぎ》の文帝《ぶんてい》（在位二二〇―二二六）の詔書のなかに、南方の龍眼《りゆうがん》、茘枝《れいし》と西国の葡萄、石蜜をならべているところがあるそうだ。龍眼も茘枝も果物だから、それとくらべられるものは果物でなければならない。ひょっとすると、三世紀はじめの石蜜はタネ無し葡萄のことではあるまいか。――これは、乾隆帝の前出の詩の註にみえる推測である。

ウズベキスタンの首都タシュケントのあたりを、かつて中国では石国と称していた。「タシュ」はトルコ系のことばで石のことであり、タシュケントは石の城を意味する。この国のことを、玄奘の『大唐西域記』では、赭時《しやし》国と記している。シャーシュ、またはチャーシュはイラン系のことばでやはり石を意味する。中国の史書では、ほかに「者舌」「柘支」「察赤」などという字を用いる例がみられる。漢字の石もすこし音が似ていて、石国は意味も発音も兼ねた理想の訳語というべきであろう。

その石国に産する、蜜のごとく甘い果物という意味で、石蜜と称されたのかもしれない。タネ無し葡萄の原産地はブハラというが、それならタシュケントに近い。

そういえば、ザクロを「石榴」と書くのは、石国の植物だったからではあるまいかという気がする。だが、石榴はどうやら「安石榴」を略したもので、安石国のものとされている。安石国は発音からみて、「安息」――現在のイランからアフガニスタンにかけての地方と考えられる。

例によって、西域から石榴をもたらしたのは、漢の武帝時代の張騫《ちょうけん》であったという説が伝えられているが、これは根拠がない。当時の東西交易の過程で、いつとはなしに伝わったと考えるべきであろう。

葡萄は湿潤をきらうといった、かなり癖のある植物だが、石榴はあまり世話の焼けないもので、これまたいつとはなしに、東方世界にまんべんなくひろがったのである。

石榴は若榴とも書かれ、日本語の「ザクロ」は、後者の表記法を読んだものであろう。榴の字は瘤《こぶ》を書きかえたもので、幹《みき》に瘤が多いので、そう呼ばれたといわれる。

輸入の自由化によって、外国の果物もふんだんに日本にはいるようになった。このごろは、果物店に巨大なザクロをみかけるが、それはカリフォルニア産だという。それを見て、私はなつかしくなって、買いもとめたことがある。拳より大きいザクロを、私は新疆《しんきょう》のトルファンで食べたことがあるのだ。西域の石榴もまた巨大なものである。しかも、それは日本のザクロほどの酸味はなく、甜《あま》さのほうがまさって、美味といえるものだった。

味覚はその人の、そのときの体調やムードなどによって差があり、とくにその記憶は人間の感覚のなかでは最も不正確なものではあるまいか。私のそんなあやふやな舌の記憶だが、トルファンの大石榴はカリフォルニア産のそれと、味の点でもほぼおなじであったようにおもう。

西域のようなおおまかな土地に育てば、野放図に大きくなる果物もあるだろう。それが東方に移植されて、しだいにこぢんまりとしてくるのは、わかるような気がする。日本のザクロは酸っぱいだけではなく、小粒なものをいちいちすするのが面倒なので、ものぐさな人ははじめから手にしない。そんな人に、だまされたと思って大石榴をおすすめしたい。ザクロにたいする考え方が、がらりとちがってくるはずだ。

中国の古文献に、ときに巨大な石榴のことが出ている。小さくなったはずのものが、土壌その他の条件で、本卦がえりをして、ふいに大きな実をつけるケースがあるのかもしれない。

六世紀ごろの北魏《ほくぎ》のみやこ洛陽のありさまをしるした『洛陽伽藍記《らくようがらんき》』という本がある。北魏は鮮卑《せんぴ》族の拓跋《たくばつ》氏の建てた王朝であった。鮮卑族については、モンゴル説もあればトルコ説もあるが、いずれにしても塞外の北方民族である。それが固有の生活様式をすてて、中国文明の正統的な後継者をめざし、国都を平城《へいじょう》(現在の山西省大同市)から洛陽に移したのは四九三年のことであった。朝廷の中では、自分たちの鮮卑語を用いることさえ禁じたほどである。彼らにとって、中国文明はそれほどかがやかしい、あこがれの的であった。

鮮卑族の築いた、みやこ洛陽は、あこがれの実現であるから、漢族が造営した以上に、中国の国都らしいまちとなったのである。後漢のころから、このまちには西域の商人がおおぜい居住していた。彼らは自分たちの信仰の中心となる寺院を建立した。それが洛陽の白馬寺《はくばじ》である。

仏教は中国人のあいだにひろがるまえに、中国在住の西域人の宗教としてすでに存在していた。かなり長いあいだ、中国人は仏教にあまり関心をもたなかったようだ。

だが、六世紀ごろの洛陽は、すでに仏教都市の様相を呈していた。あちこちに大伽藍が建立され、永寧《えいねい》寺や景明《けいめい》寺などといった、マンモス寺院がすくなくなかった。大きさはともあれ、寺院としての歴史にかけては、やはり白馬寺が群を抜いて古かったのである。

『洛陽伽藍記』の第四巻に、その白馬寺のことがしるされている。

白馬寺の浮図《ふと》（塔）に、荼林《とりん》と葡萄とがあったという。荼林は塗林ともいい、張騫がそこから石榴を得た国の名と伝えられている。そして、転じて石榴のこともそう言った。西域人のはじめた寺院の塔前に、西域に縁の深い石榴と葡萄が植えられていたのはとうぜんであろう。しかもそれは、

——異於余処。

とある。ほかのそのあたりにある石榴や葡萄とはちがっていたというのだ。葡萄の実はナツメよりも大きく、石榴の実は重さ七斤もあったと記されている。

度量衡の単位は、時代によって変遷しているが、現在のように一斤六百グラムのあたりにほぼ落ち着いたのは、唐代以後で、それ以前は二百二十二グラムあまりであったそうだ。北魏の斤が漢代のそれと同じ二百二十二グラムとしても、七斤といえば一・五キロ余で、やはり異常に大きいといわねばならない。

この白馬寺の石榴や葡萄が熟するころになると、皇帝はいつもやってきて取ったという。ときにはそれを宮女に賜うことがあった。大きいばかりではなく、その味もことのほかすぐれた果物だっ

た。それをもらった宮女たちは、親戚へお裾わけした。天下に名高い「奇味」を、親しい人たちにも味わってほしかったのであろう。だが、贈られたほうも、この天下の奇味の品を、勿体ながって自分では食べずに、日ごろ世話になっている恩人などのところへ持って行く。だが、その家でも食べるのが惜しく、その家にとって大切な人のところへ持って行く。そんなふうに何軒も盥《たらい》まわしにされたという。

当時のみやこの人たちは、

——白馬甜榴、一実直牛。

と言い合ったそうである。

白馬寺の甜い石榴は、一つが牛一匹の値段にひとしかったというのだから、いかに珍重されたかがわかるだろう。

北魏よりすこしまえに、匈奴出身の前趙《ぜんちょう》、後趙《こうちょう》といった短命王朝が中原を支配したことがある。後趙の王であった石虎《せきこ》という者は、史書に典型的な暴君のようにえがかれている。彼は洛陽に近い鄴《ぎょう》を国都としていたが、そのころのことを記した『鄴中記』という本にも、

——石虎の苑中に安石榴有り。子《み》の大きさ盂椀《うわん》の如く、其の味酸ならず。

とあるから、巨大な石榴もたまにはあったことがわかる。

盂も椀も、飯を盛るうつわであるから、まずどんぶり鉢ていどの大きさと考えてよいだろう。重さ一・五キロの果実なら、それくらいあってとうぜんだ。これなら、拳より大きいという形容は通り越して、子供の頭ほどといっても、それほど誇張ではない。

子供の頭といえば、鬼子母神《きしもじん》の伝説が思いおこされる。

鬼子母神は幼児保護、安産の神として、いまでも日本各地にまつられている。だが、この神はインドでは、訶梨帝（ハリティー）と呼ばれ、もと鬼神の妻で五百人の子を生んだ。きわめて邪悪残忍な夜叉《やしゃ》で、他人の幼児を食べていたのである。仏陀《ぶった》は彼女を戒めるために、その一児をかくした。

鬼子母神はなげき悲しむことかぎりがなかった。仏陀はそこで、

——五百人の子のなかの一人でさえ、おまえはこんなに悲しんでいる。おまえに子を食われた親の心を考えなさい。

と、さとした。

鬼子母神は翻然と悟って、それ以後、善神となったとされている。

一児を見失った鬼子母神が、眷族《けんぞく》魔神たちを動員して、天地をひっくりかえすような大捜索をおこなうさまは、古来、中国画の一つの題材ともなっている。最も有名なのはボストン美術館所蔵の石濤《せきとう》（十七世紀の画人）のそれで、先年、日本でも公開された。

ところで、幼児保護と安産の神となった鬼子母神のすがたは、たいてい左手に乳児を抱き、右手に吉祥果をもっている。この吉祥果というのが石榴なのだ。

——幼児が食べたくなれば、この石榴を食べなさい。

と、仏陀が言ったという伝説もある。

しかし、吉祥果をもつ仏像神像は、鬼子母神だけではない。たとえば、持世《じせ》観音や孔雀明王もそれを手にしていることがある。

石榴の大きさと、食べると赤い汁が出ることから血の連想と結びつき、幼児の頭という話が生まれたのであろう。

吉祥果とは、めでたい果物という意味だが、石榴はそのなかに種子が多いので、多子ということから子孫繁栄のさまをあらわすとされたのだ。新婚の祝いに石榴の絵を贈るようなことがある。反対にイチジクは、「無花果」と書かれるように、花をつけないと思われて、あまり縁起のよくない果物とされてきた。新婚の祝いに、イチジクやその絵を贈るのは、いやがらせということになる。

巨大な石榴のことを述べたが、小さな可憐な石榴もある。

北京の紫禁城《しきんじょう》では、石畳の部分が多く、土がすくないこともあって、桶に土をいれ、そこに木を植えて、ところどころに置いている。いくら大きな桶でも、そこから木が育つはずはない。紫禁城内のそのような桶植えの木には石榴が多い。一面の白大理石のなかでは、淡紅の石榴の実は、じつに効果的な色を点じている。

中国では宮廷とくに後宮の苑中では、むかしから石榴の木が多かったといわれている。そのなまめかしい色は、後宮にふさわしいのかもしれない。

唐の皇女の代国公主《だいこくこうしゅ》という女性は、化粧をするのに、臙脂《えんじ》のかわりに石榴の果実を使ったという。頰紅にしたのか、口紅にしたのか、そこのところはよくわからないが、指の先を紅く染めて、現代のマニキュアのようにする化粧法もあったという。石榴の応用範囲も広かったのであろう。石榴の果実をそんなふうに使うと、しぜん種子が後宮の庭にすてられ、それがいつのまにか生えてくるということになる。代国公主の石榴による紅粧法は、かなりの追随者があったらしい。唐の禁中には石榴が林をなしたといわれている。

そういえば、むかしの宮女のスカートは、「石榴裙」と呼ばれ、石榴色のもすそであったらしい。

鬼子母神が吉祥果と呼ばれる石榴の実を、手のひらにのせていることから、鬼子母神に石榴を供える風習がある。それが好物だと思われたのであろう。

前述のように、幼児の頭の代用品であったわけではない。伝説はいろいろとエスカレートするもので、石榴と人間とは味が似ているなどという話までうまれたが、これが論外なのはいうまでもない。

一茶は古布子《ふるぬのこ》を払いながら、

わが味とざくろへ這はす虱かな

という句をつくっている。自分にとりついていた虱に、おなじ味だそうだから、ざくろのほうへ行ってくれ、という意味である。

神像の所持品である吉祥果に、べつに理屈をつけることもないが、石榴がむかしから薬用として用いられることから、幼児保護の女神として、鬼子母神がそれを持っているとしたほうが合理的であろう。

石榴皮は下痢どめの薬で、胃腸の異常発酵をおさえる効果があるし、蛔虫の駆除にも良いといわれている。果汁は咽喉カタルや扁桃腺炎などの家庭療法として用いられた。寺院内に多く植えられているのは、施薬のためであったのだろう。

日本では果物のなる木は、庭に植えないというタブーがあったが、それでも石榴や梅などは、「唐様《からよう》」のものとして、例外とされた。日本原産のものではないから、日本の風習に従わなくてもよいというわけであろう。石榴は後宮の庭の木として、その色がなまめいて、ふさわしいが、寺院や個人の家の庭木としても、薬用や枝ぶりの面白さで、歓迎されたのである。

タブーのことだが、おなじ西域出身の植物でも、葡萄は日本ではみだりに庭に植えないものとされてきた。葡萄のような蔓物は、上から下へ垂れるので、「なりさがる」と、縁起をかつがれたのだ。

前出の一茶の句はユーモラスだが、いささか生活臭が強すぎる。日本では石榴はあまり詩歌のテーマにならないようだが、中国では比較的多い。やはりその色のせいか、女性にからんだ、なまめいたものが目につく。李商隠《りしょういん》の無題詩に、

断えて消息無く　石榴紅《くれない》なり

という句がある。想う男からはまるで便りがないという女性の身になって詠んだものだ。自分が身につけている石榴色のスカートがむなしいという意味であろう。「石榴紅」の三字を、スカートではなく石榴酒だと解する説もある。前の句が部屋のなかのさまを述べているので、ここも部屋のなかの赤と考えて、スカート説と酒説とがうまれたわけだ。石榴酒は色が赤いだけでなく、合歓の

ための酒ともいわれている。もっとすなおに解して、ふと窓から外をみると、石榴の実の赤さが目にしみた、とみてもよいのではあるまいか。つづく句は戸外のことに及んでいるから。

詩歌のなかに石榴が登場すると、それは女性とのかかわりをおもわせるだけではなく、色彩感が濃厚に出てくるようだ。

後漢の大学者蔡邕《さいよう》（一三三―一九二）の「翠鳥詩」に、

　庭阪《にわすみ》に若榴有り
　緑葉、丹栄《たんえい》を含む
　翠鳥《すいちょう》、時に来りて集まり
　翼を振りて形容を修む
　回顧すれば碧《へき》色を生じ
　動揺すれば縹青《ひょうせい》を揚ぐ

とあるが、これは色彩の詩といってよいだろう。石榴は西域から東へはこばれ、その地の色彩を豊かにした植物である。風景のうえだけではなく、詩歌文学のうえでも。

求法僧

仏教が中国に伝わったルートは、西域経由の陸路と、南海経由の海路の二つが考えられる。伝来の年代については、さまざまな説があるが、よくいわれるのは後漢《ごかん》明帝（在位五七―七五）の時代ということである。

六世紀の楊衒之《ようげんし》という人のあらわした『洛陽伽藍記』のことはすでに述べた。塔前に世にも珍しい石榴と葡萄があったという白馬寺のことは、この書物からの引用である。おなじ項に、つぎのようなことが記されている。

白馬寺。漢の明帝の立てる所なり。仏教の中国に入るの始《はじめ》なり。寺は西陽門外三里御道の南に在り。帝、金神を夢む。長さ丈六にして、項背《こうはい》に日月の光明あり。胡神にして号して仏と曰《い》う。使を遣《つか》わして西域に向って之《これ》を求めしむ。乃《すなわ》ち経像を得たり。時に白馬を以て経を負いて来たる。因《よ》って以て名と為《な》す。

これは有名な伝説である。夢に光りかがやく金神をみた明帝が、使者を西域へ送り、経文と仏像とを得たという。経文を白馬の背にのせて帰ったので、白馬寺と名づけたという寺名の由来の説明にもなっている。

西域への使者は『魏書』釈老《しゃくろう》志によれば、郎中《ろうちゅう》（顧問官）の蔡愔《さいいん》と博士弟子の秦景《しんけい》たちであった。使者は天竺の沙門摂摩騰《しょうまとう》と竺法蘭《じくほうらん》をともなって洛陽に帰還したという。

これが事実であったとすれば、仏教の東伝の最初のコースは西域経由の陸路であったことになる。

正式の伝来は別として、それ以前にも西域の商人は交易のために洛陽へ来ていた。当時の西域諸国は、ほとんどが仏教徒であった。彼らが洛陽に来たというのは、彼らのハートに包まれて仏教もはいってきたことを意味する。彼らは自分たちの信仰の場所を、洛陽のどこかにつくったであろう。私はそれが白馬寺ではなかったかとおもっている。

西域人の仏教信仰は、洛陽市民の目のまえでおこなわれていた。市民たちは好奇の目で見ていたが、はじめは自分たちがそれにのめりこむことはなかったにちがいない。ことばがわからないので、教義も理解できなかったであろう。また理解しようという、内面的な要求もなかった。三国時代の乱世になって、はじめて人びとが——この人生とはなになのか（?）と悩みはじめ、やっと西域人の信仰に目をむけはじめたのではあるまいか。

明帝が西域や天竺に使者を遣わしたのが事実なら、それは彼の異国趣味と、西域人管理という実利を兼ねてのことであろう。金ピカの仏像をまつることは、当時としては、ちょっと恰好のいいことであったにちがいない。

後漢の宮廷では、仏像を安置して礼拝をしたといわれている。宮廷人は一般の人ができないことをすることによって、自分の優越性を自分で確かめ、また他人にも見せつけようとしたがる。白馬寺の巨大な石榴や葡萄が、宮廷人に独占されていたことはすでに述べた。仏像とそれのもつ雰囲気にひたることも、庶民には高嶺の花、いやそれはすぐそばにある別世界といえた。

宮廷はともかく、白馬寺は洛陽郊外のほど遠からぬところにあって、そこには市民も近づくことはできた。すぐそばにある別世界とはそういう意味である。

中国人は仏教にひきいれられる前に、それについての予備知識は、表面的にすぎないにしろ、かなりもっていた。

白馬寺には西域の僧侶がいたであろうが、彼らはその地に在留する西域人の信仰を指導するのに忙しく、中国人のあいだに仏教をひろめようとする意欲はあまりなかったのであろう。

三国の戦乱期に投げこまれた中国人が、自分たちの苦悩は人間のそれであり、西域人もおなじ人間であることに気づいたとき、仏教の門が中国にむかってひらかれたのである。それまでの長い期間、仏教は中国ではエキゾチシズムの域を超えなかった。

後漢明帝の時代に、天竺の沙門が洛陽に来たことは、前述したように『魏書』のなかの釈老志にみえる。

『魏書』が完成したのは、五五四年のことで、北斉《ほくせい》の魏収《ぎしゅう》が撰したものである。まぎらわしいことだが、『三国志』は魏《ぎ》書、蜀《しょく》書、呉《ご》書の三部分にわかれている。同名異書になるので、世人は『三国志』のなかの魏書を、『魏志』と言いかえて混乱を防ぐことにした。このごろ、日本でしきりに討論されている『魏志倭人伝《ぎしわじんでん》』も、『三国志』のなかの魏書のことである。『三国志』のほうが先に世に出たのに、別名で呼ばれることになった。

全国的な政権で、魏と称した国が二つあったのだから仕方がない。曹操《そうそう》の息子の曹丕《そうひ》が後漢のあとをうけて樹立した魏は、紀元二二〇年が正式の建国である。北魏の道武帝《どうぶてい》が登国元年と定めたのは、三八六年のことで、これをもって北魏の建国とみてよい。北魏というのも、私たち後世の人の便宜上の呼び名であって、北魏の人はただ「魏」と称していたのである。

釈老志は、その北魏のことをしるした『魏書』の最末尾の巻であり、釈（仏教）と老（道教）のことを記述している。そこに後漢明帝の時代云々、とあるのだが、その時点から五百年前のことになる。はたして正確かどうかわからない。

かんじんの『後漢書』の明帝本紀には、天竺沙門の来朝のことどころか、西域へ使者を出したことさえ記されていない。

仏教伝来初期のことは、中国史上において、こんなふうにぼんやりしている。

これまで西域人の信仰として、別世界のものとみてきた仏教に、あるいはたましいを救うなにものかがあるのではないか。そんなふうにかんじはじめた中国人に、仏教のいろはを教えたのは、やはり西域の僧侶であったろう。

『三国志』には、倭人伝があるのに、西域伝はない。おそらくシルクロードと呼ばれる交易路は、戦乱のためにさびれたのであろう。中国在留の西域人で、故郷からきりはなされ、漢人化を余儀なくされるケースもあったはずである。仏教徒である西域人が漢人化したことは、とりもなおさず、中国社会への仏教の浸透ということになる。

三国以後の群雄割拠の時代、仏教は中国全土に、ますますひろがった。英雄たちのなかには、仏僧を呪術師とみなして、戦勝祈禱のため戦陣に伴ったということもあったらしい。

仏教がひろがるにつれて、西域僧から教わった「いろは」だけでは満足できない人があらわれる。さまざまな疑問がうまれるが、それに答えてくれる人はいない。

——それでは、仏教の源流の地であるインドへ行って、仏法の奥義をきわめよう。

そう考える人が出るのはとうぜんであろう。

だが、中国からインドへの道は遠い。しかも難路である。仏法のために、その困難をいとわないと思い定めた、勇気のある人たちがインドをめざして旅立った。

それが求法僧である。

唐の義浄《ぎじょう》（六三五—七一五）のあらわした『大唐西域求法高僧伝』二巻は、そのような求法僧五十六人の伝記をおさめたものである。そこに名をつらねた五十六人は、求法僧の一部にすぎない。求法僧といえば、私たちはすぐに三蔵法師玄奘《げんじょう》を思いうかべる。講談本の『西遊記』が庶民に親しまれているせいであろう。そのうえ、彼の著作がのこされていて、旅行のようすがあるていどわかるからでもある。

旅行記を書いた求法僧はすくなくない。だが、それが現存するのは稀である。書名だけほかの本に記録され、現物は亡佚《ぼういつ》したケースがじつに多い。現存するのはきわめて恵まれた書物であり、恵まれた作者であるといわねばならない。玄奘はそんな幸運な求法僧の一人であった。

自分のあらわした旅行記が現存する幸運の求法僧は、玄奘の前には法顕《ほっけん》があり、後には義浄がある。

法顕と玄奘はよくくらべられる。艱難辛苦のすえ天竺にいたり、長い歳月をすごしたのち帰国したことはおなじだが、両者はむしろ対照的なところのほうが目立つ。二人とも長安から出発したが、法顕の出発は三九九年であり、玄奘のそれは六二九年だから、ちょうど二百三十年をへだてている。出発のときの年齢は、法顕が六十四歳であり、玄奘は二十七歳であった（両者とも生年に諸説があるが、それも二、三年の差にすぎない）。私にとっては、出発のときのこの年齢の差が、最も劇的におもえる。

玄奘の出発は、太宗《たいそう》の貞観《じょうがん》三年という、唐初の興隆期であった。隋《ずい》が南北を統一して、ちょうど四十年たち、天下はほぼ太平である。二十七歳の若き玄奘は、咲く花のにおうが如き時代を背景に、いや、その躍動する時代の波に押しあげられるようにして、長安を旅立ったのである。

法顕の出発は、五胡十六国の大分裂時代にあたっていた。長安のあるじも、前秦から西燕、後秦と、めまぐるしく変わった。これらは氐《てい》族、鮮卑《せんぴ》族、羌《きょう》族といった非漢族系の政権であった。弱肉強食のおぞましい末世で、けっして光明の時代ではない。法顕もそんな時代に押し流されるようにして、六十四歳の老軀をひっさげて旅立ったのであろう。

玄奘は十六年後、そして法顕は十三年後、帰国したのである。十六年後といっても、玄奘はまだ四十代前半の働き盛りであった。それにくらべると、法顕はもう八十に近い老翁であった。

法顕の天竺行きは、われわれに勇気を与えてくれる。六十四歳で西域の大砂漠を渡り、酷寒の大雪嶺を越えて天竺へ行こうとしたのである。懦夫《だふ》をして起たしめる果敢な行動といわねばならない。

ことに老境にある人たち、それに近い人たちにとっては、法顕の事蹟は光りかがやいてみえるであろう。

西域の入り口は敦煌《とんこう》だが、長安を出た法顕はまっすぐに敦煌へ行ったのではない。乱世であったから、紛争の地は避けねばならない。旅費は喜捨《きしゃ》に仰がねばならない。しぜん彼のたどるコースはジグザクとなる。

南も北も、東も西も、戦乱が絶えない。彼の旅立ちの翌年は、東では例の「好太王碑」にいう十年庚子、高句麗《こうくり》が五万の兵を発して、新羅《しらぎ》を救援した年にあたる。

老いたる法顕の旅立ちの背景は、二百三十年後の若き玄奘のそれと、いかに大きく異なっていたことか。

法顕には同志がいた。慧景《えけい》、道整《どうせい》、慧応《えのう》、慧嵬《えかい》の四人は、長安出発のときの同行者である。張掖《ちょうえき》というところで、智厳《ちごん》、慧簡《えかん》、僧紹《そうしょう》、宝雲《ほううん》、僧景《そうけい》の五人が加わり、さらに于闐《うてん》から慧達《えだつ》も一行のなかにはいった。法顕をあわせて十一人であったが、途中で帰ったり、残留したり、病没したりして、初志をとげたのは彼一人だけであった。

不屈の人といわねばならない。

――行路中、居民無し。沙行（砂漠旅行）の艱難、経る所の苦しみは人理に比《たぐい》なし。

と、彼はしるしている。彼とて超人ではない。肉体的には彼もただの人――年老いた人であった。小雪山でたおれ、白い泡を吹きながら死んだ慧景の遺体を撫で、なげき悲しんで号泣する人であった。

同行者のうち智厳はカシュミールまで行って長安に戻ったが、再び海路で天竺へむかった。彼はカシュミールで天寿をまっとうしたという。宝雲は北インドまで行って帰国し、訳経事業にあたった。道整は天竺にとどまって帰国しなかった。

求法僧は法顕が最初ではない。彼より百四十年ほど前に、魏の朱士行《しゅしぎょう》、またほとんど同時代に、廬山《ろざん》の慧遠《えおん》の弟子の法浄《ほうじょう》、法領《ほうりょう》たちが西域へ求法の旅をしている。

法顕より百四十年前に西域へ行った朱士行は、最初の求法僧であったばかりか、中国人で最初の出家であったといわれている。

後漢の宮廷人は、宮殿のなかに金色燦然《こんじきさんぜん》たる仏像を置いたが、それはエキゾチックなムードをたのしんだだけで、信仰とはいえないものであった。出家などした者は一人もいなかったにちがいない。

正式に受戒して出家したのは、記録されているかぎり、三世紀、三国の魏の人であるこの朱士行が第一号である。彼は潁川《えいせん》（河南省）の人で、出家後、洛陽で『道行般若経《はんにゃきょう》』を講義していたが、テキストの不備で文意が通じないので、原本をもとめようとして、甘露五年（二六〇）、長安をあとにしたのである。彼は于闐に行き、待望の原典を得たけれども、それは弟子に持ち帰らせ、自分はその地にとどまり、そこで没した。

出家の第一号が、すなわち求法僧の第一号であったことは、中国仏教の宿命であったのだろうか。法顕とほとんど同時代の、廬山の慧遠の弟子たち——法浄や法領たちも、やはり于闐に達して、仏典を入手したけれども、そこどまりで、天竺までは行っていない。

于闐は現在の新疆ウイグル自治区の和田（ホータン）であり、そこからインドへの道はまだまだ遠いのである。

途中でたおれた人、天竺まで行ったが戻らなかった人など、記録に残っていないケースがあるかもしれない。私たちが知りうる天竺入りの最初の人が、法顕であった。北天竺に足を踏みいれるまで、西域をほぼ三年にわたって旅をしたのである。彼はすでに六十七歳になっていた。

法顕の旅行記は、ふつう『法顕伝』と呼ばれているが、ほかに『仏遊天竺記』『歴遊天竺記伝』『仏国記』などの別名がある。それによれば、彼は敦煌を出て、十七日で鄯善《ぜんぜん》国に達している。

鄯善というのは、ロプ・ノール湖畔にあった、かつての楼蘭《ローラン》のことである。いま地中に埋まっていることはよく知られている。

法顕はこの国は崎嶇《きく》として痩せた土地であると記している。そこから西北へ十五日行くと傷夷《うい》国に着いた。これが『大唐西域記』の最初にのっている阿耆尼《あぎに》国であり、現在の焉耆《えんぎ》回族自治県のあたりにあるという。当時の傷夷国の人たちは礼儀知らずで、法顕の一行を冷遇したようである。

そこから三十五日もかかって、やっと于闐《うてん》の国に着いた。

この国は豊楽で、人民は殷盛《いんせい》であった。——土地の痩せた鄯善、住民が無作法な傷夷を経て、こうした于闐にたどりついたのだから、法顕たちもほっとしたであろう。ここには数万の僧侶がいて、その食事は国王の供養によるもので、それを「衆食」といった。一般の人民も家々の前に、小さな塔を立てている。小さいといっても、一ばん小さいので二丈ばかりである。当時の丈は、いまよりも小さく二・五メートルほどだが、それでも五メートル以上の塔を、それぞれの民家の前につくり、その四方に僧房をつくり、旅の僧侶に使わせている。

まさに坊さんの天国であった。

朱士行をはじめとする、これまでの先駆的な求法僧が、きまったようにここまで来て、先へ急ごうとしなかったのは、よくわかるような気がする。

ここまでの道は、形容できないほど苦しい旅であり、これからも、それに劣らない難路であるという。瘦せた土地、非友好的な住民たちのあいだを、くぐり抜けるようにして、この坊さん天国まで来れば、

——もうこれで結構だ。

という気持にもなるだろう。

だが、法顕はさらに先へ進んだ。彼はそこに三ケ月滞在したが、「行像《ぎようぞう》」という行事が見たかったからにすぎない。そこをゴールにする気はさらになかったのである。

行像というのは、仏像を美々しく飾った車にのせて、まちをねり歩く行事である。

そんな説明をうけると、私たちは日本の神社の祭礼のお渡りを連想する。于闐の行像の車は三丈あまりで、七宝で飾られ、繒幡蓋《そうばんがい》がかけられていたというから、まず祇園《ぎおん》祭の山車《だし》のようなものとおもえばよいだろう。

行像の車は城外でつくられ、寺の本尊がそのなかに立てられる。脇侍の菩薩や諸天が従うが、法顕はこれを「金銀彫瑩《きんぎんちようえい》」としるしているから、本尊以外は臨時のつくりものであったかもしれない。

これが城門に近づくと、王は冠をぬぎ、衣服をあらため、はだしで城門を出て像を迎え、散華、焼香する。王妃や宮女は門楼の上から花をまいた。色とりどりの花が、きらびやかな山車に降りかかり、まことに華麗なシーンであったろう。

数万の僧侶のいた于闐には、寺院の数もとうぜん多い。なかでも十四の寺院が大きく、それが毎日一寺ずつ、順番で行像をおこなうので、十四日間づつくわけである。法顕が于闐滞在中に居住した瞿摩帝《くまてい》寺は、十四大寺のなかでも最大のもので、行像の初日はこの寺がうけもった。『法顕伝』によれば、この行像は四月十六日（旧暦）から二十九日までおこなわれたという。この行事はもともと四月八日の仏誕日におこなわれたが、于闐の場合はなにかの都合で、時期をすこしずらしたのであろう。あるいは仏誕日には灌仏会《かんぶつえ》がおこなわれるので、二つの行事が重複しないように時期を配分したのかもしれない。西域のほかの国で、秋分の日に行像をおこなうところもある。東南アジアでは、ヴェサーカの月の満月の日におこなうそうだ。

仏誕日は、日本では「花祭」と称して、灌仏の行事はおこなうが、行像のことはあまりきかない。釈迦《しやか》は沙羅樹の花の下で生まれたというので、花御堂《はなみどう》をつくり、誕生仏に甘茶をかけるのが日本の習慣である。釈迦降誕のとき、龍が香湯をそそいだという伝説から、灌仏は香水を用いるのが、インドや中国のしきたりであった。日本では江戸時代に香水を甘茶にきりかえた。どんな香水か知らないが、日本人の趣味に合わなかったのであろう。

日本ではなぜ行像があまりおこなわれないのだろうか？

宗教行事には行列はつきものなのだ。キリスト教にもプロセッションがある。イスラム教では、シーア派のタージアが名高い。タージアは殉教者フサインの受難劇だが、街頭の騎馬行列などもあり、熱狂のあまり事故が頻発するのでイランでは禁じられたほどである。

長崎には「菩薩《ぼさつ》預り」という行列行事があった。江戸時代、長崎に入港した唐船は、船内にまつっている諸神（いわゆる船菩薩）を、長崎の唐寺にあずけるために持って行く。その行列が異国情緒に富んでいた。出帆のときも、「菩薩乗せ」の行列があった。宗門禁制のきびしい時代なので、唐人は切支丹《キリシタン》でないことを誇示するために、そんな大袈裟な行列をしてみせたのであろう。唐船内の諸神とは、媽祖《まそ》（あるいは天后聖母ともいう）という航海安全の女神や関帝などで、けっして純粋の仏像ではなかった。

日本では神社に行列行事があるので、仏寺のほうは遠慮したのかもしれない。あるいは仏教の行像という古いしきたりが、日本では神社のほうに応用されたとも考えられる。前記の船菩薩ではないが、日本でも神仏習合して、たがいに融通できたのであろう。

延暦寺《えんりやくじ》と日吉《ひよし》神社の関係にみられるように、内部での行事分担はかんたんであろう。比叡山の僧兵は、皇室に要求のあるときは、日吉神社のミコシをかついで暴れたものである。

ともあれ、行像がなかったので、日本のお寺の仏像は、いつまでも暗いところで、古びておわすことになったのであろう。

玄奘は往きは北道を通ったので、于闐は経由していない。彼は帰途、この地に立ち寄ったのである。そして、ここにしばらくとどまり、長安の皇帝に上表文を書き、隊商に託した。

玄奘の天竺行きは、じつは密出国だったのである。なんども正式の許可を仰いだのだが、そのたびに拒否された。中原は統一され、平和となったけれども、辺境の治安にはまだ問題があったのだろう。外交関係がうまく結ばれていないところも多かったはずだ。そのため、唐では国人が出境するのを許していなかった。

求法の熱に燃える若き玄奘は、正式の許可を得ぬまま、西のかた天竺をめざして、長安を発ったのである。いくら求法のためとはいえ、密出国であることにかわりはない。

玄奘の長安出発は、六二七年説と六二九年説とがある。于闐に彼が着いたのは六四四年であった。また十数年もたって、情勢もかわっている。たとえば、高昌国などはすでに唐の版図にはいった。唐の仏教界は彼の玄奘はインド留学の成果をあげ、おびただしい経文を入手することに成功した。唐の仏教界は彼の帰国を待望しているはずである。おそらく皇帝もよろこんでいるにちがいない。十数年前の非合法出国などは、もう問題にされることはないであろう。それでも、玄奘は国法を破ったことについて、ひとこと詫びを入れなければならないとおもった。

仏教が東方に伝わり、すぐれた仏典ももたらされたが、まだ欠けるところもあり、それを仏教の源流の地にたずねたかったという動機から説きおこした。

――遂に貞観三年四月を以て、憲章（国法）を冒《おか》し越え、私《ひそか》に天竺に往く。流沙の浩浩《こうこう》たるを践《ふ》み、雪嶺《せつれい》の巍巍《ぎぎ》たるを陟《わた》る。鉄門、巉嶮《ざんけん》の塗《みち》、熱海波濤《はとう》の路、長安の神邑《しんゆう》より始まりて、王舎新城にて終わる。中間、経る所の五万余里……

これにたいする太宗の返事は、

……師が殊域に道を訪ね、今、帰還するを得たりと聞き歓喜無量なり。速《すみや》かに来りて朕《ちん》と相《あい》見《まみ》ゆべし。……

という歓迎の内容のものであった。

皇帝だけではない。噂をきいた長安市民が、興奮して彼を迎えた。彼は運河に舟をうかべて長安にはいり、上陸しようと思ったが、大群衆のために、それもできず、舟のなかで一夜をすごさねばならなかった。

翌日、貞観十九年（六四五）正月七日、玄奘はやっと長安の土を踏み、持ち帰った経典や仏像を朱雀門の南に展示した。

太宗は高麗遠征軍を督戦するために、洛陽へ行っていた。長安の留守を預かるのは房玄齢《ぼうげんれい》であった。やがて玄奘は洛陽に赴き、太宗に会った。儀鸞《ぎらん》殿で玄奘を迎えた太宗は、開口一番、

――師、去るに、何ぞ相い報ぜざる？

と、訊いた。十数年前、長安を去るとき、なぜひとことしらせてくれなかったのか？　一青年僧侶の出国願いなどは、おそらく皇帝のところまで届いていなかったのであろう。玄奘はなんども上表したが、許可が得られなかったことを述べ、

――専擅《せんせん》の罪、ただ深く慚懼《ざんく》す。

と、詫びた。太宗は、そなたは出家だから、俗人とは異なるのだと、不法出国のことは不問に付した。それどころか、命がけで仏法を求め、蒼生《そうせい》を恵もうとした行動を嘉《よみ》するということばを賜わった。

さらに太宗は、玄奘が苦難の大旅行に示した、不屈の精神と、その人格、識見を高く評価し、還《げん》俗《ぞく》して政務を補佐するようにすすめた。玄奘が固辞したのはいうまでもない。

はなばなしい帰還であった。

于闐は旅行者がほっと息をつくところである。往路といわず、帰路といわず、このゆたかなオアシスは、求法僧の心を慰めたであろう。玄奘は、あとひと息、と思い、法顕は、これからがたいへん、と身をひきしめたにちがいない。

老いたる法顕は、長安では入手できない経典を、瞿摩帝《くまてい》寺の経蔵のなかで何部も発見したであろう。天竺まで行かないでも、このあたりで引き返してもいいではないか。ここでもかなりの成果があるのだから。——法顕は心のなかに、そんな誘いの声をきいたかもしれない。先輩の求法僧たち、たとえばここにとどまった朱士行のこと、ここから引き返した法浄や法領のことが脳裡をかすめる。

（誰も求法のために天竺へ行った者はいない。だから、私が行かねばならない。……）

法顕は自分にそう言いきかせた。

前へ進むのだ。彼は于闐をあとにした。二十五日歩いて、子合《しごう》国にたどりついた。子合国は現在の葉城県（カルガリク）である。私はこの逆のコースを、ジープで約八時間ほどかかって和田（于闐・ホータン）に着いた。つらい旅だと思ったが、二十五日も歩いた老僧法顕のことをおもえば、まるで極楽ではないか。

葱嶺《そうれい》（パミール）を越えて、やがて北インドにはいる。新頭河（インダス川）は千仞《せんじん》の谷の底にあった。断崖絶壁を、傍梯《ぼうてい》を頼りに進む。傍梯というのは、石に穴をうがって、そこに横木をさしこみ、足がかりにするようにしたものである。心細げな吊橋も渡らねばならない。見下ろすと、目がくらんでしまう。六十七歳になったはずの彼の体力は、どんなものだったのだろうか。

法顕を前へ進めたのは、求法の熱であったのはいうまでもないが、前人未到の地を行くという自負もあったであろう。

——ここは漢の張騫《ちょうけん》や甘英《かんえい》も至らなかったところである！

と、彼は旅行記にそう記している。

インドに六年滞在し、おもに戒律をたずねもとめた。当時、仏教関係の書籍で、中国に最も欠けているのは律蔵《りつぞう》であった。分裂中の中国は、各地とも僧侶の数が異常にふえていたのである。兵役や夫役、あるいは税金を逃れるだけのために出家する者が多かった。急にふくれあがった教団は、組織をまとめる戒律の根拠を欠いて、混乱していたのである。これは三百五十年後の日本の仏教界の状況と似ていた。日本はそのため、中国に律師をもとめ、老いて失明した鑑真《がんじん》和上の来日となったのである。

中国では老いたる法顕が、みずからインドに渡った。

法顕は師子国（セイロン）から海路で帰国することにした。船は耶婆提《やばてい》国に着き、彼はそこに五ケ月滞在した。ジャワ島であろう。五ケ月もいたのは、船が無かったのか、それとも旅費がなく、施主をもとめたのか、どちらかと思われる。

西域経由の陸路も危険だが、海路もけっして安楽ではなかった。セイロンからジャワまで九十日もかかっている。十三昼夜、船は暴風に揺られ、ある島で破損を修繕してまた進むといった状態であった。

ジャワから広州《こうしゅう》行きの船に乗ったが、これも漂流し、青州《せいしゅう》長広郡《ちょうこうぐん》にやっと流れ着いた。現在の山東省《さんとうしょう》膠州湾《こうしゅうわん》の東南である。

三蔵法師玄奘の帰国は、凱旋将軍のそれのようにはなばなしいものだった。彼自身は、はれがましすぎて、かえって困ったことであろう。それにくらべると、法顕の帰国はまことにわびしいものではないか。行をともにした十人の同志の僧のうち、彼とともに帰った者は一人もいない。たしかに孤影悄然としていた。だが、律蔵を主とする経典や仏像類は無事であった。暴風雨のとき、海に棄てられるかもしれなかったが、彼は観世音を念じ、漢地の衆僧に祈り、それを守ったのである。

六十を過ぎてから、西域から天竺への大旅行に出かけた奇跡の求法僧法顕は、喜寿（七十七歳）の年に海路帰国した。

『梁《りょう》高僧伝』によれば、彼は荆州《けいしゅう》（湖北省）の辛《しん》寺で卒した。春秋八十有六であったという。帰国後、十年近く訳業に従事したが、ついに長安の土を踏まなかったことになる。

長安を出たあと、ふつうなら河西四郡——武威《ぶい》、張掖《ちょうえき》、酒泉《しゅせん》、敦煌《とんこう》を通るものである。だが、戦乱があって、法顕は武威を避けて通った。じつはこれが運命の分かれ道といってよかったのである。

長安のあるじ前秦《ぜんしん》の苻堅《ふけん》は淝水《ひすい》の戦いで東晋《とうしん》に破れ、法顕が出発するころ、後秦姚興《ようこう》が長安を手に入れていた。苻堅は東晋との大決戦にあたって、西のほうをかためるため、呂光《りょこう》という将軍を西域へ派遣していた。苻堅は東晋との大決戦にあたって、西のほうをかためるため、呂光という将軍を西域へ派遣していた。呂光は亀茲《きじ》（新疆ウイグル自治区庫車＝クチャ）を攻めて降したが、淝水の敗報に接し、自立するほかないと思った。

亀茲は豊饒なオアシスである。主君の苻堅が没落した以上、呂光が一国一城のあるじとなろうとしたのはとうぜんであった。いまこの地を手に入れた。ここに国をたてよう。彼はそう思ったが、反対する人がいた。

――ここに留まれば凶。東へ行けば吉。

当代随一の名僧と謳われた鳩摩羅什《くまらじゅう》がそう言ったのである。

鳩摩羅什の父はインドの貴族で、母は亀茲国王の妹であった。幼少のころから神童のほまれが高く、カシュミールやカシュガルで大乗と小乗とを兼ねて学んだ。苻堅は呂光を西域に派遣するとき、

――亀茲の鳩摩羅什を、かならず手に入れるように。

と、とくに命じていたという。当時の仏教界で、彼は天才僧侶の名をほしいままにしていたのである。

鳩摩羅什にもかねてから東方布教の意思があった。乱世の中国は、渇えたように仏教に救済をもとめていた。それなのに、仏教の正しいすがたが伝えられていない。それを伝えるのは、自分をお

いてほかにいないのではあるまいか。彼はそんな使命感をもっていたようだ。

呂光の亀茲占領は、鳩摩羅什にとって、東方布教の道をひらくチャンスでもあった。呂光に連れられて東方へ行く。大いなる道がそこにひらけるだろう。それなのに、呂光は亀茲に居すわろうとしている。鳩摩羅什は吉凶判断にことよせて、呂光に東方帰還をすすめたのである。

呂光は鳩摩羅什を連れて東帰し、武威地方で自立した。五胡十六国の一つである後涼国であった。法顕が河西地域を西へむかったのは、その十五年後のことである。内戦を避けて、法顕は武威に立ち寄らなかった。もし武威に足を踏みいれていたなら、彼はもはやそれ以上西へ行く必要はなかったであろう。仏法についての疑義は、天才鳩摩羅什が解きえたにちがいない。亀茲からはこばれたおびただしい経文のなかには、律にかんするものがすくなくなかったはずである。げんに彼は『梵網経』や『仏蔵経』など、律蔵の経典を訳している。

鳩摩羅什が、後秦の姚興《ようこう》に迎えられて長安に入ったのは、二年後のことであった。法顕が出発を二年延期しておれば、天竺行きの計画はとりやめになったところである。

法顕が天竺まで行って解明した疑点、その地で律蔵を手に入れたことなど、彼の出発二年後に、長安でも解決できた問題であった。その意味から、彼の大旅行を徒労とみる人がいるかもしれない。

だが、法顕の天竺行きは、じっさいの収穫よりも、それを敢行したという事実のほうに、より大きな意義があったのだ。中国からはじめて天竺へ渡った求法僧が、法顕のような平凡で誠実な老人であったことは、どれだけ世人の心を奮い起たせたかしれない。

一つの疑問がある。法顕は天竺へ行くにあたって、武威に名僧鳩摩羅什あり、ということを知らなかったのだろうか？　鳩摩羅什は若くして、仏教界にその名を知られていたというではないか。当時の情報の伝わり方は、それほど正確ではなかったかもしれない。

　これは私の推測だが、後涼国をたてた呂光やその息子たちは、鳩摩羅什を国の宝として、文字どおり秘蔵し、めったに人に会わせなかったのであろう。『晋書』の鳩摩羅什伝では、彼はもっぱらよく吉凶をうらない、予言をおこなった人物としてえがかれている。国家としては、将来を読みうる名僧は、宰相よりも大切な存在である。

　前秦の苻堅は、かつて十万の軍を動員して、東晋の拠点である襄陽《じょうよう》を陥したが、そこで名僧道《どう》安《あん》と名儒習《しゅう》鑿《さく》歯《し》の二人を得た。このとき、苻堅は宰相にむかって、「わしは十万の兵をもって襄陽を降したが、得たのは一人半だけである」といった。道安が一人で、習は半人という勘定である。これは損をしたというニュアンスではない。名僧の価値が、それほど高いということなのだ。

　亀茲にいる鳩摩羅什を迎えるように、苻堅にすすめたのは、この道安であった。道安は鳩摩羅什のほうが、自分よりも高価な僧だと認めたのである。苻堅はそこで、西域へ派遣する将軍呂光に、鳩摩羅什をどうしても連れて帰れと命じたのだ。

　そんな貴重な名僧を我が手にして、呂光父子が門外不出にしたであろうことは、容易に想像される。

　また鳩摩羅什も、長安に迎えられるまでの十七年のあいだ、宗教家として表面的な活動を停止していたと考えられる。

　仏法の正しいすがたを東方へ伝えるのは、重要経典の正しい翻訳がなによりも大切である。鳩摩羅什は、そのためには中国の語文をマスターしなければならないと思ったはずだ。彼はこの十七年間を、おそらく中国のことばを学び、さまざまな古典を読むことについやしたであろう。

西域がトルキスタンではなく、イラニスタンであった時代である。亀茲の言語も、印欧語族の系列のものであった。鳩摩羅什のマザータングは、漢語とまったく異質のものだったのである。呂光が亀茲を陥したとき、鳩摩羅什は三十五歳（四十一歳説もある）であった。東方布教の意思をもっていた彼は、あらかじめ中国の語文を学習していたかもしれない。だが、本格的にはじめたのは、武威に移ってからであろう。この沈潜の時期、彼は外面的にはいささか忘れられた存在となっていたのではあるまいか。十数年にわたる沈黙は、鳩摩羅什を伝説的人物にしていたはずだ。法顕の求法の熱願は、伝説をあてにしなかったのである。

求法僧といえば、漢地から西域へ、天竺へ、仏法を求めて困難な旅行をした宗教家のことであるが、広義に解すれば、鳩摩羅什のように、西から東へ仏法を伝えた人たちも含めてよいだろう。ほとけの教えをひろめ、衆生《しゆじよう》を済度《さいど》しようとするのも、仏法の真髄を求めることにほかならないのだから。

鳩摩羅什は長安に迎えられてから、その死にいたる僅か八年のあいだに、三十五部二百九十四巻の訳経をなしとげた。まさに超人的な仕事ぶりである。のちの玄奘の訳経は、逐語的に正確であり、学術的翻訳といってよい。それにたいして鳩摩羅什の訳経は、いわゆる意訳的なところがあるが、経典の本筋をしっかりとつかみ、かえって読む人に仏法の核心に迫るおもいをさせる。文学的翻訳というべきであろうか。これは彼が中年になってから、中国語文を学んだことと関係があるかもしれない。

いま日本でひろく読まれている『法華経《ほけきょう》』は、西域出身の鳩摩羅什の漢訳である。それは多くの信者を魅了した名訳なのだ。漢訳『法華経』によって、日本は西域とのあいだに、ひめられたつながりをもっていると考えてよいだろう。

求法僧のことに紙数をさきすぎたと思われる人がいるかもしれない。だが、西域の道をシルクロードと呼びならわしている現在、ここが商売のための道だけでなかったことを、とくに強調しておく必要があるようにおもう。だから、求法僧について、もうすこし書くことにした。

鳩摩羅什より約百年前の仏図澄《ぶっとちょう》という西域僧のことは忘れてはならない。『晋書』には、この人物のことを、天竺の人、本姓は帛《はく》氏としるしてある。帛または白は、亀茲の国王の姓で、国人もその姓を名乗っていた。疏勒《そろく》（カシュガル）が裴《はい》氏、于闐《うてん》（ホータン）が尉遅《うっち》氏を名乗っていたのとおなじである。『晋書』の執筆者は、天竺も亀茲もあまり変わりはないと考えたのであろう。あきらかに亀茲の人である鳩摩羅什についても、同書は天竺の人と記述している。

おなじ亀茲の出身だが、仏図澄と鳩摩羅什とは、対照的な人物であった。後者には数多くの訳経があり、それが現存して、現代人の心ともふれ合っている。だが、前者には一巻の訳経もない。

仏法の東方布教をめざしたことは、両者とも共通している。仏図澄が洛陽にやって来たのは、三一〇年のことであった。匈奴《きょうど》軍がしきりに晋をおびやかしていたころである。翌三一一年、洛陽はついに陥落した。洛陽は焼かれ、掠奪と暴行の地獄さながらの様相を呈した。七万五千人が虐殺された。高層の楼上から投げたり、生き埋めにしたり、ありとあらゆる残虐な行為がおこなわれた。

人肉を動物の肉と煮て、宴会がひらかれるといったことは日常茶飯事であった。

こんな凄惨な現実を前にして、仏図澄は訳経などという仕事より先に、なすべきことがあると思ったのはとうぜんであろう。残虐行為をしている匈奴の首脳陣に、

——そんなことをしてはいけない。

と、説くことである。

——なぜいかんのか？

弱肉強食が世界の原理だと信じていた匈奴の将軍たちに、蛮行の非を説くことは、二十世紀の私たちが考えるほどかんたんではなかった。仏図澄は、目の前の、一人二人の命を助ける仕事に明け暮れたにちがいない。訳業に従事できる求法僧は、仏図澄からみればしあわせな人間であった。

人殺しが悪いということを、どんなふうに説けば、匈奴の蛮将たちにわからせることができるだろうか？　それより先に、どうすれば彼らに、自分のことばをきいてもらえるだろうか？

彼らの前に奇跡を現出するのが一ばん効果があった。見えることしか信用しない連中である。そんな連中の信用を得るには、それしかなかった。仏図澄の伝記には、彼がさまざまな奇跡をおこなったことをのせている。

——善《よ》く神呪《しんじゅ》を誦《しょう》し、能く鬼神を使役す。

とある。また後趙の石虎の息子が死んだのを蘇生させたという話も伝わっている。

仏図澄はおそらく医学にも自然科学にも通じていたのであろう。当時の名僧といわれる人は、たいていそうであったようだ。便法として、彼はそれに奇跡の衣を着せたとおもう。信用されるのが、

なによりも先決であったのだから。

怪力乱神を語らぬことを信条とする儒学系統の人たちは、奇跡を演出することができなかった。そのため匈奴にたいする教化の機会さえつかめなかったのではあるまいか。

仏図澄は百十七歳で死んだという。ほんとうに超人的な要素をもっていたのかもしれない。匈奴の君主たちは、彼の言いなりになって、数多くの寺院が建立された。

仏図澄自身は、一字の訳経も著作も残さなかったが、門弟は一万といわれた。道安も高弟の一人だったのである。亀茲の名僧鳩摩羅什を迎えることを、前秦の君主に進言したのが道安であったことはすでに述べた。

唐招提寺

法顕《ほっけん》や玄奘《げんじょう》のように、中国からインドへ渡った僧侶たちだけではなく、仏図澄《ぶっとちょう》や鳩摩羅什《くまらじゅう》のように、西域から布教のために東へむかった人たちも、求法僧に含めるとすれば、鑑真和上《がんじんわじょう》もとうぜんそのなかにはいる。

唐招提寺《とうしょうだいじ》の鑑真和上は、私たちになじみ深い人である。私などは法顕のことを読んだりきいたりしていると、しぜんに鑑真のことを連想するほどだ。

法顕は六十四歳のとき、天竺めざして長安を出発し、三年の歳月を経て、やっとインドの土を踏んだのである。

鑑真が日本の留学僧栄叡《ようえい》や普照《ふしょう》に、伝律授戒のため日本へ行くことを請われたのは、唐の天宝元年（七四二）のことだから、彼が五十五歳のときであった。第一次渡航はその翌年に試みられたが、密告されて失敗し、第二次渡航は遭難して失敗する。なんども失敗し、六回目にやっと成功し、鑑真が奈良のみやこにはいったのが、日本の天平勝宝六年（七五四）だから、彼はもう六十七歳になっていたのである。

鑑真は東大寺戒壇院の北の僧房に住み、これを世人は唐禅院と呼んだ。

天平宝字三年（七五九）、彼は故新田部《にいたべ》親王の旧宅を賜わり、そこに建てた伽藍が「唐招提寺」である。唐のならわしでは、国立の伽藍を「寺」と称し、私立のそれは「招提」と称した。鑑真はそこに隠居して、律学の研究をしようとしたので、はじめは「唐律招提」と名づけたのである。のちにここも官寺となったので、「寺」の字をつけたのだ。

唐招提寺には有名な鑑真和上の坐像がある。七十六歳で彼が没する直前、弟子たちがそのすがたをうつしたといわれる。脱活乾漆《だつかつかんしつ》のその像は、しずかに目を閉じ、口もとにはかすかな微笑がただよっている。第五次渡航失敗のあと、鑑真は六十三歳で失明した。鑑真の伝記である『東征伝』に、

——時に和上、頻りに炎熱を経て、眼光暗昧《がんこうあんまい》なり。ここに胡人ありて、能く目を治すという。遂に療治を加うるに、眼遂に明を失せり。

と、しるしている。

第五次渡航は、暴風のため漂流し、海南島に流れ着くという悲惨な失敗であった。鑑真一行は、海南島からむかいの雷州半島に渡り、各地を巡錫《じゆんしやく》して桂林《けいりん》を経て広州に着いた。その前に、硯《すずり》で有名な端渓《たんけい》の近くにある端州で、栄叡が病死したのである。鑑真に日本行きを請うた、この日本僧の死を、和上が悲しんだのはいうまでもない。『続日本紀』には、

——時に栄叡物故す。和上、悲泣して明を失す。

という記事がある。

鑑真を治療した胡人とは何者であろうか？

広州には唐代、アラビア商人がおおぜい来航していた。アラビア人のことを、中国では大食（タ

ージー）と呼んでいた。アラビア語で商人のことを「タージル」という。

——おまえは何者か？

——商人（タージル）だ。

といったやりとりがあって、タージルが国名になってしまったのであろう。

西方の人が中国へ来るのは、タクラマカン砂漠越えのルートしかなかったのではない。海路もあったのだ。

当時の中国人には、アラビア人とペルシャ人の区別もわからなかったであろう。海上ルートで中国にやってくる商人は、なにもアラビア人にかぎらなかった。

胡人の眼科医は、アラビア人であったか、ペルシャ人であったかわからない。だが、一般の中国人にとって、異形の人であったことはまちがいない。鑑真は旅先で病気にかかり、大切な目を異形の胡人にまかせたのである。当時の手術というのは、たいへんなことであったろう。鑑真のひろい心には、胡人にたいする偏見などなかった。だからこそ、彼は日本へ行こうとしたのである。

鑑真和上坐像の顔をじっとみつめていると、右の目が心もちおかしいのに気づく。この坐像をつくった人たちは、たいそうリアリストであったのだ。これは芸術用語のリアリズムではない。

これまでその存在を精神の柱と頼んできた人が、まもなく死のうとしている。いまのうちに、それをそっくりうつし取らねば、自分たちの精神はよりどころを失って、ふらふらになってしまう。

——そんな不安にかられた弟子たちは、師の和上のすがたを、なにひとつ見逃さずに、乾漆像に保存しようとしたのである。いまでもこの像の鼻下や顎に、ひげが点々と植えこまれているのが見える。そんなこまかいところまで、実物に似せようとした。

一種の強迫観念にとらわれて、細部にいたるまで神経をくばった弟子たちは、師の眼科手術のかすかな痕跡までうつし取ったようである。

鑑真和上の正確な死因は不明である。七十六歳の老僧の死といえば、私たちは枯れるような最期と思いがちである。だが、死の直前の鑑真和上は、けっしてやつれてはいない。法衣に包まれたからだも、いかにもがっちりしている。

弟子たちは、ひげや眼科手術の跡といった、末梢的なところは写実主義に忠実であったが、ぜんたいについては、やはり理想化したようだ。祈りがこめられて、「かくあれかし」とおもう師のすがたがつくりだされたにちがいない。急死ではない。春ごろから不調であったという。

鑑真和上坐像は、たしかに日本の造型芸術における最高傑作の一つといってよい。この像はむかしからあまりにも有名であり、最近では中国への里帰りということも加わって、話題を呼んでいる。そのかげにかくれたように、それほど目立たないが、唐招提寺には注目すべき仏像がある。

伝薬師如来立像《でんやくしにょらいりつぞう》。――右手が折れているので、どのような印を結んでいたかわからないが、おそらく薬師如来であろうとおもわれる。だが、如来立像はたいてい右肩を衣で蔽うのに、唐招提寺のこれは、右のほうを露出している。

さらに両脚のあいだにそって、Y字状の衣文をあらわす形式、眉、目や鼻、口を、顔の中央に寄せるようにしている容貌、重量感溢れる腰といった特色は、当時の日本の仏像にはほとんどみられない。日本ばかりか、中国にもすくないようである。それは、西域の壁画や板絵などによく見られる様式なのだ。

唐招提寺のこの伝薬師如来立像は、唐を通り越して、西域とのつながりをみせている。私たちはこの像によって、求法僧鑑真のうしろに、西域の影を見るような気がする。

失敗におわった第二次渡航計画では、玉作工、画家、彫刻家、石碑工、刺繡工など、美術関係の工人がおおぜい随行し、僧侶を含めて総勢百八十五人というスケールであった。だが、成功した第六次渡航の場合、規模はずっと縮小されて、随行者も揚州《ようしゅう》白塔寺《はくとうじ》の僧法進《ほっしん》以下、ぜんぶで二十四人にすぎなかったのである。

第二次渡航計画が成功しておれば、日本の美術史はかなり変わったであろうとおもわれる。第六次グループには、美術関係の職人らしい人はいなかったようだ。とはいえ、みな仏門の人なので、仏教美術の指導はできたであろう。渡航団の規模縮小は、おそらく経費の問題があったにちがいないが、仏像、仏具の制作については、現地の人を指導しようという方針にきりかえたとみてよい。

鑑真に随行した二十四人のうち、三人の変わり種がいた。

胡国人の如宝《にょほう》
崑崙《こんろん》国人の軍法力《ぐんほうりき》
瞻波《せんば》（チャンパ）国人の善聴《ぜんちょう》

あきらかに非漢人とわかる人が三人いたのである。全体の八分の一ということになる。

瞻波はかつて現在のベトナム南部にあたる地方にあった国で、ほかに占婆または占城などとも書かれる。唐以前は林邑《りんゆう》と称していた。

秦の始皇帝は天下を統一すると、この地方を象郡《しょう》として、その下に林邑県を置いた。「郡県制度」といわれるように、中国では秦以来、県は郡の下にあったのだ。

漢はベトナムに日南郡を置き、その下に象林《しょうりん》県をつくった。ところが、後漢末にこの地方は自立した。前述したように、中国の県は下部の単位である。「懸」という字でもわかるように、なにかにぶらさがっている状態をあらわす。郡や州や府などの下に付属するものなのだ。国として自立したとき、県は適当ではないので、象林邑国と称し、それが省略されて林邑国になったといわれている。

ベトナムの北部は、長いあいだ中国の文化的影響を受けつづけたが、二世紀末に自立した南部の林邑は、その後、むしろインド文化の影響のほうが強まった。文化だけではなく、インド人の渡来も多かったようである。

玄奘の『大唐西域記』の巻第十に瞻波国という項がある。これはいま述べたベトナム南部の林邑国の後身である瞻波のことではない。れっきとしたインドの国である。ビハール州にあり、バングラデシュに近い、現在のバガルプル市のあたりにあった。唐代は風俗は素朴で、小乗の国であり、異道の人が雑居していたという。

この東インドの瞻波の国人が、おおぜいベトナム南部に移住したので、おなじ名称で国を呼ぶようになったという説がある。

唐以前は国名も中国ふうの林邑だったのが、いつのまにかチャンパというインドふうのものに変わったのは、インドからの移住民の数も多く、その文化的影響力が浸透したからであろう。

いつのまにか、と漠然と書いたけれども、中国では長いあいだ林邑という国名を用いていて、その惰性はしばらくつづいたはずだ。七五七年ごろ、この国に政変があってからは、「環王国《かんおう》」と呼ばれるようになった。チャンパにあてる文字――「瞻波」「占婆」が用いられるようになったのは、唐の元和年間、すなわち九世紀になってからだという説がある。もっともこれは、中国側からみての国号変遷であるにすぎない。チャンパ側にすれば、はじめから一貫して「チャンパ」と称していたわけである。

しかし、『唐大和上東征伝』は、日本の宝亀十年（七七九）に書かれた漢文の文献である。時期的には、林邑または環王国と書かれていたころではないのか？

げんに鑑真より十数年前に、遣唐廻使の船で婆羅門僧正《ばらもんそうしょう》とともに来日した音楽家の仏哲《ぶってつ》については、林邑の人と記され、チャンパ系の国名は用いられていない。仏哲という人は、真珠を取りに海へ出て難破し、婆羅門僧正に救助され、一しょに日本へ来たのである。

おなじ時期に、おなじ国から来た人が日本にいたとすれば、国名表記は統一されてよさそうなものだが、それをしていない。

私は学者ではないので、勝手な推理をするのだが、鑑真和上に随行した瞻波人の善聴《ぜんちょう》は、ベトナムのチャンパ国人ではなく、インドの例の『大唐西域記』にあったチャンパ国の人であった可能性もあるのではないだろうか。

林邑の仏哲は音楽家で、雅楽舞曲の林邑楽は彼が伝えたものだといわれている。鑑真一行の瞻波人の善聴も、その名前からみれば、音楽家ではなかったかという気がする。日本へ行ってから、仏教音楽の指導をする要員として、鑑真和上がえらんで随員のなかに加えたのかもしれない。

仏哲は日本へ行くつもりはなく、遭難したのを救われて婆羅門僧正と行動を共にしたのである。仏哲という音楽家が日本にいることを、鑑真は知らなかったにちがいない。

天竺は中国からみれば、広い意味で西域に属している。鑑真一行の善聴については私は天竺――西域人説である。

なんども渡航に失敗した鑑真和上は、はじめは職人まで連れて行くつもりだったのが、最後には現地の人を教える要員にしぼったのではなかろうか。

音楽関係について、鑑真がえらんだのが、瞻波の善聴であったと推理されることは前述した。

仏像制作関係について、おなじ役割をふりあてられたのが、崑崙《こんろん》国人の軍法力《ぐんほうりき》であったのだろう。唐招提寺の講堂にある丈六の弥勒《みろく》像と脇侍《きょうじ》菩薩《ぼさつ》像は、軍法力の制作と伝えられている。天平宝字年間の作と推定されるが、もしそうだとすれば、鑑真和上将来と伝えられる不空羂索観音《ふくうけんさくかんのん》と八部衆《はちぶしゅう》像《ぞう》を除いて、唐招提寺最古の仏像ということになる。

その軍法力は、崑崙国人となっているが、パミール高原から新疆の南を走っている、現在の崑崙山脈とは、まったく関係のない国の人である。

唐代の小説には、崑崙奴《こんろんど》ということばがよく出てくる。『崑崙奴』というタイトルの小説もあるほどだ。黒奴と説明されているから、南方から連行され、奴隷として使われたのであろう。地理的にみて、アフリカ出身のニグロではなく、東南アジアの出身者が多かったのではあるまいか。

奴隷は自由人ではなく、売買されたものである。ふつうの商品でも遠い地方に産するめずらしいものは、値段が高かったが、奴隷もおなじであった。東南アジアの崑崙奴と、朝鮮の高麗婢《こうらいひ》とを、召使いにもつことが富豪の条件とされた時代もあったようだ。

『旧唐書《くとうしょ》』によれば、

——林邑より以南、皆、拳髪《けんぱつ》黒身、通号《つうごう》を崑崙と為す。

とあるから、ベトナム以南のマライ半島、ジャワ、スマトラ、セレベスあたりをさすのであろう。この地方から中国へ交易に来る船は「崑崙船」と呼ばれた。そうすると、崑崙国人というのは、なにも奴隷だけではない。貿易港に、商人として渡航し、そのまま居住した人もいたであろう。また崑崙奴は高価な奴隷なので、そのあるじは酷使などしなかったにちがいない。

唐代小説『崑崙奴』に出てくる、磨勒《まろく》という名の崑崙奴は、若旦那の恋をとりもつ善玉である。若旦那が恋したのは、政府の大官の愛妓であり、磨勒は危険をおかして彼女を連れ出す。それがわかって大官は包囲してつかまえようとするが、磨勒はハヤブサのように逃げ、雨のようにそそぐ矢もからだにあたらなかったという。十年後、ある人が、磨勒が洛陽のまちで薬を売っているのを見かけたが、顔はむかしのままの若さであった、という後日譚で話が結ばれている。

洛陽のまちで薬を売るのだから、崑崙国人は奴隷ばかりでなかったことがわかる。奴隷もあるじの意思によっては、解放されて自由人になることもできた。

崑崙国人の軍法力のキャリアを、私たちは知らない。縁があって、鑑真和上の弟子となったのだから、熱心な仏教信者であろう。おそらく寺院に出入りして、仏像や仏具を制作していた人とおもわれる。

鑑真和上が住職をしていた揚州大明寺は、規模の大きい寺院で、おおぜいの仏師がそこの仕事をしたであろう。日本渡航にあたって、和上は腕のよい、からだの丈夫な仏師をえらんで、メンバーに加えたにちがいない。崑崙国人軍法力は、そんな選考に合格してえらばれたのだ。

音楽師にしても仏像制作の工人にしても、鑑真和上はそれが漢人であることにこだわらなかった。実力さえあれば、チャンパの人であろうと、崑崙の人であろうと、かまわなかったのである。大事な眼を手術するときに、胡人の医師にかかったというエピソードが思い合わされる。

鑑真和上来日グループの、変わり種三人組のなかで、最も注目すべき人物は、胡国人の如宝であろう。

瞻波の善聴も崑崙国の軍法力も、日本に来てからの事蹟は、あまり伝えられていない。軍法力制作といわれる仏像があるが、それもたしかとはいえない。如宝を含めて、この三人は変わり種というだけで、グループのなかの重要メンバーではなかった。

『唐大和上東征伝』は、鑑真に随行した人たちをつぎのように列挙している。

相随《あいしたが》う弟子は、揚州白塔寺の僧法進、泉州超功寺《せんしゅうちょうこうじ》の僧曇静《どんじょう》、台州開元寺の僧思託《したく》、揚州興雲寺の僧義静《ぎじょう》、衢《く》州霊燿《れいよう》寺の僧法載《はっさい》、竇《とう》州開元寺の僧法成《ほっせい》等一十四人、藤州通善寺の尼智首《ちしゅ》等三人、揚州の優婆塞《うばそく》潘仙童《はんせんどう》、胡国人安如宝、崑崙国人軍法力、瞻波国人善聴、都《す》べて二十四人なり。……

とある。総勢二十四人だが、十四人のところで、いったん切ってかぞえている。それは、弟子——すくなくとも直系の弟子はこの十四人だけだということではないだろうか？　あとの十人は、すこし格が落ちることをあらわした書き方のようである。

もっともこの文章は二十四人の名前をぜんぶあげていない。直系の弟子十四人でさえそうである。ほかの文献にみえる揚州白塔寺の恵雲《えうん》や婺《ぶ》州の仁幹《にんかん》などの名もみえない。名前があげられただけで、光栄とすべきかもしれない。だが、書き方に段階がつけられているのはあきらかである。

胡国人の安如宝は、これでもわかるように、鑑真一行のなかでは、いわば二軍選手であったのだ。それなのに、唐招提寺の事実上の後継者となったのは、この如宝だったのである。来日のとき、ランクが下であったというのは、おもに彼が年齢的に若かったためであろう。

『日本後紀』などによると、彼は弘仁六年（八一五）に、八十四歳で歿していることがわかる。逆算すれば、如宝は二十二歳のとき、鑑真に従って唐をはなれたことになる。長年、鑑真の身辺にあった弟子たちにくらべると、若すぎるといわねばならない。

日本へ行ってからのことを考えると、鑑真は若くて優秀な人物を同行する必要を痛感したであろう。鑑真自身は六十代の半ばを越している。随行のふるい弟子たちも、かなりの年配になっていた。これから未知の国——日本へ行き、新しい宗教活動を始めようとするのである。側近の弟子たちは、唐における生活が長すぎた。すくなくとも、未知の土地で、新しいことを始めるには、やや遅いように思える。

（彼らがこれから日本の土地に、ほんとうになじむのは難しいかもしれない）

鑑真はそうおもったであろう。

側近の弟子たちは、彼が日本において宗教活動をするにあたっての協力者でありえても、後事を託す人とはいえなかった。後事を託すには、もっと若い人でなければならない。

唐での生活で身についたものを、未練もなく、すぐに払いおとせるほどの若さが必要であった。鑑真はそんなことを考慮して、如宝のような優秀な青年僧を同行したようにおもえる。『東征伝』に、安如宝、とあるが、安は姓である。姓をつけて記されているのだから、如宝はまだ正式に戒を授けられた僧侶ではなかったのだ。ほかの門弟は、法進以下、俗姓などつけられていない。

胡国人の安如宝は、日本に来てから、はじめて戒を授けられて、正式の僧侶となったのである。彼に戒を授けたのが、師の鑑真和上であったのはいうまでもない。

奈良のみやこにはいって二月後、鑑真は東大寺大仏殿前で、聖武上皇、皇后、皇太子をはじめ四百人に戒を授けた。そのなかの一人が如宝だったのである。

胡というのは、中国では塞外《さいがい》民族の総称である。日本語のエビスに相当するだろう。東夷《とうい》、西戎《せいじゅう》、南蛮《なんばん》、北狄《ほくてき》といったふうに、それぞれの方向にあてはめられる塞外民族の呼び方はあるが、「胡」はとくにそれはない。だから、鑑真和上と一しょに来た、若い安如宝がどこの出身であるか、胡国人とあるだけでは、はっきりしたことはわからない。漢人でないことだけはたしかである。

一説では、朝鮮出身であったという。『招提千載伝記』にそうしるしている。

だが、塞外民族の総称とはいいえ、胡ということばには、時代によって使い癖のようなものがある。

秦漢《しんかん》以前は、たとえば「胡服騎射《こふくきしや》」などのように、胡といえばおもに北方の匈奴をさした。そして、唐代の「胡」は、ほとんど西の塞外民族に用いたのである。西方の天竺の仏教のことを「胡教」といったり仏陀のことを「胡神」と呼ぶ。胡商といえば、たいていペルシャ商人のことであった。李《り》白《はく》の有名な「少年行」という詩に、

落花踏み尽くして何処にか遊ぶ
笑って入る胡姫の酒肆《しゆし》の中に

とあるが、この胡姫がイラン系の美人であることは定説となっている。『東征伝』は前述したように、宝亀十年（七七九）に書かれたから、中国では唐の代宗の時代にあたる。日本で日本人である淡海三船《おうみのみふね》によって書かれたとはいえ、唐の文章の癖をもっているのはいうまでもない。胡国人を朝鮮の人と解するのは無理であろう。ことに『東征伝』にはほかに朝鮮出身の僧が出てくるが、そこは、

——高麗僧如海《によかい》……

と、記してある。

この高麗僧如海は、鑑真和上の第一次渡航計画のとき、随行メンバーにはいっていた。ところが、一行の幹部である道航《どうこう》という僧が、

——いま外国へ行くのは、戒法を伝えるためである。行く者はみな高徳で、行業粛清であるべき

で、如海などのような学の少ない者はやめるべきだ。

と言ったので、如海は大いに怒り、州の役人に密告した。唐の国法は、私的な出国を許していない。鑑真の日本行きも、玄奘の天竺行きとおなじく、密出国だったのである。

第一次渡航の失敗は、この如海の密告のためであった。

おなじ国の出身者を、それほど長くない文章のなかで、一人を高麗、一人を胡国と書きわけることはないだろう。如海、如宝と、どちらも上に「如」の字があったことが、あるいは混同にみちびいたのかもしれない。また安姓は、朝鮮にはかなり多い。

だが、西域人で安姓を名乗る人もすくなくない。漢代、大月氏国《だいげつし》の西にあったパルティア（現在のイランから中央アジアにかけての地域を領有していた国）を、中国では安息《あんそく》と呼んだ。開国の始祖の名がアルサクであったからである。

後漢の桓帝《かんてい》（在位一四七―一六七）のころ、安息国の皇子が出家して、洛陽に来て訳経に従事したが、その中国名を安世高《あんせいこう》といった。唐の玄宗のころ、大反乱をおこした、おなじみの安禄山《あんろくざん》も、西域の出身の安姓だったのである。

ウズベキスタンのブハラのあたりにあった国を、『大唐西域記』には、東安国、中安国、西安国、と紹介している。ここはソグド商人が活躍したところで、この国の人が中国に来ると、たいてい安姓を名乗ったようである。

鑑真の後継者となった安如宝は、朝鮮系である可能性よりも、西域の人であった可能性のほうがずっと強いようにおもわれる。

如宝がいつ西域から中国に来て、鑑真の門に入ったかはわからない。西域人の家庭に生まれたが、あるいは本人は唐で生まれたのかもしれない。いや、三世、四世だったということもありうる。西域の人が長安や洛陽など、漢人の居住地に来ると、漢字の姓をつけたものである。出身地を同じくする者は、たいていおなじ姓を名乗ったようだ。

パミール以東の人たちは、「昭武九姓」といって、九つの姓を名乗った。ソグディアナ諸国（サマルカンドを中心とする中央アジア地方）は、チュブ氏であり、これを漢字で「昭武」とうつしたのである。おなじチュブ氏でも、分派があり、それが九つあったという。文献によって、その九姓はかならずしも一致しない。『唐書』にある九姓は、つぎのとおりである。——

康、安、曹、石、米、何、火尋、戊地、史。

これにたいして、『文献通考』に挙げられた九姓は、

米、史、曹、何、安、小安、那色波、烏那曷、穆。

となっている。

昭武九姓のなかでも、康と安の二姓はとくに顕族《けんぞく》であったといわれている。安氏のなかでも、涼州安氏はことに有名であった。北魏《ほくぎ》のころから涼州に住みつき、唐代には安抱玉《あんほうぎょく》、安抱真《あんほうしん》という兄弟将軍を出した。洛陽の安氏には、北周の大都督になった安真健や隋の上儀同平南将軍になった息子の安比失がいる。唐初には、上柱国になった安附国がいて、その息子は将軍や刺史（州の長官）まで昇進している。

安という姓にこだわりすぎたかもしれないが、私は唐招提寺の二代目ともいうべき如宝が、イラ

ン系の西域人であったという気がしてならない。

胡国人は唐の時代、長安や洛陽だけに住んでいたのではない。唐代の小説のなかに、しばしば、

——洪《こう》州の波斯胡人《はしこじん》
というのが登場する。

洪州というのは、現在の江西《こうせい》省の中心都市である南昌《なんしょう》のことなのだ。

南の開港場であった広州に、交易のために胡人がおおぜい集まっていたのはいうまでもない。

鑑真が日本へ渡ったあと、唐はまもなく安禄山、史思明の大乱となったが、その一連の反乱を田《でん》神功《しんこう》が討伐したとき、軍紀のみだれた軍隊が、鑑真の故郷である揚州に乱入し、掠奪をほしいままにしたことがあった。『新唐書』はそのくだりに、

——商胡《しょうこ》波斯《はし》を殺すこと数千人。

と、記している。

在留ペルシャ人を、みな殺しにしたのかどうかわからない。殺されただけでも数千人だから、数万の「商胡波斯」が、揚州にいたにちがいない。

地図をみればわかるが、貿易港広州に集積される物資のルートは、水路で江西につながる。江西では贛江《かんこう》によって、南昌、すなわち唐代の洪州が物資集散の中心地となる。洪州からは鄱陽《はよう》湖、長江のゆたかな水路を通じて、北方への運河の起点である揚州に結ばれる。水路の交易の要衝ごとに、胡人がおおぜい住んでいたわけだ。

小説に洪州の胡商がよく出たり、田神功軍が胡商を大量に殺したのは、彼らが交易によって巨富

を得ていたからであろう。日本でも芥川龍之介の翻案で知られている、唐代小説の『杜子春』では、大金をもらう場所が「波斯邸」――ペルシャ人屋敷になっている。胡商といえば、富豪の代名詞でもあった。

揚州を故郷とする鑑真和上は、胡商人に接する機会が、子供のころから多かったであろう。ひょっとすると、胡国人安如宝も揚州の人であったかもしれない。

話は再び唐招提寺の「伝薬師如来立像」に戻る。西域の壁面にみられる特色をもったこの像の作者は誰なのか？　作者というのは、じっさいにノミをとった彫刻師だけではなく、それを指導した人も含める。図面をかいて、このとおりに造るようにと、職人たちに教えた人がいたにちがいない。いわばアート・ディレクターである。

この問題を考えると、私の頭に胡国人安如宝のことがちらつかざるをえない。

唐招提寺にみられる西域の影は、鑑真和上像の目の手術の痕跡と伝薬師如来立像だけではない。如宝の存在を考えた場合、現在、私たちがみる唐招提寺そのものが、薄いながらも、全体にわたって、西域の影につつまれているといえよう。

その名の示すように、唐招提寺は「唐」を核心としている。唐から海を渡ってきた鑑真和上の存在なくして、唐招提寺がありえなかったのはいうまでもない。

現在の唐招提寺は、堂々たる大伽藍である。だが、鑑真和上在世中は、こんなりっぱな寺ではなかった。伽藍の中心である金堂は、みごとにゆたかな流れの屋根で名高い。いまでこそ唐招提寺のシンボルのようになって、寺が紹介されるとき、かならず金堂の写真がのせられる。とはいえ、この金堂は鑑真の死後に建立されたものなのだ。

唐招提寺の主要堂宇《どうう》のなかで鑑真在世中に建てられたのは講堂だけであったといわれている。

ふつうのお寺の中心は金堂であるはずだ。そこには本尊が安置されるので一般に金堂のことを本堂という。鑑真はそれを建てるまえに、講堂を建てたのである。講堂はいうまでもなく教学の場であった。記録によると、その講堂も、内裏《だいり》の古い建物を解体した木材を譲り受けて建てたという。

鑑真和上の気持がわかるような気がする。質素。実質的。――和上はそれを心がけたにちがいない。

金堂はお寺の顔である。だが、それは床の間に似て、飾りの要素がかなり濃厚である。鑑真和上がそこに建てようとしたのは、律学専修の道場であった。それに最低限必要なのは、講義、修学の場、すなわち講堂である。だから、まず講堂を建てた。それも新材を使わずに。

日本に着いて、奈良にはいった鑑真和上が、まっさきに案内されたのが、東大寺大仏殿であったのはいうまでもない。五十尺の金銅仏は、日本の誇りであった。大仏開眼は、鑑真和上の奈良入りの二年前だったのである。和上を案内したのは、東大寺別当の良弁《ろうべん》であった。和上は失明しているので、大仏のすがたを見ることはできない。延慶《えんけい》という通訳僧がついていたので、ことばで説明するほかなかった。延慶の通訳だけではなく、法進や思託など、随行の唐僧が、自分たちの見た大仏のさまを、こもごも和上に語ったであろう。

――此《これ》は是《こ》れ大帝太上天皇、天下の人を引きて共に良縁を結び、この金銅像を鋳《い》たり、座高、笏《こつ》尺《しやく》の五十尺あり。

良弁はそう説明してから、

——唐中に頗《すこぶ》る此《かく》の如き大像ありや？

と質問した。

鑑真和上は通訳を介して、

——更に無し。

と答えた。

良弁たちの得意満面のさまが目に見えるようである。本場の唐にも、このような金銅の大像はないという。それを唐の高僧の口からじかにきいたのだ。

このときの鑑真和上の気持はどうだったであろうか？　感歎して、「更に無し」と言ったのか、あるいはにがにがしい思いで言ったのか、私たちは明確な解答のない問題を、推理してみるしかない。

（この国の力ではぜいたくな。……）

と思ったかもしれない。

初期の唐招提寺の質素さは、この問題の推理の一つの手がかりになるだろう。

東大寺が国立の寺であるのにたいして、唐招提寺は私立のそれであった。財政の基礎からして大きな差があったであろう。

金堂よりさきに、どうしてもなければならない講堂を、それも内裏《だいり》の朝集殿の古材を払いさげてもらって建てたことは、唐招提寺貧乏説の有力な根拠となっている。

貧乏説のもう一つの根拠は、国宝「鑑真和上像」の薄さである。この像は前述したように脱活乾漆という造りなのだ。およその形を塑土でつくり、そのうえに麻布などを漆で何枚もはりかさね、漆が乾いてから、内部の塑土を脱去する方法であった。当時も漆は貴重品で高価であったといわれている。何枚もはりかさねて、ぶ厚くしたほうがよいのにきまっている。だが、接着剤にする漆が高価なので、予算に限度があるときは、どうしても漆の量を減らさねばならず、したがって薄くなってしまう。表面から見てもわからないが、鑑真和上像は漆が薄く、思ったよりも軽いそうである。私立の貧乏寺で、漆を使うのも、思うにまかせなかったと想像する人がいる。

鑑真和上像の場合、和上の死期が迫っていて、そのすがたをうつすのに、あまり時間がなかったという、とくべつな事情があったことを考慮すべきであろう。

古材で講堂を造ったことは、予算の関係より、質素であれ、という無言の訓戒と解してよいのではあるまいか。

天平宝字二年（七五八）、鑑真は僧綱を辞し、宗教行政の実務から離れた。権力闘争がからんでいたのかどうかわからない、前の年に道祖王《ふなど》が皇太子を廃され、大炊王《おおい》が代わって皇太子に立てられた。大炊王は藤原仲麻呂に擁立されたのである。政治的権力闘争の勝者は仲麻呂であり、これが鑑真にとって有力な後援者であった。鑑真の立場は、良くなりこそすれ、けっして悪くなっていない。

保守的な仏教界では、外来の鑑真和上にたいして、かなり根づよい反撥はあったようだが、このたびの彼の僧綱辞任を、失脚とみるのは無理である。失明の彼が、七十一歳になっていることをお

もえば、

其《ソ》レ大僧都鑑真和上、戒行転《ウタ》タ潔《キヨ》ク、白頭ニシテ変セズ、遠ク滄波《ソウハ》ヲ渉《ワタ》リテ我ガ聖朝ニ帰ス、号シテ大和上ト曰《イ》イテ恭敬供養セヨ。政事、燥煩《ソウハン》ニシテ敢《アエ》テ老ヲ労《ワズ》ラワサズ、宜《ヨロ》シク僧綱ノ任ヲ停《トド》ムベク、諸寺ノ僧尼ヲ集メ、戒律ヲ学バント欲スル者ハ、皆属シテ習ワシメヨ。

という詔書のことばどおりに解してよいだろう。大僧都という行政職は解かれたが、「大和上」の称号をうけ、諸寺の僧尼が戒律を彼に習うことをすすめられている。

藤原仲麻呂のほかにも、有力な後援者がいくらでもいたのである。鑑真が戒律専修の寺を建立するといえば、経済的な援助を惜しまぬ人にこと欠かなかったとおもう。

唐招提寺が、そのころ貧乏寺であったのは、鑑真和上の意思によるという気がしてならない。東大寺の豪華さをきいている彼は、そのアンチテーゼとして、戒律の道場をできるだけ簡素にしたのではなかろうか。

鑑真は唐招提寺の後事を、義静《ぎじょう》、法載《はっさい》、如宝《にょほう》の三人に託したという。義静と法載は鑑真の直系の弟子で、すでにかなりの年齢であったはずだ。したがって、「後事」はおもに若き西域僧如宝の肩にかかってきた。

簡素を旨とした師匠の気持はわからないではないが、後事を託された者にしてみれば、寺をよりりっぱにすることが、自分のつとめであると考えざるをえなかった。

大和上がいるからこそ、寺は簡素でよかった。大和上亡きあとの簡素な寺は、貧弱とみられるだろう。如宝は唐招提寺をりっぱなものにするために努力した。

金堂《こんどう》も鐘楼《しょうろう》も経楼《きょうろう》も、すべて如宝の時代に建立されたのである。

『鑑真和上三異事』という本のなかに、鑑真和上が臨終のとき、如宝の頭を撫で、二十年後にはこの寺も時勢にめぐまれるだろう、と語った話が紹介されている。

来日十年、臨終の年、和上は七十六歳であり、如宝は三十代の半ばであった。一番弟子の法進は六十代の半ばをすでにすぎていた。鑑真がつぎの世代である如宝に、唐招提寺の後事を託したのは、とうぜんの措置といってよいだろう。

如宝は私立の律学の寺である唐招提寺を、国立にする運動に力をそそいだようである。この一種の「昇格運動」は、はたして鑑真和上の遺志にそうものであったかどうか、すこし疑問があるように思える。

とはいえ、如宝としては、そうするほかなかったのである。

如宝は若くして日本に来て、日本で正式に鑑真和上から戒を授けられ、僧籍を薬師寺《やくしじ》に置いた。ある記録では、彼は唐招提寺のそばにあるあの奈良薬師寺ではなく、下野《しもつけ》国の薬師寺へ行っていたという。

世に天下三戒壇というのは、東大寺、筑紫観世音寺、下野薬師寺の三寺であり、戒法の三大拠点とされていた。鑑真はひそかに目をかけていた若い弟子を、修行のために遠い東国へ派遣したのであろう。如宝は師匠の期待にこたえて、そこでめざましい成績をあげたにちがいない。鑑真は死期をさとって、如宝を東国から呼び戻したという説がある。

如宝の故郷である西域のソグディアナ地方は、古来、すぐれた商人を出したことで知られている。

——赤ん坊が生まれると石蜜を食べさせ、手のひらに膠《にかわ》を置く。口がうまくなるように、そしていったん手に入れたものははなさないように、と願ってである。

という奇習が、中国の史書に紹介されている。

商売が上手で、利をこのみ、男は二十になると、外国へ出される。

——利の在《あ》る所、至らざるは無し。

と、いわれたものである。

如宝はひょっとすると、二世か三世かもしれないが、故郷の性格を失わずにもっていたのであろう。商売上手というのが、それは実務的才能という形で、宗教界で頭角をあらわす要因にもなりうる。

——局《きよくりようこうえん》量宏遠。

『日本後紀』に、如宝のことをそう延べている。対人関係において、魅力的な人物であったのだ。仏教の教学についての、彼の実力はよくわからない。だが、彼の業績から、彼が実務的な才能をもち、政治的手腕をもった人物であったと推測してまちがいない。

鑑真の十三回忌にあたる宝亀七年（七七六）、播磨《はりま》国の五十戸が、唐招提寺に施入された。朝廷が寺に与えたわけである。翌年、備前《びぜん》国に十三町歩の寺領が与えられた。これはちゃんと太政官符が下ってのことだった。こうして、如宝が念願した唐招提寺の国立化が実現したのである。腕を拱《こまぬ》いているだけでは、こんなふうにはならない。如宝がけんめいに政治的な工作をした結果である。唐招提寺に金堂が建立されたのは、このころであった。如宝の奔走によって、経済的な基礎もできた。やっと寺の顔がつくられたわけである。

如宝はもう五十近くになっていた。

彼が西域で生まれたのか、それとも唐土生まれの胡人であったかわからないが、唐招提寺に壮麗な金堂が建ったころ、彼の日本生活は、それ以前の生活の期間とほぼひとしくなっていた。生まれて五年ほどの、いわゆる物心のつかない時期を除けば、日本生活のほうがだいぶ長くなっている。

彼はすでに胡国人でもなければ唐人でもなく、日本人となっていた。のちに彼は少僧都にまで昇進したのである。だが、日本人になりきった彼の作品である唐招提寺のなかに、ふと西域をかんじさせるにおいがあるのだ。

――二十年後には……

という鑑真和上の予言は考えさせられる。和上の心眼には、日本の政教界のこれから歩む道が、ありありと見えていたのであろう。

道鏡《どうきょう》が大臣禅師となったのは、鑑真の死の翌年のことであった。鑑真はその晩年、道鏡の抬頭をかんじていた。道鏡その人のことではなく、朝廷の信仰に乗じて、僧侶が深く政治に干与するような、時代の体質が、和上にわかっていたにちがいない。

鑑真は慎重に政治の世界を避けた。外来者であるからではない。王法と仏法とは、一線を画さねばならないという信念をもっていたのである。故国の女帝時代――武則天《ぶそくてん》が君臨していた時期（鑑真が十四歳で出家したのは、まだ武則天の治世であった）、懐義《かいぎ》とか法明《ほうめい》といった妖僧が朝廷に出入りして、政治をみだしたことを見ていた。また、そのようなことが長つづきしないことも知っていた。

やがて、僧侶の政治介入の時代がくる。

その終焉も遅くはない。――鑑真はそれを二十年と考えていたのであろう。

王法と仏法の混合に、人びとが憎しみをかんじると、それをきびしく区別した鑑真のことが、たたえられるにちがいない。そのときこそ、唐招提寺にとって、めぐまれた時勢となる……

鑑真の予感は的中した。時期は彼が考えていたよりも、やや早かったようである。彼の十三回忌ごろ、朝廷は「道鏡色」を払拭するために、鑑真の思い出を人びとの心からひき出そうとした。

その時勢に乗って、鑑真の寺を大いに興す手腕をもつ人間――『東征伝』に「胡国人安如宝」と書かれた人物の登場する舞台となったのである。

如宝のことをもうすこし書こう。

せっかく金堂が完成して、これからというときに、朝廷は奈良から平安へ遷都することになった。延暦十三年（七九四）のことであった。ひと仕事すませたつもりの如宝の肩に、また難しい仕事がかかってきた。

平安京の仏教の指導者は、唐から密教を伝えた空海《くうかい》であった。西域商人の血をもつ如宝は、その人あたりのよさと、政治的手腕をもって空海に接近した。唐から渡ってきた如宝は、唐へ渡って帰国した空海と、共通の話題が多かったであろう。

遷都後、忘れられがちな奈良の唐招提寺を、朝廷につなぎとめるために、如宝は空海に協力をもとめたようである。唐招提寺は平安京の朝廷からまた五十戸の施入をうけた。

空海の詩文集である『性霊集《しょうりょうしゅう》』に、

――大徳如宝の為に招提に封戸を恩賜されたるを謝し奉るの表。

という表（朝廷に奉る文書）が収録されている。

唐招提寺の如宝に代わって、ときの仏教界の最高権威者が起草したのである。よほどのことといわねばならない。文中に、

――如宝、師に随って遠く聖朝に投ずること六十……

とあり、如宝はすでに八十をこえた高齢であったことがわかる。高齢のために、自分で筆をとることができず、空海が代理したのかもしれないが、封戸のことも空海が尽力した結果だという可能性もある。

少僧都、伝燈大法師位の如宝が、この世を去ったのは、弘仁六年（八一五）正月のことであった。八十四歳であったという記録がある。日本の土を踏んで、すでに六十年の歳月がすぎていた。師の鑑真が歿してから五十二年である。

如宝は半世紀にわたって、唐招提寺を経営した。講堂しかなかった寺に、金堂が建てられ、経楼、鐘楼、塔が建てられた。唐招提寺の三重の塔は、もと朝廷が弘仁元年（八一〇）に建立させたものだった。

いま私たちが接する唐招提寺は、ほとんど如宝がつくったといってよい。だが、この寺名をきいたとき、誰もが鑑真をおもい、その艱難の旅をしのぶ。師とともに艱難の旅をして、師亡きあと、

半世紀にわたってこの寺を完成させた如宝のことは、ほとんど知られていない。

如宝には著作がないので、彼の宗教思想体系の片鱗もわからない。『日本後紀』にある伝記によれば、「呪願《じゆがん》」にかんしては、天下に匹敵する者はいなかったという。加持祈禱《かじきとう》にすぐれていたのだから、如宝は思索的であるよりは、実践的な人物であったと想像してよい。インドで生まれた思索的宗教であった仏教は、西域に伝わって、実践的な色彩を帯びたといわれている。実践的であることは、西域的な性格と考えてよいのではないだろうか。

如宝は日本に来た最初の西域人であったかどうか、それは西域の定義もからんで、確言はできない。インドも西域に含めると、鑑真一行より百年以上も前に、王舎城《おうしやじよう》から来た法道《ほうどう》という人が第一号であろう。播州に法華山寺を建てたというが、法道は伝説的色彩の濃い人物である。

『日本書紀』白雉《はくち》五年（六五四）夏四月の項に、

――吐火羅《とから》国の男二人、女二人、舎衛《しやえ》の女一人、風に被《あ》いて日向《ひゆうが》に流れ来れり。

とある。斉明天皇三年（六五七）にも、

――覩貨邏《とから》国の男二人、女四人、筑紫《つくし》に漂い泊《よ》れり。

とみえる。

舎衛が祇園精舎で知られる舎衛城（スラーヴァステ）であることはまずまちがいない。吐火羅と覩貨邏は同じとみてよいが、これがはたして玄奘の『大唐西域記』にある覩貨邏であるかどうか、かなり異論があるようだ。

西域の覩貨邏は、現在のアフガニスタン北部から、タジキスタン、ウズベキスタンの一部を含む、かなり広い地域である。玄奘は覩貨邏は二十七国にわかれていると述べた。

『日本書紀』のトカラが、西域でないとする説は、海岸から遠い中央アジアの人が、海に出て漂流するはずはないということが根拠になっている。そして、東南アジアにドヴァラヴァテ（タイ国メナム河下流）という国があり、中国の史書に「堕和羅《だわら》」などの名称で登場するのに相当するのではないかという。あるいはもっと近く、九州の南の吐噶喇《とから》列島の人とする説もある。

『日本書紀』が編まれたときは、すでに玄奘の『大唐西域記』が世に出て七十余年たっている。覩貨邏という、いささか異様な文字を用いた国名は、当時の日本の知識人の脳裡にあったであろう。そのために、混同がおこった可能性はある。

だが、玄奘のいう覩貨邏国も、中央アジアの商業民の土地で、二十になれば外国へ商売に行かされるとすれば、彼らが海上で漂流することもありうる。孝徳朝や斉明朝の漂流者が、西域の人でないと、一概に否定し去ることはできない。

ペルシャは地理的にも人種言語的にも、中央アジアとつながっている。中央アジアの商人は、大きな商売をするには、ササン王朝のペルシャをめざしたであろう。ちょうどそのころ、アラビアに興ったイスラム勢力が、ペルシャを攻めたのである。ササン王朝が、アラビアのイスラム軍団にやぶれ、滅亡したのが西暦六四二年のことであった。大王朝の滅亡直後には、おおぜいの亡命者が出たであろう。彼らは家族を連れていたにちがいない。

『日本書紀』にいう覩貨邏人漂流は、ササン王朝滅亡の十数年のちのことである。拝火教徒がイスラム教への改宗をはげしく迫られた時期にあたっていた。

漂流の西域人を、そのような亡命者とするのは考えすぎであろうか。

第五次の渡航失敗で、鑑真和上は海南島に漂着したとき、そこでペルシャ人部落を見ている。海南島のペルシャ人は、漂流民ではない。海賊にさらわれ、そこで奴隷として働かされていたのだ。海南島の万安州で、鑑真一行の世話をした馮若芳《ふうじやくほう》という人物こそ、海賊の頭目にほかならなかった。

——若芳、年毎に常に波斯の船二三艘を却《かす》め取り、物は取りて己が貨と為し、人は掠《とら》えて奴婢と為す。

と、『東征伝』にあり、南北三日、東西五日の道のり一帯にペルシャ人部落があいついでいたと述べている。

海賊に掠奪されるのは、交易船の一部にすぎないだろう。大部分の船は、無事に広州へ着き、交易を終えて帰ったと思われる。危険率が高ければ、海上の交易はさびれるはずである。鑑真は海南島から広西桂林まで行き、そこから広州に戻るが、『東征伝』は広州のさまを、

——江中に婆羅門《ばらもん》、波斯《はし》、崑崙《こんろん》等の船あり、その数を知らず。並びに香薬珍宝を載せ、積載すること山の如く、舶《ふね》の深さ六七丈なり。

と描写している。

海上交易は、当時、きわめて盛況を呈していたのだ。広州には婆羅門寺が三ケ所あり、そこにインドの僧が居住していたとも書かれている。

中国在留のインド僧の数も多く、日本に来た婆羅門僧正もそのなかの一人であった。婆羅門僧正

は菩提仙那（ボーディセーナ）のことで、遣唐廻使の船で日本に着いたのが、天平八年（七三六）の五月で、鑑真来日に先立つこと約十七年であった。

婆羅門僧正が林邑で遭難した音楽師の仏哲を救助し、日本まで伴ったことは前に述べた。朝命によって、彼らを難波津《なにわず》まで迎えに行ったのは行基《ぎょうき》であった。

一行は伏見山麓の菅原寺にはいった。そこは行基の寺だったのである。歓迎の宴がひらかれ、客も主人も上機嫌であったのだろう。仏哲は音楽家だったので、箸で碗などをたたいて歌をうたいはじめた。婆羅門僧正も音曲の素養があり、舞うこともできた。二人は大きな声で、インドの歌をうたい、そして踊ってたのしんだのである。

その近くに一人の奇人がいた。

姓名も出身も不明で、異様な風態をしていた。いつも菅原寺の裏山に寝そべり、ひとこともしゃべらない。ときどき頭をあげて、東のほうを見るだけである。

人びとはこの乞食を、てっきり唖だとばかり思っていた。名前がわからないので、

——伏見の翁《おきな》

と呼んでいた。もっともいくら声をかけても返事しないので、名前など必要なかったのである。

ところが、この伏見の翁が、菅原寺からきこえてくる歌をきくと、のこのこと寺の庭へやって来た。宴席は庭に面した部屋で、戸はすべて開け放たれていたのであろう。誰もが唖だと思っていたこの男が、はじめて口をひらき、声を出したのである。

——時なるかな、時なるかな、時いたれり！

と叫んだという。インド語で言ったのであろう。

伏見の翁は、こうして婆羅門僧正の仏哲といっしょに、歌をうたい、そして踊ったそうである。

長い年月のあいだ、ひとこともしゃべらなかった奇人「伏見の翁」は、日本のどこかに漂着したインド人であったにちがいない。この時代の記録から考えれば、海上交易の商船は、インド船よりもペルシャ船のほうが、はるかに多かった。海南島にペルシャ人部落ができるほどだったのである。

文献には残っていないが、西域人の第二、第三の伏見の翁が、きっといたにちがいない。

西の詩人

杜甫《とほ》とならんで、唐詩の二大巨峰とされている李白《りはく》は、西域に生まれたといわれている。『新唐書』の李白伝には、

――李白、字《あざな》は太白《たいはく》、興聖皇帝九世の孫。其の先（祖）、隋《ずい》末、罪を以て西域に徙《うつ》され、神龍の初め、遁《のが》れ還《かえ》りて巴西《はせい》に客たり。

とある。

隋の滅亡は六一七年のことであった。

神龍の初めというが、神龍という元号は、たった二年しかつづかなかった。神龍元年は七〇五年である。

罪を以て徙されたというのだから、西域へ流罪の刑に処せられたわけだ。李家は西域に九十年前後住んでいたことになる。

李白は長安元年（七〇一）に生まれたというのが定説であるらしい。李家が流罪の地から巴西、すなわち四川《しせん》省に逃げて帰ったのが、『新唐書』のいうように神龍元年とすれば、李白が西域生まれであったことはたしかである。

李白ほどの大詩人であるのに、彼の伝記はその父親の名さえ載せていない。流罪の地から、勝手に逃亡した人物は、有名になった息子の伝記のなかにさえ、その名をとどめることは許されなかったのであろうか。

死後五十五年たって、李白のために新しい墓がつくられたが、その墓銘をつくったのが范伝正《はんでんせい》であった。墓銘に、

――絶嗣の家、譜牒《ふちょう》を求め難し。

とある。李白には伯禽《はくきん》という息子がいたことは知られているが、そのあとどうなったかわからない。新墓がつくられたころ、すでにあとつぎ（嗣）が絶えていたのである。范伝正はわかっているだけの資料によって、

――隋末、難多く、一房、砕葉《さいよう》に竄《ざん》せらる。流離散落、隠れて姓名を易《か》う。

と、記している。一房とは狭い意味の一家族のことで、従兄弟たちは含まれなかったようだ。大罪の場合、その罪は九族に及ぶなどといわれているから、李白の先祖が隋末にひっかかったのは、それほど大きな罪ではなかったようだ。

竄（流罪）された九十年ほどのあいだ、一家は姓名をかえていたという。再び世に出ようとする流罪の家族にとって、この流罪時代のことは抹消したいであろう。なるべくその痕跡がなくなるようにするには、姓名をかえておいたほうがよい。

李白一族が配所で、なんという姓を名乗っていたか、もちろんわかっていない。李白は知っていたであろうが、それは口がさけても言えないことであった。

宝応元年（七六二）十一月、李白は縁つづきの李陽冰《りようひよう》の家で病死した。臨終のとき、彼はおびただしい詩文の草稿を、李陽冰に託したといわれている。

李陽冰は当塗《とうと》の県令であった。当塗県は現在の安徽《あんき》省にある。李白はとりあえずそこに葬られ、前述したように、五十五年後に改葬されたのだった。

遺稿を託された李陽冰は、李白の詩文集『草堂集《そうどうしゆう》』を世に出した。その序文のなかで、李陽冰はつぎのように述べている。

――中葉、罪に非ずして、条支《じようし》に謫居《たくきよ》す。……

罪に非ずして、というのはたいした罪ではなく、という意味であろう。「謫」という字に、罪によって遠方に流す、と意味があるのだ。李白の友人は彼のことを、

――謫仙人《たくせんにん》

と称した。罪によって天上から下界へ流罪になった仙人というのである。

李白一族が流罪で遠い地方へ移されたことは、すべての資料の一致するところである。ただし、どこへ流罪になったかということについては、それぞれ異なっている。いや、異なっているというよりは、書き方が同じでないというべきであろう。

前述したように、『新唐書』では西域であり、范伝正の新墓銘では砕葉であり、李陽冰の『草堂集』序では条支となっている。

唐の正史には、『旧唐書』と『新唐書』の二種がある。題名どおり、宋《そう》の欧陽修《おうようしゆう》たちの撰した後者のほうが新しい。なぜ「新」と銘うったものが、あとになってから出されるかといえば、前のも

のの出来がよくないからなのだ。

『旧唐書』の李白伝は、彼を「山東の人」としている。

山東というのは、現在の山東省のことではない。唐代の用法では、聖なる山である華山《かざん》を中心にして、その東を山東と呼んだものである。その用法に従えば、李白は中年になって、長いあいだ山東に暮らしたことになり、人びとは彼を山東人と錯覚することもあったであろう。

新墓銘にもあるように、李白の原籍は隴西《ろうせい》の成紀《せいき》というところであったらしい。だが、彼は自分の一族の遠祖の出身地とは、なじみが薄かったのである。少年時代から青年時代をすごした四川も、彼にはそれほど愛着がもてなかったのではなかろうか。

彼の一家は、流罪になった西域を、勝手に退散したのである。原籍の隴西に帰るのは危険だったのかもしれない。四川には外来者が多く、少数民族も住んでいるので、逃れ帰った人たちが、目立たずに暮らせる土地であったのだろう。彼の父、あるいは祖父は、それで四川をえらんだとおもわれる。

——遁《のが》れ還りて巴西に客たり。

と、『新唐書』にあるが、この「客」の字は注意すべきであろう。

その土地の土着の人にたいして、外来者は「客」と呼ばれる。いまでも中国の南方には、「客家《ハッカ》」と呼ばれる人たちがいる。あとから移住してきたので、条件のよい土地はすべて土着の人に占められ、彼らは痩せた土地を耕した。人なみに生活するには、たいへんな努力をしなければならなかった。土着の人は、新来の彼らを差別したであろう。そして新来の人たちの勤倹努力は、土着の人たちに警戒心をおこさせたにちがいない。

新来の「客家」にとって、自分たちがげんにいる土地は、かならずしも住み心地がよいとはいえなかった。感受性の強い李白にとって、四川の地には、かなり不愉快な思い出があったかもしれない。

漂泊の詩人として、李白は各地を流浪したが、ついに、自分の意思で四川に近づこうとしなかった。親友の杜甫が、その地にいると知りながら、彼の足はそこへむけられることはなかったのである。

出身地を口にするとき、流罪の地であった西域の名をあげることはできない。四川人とは名乗りたくない。隴西にはなじみがない。ないないづくしで、彼は仕方なしに、山東人と称することが多かったのではあるまいか。杜甫の詩に彼のことを、「山東の李白」と呼んでいる例がある。そのほか李白を山東人としるした文献もあり、『旧唐書』の撰者は、くわしくしらべもせずに、それを採り入れてしまったのだ。

李白の出身にかんするかぎり、『旧唐書』の早合点は、『新唐書』によって、訂正されたわけである。

だが、それはただ西域というだけで、きわめて漠然としている。われわれとしては、この大詩人が五歳までをすごした西域が、どのあたりであったかを知りたい。

前にも述べたように、新墓銘の砕葉《さいよう》と、『草堂集』序の条支《じょうし》と、二つの説がある。

郭沫若《かくまつじゃく》は李白の出身地について、かなりくわしい考証をしている。彼の説によれば、唐代の条支という地名は、漢代すなわち『史記』にみえる用法とは、だいぶ異なっているという。

かいつまんでいえば、砕葉は一つのまちの名であり、条支はそのまちを含めた、もっと広い地名の名称であろうという。大石内蔵助は播州の人であり、赤穂の人ともいえるのとおなじである。

『史記』の大宛《だいえん》列伝によると、大月氏《だいげつし》の国の西数千里ほどのところに安息《あんそく》という国があったという。そして、安息からさらに数千里西へ行くと条枝であり、北に奄蔡《えんさい》、黎軒《れいけん》があったとなっている。

『史記』以後の史書には、たいてい条支となっているので、こちらのほうに統一しておこう。

――西海に臨み、暑湿なり。田を耕し稲を田《た》う。大鳥あり、卵は甕《かめ》の如し。人衆甚だ多く、往々、小君長あり。而して安息之を役属《えきぞく》し、以て外国と為《な》す。……

この『史記』の文中にある大鳥は、卵がたいそう大きいというが、おそらく駝鳥であろう。西海はカスピ海という説もあったが、もっと西の地中海とするほうがよいのではあるまいか。現在のシリアあたりに相当する。安息が現在のイランとイラクを含むとすれば、その西に隣接して属国となっているのは、やはり西に地中海をもつシリア地方と考えねばならない。

後漢のころ、西域で活躍した班超《はんちょう》（三二―一〇二）は、部下の甘英《かんえい》を大秦国に派遣して国交をひらこうとした。甘英は条支まで来てから引き返した。海水が広大で、そこを渡るのに「善風」に逢っても三ケ月かかるし、もし「遅風」に遇えば二年もかかる。だから、海を渡ろうとする者は、通常三年分の食糧を用意して行く。航海中にしばしば死人が出る。――そんな話をきいたので、これはたまらんと思ったのであろう。

漢のほうからみれば、条支などは考えうるかぎりの地のはてである。

『史記』は前に述べた文章のあとに、

――国、善く眩《げん》す。安息の長老、伝聞するに、條枝に弱水、西王母あり、而《しか》れども未《いま》だ嘗《かつ》て見ず、と。

と、つづいている。

眩とは人を眩惑することで、奇術のたぐいにちがいない。この国の人は奇術がたくみであるというのだ。それから、安息の長老が伝聞するところによれば、条支には弱水という川があり、西王母という仙女がいるというのだが、まだ見たことはないという。

中国世界の地のはてに、東西ともに神仙がいると考えられた。東のはてには扶桑《ふそう》あるいは蓬萊《ほうらい》という仙島があり、不老長寿の仙薬があるといわれた。秦の始皇帝が徐福《じょふく》を派遣したのは、その仙薬を手に入れたいからだったのである。

東にたいする西のはてが、西王母の仙国であった。

中国人の西方にかんする地理的知識が、ひろがればひろがるほど、西王母の国は西へ遠くなった。はじめ西王母は崑崙山中に住むといわれたが、どうやら崑崙山が極西でないことがわかったのであろう。そして、行きつくところは条支であった。

いまのところ、条支は中国人に知られた極西の地である、というのが『史記』の書き方なのだ。だが、もっと西にも国があるらしい。大秦国――ローマの話なども、漢初にはちらほら耳にすることがあったのだろう。だから、条支が西王母の国であるとは断定していない。『史記』は安息の長老の伝聞という形で、西王母が条支にいるという話もあるが、まだ見たことはない、と断定を避けたのである。

後漢になると、伝聞ではなく、甘英という中国人が、げんに条支まで行き、その先の航海の話をきいている。そこから引き返したのだから、実感としては、やはり条支が極西の地なのだ。

唐の李陽冰が『草堂集』序で、李白の先祖がたいした罪でもなく、条支に謫居されたと述べているが、この場合の条支はただ「西方」というだけのニュアンスではあるまいか。西域ということばを、条支に置きかえたのであろう。

地名としての条支が、シリア地方であるとすれば、そこは唐の版図からずいぶん遠くはなれている。そんなところを、流罪の地にするはずはあるまい。

李白に「城南に戦う」という題の楽府《がふ》がある。楽府というのは、もと漢の音楽をつかさどる役所の名であった。民間の歌謡をあつめて保存する仕事と、新しい歌をつくって民間に流行させる、宣伝工作に似た仕事とを担当していたらしい。楽府という役所は、漢の末年に廃止されたが、そこに収集された詩歌を、いつのまにか楽府と呼ぶようになった。さらにその古い民間歌謡にならって、新しくつくられた作品も楽府と呼ばれた。

もともと楽府は、楽器に合わせ、節をつけて歌ったものである。だが、唐代あたりになって、民間歌謡ふうにつくられた楽府は、かならずしも楽器の伴奏や、節をつけて歌うことを前提としていない。詩の一つの形式にすぎなくなっている。

楽府についての講釈が長くなったが、李白の「城南に戦う」は、冒頭の部分がつぎのようになっている。――

去年は桑乾《そうかん》の源《みなもと》に戦い
今年は葱河《そうが》の道に戦う
兵を洗う条支海上の波
馬を放つ天山雪中の草
万里　長《とこし》えに征戦にして
三軍　尽く衰老《すいろう》す

桑乾河は山西省に源を発し、下流は永定河《えいていが》となって、一部、北京の近郊を流れる。日中戦争勃発地点となった蘆溝橋《ろこうきょう》は、この永定河にかかっているのだ。天宝元年（七四二）、唐は桑乾河の河原で突厥《とっけつ》（トルコ系の部族）と戦った。天宝六載（七四七）に、唐は吐蕃《とばん》（チベット）と戦ったが、葱《そう》嶺《れい》（パミール）の河道が戦場となったのである。

兵というのは刀や槍など兵器のことである。刀についた血のりを、条支の海の波で洗い、戦い疲れた馬を天山の雪の草原に放牧する。万里の行軍をつづけ、いつまでもいつまでも戦争するので、三軍の将兵はみんな老け衰えてしまった。……

楽府は政治的あるいは思想的な発言をもつケースが多い。この「城南に戦う」も、よけいな戦争をすることを非難するのが、作意であったのだろう。末尾は、

乃ち知る兵なる者は是れ凶器
聖人は已《や》むを得ずして之を用いたるを

と結ばれている。

桑乾河源やパミール水系の土地での戦いのあとの動作――刀の血のりを洗う――の場所が条支の海となっている。パミールからシリアまではずいぶん遠い。ここにいう条支は、シリアを示す地名ではなく、漠然と西方を指すとみなければならない。

ひょっとすると、李白に遺稿を託された李陽冰は、この「城南に戦う」を愛誦していたのかもしれない。それで『草堂集』の序文をかくときに、西域のかわりに、「条支」ということばをあてたのであろう。

郭沫若の考証によると、唐代の西域十六都督州府のなかに、「条支都督府」というのが置かれたことがあるそうだ。ただし、それがどこに置かれたかは不明である。シリアでなかっただけは、はっきりしている。なにしろシリアは唐に属していないので、都督府など置くわけにはいかない。それ条支という名称が、地名としては風化し、あまりにも漠然としてしまったことはわかった。それにくらべると、李白が幼時を送ったと、新墓銘にしるされた「砕葉」は、地名としての凝結度が高い。

キルギスタンのトクマクに、かつて唐が砕葉城を築いたと推定されている。史書には、それが築かれたのは調露元年（六七九）で、築城者は都護《とご》の王方翼《おうほうよく》であると、きわめて具体的である。李白の祖先は隋末に流されたというが、そのころはまだちゃんとした城市はなかったであろう。

李白の生まれる七十年ほど前、砕葉の地を一人の中国人が通った。若き求法僧――三蔵法師玄奘である。

高昌国を出た玄奘は、阿耆尼《あぎに》国（現在の焉耆《えんぎ》）、屈支（クチャ・現在の庫車）、跋禄迦（バールーカー・現在の阿克蘇〔アクス〕とする説がある）を経て、その西北三百余里の砂漠を越え、凌山《りようさん》にはいった。これは天山山脈の汗騰格里（ハーン・テングリ）峰で、陣図によれば標高六千九百九十五メートルである。山中を行くこと四百余里で、大清池にたどりついた。

――東西に長く、南北に狭い。

と、『大唐西域記』にあるが、これはまぎれもなく、イシク・クル湖である。原註に、熱海または鹹海《かんかい》という、としている。

玄奘がハーン・テングリ峰を、どこで越えたかよくわからないが、たいへんな難行軍であったことはたしかである。同行の人夫たちは十人のうち三、四人は凍死し、牛馬の死亡率はもっと高かった。

大清池（現在の中国の地図には伊塞克湖とある）の西北へ行くこと五百余里で、素葉水城に至る。この素葉が砕葉であることは、ほぼまちがいないとされている。

素葉から西へ四百余里で千泉に至り、千泉のさらに百四、五十里西が呾邏私（タラス）城である。そこから南へ十余里ほど行くと、三百余戸の集落があった。そこが中国人の居留地だったのである。

玄奘の『大唐西域記』によれば、彼らはむかし突厥《とつけつ》にさらわれた者たちであったという。住居、服装などは突厥ふうになっているが、言語や礼儀は故国のものをとどめていた。

その三百余戸の中国人部落のなかに、李白の祖父か曽祖父がいたかもしれない。そうだとすれば、李白の祖先は流罪ではなく、戦乱の捕虜として連行されたことになる。

むかし、と玄奘はしるすが、彼がこの地を訪れたのは、隋の滅亡の十余年後にすぎない。隋末に突厥に連行された中国人が、固有の言語や礼儀をのこしていたのはとうぜんであろう。

突厥可汗（王）が唐に降ってから、両者の関係は良好になり、唐の太宗は金帛を以て、男女八万人を贖《あがな》わしめた。これは玄奘がこの地方を通った直後のことである。呾邏私《タラス》で玄奘が見た三百余戸の中国人も、皇帝の支払った身代金によって、無事帰国できたのであろう。

李白の一家が砕葉を脱出するのは、それから七十数年後のことであった。どうやら突厥に連行された中国人とは、性質の異なった立場にいたように思える。太宗が身代金を払っても、帰還できなかったグループに属したのであろう。

強制連行された良民ではなく、西域に移されたについては、なにか特別の事情があったと考えられる。「罪に非ずして」という表現は、無実の罪によって、と解してよいだろう。本人はおぼえはないが、有罪と認められたケースもありうる。政治犯だったという可能性もある。

杜甫の父は杜閑《とかん》、王維《おうい》の父は王処廉《しょれん》と、同時代のトップクラスの詩人たちは、たいてい父親の名前までわかっている。ひとり李白だけは、父親の名前が記録されていない。父の名を出すことが憚《はばか》られる事情があったのだろう。

『新唐書』、『草堂集』序、新墓銘などに共通しているのは、

――涼武昭王李暠《りこう》九世の孫
というところである。

ここにいう涼とは、五胡十六国の一つである西涼のことなのだ。五世紀初頭、中国の西北地方にできた地方小政権の一つである。涼という国号を称した政権が五つもあったので、前涼、後涼、南涼、北涼、西涼と区別して、「五涼」と総称された。

西涼の創始者が李暠という人物であった。

李暠は前漢の飛将軍といわれた李広の子孫である。

李広といえば、私たちは草原の石を虎と見誤り、弓で射たところ、鏃《やじり》が石のなかにささったという、猛将軍のエピソードを思い出す。李広の先祖の李信は秦の将軍であった。また李広の孫の李陵《りりょう》も、漢の武帝時代に将軍として活躍した。

李広は軍中で自殺し、李陵は力戦したが刀折れ矢尽きて匈奴に降った。この李陵を弁護したために、司馬遷が宮刑（去勢の刑）に処せられ、発奮して『史記』を書いたのは、あまりにも有名である。

武将の家系だが、この一家には悲劇がつきまとっているようにみえた。

李暠は北涼のとき敦煌郡の太守となったが、西暦四〇〇年、自立して大都督大将軍涼公秦涼二州牧と号した。この年は、求法僧法顕が敦煌に着いた。インドへの大旅行にスタートするところであった。法顕の旅行記に、李浩という名で出てくる敦煌太守は、李暠のことにほかならない。

だが、李暠のはじめた西涼も短命政権であった。李暠の死後、二代目の李歆《りいん》は北涼を攻めて敗死した。僅か二十年しかつづかなかった「王朝」である。初代の李暠を武昭王という。

悲劇の家系は、いつまでも非運であるかにみえたが、やがて大きく運がひらけることになった。李暠の七代の孫に李淵《りえん》という人物があらわれた。息子の李世民《りせいみん》の補佐をうけて、大唐帝国を創設し、その高祖《こうそ》となったのである。唐は二十一代、二百八十九年つづいた、強大な政権であった。唐代になって、その遠祖の李暠に興聖《こうせい》皇帝という追尊の 諡《おくりな》が与えられたのである。

『新唐書』その他にいうように、李白がほんとうに興聖皇帝九代の孫であるとすれば、彼は唐の皇室とのつながりをもつことになる。李暠が自立した年から、李白が生まれた年まで、まる三百年たっている。

清朝の場合、皇族とそれに準ずる宗室の数は、約三百年後の清末には二万をこえたといわれる。李白の時代、西涼の李暠の子孫と称する人間は、おそらく数万いたであろう。三百年もたっておれば、明確な証拠はないのだから、勝手に自称することができる。皇室とつながりがあるということになれば、実利はともかく恰好がよいと思われたにちがいない。おそらく詐称していた者もすくなくなかったであろう。

李白の家系や出身については、いろんな人が考証をおこなっている。郭沫若のほか、陳寅恪《ちんいんかく》、兪《ゆ》平伯《へいはく》、胡懐琛《こかいちん》といった人たちの論文があり、なかには李白非漢人説さえある。陳寅恪は李白をもって西域の胡人であったと断じている。

唐王朝創始者である李淵の家系についても、非漢人説があるほどだから、じっさいに五歳のときまで西域に住んでいた李白に、西域胡人説があってもふしぎではない。

西域で姓名を易《か》え、四川に戻ってから、もとの姓の「李」を名乗ったという。それまでは李ではなかったことになる。姓名を易えていたのではなく、漢族としての姓などなかったのではあるまいか。四川で李姓になったのは、もとの姓に戻ったのではなく、新しい姓を取得したとも考えられる。すくなくとも推理小説をかくときは、一つの重要な可能性としてとりあげねばならない問題である。

李白が漢人であろうと西域胡人であろうと、私はどっちだってよいという気がする。彼が漢人の文化のジャンルで、大きな存在であったという事実は、それによってすこしも変わることはない。李白の評価が、漢人、非漢人説によって変わると考えるほうがおかしいではないか。私にとって興味があるのは、李白という大詩人が、五歳まで西域に住んでいた事実である。

かぞえで五歳の李白に、はたして西域記憶があっただろうか？

――年五歳、よく六甲を誦す。

と、彼の伝記にある。六甲というのは甲子にはじまる時日の干支《えと》のことなのだ。かんたんな読み書きなら、五歳のときからできたというのであろう。かなり早熟の子であったらしい。

――李白は一斗、詩百篇

というのは、杜甫の『飲中八仙歌』のなかの句だが、それほど李白は多作であり、しかも筆が速かった。それは彼の記憶力が抜群であったことを物語る。早熟についてのエピソードもあり、五歳のときの西域から四川への大移動は、幼い彼の脳裡に焼きつけられていたにちがいない。私はそう考えなければ、話が合わないという気がする。

では、李白の詩のなかに、「西域」は認められるであろうか？

李白のあざやかな個性、自由奔放な精神、俠気——そういったもののなかに、西域の風土の残影があるとみることもできよう。また詩題に、塞外のことをよく選んだのも、西域記憶によるのかもしれない。

関山の月

明月は天山より出づ
蒼茫《そうぼう》たる雲海の間
長風、幾万里
吹き度《わた》る玉門関
漢は下る　白登《はくとう》（山名）の道
胡《えびす》は窺《うかご》う　青海（湖名）の湾
由来　征戦の地
人の還《かえ》る有るを見ず
戍客《じゅきゃく》（守備兵）は辺色（辺境の風景）を望み
帰るを思うて苦顔多し
高楼　此の夜に当《あた》り
嘆息すること未だまさに閑ならざるべし

塞下の曲　其の六
烽火《ほうか》　沙漠に動き
連《つら》なり照らす甘泉（宮殿名）の雲
漢皇《かんのう》は剣を按じて起ち
還《ま》た召す李将軍
兵気は天上に合し
鼓声は隴底《ろうてい》（地名）に聞こゆ
横行して勇気を負《たの》み
一戦、妖氛《ようぶん》（妖気）を静めん

剣を按じて起った漢皇は、漢の武帝《ぶてい》であり、また召し出された将軍は李広《りこう》であった。李広こそ伝説の上での、李白の家の遠祖といわれた将軍である。

——先（祖）は漢の辺将たり。

李白は張相鎬《ちょうそうこう》に贈った詩のなかでそう述べている。彼が二十五世も前の先祖、李広将軍を強く意識していたことが、この句によってもわかる。

史書によれば、涼の武昭王李暠は、李広将軍十六世の孫であり、李白はその武昭王の九世の孫ということになっている。武将の血を意識していた李白は、十五歳で剣術を好み、奇書を読んだ。ふつうの文人ではなかったのである。

二十歳前後で、李白は任侠の徒にまじわり、剣を帯びて歩きまわり、喧嘩さわぎで、じっさいに人を斬ったこともあったらしい。じめじめしたことがきらいで、さっぱりした侠気を愛した。乾燥地帯である西域の気質が、そのあたりにのぞいているのではあるまいか。

作詩にあっても、「白髪三千丈」などの例のように、彼はときにはとんでもない誇張と思われることをしているが、それだけに読む人にショックを与える力強いものがあった。

河南に生まれ、若いころ湿潤の呉越《ごえつ》（江蘇《こうそ》・浙江《せっこう》）あるいは斉趙《せいちょう》（山東・河北）に遊んだ杜甫は、東の詩人というべきであろう。西域に生まれ、強靱さを文学の根とした李白は、それにたいして西の詩人だったのである。

胡　姫

五陵の年少　金市の東
銀鞍《ぎんあん》白馬　春風を度《わた》る
落花踏み尽くして何処《いずこ》にか遊ぶ
笑って入る胡姫の酒肆《しゅし》の中

これは李白《りはく》の「少年行」という詩である。

五陵《ごりょう》は長安《ちょうあん》の北にある地名であった。漢《かん》代の陵墓が五つあり、武帝《ぶてい》は自分の墓のあたりをにぎやかにするために、天下の富豪をそこに集めた。郭解《かくかい》という俠客が、資産ではそこに移される資格がなかったのに、その権勢を評価されて名簿に入れられたという話が『史記』にみえる。だから、五陵という地名は、活気をかんじさせる。その五陵地区の年少（若者）たちは、長安の金市の東にくりこんだ。金市とは長安の西の市場で、そのあたりは胡人が多く住んでいた。

銀の鞍《くら》をおいた白馬というのは、きらびやかなすがたであろう。いまでいえば、最高級のスポーツカーに乗って、やって来るといったかんじである。スポーツカーならぬ銀鞍白馬をのりまわし、落花を踏み尽くしたあげく、どこへ行こうとするのか？
人もなげな笑い声をあげて、胡姫のいる酒場にはいって行く。——
流行の最先端を行く、当時のブルジョアの若者たちの風俗をよんだ詩である。その道具立てとして欠かせなかったのは、五陵や金市という地名であり、銀鞍白馬であり、そして胡姫の酒場だったのである。

胡姫は外国の女性のことだが、おもにイラン系の美女をさしたようだ。彼女たちは歌も踊りも上手であった。お酌のサービスもしたであろう。ペルシャの詩——たとえばオマル・ハイヤームの『ルバイヤート』（四行詩集）には、よく「サーキー」ということばが出てくる。これは酌をする人という意味である。

しかし、ペルシャの詩のなかのサーキーは男性であり、「酌童」とでも訳すべきものらしい。それは、人びとによろこびを与える者、という意味にもなる。

イギリスの短篇小説の名手で、ペンネームにこのことばを用いた者がいた。ふつう短くサキと呼ばれている。

サキとO・ヘンリーは、短篇小説の二大巨峰である。外国のホテルの部屋に、よくサキの短篇集がバイブルといっしょに置かれているそうだ。ショート・ショートと呼ばれるほどのもので、短い時間にたのしく読める。ページをひろげたところから、気ままに読み始めればよいのである。よろこびを与える者——サキとは、よく考えたペンネームといえよう。

長安の酒場のサーキーは、女性だったのである。当時の酒場が、どのような構造になっていたのか、よくわからない。そこまでくわしく描写した文章がないのである。

酒場の店番をすることを、

――当壚《とうろ》

といったことはわかっている。壚の字は、壚、鑪または鑪とも書く。漢の武帝時代の美文家である司馬相如《しばしょうじょ》は、卓文君《たくぶんくん》という女性と駆け落ちしたが、『漢書』にはそのときのいきさつを、

――車騎を尽《ことごと》く売り、酒舎を買い、乃《すなわ》ち文君をして壚に当たらしむ。

と、しるしている。

マイカーを売って、スナックを買い入れ、奥さんの文君に「当壚」させたのである。後人の註によれば、壚は四辺が隆起していたという。中央がくぼんでいて、酒を売る人がそこにはいったのであろう。私たちはどうしても、現在のバーのカウンターを連想してしまう。

酒場の構造など、二千年たっても、基本的にはあまり変わらないものらしい。

まんなかのくぼみのところに、イラン系の美女のいるのが、胡姫の酒肆だったのである。そこでは、中国産の酒ばかりではなく、西域産の葡萄酒も売っていたかもしれない。胡姫の白い指が、葡萄酒の瓶をつまみあげる。――

胡姫は酒場のなかで、酌をしたり、歌をうたっていただけではない。客の入りがよくないと、表に出て、積極的に客引きもしていたようである。李白が裴図南《はいとなん》を見送ったときにつくった詩は、

何処《いずこ》か別れを為す可《べ》き
長安　青綺《せいき》門
胡姫　素手もて招き
客を延《ひ》いて金樽《きんそん》に酔う

と、はじまっている。

どこで別れようか？　長安の青綺門がよい。胡姫が白い手で招き、客をひきいれて金の酒樽で酔わせてくれる。送別の宴は、やはり胡姫の酒場がよいという意味である。李白はよほど胡姫の店が好きだったとみえる。「前有樽酒行《ぜんゆうそんしゆこう》」という詩は、

胡姫の貌《かお》は花の如く
壚《ろ》に当たって春風に笑う
春風に笑い
羅衣《らい》を舞う
君今酔わずして将《まさ》に安《いず》くに帰らんとする

と、結ばれている。

壚に当たるとは、前にも述べたように、カウンターのむこうに立って、酒場の店番をすることだ

が、客に酒をつぐくらいのサービスはしたであろう。そのときのようすが、花のような美貌で、春風に笑うようであったというのだ。

ただ嫣然《えんぜん》と笑って、お酌をするだけではない。春風に笑ったかとおもうと、気がむけばカウンターのむこうから出てきて、踊りをはじめる。羅衣を舞う。羅はうすぎぬである。軽やかに衣裳をつけ、そして軽やかに舞っていたのだ。胡姫のサービスやダンスに、いま酔わないで、いったいどこへ帰ろうとするのか？　酒場での遊びが佳境にはいったのに、誰かが「もう行こうよ」と言いだしたのかもしれない。せっかくいいところなのに、ここよりいいところがほかにあるのか？

胡姫の顔は花のように美しいという。いまでもイランは美女が多いことで知られている。コーカサス系の、彫りの深い、整った顔立ちの女性が多い。しかし、東方の美女を見なれた人の目には、胡姫の容貌の異相の部分が、とくにクローズアップされ、うとましい気持になることもあったであろう。

唐代には、国都長安に最も多くの胡人が住んでいたが、副都の洛陽《らくよう》にもすくなくなかった。また交易の要衝である広州、洪州（南昌）、揚州《ようしゅう》などにも胡人が住んでいたということは前述した。

風光明媚の桂林にも、胡姫がいたのである。唐人の文集のなかに、「桂州筵上《えんじょう》贈胡女子詩」と題する詩がある。桂州は現在の桂林にほかならない。作者は陸巌夢《りくげんむ》という人だが、どんなキャリアの人か、私はまるで知らない。ただこの人の目は、胡姫の異相ばかりをとらえていたらしい。

眼睛《がんせい》の深きは湘江《しょうこう》の水に似て
鼻孔は華嶽の山よりも高し

という句があるが、これは胡姫の目や鼻のすばらしさを、ほめたたえたのではない。その七言律詩ぜんたいを読めばわかるが、宴席に出た胡姫のことを、からかっているのだ。「蹙頞《せきあつ》」という表現がある。これは鼻のあたまに皺《しわ》がよっていることだから、その胡姫はかなりの年だったのかもしれない。

陸巌夢が胡女子に贈った詩は、湘江に似た青い目や山より高い鼻のあたりは、からかいにしても可愛げがある。

だが、つぎの句はあまりにもあらわにすぎて、遠来の胡姫にたいして失礼であろう。

舞態《ぶたい》は固《もと》より掌上《しょうじょう》に居るは難く
歌声は応《まさ》に梁間《りょうかん》を繞《めぐ》らざるべし

軽やかに舞うことの極致は、人のてのひらのうえで舞うことである。もちろん、これは形容にすぎず、じっさいそんなことがありえたとはおもえない。

前漢成帝《せいてい》に愛された趙飛燕《ちょうひえん》は、その身のこなしが軽く、歩くにも地面に足をつけないかとおもわれるほどだった。歌も舞いもたくみであったが、とりわけその舞いは、

――飛燕、掌上に舞う。

といわれたほどであった。

趙飛燕は本名は宜主《ぎしゅ》であったが、その軽やかな舞い方から、趙飛というニックネームがつけられたのである。彼女は成帝に寵愛されて皇后に立てられた。

あなたの舞い方は、とても趙飛燕ほどの身軽さはありませんな。――掌上に居るは難く、とはそんな意味である。

――梁を繞る。

という成語がある。出典は『列子』で、むかし韓の女性が斉へ行き、食べものがなくなったので、歌をうたって食べものを得た。それがたいへんな美声で、彼女が去って三日たっても、その声が梁《うつばり》をめぐって消えなかったという。この故事によって、梁を繞るとは美声の形容になったのだ。

あなたの歌声は、とてもあの韓の女性歌手のように、余韻が梁をめぐるというわけにはいきませんな。――

そればかりか、唐代から五百年も前に死んだ孟陽《もうよう》のことまで引き合いに出している。孟陽とは晋の張載《ちょうさい》のあざなである。張載は性、閑雅、博学で文章をよくしたが、容貌はいたって醜怪であった。彼が歩いていると、そのあまりの醜さに、子供が瓦や石を投げつけるので、彼はがっくりして帰ったという話が伝えられている。

孟陽は醜男の代名詞だが、それと好一対だといわんばかりだから、からかいにしてもひどいといわねばならない。

なぜここで陸巌夢という無名詩人の、「桂州筵上贈胡女子詩」に言及したかといえば、李白の詩に出てくる胡姫が、ほめすぎたものばかりであるからなのだ。花のような美貌で、春風に笑い、羅衣を舞うなどといわれると、彼女たちがたいそうもてはやされたと思ってしまう。唐に来ている胡姫は、いつでも、どこでも、もてはやされたとはかぎらないのである。

栗色の髪、くぼんだ青い目、高い鼻、すらりとした姿勢——胡姫たちがめずらしがられたのはたしかである。が、世の中には極端に保守的な人や、排外的な人がいて、彼女たちの異相をきらったケースもすくなくなかったであろう。

胡姫たちにしてみれば、身を異域に置いているのである。彼女たち一人一人は、人に知られぬ過去をもっている。

一般に胡人といえば、富豪が連想されたことはすでに述べた。だが、酒場でお酌をし、歌をうたい、ダンスを踊る胡姫が、裕福な女性であったとは思えない。

李白的な奔放さで、「胡姫」の二字は、詩文のうえを、はなやかに駆け抜けた。私たち唐詩の愛読者は、そのはなやかさに眩惑《げんわく》されがちである。

胡姫たちには個人的な翳《かげ》があり、また異域の人として差別された経験があるはずだ。西域出身の李白は、胡姫にたいして好意的であったが、そうでもない詩人もいた。その一つの例として、陸巌夢の詩にふれてみたのである。

ところで、胡姫たちは、いったいどんな踊りをしたのであろうか？　それは従来の中国の歌舞と、どこが異なっていたのであろうか？

古い時代の中国の歌舞については、くわしいことはわかっていない。踊りは伴奏つきであったにちがいないが、その音楽もまだ正確には復元できないようだ。

「礼楽《れいがく》」というように、音楽は「礼」とペアにされていたことから、おもに荘重さが強調されたのであろうと想像される。

戦国時代の魏《ぎ》の文侯《ぶんこう》（在位紀元前四二四―同三八七）は、古《いにしえ》をこのんだ君主であったが、孔子《こうし》の弟子の子夏《しか》に、

――私は古楽をきくときは眠くなり、鄭《てい》、衛《えい》の音楽をきくと、いつまでも飽きない。いったいなぜだろうか？

と、たずねている。

眠くなるのは、退屈であるからにきまっている。飽きないのは、それがたのしいからにちがいない。

鄭声、衛声などというのは、儒家のいう「淫声」であり、みだらな音楽とされていた。どんなところがみだらなのか。これまたよくわからない。ただ魏の文侯のエピソードから、それが眠くなるような音楽でなかったことがわかる。

儒家は音楽を、民心を善導するもの、と規定していた。教育用の音楽であり、娯楽用のそれは認めなかったのである。

眠くなるのは、荘重さを強調するあまり、テンポが極端に遅いのも一因であろう。テンポが速く

なると、退屈さはなくなる。お上のおしつけるノロノロ音楽にたいして、音楽それ自身が、本来もっている娯楽性を主張し、もっと軽快な、いわゆる「淫声」が生まれたのではないだろうか？

封建中国にあっては、いつの時代にもオーソドックスな音楽と、それに反抗する「淫声」とが対立したようだ。官製御用音楽にたいする、民間音楽の反撥とみてもよいだろう。その対立は「舞踊」にも及んでいたにちがいない。

一九七八年五月、湖北省《こほく》で戦国時代の古墓が発掘された。随県擂墩《ずいらいとん》一号墓と呼ばれている。出土品のなかには、紀元前四三三年に相当する年代銘をもつものがあり、時代ははっきりしている。出土品中の圧巻は、六十四個の鐘からなる篇鐘《へんしょう》であろう。

私はそれを武漢《ぶかん》市の湖北省博物館で見た。最大のものは二百キロ、最小のもので二十キロある釣鐘が、六十四個ずらりとぶらさげられている。それをたたいて音を出すのだが、一人の楽人では無理であろう。

どんな音楽が鳴るのであろうか？　私は「古代の音」に興味をもって、博物館の人にきいてみた。いま実演はできないが、テストに鳴らしてみた録音テープがあるというので、それをきかせてもらうことにした。古代音楽研究家が苦心して復元した『楚商意《そしょうい》』という曲を、この出土した篇鐘で、じっさいに鳴らしてみたのである。

私はそれをきいた。

たしかに荘重であったが、予想していたほど単調ではなかった。かなり音の変化があり、緩急のコンビネーションも、よく考えられているようだった。三十分ほどきいたが、退屈はしなかった。

古代の音にたいする好奇心が私にあったからだろう。好奇心がつながっているあいだはよいが、これを一時間も二時間もきかされると、たまらないだろう、という気持はした。

この古代の音をきいているとき、私はふと胡姫たちの舞いの伴奏の音楽のことが気になった。荘重な古代の音とは、まったく異なった音が、彼女たちの踊りに伴奏されたことはまちがいない。古代の音でうまく舞えるのは、能ぐらいであろうか。現代の日本舞踊でも、いささか無理な気がする。

巨大な篇鐘の古代の音をきいて、胡姫を連想したのは、けっしてふしぎではない。荘重なものと軽快なものとは、人間の頭脳のなかで、対に組み合わされ、たがいに反応し合うのである。

胡姫の踊りは、当時のオーソドックスなものではない。純民間のものである。民間のなかでも、おもに好奇心に訴える、傍系の芸能とされたはずである。人びとが胡姫にもとめたのは、その特異な容貌にふさわしい、特異なダンスであった。

文明圏を異にするとはいえ、中国とペルシャには、その軸とする人間文明そのものに共通性はあった。似た点もすくなくなかったのである。だが、中国に来たペルシャの女性たち――胡姫たちは、似ているところはかくして、もっぱら相異点を拡大することにつとめたであろう。唐の観衆はそれを見たがっていたのだから。現代の日本における外人タレントが、そうでない髪をブロンドに染めるのも、似たような事情によるのにちがいない。

残された資料から推察すれば、中国の音楽はスローテンポのものが本流であったようだ。音楽と舞踊は一体だから、踊りもあまりテンポは速くなかったであろう。前漢趙皇后のあの「飛燕、掌上の舞い」というのは、むしろ例外に属したのである。

長安の胡姫の酒肆《しゅし》あたりで、ペルシャ娘が中国との相異点を拡大してみせようとすれば、ダンスも音楽もテンポの速いものをえらぶことになる。彼女たちの踊りを見にくる人たちは、それを期待したのだ。

――胡旋舞《こせんぶ》。

これがたいそう評判になった。字義からいえば、胡人――ペルシャ人の旋回するダンスである。中国の正史には、ときどき西域の諸国から「胡旋女子」が献上されたことが記述されている。あるときは康国から、あるときは米国から、またあるときは史国から、となっている。いずれにしても昭武九姓の国であり、現在のサマルカンドを中心とするオアシス国家からの献上物であった。

貢物には、その地方特産の珍奇なものがえらばれる。当時のことだから、人間でも物品扱いであった。史国からの献上では、胡旋女子は豹や葡萄酒と一しょにされている。

旋回ダンスのペルシャ娘は、珍奇なものであった。朝廷に献上されても、それはあくまでも稀少価値にすぎず、宮廷の芸能の主流にはいることはできなかったであろう。唐の朝廷の芸能は、玄宗《げんそう》のように皇帝みずから作曲したり、芸人の訓練をするほど盛んであった。おおぜいの芸能人が梨園《りえん》で、終日、稽古にはげんでいる。彼らが宮廷芸能の主流を占めていたのはいうまでもない。

いつもの遊びに飽きた宮廷人が、気分転換に、

――では、今日はちょっと変わったものを見物しようか。……

と思って呼び出すのが胡旋女子であったにちがいない。

見物の宮廷人は、胡旋女子の芸を、けっして本流の芸能とはみなかったであろう。彼らにとって、それは見世物にすぎなかったのである。

西域からの献上品リストのなかにあるので、胡旋女子は宮廷だけにいると思われがちであるが、民間にもやはりいたようである。唐の宮廷に献上される葡萄酒もあれば、長安の胡姫の酒場で売られている葡萄酒もあるのとおなじだ。

献上品は皇帝の私物である。気がむけば、

——では、これをくれてやる。

と、葡萄酒を寵臣に与えるように、胡旋女子を下賜したかもしれない。ことに記録によれば、しばしば献上されているので、ときには宮廷に胡旋女子がだぶつくこともあったのだろう。何人もストックがあれば、一人ぐらいという気持になるものだ。

白居易《はくきょい》に「胡旋女《こせんじょ》」と題する有名な新楽府《がふ》がある。

胡旋女よ
胡旋女よ
心は絃《げん》に応じ
手は鼓に応ず
絃鼓一声《かいせつひょうよう》、双袖《そうしゅう》挙がり
廻雪飄颻、転蓬《てんぽう》舞う

左に旋《めぐ》り右に転じて疲れを知らず
千匝《せんそう》（旋回）万周、已《や》む時無し
人間の物類　比す可き無く
奔車の輪も緩やかにして旋風も遅し
曲終わりて再拝して天子に謝すれば
天子は之が為に微《かす》かに歯を啓《ひら》く

これは詩の前半で、胡旋女の舞いを描写している。千回も万回も、くるくるまわって、やむときを知らない。人間わざとは思えないほどで、疾走する車輪や旋風よりも速い、というのである。

後半は胡旋する女が、はるばる西域からやって来たが、なにもそんな遠くから来ることはなかった、と述べはじめる。なぜなら、この中国にも胡旋する者がいるからだ、という。なかでも、二人、胡旋の妙手がいた。西域の胡旋女よ、おまえだって、この二人にかなうものか。二人とは、楊貴妃《ようきひ》と安禄山《あんろくざん》のことである。

安禄山はたいへんな肥満体の男だったが、彼はじっさいに胡旋舞ができたそうだ。だが、楊貴妃に胡旋ができたわけはない。彼女は中原の生まれで、テンポの遅いダンスしか踊れない。安禄山は胡人であり、胡旋舞は彼のふるさとの踊りなのだ。白居易が二人の胡旋の名手といったのは、象徴的な表現であった。くるくると変幻して、君主をたぶらかし、権勢を手にしたことを意味する。安禄山はついに謀反をおこし、楊貴妃は玄宗とともに長安を脱出したが、護衛の軍隊が、馬嵬《ばかい》駅で、

——このようなことになったのも、楊貴妃が皇帝の心をまどわしたからだ。彼女を処分しないかぎりうごかない。

と、出発を拒否した。

軍隊がうごかねば、安禄山軍が追いつくはずだし、そうなれば大唐帝国も一巻の終わりである。玄宗は涙をのんで、高力士《こうりきし》という宦官《かんがん》に命じて、楊貴妃をくびり殺させた。

白居易の「胡旋女」は、楊貴妃が殺されたくだりをよんだあと、つぎのように結ばれている。

茲《これ》より地軸と天維とが転じ
五十年来、制すれども禁じられず
胡旋女よ
空しく舞う莫《なか》れ
数《しば》ば此の歌を唱《うた》いて明主を悟らしめよ

楊貴妃がむざんな最期をとげてから、天と地はめぐって、もう五十年になる。そのあいだ、胡旋の舞いをやめさせようとしても、どうしても禁じることができない。胡旋の女よ、無意味に舞わないでほしい。舞うときは、私のつくったこの歌を唱って、聡明な君主に政治の正しい道を悟らせるようにしておくれ。——

くるくるとまわる胡旋の舞いを見ていると、目がくらんでくるだろう。玄宗はもともと英明であったのに、二人（安禄山と楊貴妃）の胡旋を見ているうちに、目がくらんで、政治の正しい道が見えなくなった。白居易はそのような発想をした。

新楽府は、それぞれ政治的な目的があって作られたのである。この「胡旋女」も、

——戒近習也。

と、その作意を明言している。近習を戒める。——皇帝の側近には、人の目をくらませるような、くわせ者をえらんではならないことを戒めるために作ったというのだ。

胡旋の女が悪いのではない。彼女たちは貧しい家の出身であった。だから、幼女のころから、特殊なアクロバット的な芸を仕込まれたのである。ほとんどの胡旋の女は、同情すべき境遇だったにちがいない。彼女たちは、君主の目をたのしませこそすれ、君主の心をくらましたことなどはない。白居易は詩人的な技法で、目と心とをふりかえ、君主をまどわす悪党を、胡旋の者にたとえたのである。たとえにされた胡旋の女こそ迷惑であろう。

白居易のほかにも、胡旋女をうたった詩人がいた。元稹《げんしん》（七七九—八三一）である。

……………………

回風乱舞、空《くう》に当たって散ず
万過、其れ誰か終始を弁じ
四座、安《いずく》んぞ能く背面を分かたん

とある。そのダンスがどこで始まり、どこで終わるのかもわからない。あまり速く旋回するので、舞う人の顔と背との区別もつかないという。

胡旋舞については、石田幹之助氏の『胡旋舞小考』という論文がある。石田氏は別のところで、

――時にはこれを毬《まり》の上で演ずることもあったらしい。

と、述べている。

段安節《だんあんせつ》という唐代の学者は音律に通じ、『楽府雑録』という著書があり、そのなかに、

――舞に骨鹿舞《こつろく》と胡旋舞有り。倶《とも》に一小円毬子《きゆうし》の上に於て舞う。縦横に騰踏するも、両足は終《つい》に毬子の上より離れず。……

とあり、それによったのであろう。

玉乗りの曲芸ということになる。だが、私の推理では、「毬」の字は「毯《たん》」の誤写であろうともう。小さな円球の上ではなく、小さな円形の絨毯《じゅうたん》の上でくるくる舞いをしたのにちがいない。

敦煌《とんこう》の唐代の西方浄土変図《さいほうじょうどへんず》では、歌舞の場面が多くえがかれている。女性が綬帯《じゅたい》をひるがえして舞うさまは、かなりスピーディーであるように思える。そして、彼女たちの足もとには、円形の絨毯がえがかれているのだ。初唐につくられた第二二〇号石窟の壁画などは、とくにはっきりしている。

マリのうえに乗ることはない。どんなに速く旋回しても、足がその小さなカーペットの外へ出ないだけでも、たいへんな技術を要するのだから。

敦煌は西域の入口のようなところだから、じっさいに胡旋女もいたであろう。定められた場所から、足がはみ出さないのが、芸のすばらしいところとされた。だから、胡旋をするには、それほど場所を必要としなかったのである。それなら、長安のちっちゃな胡姫の酒場で、胡旋の実演もできたであろう。

はげしい勢いで、体を左旋右転させるのだから、ダンサーとしても、たいへんな重労働であったはずだ。若いうちはよいが、年をとると、胡旋舞はできなくなったにちがいない。「胡旋の女」として売り出した若い女性が、年をとってそれができなくなったとき、どのような運命がその前途に待ちうけていたのだろうか？

これはいささか気にかかることである。

盧に当たって酒の燗番をするぶんには、すこし年をとっても、べつにどうということもあるまい。絨毯の上、そしてカウンターのなか、おなじように狭い場所である。若いころは、いやというほどそこで体をうごかし、年をとると、うごかそうとしてもうごかせない仕事しかできなくなる。

胡姫の酒肆《しゅし》とはどんな店であったろうか？　いちど行ってみたいものである。岑参《しんしん》（七一五—七七〇）の詩に、

——胡姫の酒壚《しゅろ》、日は未だ午《ひる》ならず。

とあるから、開店は早かったにちがいないが。

詩歌のなかで、胡姫はあでやかなもの、うららかなものとしてうたわれている。胡姫を季語にするとすれば、それは春以外には考えられない。李白も花の如き胡姫が、

——壚《ろ》に当たって春風に笑う。

と、よんでいるではないか。

前述の「胡姫の酒壚《ろ》、日は未だ午ならず」

も、その二句のあとに、

——灞頭《はとう》の落花、馬蹄《ばてい》を没し

とあるから、季節が春であったことがわかる。盛唐の賀朝《がちょう》の詩にも、

——胡姫、春酒の店

と、よまれている。中唐の楊巨源《ようきょげん》の「胡姫詞」にも、

——春風、客を留むるに好し

とあり、やはり春である。おなじく中唐の章考標《しょうこうひょう》の「少年行」にも、

——落日、胡姫楼上に飲む

の二句前に、

——手に擡《むちう》つ白馬、春雪に嘶《いなな》き

と、早春であることをあらわしている。

胡姫と春の関係は、やはり李白にしめくくってもらわねばならない。——

銀鞍、白鼻の騧《か》（口の部分の黒い黄馬）

緑地、障泥（泥よけ）の錦《にしき》

細雨、春風、花落つる時
鞭を揮《ふる》って直ちに胡姫に就いて飲む

胡姫の酒肆は、落花を踏み尽くして、笑って入るのに、最もふさわしい場所なのだ。

胡姫と春との関係は、唐にはじまったのではない。魏の楽府の「羽林郎《うりんろう》（近衛将校）詩」のなかにもつぎのようなくだりがある。

胡姫、年十五
春日　独り壚に当たる

「羽林郎詩」は辛延年《しんえんねん》の作といわれているが、羽林郎の馮子都《ふうしと》という者が、酒家の胡姫をからかって、かえってたしなめられるという物語を織りこんでいる。

十五歳の胡姫が、堂々たる近衛将校をやりこめるのだが、彼女は、

男児は後婦を愛し
女子は前夫を重んず

という名言を吐いた。男はあとからできる女を愛し、女は前にちぎりを結んだ男を大切にする、

という意味である。言い寄ってきた男に、

——あんたもただの浮気でしょ。

と、さらりとうけながす。

このみごとな若い胡姫も、春の日にカウンターに坐っていたという設定になっている。胡姫は水商売だから、表と裏とがあったはずだ。表はいつもにこやかで、そのムードはつねに春めいていた。だが、裏にまわってみれば、異域に暮らす遠来の人としての悲しみがある。商売柄、それはかくさねばならなかった。

髼髪《けんぱつ》の胡児　眼睛《がんせい》緑なり
高楼、夜静かにして横竹を吹く
一声、天上向《よ》り来るに似たり
月下、美人、郷《ふるさと》を望んで哭《な》く

李賀《りが》（七九一—八一七）が「龍夜吟」と題する詩のなかに、このようによんだのが彼女たちの真のすがたであろう。

笛を吹くのは、女にかぎらない。髪のカールしたペルシャの青年でもよい。老人でもよい。そのしらべは、胡姫に望郷の念をおこさせる。ムードは春よりもむしろ秋であろう。

君聞かずや胡笳《こか》の声の最も悲しきを
紫髯《しぜん》緑眼《りよくがん》の胡人が吹く

岑参が顔真卿《がんしんけい》を送るときの詩だが、西域の音楽は、かならずしも軽快でたのしいものとは限らなかったのである。

夜光杯

葡萄の美酒、夜光杯
飲まんと欲すれば、琵琶、馬上に催《うなが》す
酔うて沙場に臥《ふ》すも君笑う莫《なか》れ
古来征戦、幾人か回《かえ》る

王翰《おうかん》のこの「涼州詞《りょうしゅうし》」は、唐詩選にも収録されているので、日本でもむかしから読書人になじまれてきた。

葡萄の美酒を夜光杯につぎ、それを飲もうとすれば、馬上から琵琶のしらべが、「おい、早く飲めよ」と、うながすかのようである。酔っ払って砂漠にたおれこんでも、君よ笑ってくれるな。昔から出征した軍人で、いったい幾人が生還できたというのだ。……

これが大意である。

涼州というのは、現在の武威《ぶい》県の別名である。漢の武帝の時代に置かれた河西《かせい》四郡——武威、張掖、酒泉、敦煌——は、州で呼べば涼州、甘州、粛州、沙州であった。ついでながら、現在の甘粛省という地名は、甘州と粛州をあわせてつくったものである。

だが、これら河西四郡を含む西域の出入口のような地方を、ひろく「涼州」と呼ぶこともあった。五湖十六国時代、この地方に割拠した五つの小政権が、みな国号を「涼」とし、五涼と呼ばれたことはすでに述べた。

音楽好きであった唐の玄宗皇帝は、帝室歌舞団を梨園というところにつくり、みずから作曲したり、指導をしたりしたという。梨園の弟子というのは、皇帝の弟子をも意味する。日本で歌舞伎界のことを「梨園」と呼ぶのは、ここに由来する。

新しがりで、めずらしいもの好みの玄宗は、西方の音曲をよろこんだ。西域の地方官が、その地方の曲を報告してくると、それにあわせて歌詞をつくり、梨園の弟子にうたわせることもあった。西方の曲には、もちろんもとの歌詞はあったのだが、ペルシャ語やウイグル語なので、意味もわからない。そこで漢語の歌詞をつけた。

甘粛地方の歌曲にあわせて、漢語の歌詞をつけたのが涼州詞であり、七言絶句の形になっている。もうすこし西の、現在の新疆ウイグル自治区哈密（ハミ）地方の歌曲のそれは、伊州歌と呼ばれ、唐詩選に収録されたものがあり、こちらは五言絶句の形式である。

涼州詞は開元年間（七一三—七四一）、西涼府都督の郭知運《かくちうん》という者が、玄宗に報告したといわれている。皇帝の趣味には、臣下としても無関心ではおれない。ゴルフ好きの社長に、ゴルフでサービスしようとする部下がいるように、玄宗皇帝時代の地方官は、新しくめずらしい民歌民謡に、とくに関心をもったのである。まして西域あるいはそれに近い地方は音楽が盛んであったのだ。

曲が伝わると、つぎつぎに替え歌がつくられるのは、都都逸《どどいつ》などに似ている。

涼州詞も数多くつくられたが、そのなかの決定版ともいうべきものは、なんといってもこの王翰のそれであった。

悲壮な歌である。

そもそも涼という地名からして、寒冷をおもわせ、きびしさが漂っている。

中国にとって、西方はまず砂漠が連想され、つぎは征戦である。

めずらしく、たのしいものもないわけではない。その代表的なものが葡萄であり、それをかもした葡萄の美酒である。

これから戦場へおもむこうとする兵士をうたう。砂漠、征戦という、西のおぞましいものが出るのだが、その冒頭に、葡萄の美酒をもってきたところに、この涼州詞の非凡さがある。

時代を越え、海を越えてまで愛唱され、数多い涼州詞の代表とされたのは、やはり起句の葡萄の美酒のもつ魅力のためであろう。

さらに、その葡萄の美酒をうけるのが夜光の杯であったのだ。

夜光杯《やこうはい》とは、いったいどんなものであったのだろうか？

夜光杯については諸説あるが、大きくわけて、玉系統の杯であるとするのと、ガラスであるとするのとであろう。

玉にしろガラスにしろ、どちらも西域とは縁が深いのである。どちらであっても、いかにも西域らしい。行司役としては、どちらにも軍配をあげかねる。

もし私が行司役をつとめなければならないとすると、仕方がないので、引き分けにするだろう。勝負なし、である。じっさいに、どちらでもあった可能性があり、べつに定説を立てる必要もない。玉は西域の崑崙《こんろん》が主産地であるし、ガラスは西方から中国に輸入されたものなのだ。

東方の特産物が絹であり、古来、西方へそれが輸出され、その交易路がシルクロードと呼ばれるようになった。だが、交易は一方通行ではない。西方の物産もおなじ道を通ったのである。

西方の産物もいろいろあるが、主要なもののなかに、ガラス器がはいっていたのはまちがいない。だから、視点をかえていえば、その交易路はガラス・ロードとしてもよいわけである。

ガラスの歴史は古い。起源はエジプトであろうといわれている。第十八王朝（紀元前一五〇〇年—同一三〇〇年ごろ）のころには、不透明着色ガラスの瓶がすでに製作されていた。エジプト、メソポタミアなどのガラス技術が、フェニキアやローマに伝わり、こんどまた東へ逆流して、サラセン帝国での製作が盛んになった。いずれにしても、古代オリエントを中心にして、ガラス製造の拠点があちこちに移転したということのようだ。

古代ガラスは、日常の実用品ではなく、高価な装飾品であったといわれている。それを所有することが、富豪の資格とされるように考えられていたのであろう。だから、日用品ではないが、富豪、貴族にとっては、格式を示すための必需品であった。

正倉院には、六点のガラス容器が収蔵されている。遣唐廻使が唐から持って帰ったのであろうが、六点のうちすくなくとも五点は、唐で造られたものではなく、西方から唐に輸入され、それをさらに日本に持ってきたと推定されている。

唐は西域経由でガラス器を輸入したが、同時に自分でもそれを造ろうとした。ただし、原料の関係その他で、製造法はおなじではなかった。

西方のガラスは、アルカリ・ガラスであり、唐で造ったそれは鉛ガラスであったとされている。

正倉院の六点のガラス容器のうち、

――緑瑠璃《みどりるり》十二曲《じゅうにきょく》　長坏《のながつき》

と呼ばれるものだけは鉛ガラスなので、おそらく唐製であろう。

おなじ正倉院の白瑠璃高坏《はくるりのたかつき》は、透明のアルカリ・ガラスである。十センチほどの脚をもち、口径二十九センチの浅い皿がひらいているが、いまの果物盆にほかならない。これに盛るのは、葡萄以外は似合わないが、日本ではなにをのせたのであろうか。

白瑠璃瓶と呼ばれる正倉院御物は、まさにイランのフォームそのものといってよい。唐経由のオリエントものにまちがいない。把手《とって》がついているが、こんなものに水や酒を入れて、ついだとは考えられない。手をすべらして、こわしでもすればたいへんである。おそらく、うやうやしく飾られたのであろう。

現代人的感覚かもしれないが、葡萄の美酒の杯は、やはり玉よりもガラスのほうが似つかわしいようにおもう。

前述したように、唐でも鉛ガラスはつくられていた。国産ガラスは外国製のものほど高価でなかったかもしれない。だが、出征将兵にとっては、それで酒を飲むのは、思いきったぜいたくである。思わず唇の近くで、手にもった夜光杯がとまったのであろう。

——けちけちするな、早く飲め！

琵琶はそんなふうに催促したのだ。

葡萄酒も当時としては、舶来の高級酒だったのであろう。すくなくとも庶民が飲みなれているど、ぶろくクラスの酒にくらべると、値段もはるかに高かったにちがいない。ふだんなら、そんな上等な酒はめったに飲めない。しかもその高級酒を、高価なガラスの杯で飲む。——ぜいたくのきわみであった。

生還を期しがたい出陣だから、思い切ってそんなぜいたくをしてみたのであろう。涼州——武威であれ酒泉であれ、西域に近いので、葡萄酒もガラスの杯も、長安よりはいくらか安かったのかもしれない。それでも庶民出身の将兵たちにとっては、目をつぶるおもいのぜいたくであった。

涼州詞の作者の王翰は、『唐詩選』にこの一首の詩をのこすのみで、生没の正確な年代はわかっていない。あざなは子羽《しう》、山西省晋陽《しんよう》の出身だが、『新唐書』列伝によれば、だいぶアクの強い人物であったようだ。

——少《わか》くして豪健、才を恃《たの》む。

進士に及第しても、バクチと酒が大好きで、それをひかえようとしなかった。

山西の地方長官をしていた張説《ちょうえつ》に愛され、張説が中央の要職につくと、王翰も取り立てられた。

羽振りのよかったころ、彼は傍若無人であった。

——家に声伎《せいぎ》を蓄え、目使頤令《もくしいれい》し、自ら王侯と視《み》、人、之《これ》を悪《にく》まざるは莫《な》し。……

当時、ちょっとした身分の者なら、自家用の歌手やダンサーを召抱えていたものだ。それはよいのだが、王翰は彼らを頤《あご》で使い、態度きわめて傲慢で、まるで自分が王様にでもなったつもりであった。評判が悪かったのはいうまでもない。

ところが、宰相になったパトロンの張説が、政敵の攻撃を受けて失脚すると、その庇護下にあった王翰も中央政府のポストを追われ、汝州《じょしゅう》長史《ちょうし》、仙州《せんしゅう》別駕《べつが》、道州司馬《しば》と地方まわりをしなければならなかった。

汝州や仙州はまだ河南省だからよいが、道州は湖南であり、それも広西と境を接した辺地なので、ずいぶん遠くにとばされたものである。

王翰は鼻つまみされていたが、彼について救いがあると思うのは、ときめいていたときも、左遷されて不遇のときも、どうやら態度が変わらなかったことである。

――日に才士豪俠と飲楽遊畋《いんらくゆうでん》す。

ということだったらしい。「畋」は「狩」とおなじである。土地の才人、文士、任俠の徒たちと大いに飲み、遊び、ハンティングをたのしむ、豪傑肌の人物であった。

王翰の経歴を見ると、山西、陝西、河南、湖南に足跡をのこしているが、じっさいに涼州地方へ行ったという記録はない。みやこ長安における彼のポストは、秘書正字、通事舎人、駕部員外郎を歴任したという。図書館、儀典局、輿輦《よれん》（天子の乗物）係などをつとめたのだから、彼自身が従軍するようなことはなかったはずだ。

彼の涼州詞は、出征将兵のようすをうたったのだが、現実描写ではなく、伝聞による描写、あるいは頭のなかでつくりあげたものであろう。

夜光杯に葡萄の美酒を満たし、砂漠で痛飲した軍人たちは、これからどこへ出征しようとしていたのであろうか？

王翰の生没年代は不明だが、宰相張説が政敵李林甫《りりんぽ》たちの弾劾を受けて失脚したのは、開元九年（七二一）のことであった。王翰が進士に及第したのは、それより十年ほど前のことであるから、壮年、あるいは初老になってから地方まわりをしたことになる。張説失脚の年、李白は二十一歳、杜甫は十歳にすぎなかった。おなじ盛唐の詩人にはちがいないが、王翰は李・杜の両巨人より、時代的に一世代前に活躍したとみてよい。

さて、砂漠に酔い潰れた軍人たちの戦いの相手が問題になる。

唐代、西域における軍事行動で、最も規模が大きかったのは、太宗時代の高昌《こうしょう》攻撃と玄宗時代のタラスの戦いであろう。

太宗の高昌併呑は、三蔵法師玄奘《げんじょう》のインド留学中におこなわれた。貞観《じょうがん》十四年（六四〇）のことで、このあと安西都護府《とごふ》が置かれ、西域が唐の版図にはいったのである。年代からいって、涼州詞の作者王翰はまだ生まれていない。

サラセンとの戦いで、高麗《こうらい》出身の高仙芝《こうせんし》将軍が活躍したタラスの役は、天宝十載（七五一）のことであった。張説失脚（七二一）のちょうど三十年後である。王翰が地方まわりをはじめたのが壮年、あるいは初老とすると、タラスの役のとき、彼が生きていた可能性はすくない。

大規模な征戦はなかったが、規模の小さい局地戦は、たえずどこかでおこっていた。王翰が最も脂がのっていたと思われる壮年――張説失脚の七二一年前後をとってみても、涼州地方はしばしば緊張していたのである。

その相手は、たいてい吐蕃《とばん》（チベット）であった。

涼州詞の曲を玄宗に報告した郭知運や安西副大都護の湯嘉恵《とうかけい》たちが、チベットとサラセンの連合軍を破ったのが、数年前のことであった。

唐と不和になっては、吐蕃にしても困ったのである。唐との交易が、財政の基礎になっていたのであろう。使者を送って、親署誓文を願ったが許されなかった。全盛時代の唐である。プライドが高かった。掠奪ゲリラ戦をやった吐蕃を、そうかんたんに許しはしなかったのである。ただし、使者は厚くもてなして、大国の襟度《きんど》を示した。

張説失脚の翌年、吐蕃はパミールの小勃律《しょうぼつりつ》を包囲し、唐の疎勒《そろく》（カシュガル）副使の張思礼《ちょうしれい》は援軍を率いて戦った。吐蕃は敗れて、以後、攻撃は鈍った。

パミールの局地戦では、甘粛の涼州が異常に緊張することはないだろう。そのていどの作戦の兵力は、現地で集めることができた。王翰の涼州詞がもし武威から酒泉あたりにかけての基地をよんだとすれば、開元十五年（七二七）から十七年にかけてのことであろう。

開元十五年正月、唐の涼州都督は吐蕃を青海に破った。唐軍は吐蕃の羊や馬の大群を掠奪したのである。

同年九月、これにたいして吐蕃は瓜州を攻め、官吏、住民をとらえ、食糧などを奪った。瓜州というのは、酒泉と敦煌の中間にあり、現在の安西県である。

容易ならぬ事態となったので、唐は甘粛に大軍を集めた。

その年の十二月のことで、『資治通鑑《しじつがん》』によれば、隴右《ろうう》道および諸軍団の兵五万六千、阿西道および諸軍団の兵四万人であり、そのほか関中の兵一万を臨洮《りんとう》に集め、朔方《さくほう》の兵一万を会州に集めて、吐蕃に備えたのである。

夜光杯に葡萄酒をつぎ、砂漠に酔いつぶれたのは、このときに召集された将兵にちがいない。河南か湖南にいた王翰は、対吐蕃戦に大動員がおこなわれた事実を知り、熱血をたぎらしたであろう。彼はすでに若くない。だが、詩歌のなかで若返ることはできる。地方の豪俠と馬をとばし、狩猟をするのを好んだ彼は、文人でありながら勇壮さを重んじた。そして、みずからを出征軍人になぞらえて、壮絶な涼州詞をつくったのではなかろうか。

十数万の大軍を集めたにしては、その後の作戦は、瓜州、祁連《きれん》城、石堡《せきほ》城における局地ゲリラ討伐があったにすぎない。開元十八年には、吐蕃との和約が成立した。

だが、甘粛に集められた軍兵たちは、軍隊の数の多さに驚き、また同時に悲壮感をもったと思われる。——これは容易ならぬ戦争がはじまるのだ、と。

王翰を庇護した張説は、失脚後、また返り咲くことができた。だが、復活後は、じっさいの政治にタッチせずに、もっぱら編史の仕事にたずさわった。

瓜州で吐蕃との戦いがはげしくなったとき、張説は闘羊《とうよう》を玄宗に献上した。羊はおとなしい動物と相場がきまっているが、なかには獰猛なのもいる。四川省にこのような、あらあらしい闘羊を産するという。張説は足をいためて参内できなかったが、息子を代理に立て、表（天子への上書）をたてまつった。

——羊はものを言いませんが、もしこの羊にものを言わせることができれば、〈あくまでも闘って解決できなければ、ただちに死ぬ者が出るまでだ〉と言うでしょう。……

これは諷諭《ふうゆ》である。

羊が角をふりたてて、「殺すか、殺されるかだ。さぁ、来い！」と、荒い息を吐き、蹄《ひずめ》を蹴立てようとする。

これが闘牛や闘犬なら、ただ勇壮にみえるであろう。だが、羊であるところに、おかしみがある。いくら強い羊でも、猛牛や猛犬にかないっこない。それなのに、世界で自分が一ばん強い、とばかりいきまいている。羊が殺しても、殺されても、その死は無意味である。

——無意味に将兵を殺してはなりませぬ。

という諫言《かんげん》にほかならない。

玄宗は献上された闘羊にたいして、絹および雑綵《ざつさい》（あやぎぬ）一千匹を下賜した。深くその意を悟ったというのである。

甘粛における対吐蕃戦が、それほど拡大しなかったのは、張説の闘羊による諫言が効いたからだけではないだろう。張説のほかにも、おなじような諫言をした重臣がいたであろうし、玄宗皇帝自身も大作戦は、はじめから予定していなかったにちがいない。

吐蕃との関係で、唐はべつに追いつめられていたのではなかった。ちょこちょことゲリラを仕掛けられては、大唐帝国の面子《メンツ》にかかわる。いわばプライドのための応戦だったのである。チベット人の馬や羊を掠奪したのは、それが欲しかったのではない。吐蕃に懲罰を与えるためであった。

皇帝以下、政府の要人に、決戦の意思はなかった。大動員は示威をおもな目的としていたのである。

だが、召集された将兵たちは、そんなことは知らない。あちこちから大軍が集まってきたので、これは国運をかけての大戦争が始まると思ったのも無理はない。西方の基地には悲壮感が漂い、地方にいた豪俠の詩人王翰が、その雰囲気を詩にうつしたのである。

——古来征戦、幾人か回《かえ》る

は絶唱といってよいだろう。

盛唐より千年前の戦国末期、秦《しん》へ赴く刺客荊軻《けいか》が易水《えきすい》のほとりで、

——壮士ひとたび去って復た還らず

と歌ったのに比肩できる。

庶民出身の将兵は、大局を知る立場にいない。皇帝の意向も、外交の動向も、一切、知らされていない。自分たちが碁盤のうえの石だということは知っているが、どのあたりに、どんな目的で打ちこまれたか、そこまでは知らないのである。

彼らに悲壮感以外のなにが歌えたというのであろうか。

羽声《うせい》（激した調子の声）で慷慨するのが、彼らの全世界であったといってよい。

張説は政治家であり文人であると同時に、鋭い文芸評論家でもあった。彼は王翰の詩文を評して、つぎのように述べた。

——王翰は瓊桮玉斝《けいはいぎょくか》の如し。爛然《らんぜん》として珍とすべしと雖《いえど》も玷缺《てんけつ》多し。……

玉杯のごとく美しく、あざやかであって珍重すべきであるが、キズも多いというのである。詩文だけではなく、人間もそうであったようだ。

張説は王翰をキズの多い玉杯になぞらえた。このあたりで、王翰の涼州詞にある夜光杯が、ガラスではなく玉杯であるとする説をとりあげるべきであろう。

夜光ということばには、キラと光るという語感がある。

南海に「夜光珠」というのがあり、海中にキラキラと輝いているという。これは鯨の目だという説もあるが、おそらくすばらしい真珠のことであろう。

透明のガラスは、たしかにキラと光る。ことにカット・グラスは、そのような光を呼びこみ、そしてあざやかに放つ。

正倉院御物の「白瑠璃碗《はくるりわん》」はカット・グラスの技法でつくられており、唐代にはかなり普及していたと想像される。夜光杯イコールカット・グラスときめたいところである。玉はキラと光るよりも、おだやかに、潤いをもって、鈍い光沢をみせるものなのだ。それが玉の値うちでもある。

だが、透明な玉があるとすれば、それに「夜光」の名を冠しうるのではあるまいか。いや、玉の全面が透明でなくてもよい。その一部が透明であれば、ほかの部分と対比して、その透明さが目立つであろう。

――酒泉県夜光杯廠

という工房を、私は一九七五年の敦煌旅行のときに見学した。

甘粛省の酒泉地方の人たちは、夜光杯が酒泉の近くで産する夜光玉から造られると、信じて疑わないのである。

産地を土地の人は「南山」といっていたが、酒泉からみて南だから、祁連《きれん》山脈のことにほかならない。

夜光玉は別名をただ「玉石」ともいう。

じつはこれは崑崙の玉ほど高価なものではない。玉石という名称にもあらわされているように、大雑把《おおざっぱ》にいえば、玉と石の中間ていどのものなのだ。玉よりはランクは落ちるが、石よりはだいぶ値うちがある。

色もさまざまであった。白いもの、うすみどり色のもの、濃いみどり色のもの、黒っぽいもの。——種類は多いけれども、共通点があったのである。それは、ところどころに透明な部分があることなのだ。

南山の玉石でつくられた杯、碗などは、それをかざしてみれば、透明な部分があかりを受けてキラと光る。

薄い色のものよりも、濃い色のもののほうが、その光り方は目立つ。私が夜光杯の工房を見学したのは朝であったが、もし夜であったら、杯を月光にかざしてみたことであろう。そうすれば、私は夜光杯はこの地方の夜光玉、別名玉石でつくられたものであることを確信したにちがいない。

工房の名に、夜光杯とついているのは王翰の詩があまりにも有名になったからであろう。杯だけではなく、碗もつくれば、彫刻を施した置物もつくっている。

玉杯よりは値は安いであろうから、夜光玉の杯は、当時も日常に用いられたかもしれない。そう思うと、私は酒泉の夜光杯に愛着をおぼえ、数個もとめて、今も愛用している。

王翰ははたして、この酒泉地方の夜光杯を知っていたのであろうか？　誰かに土産にもらって、愛用していたかもしれない。彼は酒を愛した人物であるから。

ひょっとすると、伝説の夜光杯から、その名を詩に使うことを思いついたのかもしれない。

伝説の夜光杯とは、周の穆《ぼく》王のとき、西域から、

——夜光常満杯《やこうじょうまんぱい》
というのが献上されたことである。これには白玉の精が三升も受けられる。もっとも、当時の一升は現在の日本の一合に相当する。空になっても、夜にこれを出しておけば、朝になると満杯になるという伝説である。

西域の献上品ということで、涼州詞のなかに登場するにふさわしいものにちがいない。

玉の道

玉衣というのがある。

文字どおり、玉でつくられた衣服だが、生きている人は、そんな妙ちきりんな服を着ない。身うごきするのもたいへんだ。動かなくてもすむ人――死人に着せるものである。

一般の人が死んでも、そんな高価な玉衣に覆われて葬られたりしない。皇帝、諸王侯クラスに限られるようだ。

最も有名なのは、河北《かほく》省満城《まんじょう》県西郊から出土したものである。

一九六八年六月、人民解放軍が演習中、偶然、一基の古墓を発見した。こんなとき、中国では現状を保存して専門家の派遣を待つことになっている。考古研究所と河北省文物工作隊の合同調査によって、さらに第二の墓も発見された。出土した印章によって、この二つの墓は、前漢の中山《ちゅうざん》王劉勝《りゅうしょう》のものと、その妻の竇綰《とうわん》のものであることが判明した。

『漢書』によれば、劉勝は景帝《けいてい》の子であり、紀元前一五四年に、現在の河北省西部の中山国王に立てられ、在位四十二年で死んだとある。漢の武帝の庶兄にあたり、生母は賈《か》夫人であった。

氏素姓のはっきりした人物である。妻の竇綰の伝までは史書に載っていないが、中山王劉勝の父景帝の母、つまり文帝の皇后が竇氏であったから、その一族であったかもしれない。

中山王劉勝は玉衣を着て葬られていた。

その玉衣は二千四百九十八枚の玉板を、金糸でつなぎ合わされたものである。金糸の純度は九十六パーセントで、径は半ミリ以下の細いものであった。

玉衣のなかの死体は、二千年以上ものあいだに、風化して灰となり、発見されたときは玉衣もぺしゃんこになっていた。これを復元すると、その人物の体格もおよそわかる。『漢書』には、

――勝は人となり酒を楽しみ、内《ない》（妻妾）を好み、子百二十余有り。

とある。

精力絶倫タイプの人物のようである。

玉衣は全長百八十八センチであった。鎧のように身につけるので、これを着た人物も百八十センチほどあったにちがいない。

人体は複雑なふくらみやくぼみがあるが、それに合うように、玉衣はつくられていた。長方形の玉板が多いが、鼻のところは瓦型の玉片、頭頂部は弧型のもの、そのほか三角形や不等四辺形の玉片なども用いられていた。私は北京の故宮《こきゆう》で復元されたものを見たが、下っ腹がだいぶ出ているのがおかしかった記憶がある。

金糸で縫い合わせたものを、「金縷玉衣《きんるぎよくい》」といって、皇帝またはそれに準ずる高位の人に用いられたようだ。金糸のかわりに銀糸が用いられたものは、「銀縷玉衣」と呼ばれている。

一九七三年、東京と京都でひらかれた「中華人民共和国出土文物展」には、その銀縷玉衣が出品

された。それは江蘇《こうそ》省徐州《じょしゅう》の後漢古墳から出土したもので、明帝の皇子劉恭《りゅうきょう》一族と関係があるらしいと思われるだけで、劉勝のようにはっきりとわかっていない。全長百七十センチで、二千六百余枚の玉板が用いられていた。

一九七七年から翌年にかけて、名古屋と東京でひらかれた出土文物展には、河北省定《てい》県で出土した金縷玉衣が出品された。全長百八十二センチで千二百余枚の玉板を、金糸で縫い合わせたものだった。

この定県出土のものは、同時に出土した竹簡《ちくかん》などから、前漢後期（紀元前後）のものと推定され、中山国の領地内であるので、被葬者は前記の中山王劉勝の後継者である可能性が大きい。もっとも劉勝の六代目で子が無く、中山国はいったん四十五年絶えて、一族から継嗣を迎えて復活したといういきさつがある。

ともあれ、玉衣にはおびただしい玉板が用いられたのだが、それはどこから来たのであろうか。河北省満城県出土の中山王劉勝の玉衣は、中国側の専門家の鑑定では、新疆《しんきょう》産のものであろうという。

満城県は北京からそれほど遠くない。中国大陸では東のはずれに近いといえよう。西域からはるばると玉をそんなところまで運んだのである。

崑崙《こんろん》の玉といって、新疆産の玉は崑崙山から流れる川で拾いあげられるという。ホータン河、ヤルカンド河などである。とくに前者はむかしから有名であった。

ホータンは、現在、「和田」と書かれている。「和闐」（ホテン）という字をあてられたときもあり、史書には、「于闐」(ウテン)の国としるされていた。

私は一九七七年に和田を訪ねた。そこで玉の話をきいたが、この地方は玉の産地というだけで、玉を研磨したり、加工したりするのは、むかしからやっていなかったという。高価な品なので、下手に手をつけて疵《きず》などつけてはならない。だから、原石のまま運び出したという。

現在でも、現地には専門家がいないので、加工技術にすぐれた地方――おもに北京へ原石を運ぶのである。私が玉の加工の現場を見学したのは、北京においてであった。

玉の原石を東へ運んだのは、現在も紀元前もおなじだったのである。いまではトラックに積んで行けるし、飛行機を利用することもできる。和田の空港は、ローカル線にしてはかなりりっぱなものなのだ。

紀元前は人間の力と動物の体力、脚力に頼るほかなかったのである。

玉を運ぶルートは、崑崙の北麓沿いであったはずだ。北はタクラマカン砂漠だし、天山南路は大きな迂回になる。

和田から東へ東へと行けば、南に崑崙の銀嶺、北に灰色のタクラマカンが、いつまでもつづく。道はやや東北に走り、楼蘭《ろうらん》を経て、漢代の玉門関《ぎょくもんかん》を越え、敦煌《とんこう》に至る。このルートを便宜上、西域南道と呼ぶことにしよう。

西域南道では、紀元前のいにしえから、おびただしい駱駝、馬、驢馬そして人間が、重い玉の原石を東へはこぶ行列がみられた。その行列から落伍すれば、人間も動物も死あるのみであった。

玉衣をつくるには、できるだけおなじ色の玉をそろえる必要があったにちがいない。また玉の原石から、何パーセントの良質の玉がとれたのか、門外漢の私にはくわしいことはわからない。

玉に硬玉と軟玉があることを、私は辛うじて知っているにすぎない。硬玉はジェイドで、翡翠《ひすい》などのように、硬くて透明度の高いものである。これは雲南やチベット、そして中国以外では、ビルマが主産地である。軟玉はネフライトで、崑崙の玉はこれにあたる。翡翠ほどの透明度はなく、その光にまばゆさはない。そのかわり、潤いがかんじられ、しみじみとした艶《つや》をもっている。

中国人は古来、この軟玉の奥ゆかしさを愛したのである。愛するあまり、過剰な玉崇拝がおこなわれるようになった。古代人は玉にふしぎな霊力があると信じたようだ。玉粉は不老の妙薬とされていた。それは悪霊を払いのける呪力をもつと考えられていた。さらに人間が神霊世界に接するとき、玉はその媒介をすると信じられた。

中山王劉勝の遺体は灰となってしまったが、瑱玉《てんぎょく》が発見された。貴人は死ぬと九竅《きゅうきょう》（目、鼻、口、耳と尻孔など）に玉をつめることになっていたのである。また胸に玉璧《ぎょくへき》十四枚、背中に四枚、玉衣の左袖のなかに小玉印二個がいれてあった。金銅製の枕にも、玉がちりばめられていたし、手には半璧型の玉を握っていた。璧は中央に円形の孔のあいた円形の玉のことである。環に形は似ているが、中央の孔はそれほど大きくない。

ともあれ、貴人を葬るには、ずいぶん多くの玉が必要だったのである。

玉衣を身にまとって地下に眠るのは、皇帝、諸王侯クラスに限られるが、それ以外の貴族や富豪は、せめてものことに玉製品を副葬したものである。

ことに死人の口中によく玉を含ませることがあった。玉を含んで葬られると、遺体が腐敗しないという迷信もあったようだ。

死者の口中に含ませる玉は、蟬《せみ》の形をしたものが多い。それを「含蟬《がんぜん》」という。劉勝の口にあったのは含蟬ではなく、義歯の台に似た形のものだが、夫人の竇綰《とうわん》のほうは、ちゃんと含蟬であったそうだ。

ほかの副葬品のなかにも、玉製品はすくなくなかった。白玉でつくった小さな人形まであった。中山王劉勝が死んだとき、弟にあたる漢の武帝は在世中で、豪華好みのこの天子は、庶兄のために、とくべつりっぱな墓をつくらせたのかもしれない。

馬王堆《まおうたい》の漢墓から軑《たい》侯夫人の遺体が出現して、世界を驚倒させたとき、おなじ墓から出土した、いわゆる「長沙T字型彩色帛画《はくが》」について、私は東園製ではあるまいかという推理をしたことがある（『芸術新潮』一九七二年九月号）。東園というのは、宮廷のなかで、棺など大葬に用いる物品を製造する工房のことである。

皇帝は即位すると、まもなく自分の墓をつくる準備をはじめたといわれている。自分の大葬用だけではなく、皇太后や生母が生きておれば、それが死んだときの用意もしなければならない。皇族だけではなく、重臣たちが死んだときに、天子からの香典として、よく「東園の秘器を賜わる」という記事が史書に散見される。名誉なことであったらしい。

河北省満城県の漢墓出土の玉衣も、河北の中山国でつくられたものではなく、長安の宮廷の東園で用意されたのではないだろうか。玉板に小さな孔をあけ、金糸や銀糸をとおして縫い合わせるといった、高度の技術は宮廷に独占されていたのにちがいない。副葬品の玉製品もおなじである。

玉は庶民には縁の遠いものであった。

装飾に用いられるにせよ、宮廷をはじめとする貴族、富豪が需要者であった。ひょっとすると、玉を加工することは、民間にはなかった仕事かもしれない。民間に玉の工房があっても、その材料である玉は、宮廷の専売品であった可能性もある。皇帝の金儲けなのだ。

現在、外国旅行から帰国して、税関でとくにやかましくチェックされるのは酒とタバコである。タバコは専売品であり、酒は酒税が国庫の収入のかなり大きな項目を占めるので、検査がきびしいのだ。

すくなくとも漢代にあっては、私は宮廷が独占的に玉を仕入れていたのだとおもう。宮廷で使用する玉器も多いし、払い下げもあったであろう。利益が皇帝の懐にはいる専売品であってみれば、玉の値段を維持する方法が講じられたはずである。

大量の玉が、ひそかに運びこまれると、玉の相場は影響を受けざるをえない。値崩れするのが、経済の原則である。

西域の玉の大量搬入を、国家——皇帝、宮廷およびそのグループの総称——は厳重に取り締まる必要があった。

漢代は敦煌の西に関が置かれ、出入境を検査していた。犯罪者の逃亡や、危険人物の入境を防ぐといった役目も、とうぜんあったであろう。だが、「玉」の密輸入にも目を光らせていたことは、容易に察しられる。ひょっとすると、そのほうがおもな目的であったかもしれない。

西域との出入口の関に、「玉門関」という名前がついているのは、そのような事情があってのことであろう。

唐代の玉門関は敦煌の東である。敦煌を経由しない「伊吾《いご》（ハミ）の道」がひらけたからだった。そしておなじ玉門という関名が用いられた。

現在の和田県城は、二つの河にはさまれている。どちらも崑崙山脈から流れており、やがて合流して和田河と呼ばれ、タクラマカン砂漠の下を伏流しながら、ついにはタリム河に併せられる。県城の東を流れるのが、玉龍喀什（ユルンハシ）河で、西を流れるのが喀拉喀什（ハラハシ）河である。いずれも玉の産地なのだ。和田県の西北に、喀拉喀什河に面して墨玉という県があるため、この河は墨玉河と呼ばれることもある。そうすれば、どちらも河の漢字名に玉という字をもつことになるわけだ。

玉の原石は角がない。七千メートル級の高山から流れおりるあいだに、角もとれてしまうのであろう。和田県で原石を見せてもらった。サイズや形もさまざまだが、とがっているのはなかった。玉は研磨され、加工される前の原石の段階から、すでにまろやかなものだったのである。

月のない夜、河に光を発するところがあれば、そこにかならず玉がある、と言い伝えられているそうだ。

月といえば、現代中国語の発音は Yuè であり、玉は Yù である。すこし似ている。福建南部から台湾にかけて話されている閩南《びんなん》語の発音では、前者が Ghuek であり、後者が Ghek であり、私など子供のころよくまちがえた。

崑崙の玉の一名は、「于闐の玉」であった。「于」の字の現代音は Yú である。玉とは第四声と第二声のちがいにすぎない。

『韓非子』に、和氏《かし》という者が宝玉を王に献じたが、石と鑑定されて左足を切られ、つぎの王にも献じて、おなじように右足まで切られた話が出ている。つぎの王のとき、楚山の下で三日三晩泣きつづけ、王の注目をひき、やっとそれが宝玉であることがわかったのである。それを磨いて璧《へき》にしたのを、

——和氏《かし》の璧《へき》

という。日本では、このことばのときにかぎって、ワシではなくカシと読む習慣がある。『韓非子』では、和氏を楚《そ》の人としているが、和田や和闐の「和」と、関係があると説く人もいるようだ。

またかつて敦煌のあたりにいて、匈奴のため、遠くパミールの西まで追われた月氏国についても、玉との関係を推理する説がある。漢代に玉門関は敦煌の西に設けられた。敦煌地方に拠っていたころの月氏国が、玉の交易を牛耳っていたことは、じゅうぶん考えられる。月氏国の版図は、あるいはもっと西にひろがっていて、現在の和田も含まれるとすれば、月氏国は玉の交易国だけではなく産地国でもあったことになる。

「和氏の璧」ということばは、この世の至宝という意味に用いられているが、韓非子の言いたかったのは、宝玉の鑑定でさえそれほど難しい。まして君主に人物を認めさせるのはもっと難しいということなのだ。

この和氏の璧は、戦国末期（紀元前三世紀）趙《ちょう》の恵文王の手に渡った。当時、旭日昇天の勢いであった秦が、十五の城と和氏の璧を交換したいと申し入れたのである。秦は強国であった。強さに

モノをいわせて、和氏の璧を取り上げ、十五城など引き渡すつもりは毛頭なかったのだ。

趙の使者として秦へむかった藺相如《りんしょうじょ》は、秦王を相手に渡り合い、璧を取り上げられることなく使命をはたして帰った。

――璧を完《まっと》うして帰る。

という故事から、「完璧」ということばが生まれた。いまでも、私たちはそのことばを、なにげなく使っている。

和氏の璧は、現在に伝わっていないので、それが西域産であるかどうかは、もはや調べようがない。だが、満城県漢墓の玉衣が、西域産であることは、中国の学者の研究で、ほぼまちがいないという。

そのことは、シルクロードが「玉の道」でもあった事実を物語る。

紙の道

胡姫、夜光杯、玉など、ロマンチックなテーマがつづいたが、西域はかならずしもロマンだけの宝庫ではなかった。血なまぐさい面もあったのはいうまでもない。

漢の武帝が、匈奴《きょうど》や大宛《だいえん》討伐のために遠征軍を送って以来、この地はしばしば戦乱の舞台となった。

いや、漢の軍隊がこの地方にはいる以前に、たとえば、匈奴が月氏《げっし》国と戦い、破れた月氏の王は殺され、その髑髏《どくろ》が匈奴王の盃にされるといった、おぞましい事件がおこっている。オアシス都市国家間の局部戦も、たえずおこったにちがいない。

後漢以後の中国の分裂時代でさえ、前秦《ぜんしん》の将軍呂光《りよこう》の亀茲《きじ》出兵があった。この出兵が、鳩摩羅什《くまらじゅう》の中原入りのきかっけになったことは、前述したとおりである。

中国の分裂時代は、隋《ずい》の天下統一によって終止符を打たれた。そして、隋につづく唐《とう》代に、中原の軍隊は、一段と強い力をもって、西域にすがたを見せるようになった。

唐の皇帝は、石に矢を立てた前漢の将軍李広《りこう》を、その遠祖とすると称していた。とすれば、李広の子孫が五世紀のはじめ、敦煌《とんこう》を中心に樹てた西涼《せいりょう》政権の後裔なのだ。敦煌という土地は西域の関門であり、唐の王朝はその血のなかに、西へむかおうとする本能をもっていたかもしれない。

現在のトルファン盆地にあった、漢人王朝の高昌国《こうしょう》が、六四〇年に唐の太宗《たいそう》にほろぼされたことは前に述べた。玄奘《げんじょう》が往路、ここを通ったときは独立国であったが、彼が帰るときは、すでに唐の領土になっていたのである。けっきょく、玄奘は帰路、高昌の地を通らずに、西域の南道――玉の道を通っている。

唐王朝の先祖である西涼が、北涼に撃破されて敦煌を放棄したとき、敗残軍の一部は哈密（ハミ）に逃れ、そこから豊かなトルファン盆地をうかがったことがある。だが、その野望は達せられなかった。

トルファンの高昌国を、唐に併合することは、唐の太宗にしてみれば、二百年前の祖先がはたしえなかった悲願を、かわってはたしたことにもなる。

亡ぼされた高昌国の漢人王朝は麴《きく》氏であった。百五十年近くつづき、中国ふうの統治組織をもっていて、学校でも中国の古典を教えていた。

乾燥地帯なので、千三百年も前の紙なども、保存の良好な状態で出土している。当時、この地方の人たちは、契約を文書にすることが好きであったらしい。ちょっとした賃借まで文書にして、それが二十世紀になって私たちの目にふれるわけだ。学生の使っていた『論語鄭玄《ていげん》注』の写本も出土している。学生らしい筆跡で、『千字文』のらくがきまで残っている。いまでもその紙のうえに、生活の息吹がかんじられるようだ。

勇猛な遊牧民族が駆けまわっている地域に、平和な農耕民の漢族を主体とする麴氏王朝が、百五十年もつづいたのは、奇跡に近いような気がする。

だが、麴氏王朝の高昌国は、どうやら一種のかいら政権であったようだ。史書には、この国には鉄勒《てつろく》（トルコ系部族）の幹部が常駐して、隊商に課税していたことが記されている。

鉄勒などの遊牧騎馬民族は、みずから交易などに従事するのはにが手で、それよりも商売上手な漢族にやらせて、そのウワマエをはねる方法をとったのであろう。外国の高官の常駐と、それによる課税を認めていたのだから、完全な独立国とはいえない。

かいらい政権というのは、すこし言いすぎかもしれない。唐代、高昌国が結びついていたのは、鉄勒諸部族を支配した、いわゆる西突厥《とっけつ》帝国であった。高昌国は交易による利益の一部を西突厥に与えたけれども、交易を保護するために武力が必要となれば、それを西突厥にもとめるという関係であった。

交易の保護に武力を必要とするというのは、どんな場合があるだろうか。

隊商が来なくなってしまうと、高昌国として死活にかんする大問題である。言いかえると、交易路が変更して、高昌がそのルートにはいらなくなるような事態になれば、武力に訴えてもそれを阻止しなければならない。

高昌の西に焉耆《えんぎ》（カラシャール）という国がある。玄奘の『大唐西域記』の阿耆尼《あぎに》国に相当する。博斯騰（バグラシ）湖の近くにあった。この湖の北をまわって、トルファン盆地の高昌国から哈密を経て、唐の河西へ至るのが当時の交易路であった。

だが、一時代前の西域北道というのは、湖の南を東へむかい、ロプ・ノール湖岸の楼蘭《ろうらん》あたりから敦煌にはいるルートであった。求法僧の法顕《はっけん》一行もこの道を通ったのである。法顕のいう「傴夷《うい》国」というのが、ほかならぬ焉耆国のことなのだ。

この西域北道はいつのまにか廃れていたのだが、焉耆国はこれを復活しようとした。そのほうが自国の利益になったのであろう。唐はもともと、高昌国が西突厥の影響を受けているのをきらっていたので、焉耆の計画をたすけようとした。西域北道のほうが、北方遊牧民の本拠から遠いので、唐にとってはより安全な交易路であったのだろう。

しかし、旧西域北道を復活されては、高昌国にとってはたいへんなことであった。新幹線のコースからはずれたどころの騒ぎではない。交易だけに頼っていたオアシス国家としては、死刑を宣告されたようなものである。高昌国として、どんなことがあっても西域北道の復活を阻止しなければならない。

そのためには、計画の張本人である焉耆国を攻撃して、妨害するのが、とうぜんの戦略である。高昌は焉耆を攻めた。

もっとも高昌が焉耆を攻めたのは、これがはじめてではない。交易上のちょっとしたトラブルで、すぐに兵をうごかしたものである。現在のわれわれには、ちょっとしたトラブルのようにみえても、当事者にとっては死活の問題であることが多い。隣り合っていると、とかく利害が対立するものらしい。それにこの両地は、国としてのキャラクターがいささか異なっていた。

高昌の住民は、そのころ西域で最も多かったイラン系胡人と漢人であり、現在残っている高昌古城――カラホージョの遺跡は、ほとんどイラン的なものばかりである。だが、統治階級は、漢族である麴氏一族でかためていた。胡系住民も中国の古典を勉強させられていたようで、胡音で漢文を読む方法もあったという。

それにくらべると、焉耆は別名「阿耆尼」がイラン語で「火」を意味するように、イラン系胡人の統治するイラン系胡人の国だったのである。

玄奘は高昌で国王麴文泰《きくぶんたい》から、たいへんな優遇をうけ、この国にいつまでも留まるように請われたが、天竺《てんじく》への取経の素志をひるがえさなかった。別れに際して、麴文泰は玄奘にさまざまなプレゼントをした。天竺往来二十年間の旅費として、黄金、銀銭、綾絹を寄進し、馬や人夫もつけた。そして、西域二十余の国王宛に「この僧をよろしく頼む」という文書を用意した。

ところが、高昌の西が阿耆尼国である。

玄奘が来たのを見ると、阿耆尼国王は諸臣とともに出迎え、王都のなかに招きいれて供養した。それだけである。形式的にすぎない。仏教国においては、僧侶を供養するのは王者の義務であった。阿耆尼国王はその義務をはたしたにすぎない。『大慈恩寺三蔵法師伝』には、つぎのように記している。——

——其国（阿耆尼）、先に高昌に寇擾《こうじょう》せられて恨有り、馬を給するを肯んぜず。法師一宿停《とま》りて而《しか》して過ぐ。……

高昌はまえにもこの国を攻撃している。そんな恨みのある国の王の依頼書など逆効果であった。かえ馬さえ提供しなかったので、玄奘は一泊しただけで早々に立ち去った。

玄奘が長安を出発した年代については、貞観元年（六二七）説とその二年後の両説があるが、彼が高昌や阿耆尼を訪れたのは、その翌年であるはずだ。ともあれ、高昌の阿耆尼攻撃は西暦六二九年以前にあったので、両国は仇敵関係になっていたのである。そのため、高昌で優遇された玄奘が、阿耆尼で冷遇されることになった。とんだとばっちりといわねばならない。

西域の都市国家として、高昌は生きのびるために、あらゆる努力をしたのである。西突厥と同盟関係を結んでいたものの、唐との友好にもできるだけのことはしていた。超大国の力のバランスのうえに、国家を維持しようとしたのである。大国の谷間にある小国の生き方は、現在も千数百年のむかしも、あまり変わりはない。

貞観四年（六三〇）というから、玄奘の高昌訪問のすぐあとのことである。高昌国王麴文泰は、わざわざ長安まで出むいた。麴文泰の長安訪問はその年の十二月のことで、翌年正月、太宗は宴会を催して、高昌国王麴文泰と随行の諸臣をねぎらった。高昌国王は夫人を同伴していた。彼女はもと宇文氏の出身だが、唐皇室の姓である李氏を賜わった。唐にしてみれば、これは異例の処遇であった。高昌と親戚づき合いをして、西域の情報をそこから手に入れようとしたのである。

麴文泰の父の麴伯雅《きくはくが》も、隋の時代に入朝している。漢族王朝だから、とうぜんのことかもしれないが、高昌国の心はつねに東をむいていたのである。中華文明の崇拝者であり、そのことは、出土した文物からもはっきりしている。玄奘をあれほど優遇したのは、玄奘の人柄もあったであろうが、漢人の僧侶であったということも、その理由の一つであったにちがいない。

長安の宮殿でひらかれた宴席で、唐の太宗と高昌国王麴文泰は、いったいどんな話をしたであろうか？

——つい数年前、若いけれどなかなか徳の高い唐僧が、われら高昌の地に参りました。いくらひきとめようとしても、どうしても天竺へ取経に行くのだと、艱難な旅に出ました。玄奘と申す僧でございます。

といった話も、きっと出たはずである。唐との友好関係を深めるという目的があるのだから、旅の唐僧に親切を尽くしたということは、高昌にしてみれば強調しておきたい事実の一つである。

麹文泰は群臣を率いて唐を訪ねたが、随員のなかには、二十年前、隋の時代に先王麹伯雅に随行した者もすくなくなかったであろう。

隋の煬帝《ようだい》が即位したあと、高昌が隋に使節を送ったのは大業四年（六〇八）のことであった。おなじ年、日本も使節を隋へ派遣している。『隋書』には、倭王多利思比孤《たりしひこ》とあるが、聖徳太子による遣使であった。

——日出づる処の天子、書を日没する所の天子に致す。恙無《つつが》きや。

という有名な国書が、日本の史書ではなく、『隋書』に記録されていることがおもしろい。

その翌年、高昌国は国王麹伯雅みずから隋を訪問した。そして、足かけ四年も滞在し、隋の対高麗戦争にも従軍するという忠誠ぶりであった。

万事豪華好みの隋の煬帝は、ずいぶん大仕掛けな舞台装置で、遠来の客人を驚かしたようである。沿道の士女に盛装させて見物させたり、衣服車馬のみごとなものばかりをならべ、

——以て中国の盛を示した。

と、史書にしるされている。

まさに天地《あめつち》の栄える御代であり、高昌の人たちに深い印象を与えたであろう。国王の帰国にあたっては、皇室の宗女の一人を妻として与えるといった、いたれり尽くせりの処遇であった。

その隋はすでにほろびた。唐の時代になっている。だが、高昌の使節団のメンバーには、隋の代をなつかしむ者が多かっただろう。

唐の太宗は、隋の煬帝とは、人柄が異なっていた。

隋の煬帝は、中国史上、秦の始皇帝とならんで、でかいことをやった皇帝として有名である。秦の始皇帝は、万里の長城をつくったが、隋の煬帝は大運河をひらくという、未曽有の大工事をおこなった。長江（揚子江）と黄河が結ばれ、ゆたかな江南の地が、中原の洛陽や長安により近いものとなった。南北に分裂していた中国を、隋は数百年ぶりに統一したのだが、統一のシンボルが大運河であるといってよい。

江都（揚州）を愛した煬帝が、自分の遊楽のために大運河をつくったと、後代の史書にしるされている。短命王朝の隋は、歴史編纂の時期までに、自分のために弁護する記録も人間も多く残すことはできなかった。

大運河をつくったのが、ただの遊興のためだったとは信じられない。しかし、この大工事が、人民を疲弊させ、王朝の人気をおとしたことは想像される。

後宮の美女二万というのも、煬帝にまつわる伝説的な数字である。その真偽はともあれ、煬帝という人物が、スケールの大きいことを好んだのはまちがいない。

来朝する朝貢国の君主や使節にたいしても、大いに見栄を張る性格であった。朝貢使の通る道すじに、あばら屋があれば、とりこわしてしまうような、強行手段もおこなったであろう。

唐の太宗《たいそう》は、歴代王朝の名君をかぞえるとき、かならずその名が挙げられる人物である。中国史上最高の名君と評する史家もいるほどなのだ。

うわべを飾りたがった隋の煬帝にくらべて、唐の太宗はより実質的であった。日本の読者にわかりやすい表現をするなら、煬帝はたぶんに豊臣秀吉的であり、太宗は徳川家康的な要素をもっていたといえよう。

属国の君主が来るからといって、太宗は沿道を掃除したり、飾り立てるようなことはしなかった。太宗と群臣との問答その他をまとめた『貞観政要《じょうがんせいよう》』は、政治の教科書として、日本でもよく読まれた。貞観の治、ということばは、善政の代名詞となっている。

その土地に住んでいる者には、政治の実質がよくわかるが、客人にはわかりにくいところがある。高昌国の使節団は、隋の煬帝と唐の太宗の時代と、約二十年をへだてて入朝したが、うわべしか見ない人たちは、

――隋のときのほうが、ずっとすばらしかった。唐はたいしたことはない。

と思ったことであろう。

高昌国王麴文泰が唐を訪れたころ、西域から長安にかけての、いわゆる河西の地は、あまり良い状態ではなかった。出国許可を得られなかった玄奘が、涼州から先へ行けたのは、当時、その地方に飢饉があり、政府が住民に疎開をすすめたためである。ふだんなら、旅行者などいたってすくないので、密出国の玄奘は人目についたであろう。ところが、集団移動の群れがあちこちにいたので、

それにまぎれて西へ進むことができた。

麴文泰はそれから、いくばくもたたない時期にそこを通っている。住人が疎散して、無住となった民家などは、すぐに軒が傾いたり、半壊状態になってしまったであろう。

――ひどいことになっている。……

高昌国王をはじめ随員たち、とくに煬帝時代に来たことのある人たちは、そう思ったにちがいない。

煬帝ならそんなに見苦しい廃屋は、とりこわしたであろう。だが、太宗はそんな体裁を飾ることで、民力を浪費させたくなかった。家をこわす力で、もっと生産的なことができるのだから。

漢族政権として中華文明にあこがれていただけに、高昌国の幹部は唐に失望すると同時に、唐を軽く見る気持がうまれたであろう。

当時の涼州の飢饉は、霜害によるものであって、ひろい中国全体からみれば、きわめて局部的な現象にすぎなかった。疎開してなんとかやれた人たちのなかには、新しい土地に根をおろして、もとの住居に戻らないケースもすくなくなかったであろう。

西域に通じる河西の地に、無住のあばら屋が多かったことは、大唐帝国の疲弊を意味しない。それどころか、「貞観の治」によって中国全体の生活は、質的に向上していたのである。大唐の春は、いたるところで、蕾《つぼみ》をふくらませていた。

高昌の人には、残念なことに、それが見えなかった。あるいは、それ以上に、当面の問題が大きすぎたのかもしれない。

焉耆《えんぎ》国が西域北道を復活しようとして、唐の援助を仰いだ。唐にとっても、そのことに異存はなかったのである。だが、高昌国にしてみれば、そうなればメインストリートにある堂々たる家が、スラム街の一軒になってしまう。放置できないことであった。

このとき、高昌国の首脳が、もし唐の実力を認識しておれば、なにはともあれ、唐にたいする陳情作戦をくり返し、長安詣でをつづけたであろう。

――唐、おそるるに足らず。

彼らはそう思っていたので、いきなり焉耆を襲った。

これは貞観六年（六三二）のことである。

焉耆王が使節を長安へ送り、隋末以来閉塞されている西域北道の再開を請うたのがこの年であった。そのしらせをきくと、高昌はすぐに兵を進め、焉耆を掠奪して引きあげたのである。

焉耆が唐に高昌の暴挙を訴えたのはいうまでもない。

唐は李道裕《りどうゆう》という者を、問罪使として高昌へ送った。高昌の罪は焉耆掠奪だけではなかった。朝貢を怠り、藩臣の礼が無かったという。勝手に元号を定め、官職の名称なども唐朝に準じていた。

高昌国王麴文泰は、李道裕にたいして、つぎのように答えたという。

――鷹、天に飛べば、雉、蒿《よもぎ》に伏し、猫、堂に遊べば、鼠、穴に噍《か》む。各々其の所を得、豈《あ》に自ら生くる能わざらんや。

唐を鷹や猫にたとえたのである。雉や鼠のような小動物でも、自分のねぐらでひっそりと自活できる。高昌は小国だが、やはり生きる場がほしいのだ。――開き直ったのである。王は謝罪の意を表明しなかった。

なにしろ、この問罪使が来たのは貞観十三年（六三九）で、高昌の焉耆侵攻から七年もたっている。いささかのんびりしすぎる気がする。太宗は無理をしない人物である。そのかわり、いったんやるときめたなら、周到な準備をして、徹底的にやり抜く。

高昌は唐を軽くみすぎていた。唐が高昌遠征軍をおこしたしらせに接しても、

――唐からこの高昌まで七千里もはなれている。そのうち二千里は沙磧《させき》（砂漠とゴビ）で、地に水草無く、寒風は刀の如く、熱風は焼くが如しではないか。どうして大軍を送ることができようか。わしは十年前に唐を訪問したが、秦《しん》（陝西《せんせい》）、隴《ろう》（甘粛《かんしゅく》）の北は、まちも村落も蕭条としていて、あの隋の時代の比ではない。この高昌を討伐するというが、兵が多ければ、食糧の手当てができない。ま、三万以下なら、わしの力で防いでみせる。まさに逸を以て労に待すとはこのことだ。坐して、相手が疲れるのを高みの見物じゃ。かりに城下まできても、二十日も包囲できまい。食糧が無くなって、引きあげるにきまっている。そのときに追撃して、やっつければよいのだ。なんの心配することがあるものか。

と、うそぶいたという。

せっかく長安まで行きながら、麴文泰は唐の国力も、太宗の人物も見抜けなかったのである。

高昌討伐についての太宗の決意は堅固であった。

問罪使の李道裕が帰国して、高昌国王に謝罪の意思がないことがわかっても、太宗はまだ麴文泰が悔過することを願った。親書を送って禍福を説き、入朝をすすめたのである。国王が長安に来さ

えすれば、過去のことは問わず、交易路についても、話し合うつもりであったのだろう。西域北道を再開しても、高昌経由のいわゆる「伊吾の道」を、かならずしも閉鎖する必要はない。ルートは二本あってもかまわないのだから。

だが、この親書にたいして、麴文泰は病気と称して入朝しなかった。

ここまで手を尽くして、高昌の態度を変えることができなかったのである。あとは強硬手段あるのみで、そうときまれば、太宗の性格として、中途半端なことは許さない。

問罪使を送った貞観十三年（六三九）の十二月、吏部尚書（内相）侯君集《こうくんしゅう》を交河行軍大総管に任命した。交河とはトルファン盆地を流れている河の名前で、高昌国討伐軍の意味にほかならない。副総管兼左屯衛《さとんえい》大将軍には薛万均《せつまんきん》が任命された。数万の戦闘員が動員されたが、このような遠征は、それに倍する輜重《しちょう》運輸の人員が必要とされたはずである。

この長途の遠征に反対する大臣もいた。かりに高昌を得たとしても、それを守るのは難しいと説く者もいた。『貞観政要』にもみられるように、太宗は群臣の諫言や進言をよくきいたものである。だが、高昌遠征反対の諫言は、ききいれようとしなかった。

唐の大軍が磧口《せきこう》（ゴビの入口）まで来たことを知ると、さすがの麴文泰もおそれおののいた。

——憂懼《ゆうく》して為す所を知らず。疾《やまい》を発して卒す。

と、史書にしるされている。

文泰の子の智盛《ちせい》が立って、高昌国王となった。貞観十四年（六四〇）五月のことだった。

唐軍はすでに柳谷《りゅうこく》というところまで迫っていた。麴文泰死亡のしらせはすでにはいっていた。

唐軍の情報担当者は、その葬儀の日どりや時刻をつかんだ。

——国葬には国人がぜんぶ集まります。そこを襲いましょう。

と、進言する者がいた。大総管侯君集は首を横に振って、

——ならぬ。天子は高昌の無礼を咎《とが》められて、私に討伐を命じられたのだ。問罪の軍がそのようなときに襲ってはならぬ。

こうして、唐の大軍は高昌城に達した。

高昌城の運命は、もはや風前の灯であった。彼らが頼りとした西突厥は、同盟のてまえもあって、交河城から三百七十里もはなれた、可汗浮図《かかんふと》城に兵を駐屯させ、高昌を声援した。文字どおり「声」ていどにすぎなかった。そのころ、西突厥と唐との関係は、それほど悪いものではなかった。隋末動乱のときにさらってきた漢人を多数送還するといった、友好的な姿勢も示した。なによりも西突厥は内部に勢力争いがあり、唐との本格的な戦争などできない状態にあった。

唐軍が迫ると、可汗浮図城は、あっさりと降った。これで、高昌への義理ははたしたといわんばかりである。

新しい高昌国王麹智盛は、もはやこれまでと、城門を開いて降った。

高昌国は初代の麹嘉《きくか》から九世、百三十四年でほろびたことになる。

降伏した高昌国の幹部は、捕虜として長安へ連行された。麹智盛は左武衛将軍、金城郡公という名誉職を与えられた。弟の麹智湛《ちたん》は右武衛中郎将、天山郡公となった。

唐の大臣のなかには、罪は死んだ麹文泰にとどめ、其の子を立てて国を保たしめたほうがよいと

進言する者もいた。魏徴《ぎちょう》などはその一人であった。高昌を直轄領土とすれば、千余人の常備兵を必要とし、数年に一度は交替させねばならない。費用がかかりすぎるというのである。

だが、太宗はこの進言も納《い》れなかった。

高昌国は唐の西州となり、可汗浮図城の地は庭州となった。州の下にそれぞれ県が置かれたのは唐制のとおりである。

新しく設けられた「安西都護府」は、のちに場所は移ったが、最初は交河城に置かれ、そこに軍隊が駐留することになった。

『大唐西域記』に玄奘が「高昌故地」と書いたのは、高昌国はすでに滅亡して唐領となり、正式には高昌という地名はなくなっていたからである。だが、西州という地名はまだなじみが薄い時代で、一般には高昌のほうが通りがよかったので、それを用い、わざわざ「故の地《もと》」とつけ加えたのであろう。

属国として間接統治したほうがやりやすく、魏徴のような有力大臣もそれを主張した。それをしりぞけて、あえて困難な直接統治を決意したところに、太宗の自信と抱負の大きさがうかがわれる。太宗は唐を世界帝国とすることをめざしたのだ。

高昌を併合したあと、太宗は九年生きたが、そのあいだに、西域諸国のほとんどを服属させた。そうなると、唐の西域圏を統治する拠点として、トルファン盆地はあまりにも東によりすぎている。太宗のつぎの高宗の時代に、安西都護府は、もっと西の亀茲《きじ》のあたりに移された。

高宗の時代に、トルコ系部族の反乱があり、その討伐によって西突厥を屈服させた。西突厥の勢力圏はパミールの西からガンダーラにまで及んでいた。

　現在の中国の領土より大はばに広い地域を、全盛時代の唐は支配したことになる。このようにして唐は西進して行くが、無人の野を行くようなわけにはいかなかった。西方からも、強大な勢力が東へ進みはじめたのである。

　マホメットがメッカで生まれたのは、西暦五七〇年のことであった。中国では南北朝の末期で、隋が天下を統一する前夜にあたっていた。神の啓示に接したマホメットが、イスラム教（回教）をはじめ、さまざまな迫害を受け、メッカから逃れて、メディナに移り、新しい布教の地としたのが、西暦六二六年で、イスラム暦では、この年を第一年とする。移動のことを、アラビア語では Hijra（ヒジュラ）という。日本ではふつうヘジラと訳されることが多い。回暦あるいはヘジラ暦何年といわれている。

　ヘジラ暦元年は、とりもなおさず、唐の高祖李淵《りえん》が、息子の太宗李世民《りせいみん》に譲位した年にあたり、その翌年、改元されて貞観元年となる。玄奘が天竺にむけて長安を出発したのが、貞観元年であるという有力な説のあることはすでに述べた。

　マホメットがメッカを回復するのは、その死の二年まえ、西暦六三〇年のことであった。

　唐の情報網がどんなに発達していても、アラビア半島にくりひろげられた新しい宗教運動のことまでは、キャッチできなかったであろう。かりに西から来た隊商のメンバーから、そんな話をきいても、その新しい宗教運動が、どんな意味をもつか、その当時ではわかるはずはなかった。

　六三二年にマホメットが死ぬと、病気中に彼の代理をしていた、最も信頼されていた弟子のアブー・バクルが教団を統率することになった。教団の統率者はカリフと呼ばれた。漢字で教皇と訳されることもあるが、アラビア語では、「後継者」を意味する。おなじく教団を率いても、マホメットは「預言者」であって後継者ではない。アブー・バクルが初代カリフだったのである。

初代カリフの在位は足かけ三年にすぎなかったが、アラビアを平定し、ササン王朝の支配するイランに兵を進めた。

二代カリフはウマルで、パレスチナに親征して、エルサレムを占領した。六三七年のことである。イスラム軍がネハーヴァンドでササン王朝の軍隊を撃破して、イランを支配するのに成功したのは六四二年のことで、唐の高昌併合の二年後だった。

二代カリフのウルマは、ササン王朝のイランだけではなく、東ローマ帝国の支配するエジプトをも攻略して手中におさめた。

これは驚天動地の事件である。

敗北を喫したササン王朝や東ローマ帝国は、目のまえに起きた事実が、どうしても信じられなかったであろう。

イランにとっても東ローマにとっても、アラビアといえば野蛮の地としか考えられなかった。古い文明をもつイランやローマにとって、砂漠で部族抗争をくり返しているアラビアの住民は、自分たちと同じ次元の人間ではなかった。アレキサンドリアやバグダッドに住む文明人は、極端にいえばアラビア人を野獣のたぐいと考えていたのであろう。

おなじ土地の住民なのに、部族が異なると、血を血で洗う戦いをしている。肉体的には強壮だが、ほとんどが文盲で、物の道理もよくわからないような連中である。部族をこえて、彼らが団結するということは、外からみれば奇跡と思えた。

その奇跡がおこったのである。

イスラム教という、マホメットが説いた宗教が、奇跡を生んだのだ。

アラビア軍団は、イスラム教の旗をおしたて、またたくうちに、近隣の先進諸国を支配下においた。このイスラム教政権を、ヨーロッパの史家はサラセン帝国と呼ぶ。古くからギリシャやローマの人たちは、砂漠の遊牧民のことを、「サラセニ」と呼んでいて、この名称には、野蛮人、略奪者といったニュアンスがあった。カリフに率いられたイスラム教政権は、みずからをサラセンなどと称したことはない。だが、通りがよいので、いまでもサラセンの名称が教科書にも用いられている。

彼らを団結させたのはイスラム教であり、彼らにみずから持っている以上の力を発揮させたのもイスラム教であった。新興の気に燃える、いわゆるサラセン勢力は、まさに破竹の勢いで、四方に軍事的な拡張をつづけた。

――左手にコーラン、右手に剣。

という有名なことばは、この時期のサラセン勢力の活動を表現したのであろう。このことばは、強制によって異教徒を改宗させ、宗教の名のもとに侵略戦争を進めたような印象を与える。

だが、そのコーランのなかには、

――宗教は強制すべきものではない。（第二章）

――迫害を受けた者だけが自衛のために戦うことが許される。（第二十二章）

といった聖句がみられる。

侵略戦争であるかないかは別として、イスラム政権の軍隊は、なにかに憑《つ》かれたように、まっしぐらに進撃する。ササン王朝のイランを降すと、その勢力はとうぜん中央アジアにはいるであろう。前述したように、唐の高昌占領と、イスラム政権のイラン征服とは、ほとんど同時期であった。一方が東から西へ、一方は西から東へ、この二つの超大勢力は、いずれ大衝突をおこすのではないかとおもわれた。

そのころになると、唐のほうでも、隊商情報によって、西方におそるべき勢力が興起しつつあることがわかっていたであろう。有力大臣が、太宗の西進方針に賛成しなかったのは、あるいはそのような情報のせいであったかもしれない。

だが、唐とイスラム勢力の衝突の時期は、意外に延びたのである。どちらにも「お家の事情」があった。

またイスラム勢力の初期の膨張は、おなじ勢いでいつまでもつづくものではない。奇跡的な力を発揮することは、たしかにあるだろうが、その持続は至難である。スタート・ダッシュがゴールまでつづいたためしはない。太平洋戦争における、日本軍のあの破竹の勢いが、それほどつづかなかった事実を、私たちは思いおこすであろう。

唐は太宗のつぎに高宗の時代にはいった。高宗はあまり英明でない君主で、しかも病身であった。西安市郊外の乾県にある乾陵《けんりょう》は、彼とその妻の則天武后《そくてんぶこう》が合葬されているが、私たちを案内してくれた人は、「ここには武則天と高宗が合葬されています」と、妻のほうを先に言った。

歴史のうえの重みからいって、則天武后の名が先に挙げられるのはとうぜんであろう。べつにふしぎではない。

高宗時代、東突厥はすでに瓦解していて、西突厥は内訌で乱れ、唐をおびやかす存在ではなくなっていた。そして、イスラム勢力は、初期のスタート・ダッシュを緩めた時代であった。

そのためか、当時の唐の軍事活動は、東方において活発であったといえる。新羅《しらぎ》の武烈王《ぶれつおう》の求援に応じて、唐は出兵して百済《くだら》を撃った。天智天皇時代の日本が、百済を援けるために兵を送り、白《はく》村江《そんこう》で唐と新羅の連合軍のために大敗したことはよく知られている。これが六六三年のことである。

イスラム政権はといえば、イラン、エジプト、エルサレムを併せた、すぐれた二代カリフのウマルが六四四年に暗殺され、あとをついだ三代カリフは、ウマイア家という名門出身のウスマーンであった。

三代カリフのウスマーンは、統率者としては、その資質に欠けるところがあった。自分の属するウマイア家の系統の者ばかりを用いた。イスラム以前のあの部族抗争時代の、アラビア民族の悪い面が出たのであろう。そのため政治は乱れ、カリフは暗殺されてしまったのである。

四代カリフはハーシム家出身のアリーであった。三代カリフが暗殺された六五六年にカリフとなった。これにたいして、ウマイア家が不満であったのはいうまでもない。ウマイア家のムアーウィアは、ダマスカスで勝手にカリフと称した。両者は戦い合い、四代カリフのアリーは暗殺されてしまう。

初代のアブー・バクルから四代のアリーまでを、史上、「正統カリフ時代」と呼ぶ。四人のカリフのうち、三人までが暗殺されるという異常さである。

殺されたアリーの徒党は、ダマスカスのウマイア家のカリフが僭称《せんしょう》であるとして、それに抵抗した。アリーの暗殺は六六一年のことであり、その息子のフサインがウマイア家との戦いに敗れて死んだのが六八〇年のことである。この時以降、ウマイア家の権力が確立した。

アラビア語で「徒党」のことを、シーアという。ウマイア家のカリフの正統性を認めない一派の抵抗は、その後もつづき、これがシーア派と呼ばれるようになった。

正統カリフ時代は、カリフは推戴《すいたい》されてその地位につくのであったが、ウマイア朝になってから世襲制となった。しかも、この政権はきわめて排他的であった。軍事的にはサマルカンドを占領し、インダス河下流に進出し、チュニス、アルジェリア、モロッコなど北アフリカを席捲し、ジブラルタルに上陸して、ヨーロッパに踏みこむなど、相当な実績をあげている。だが、内政的に人望を得ることができず、おおぜいの不平分子をつくり出した。反ウマイア感情はたかまり、ハーシム家のアブル・アッバース・サッファーの指導する造反によって、ウマイア朝は打倒された。七五〇年のことである。

ウマイア朝に代わったアッバース朝は、やがてバグダッドを首都として、はなやかな時代を迎えた。

唐ではイラン人もアラビア人も、回教徒をひっくるめて、大食（タージー）と呼んでいた。そして、ウマイア朝のことを、白衣《はくい》大食、アッバース朝のことを黒衣《こくい》大食と呼んで区別した。

正統カリフ時代の三代カリフであったウスマーンは、唐に使節を送ったことが記録されている。

永徽《えいき》二年（六五二）八月、

——大食国、始めて使を遣わして朝献す。

と、『旧唐書』にある。

三代カリフの使節派遣のことは、『旧唐書』にみえるが、『新唐書』の本紀では省かれている。『資治通鑑《しじつがん》』にもこのことは収録されていない。唐にとっては、珍しい遠来の客人だが、それほど重要な事件とは考えられなかったのであろう。カリフの遣使の目的は、一応の挨拶と、通商についての話し合いであったと思われる。

遠くはなれて、実際的な接触がすくないので、珍しいだけで、とくに記録にとどめる必要があるかどうか、当時の史官も迷ったのであろう。だが、唐の国力の西進と、イスラム勢力の東進によって、両者が近づいてくれば、とうぜんもっと実際的な接触がうまれる。それは、それぞれの国益を主張する、なまぐさい関係になりがちである。

唐とイスラム帝国とのあいだには、広大な西域地方がひろがっていた。唐は太宗の時代に高昌を直轄領として、積極的な西進の姿勢をとった。だが、西域の都市国家は、唐に直属するものと、名目的に服属して、じっさいにはほとんど完全に独立しているものとがあった。またその中間的なのもあって、色分けをすれば、ずいぶんまだら模様になる。

唐に服属する度合いの強い地方を濃い色であらわせば、全体的な傾向として、西へ行くほど色が薄くなる。パミールを越えて西へ行けば、色さえなくなりそうだった。

皮肉なことに、唐との関係が最も薄い、これらの無色地帯で、ある時期、唐にたいする期待感が異常に高まった。サマルカンドやブハラを含む、いわゆるソグド地方は、ゾロアスター教徒や仏教徒が多かった。イスラム勢力がイランを手中におさめて東進すると、これらの地方に動揺がおこったのはいうまでもない。異教徒にたいするイスラム勢力の弾圧、あるいは弾圧に近い差別政策の情報は、はやくからこの地方に伝わっていた。容易ならぬ事態となりつつある。イスラムの進出を防ぐのは、商業立国のソグド地方の力では不可能であった。

頼るべきは東の超大国である唐のほかにはない。だが、太宗亡きあと、唐の政局は混迷しはじめた。高宗、則天武后の時代は、対外的にそれほど積極的ではなかったし、中宗の時代は政情不安定であった。パミールを越えて援軍を送れるような状態ではなかったのである。

ソグド地方は、仕方なしに、チュルゲシュ・トルコ族を頼った。武勇をもって知られた部族だが、それほど大きな勢力ではない。一流の用心棒が、お家のために来てもらえないので、三流の用心棒を雇ったようなものである。

いっぽう、イスラム勢力のほうも、足踏みをしていた。暗殺つづきの正統カリフ時代は六六一年に終わりを告げたが、それにつづくウマイア朝時代も安定したものではなかった。ヤズィード一世の死によって、あとを継いだムアーウィヤがカリフ在位十日で死ぬと、内乱が勃発した。六八三年にはじまった内乱は、十年つづいてやっと平定された。イスラム勢力が再び膨張しはじめたのは、その内乱の傷が癒《い》えてからである。

クタイバ・ビン・ムスリムが中央アジアに遠征したのは七〇五年のことであった。ムハマド・ビン・アルカースィがインドへ進軍したのは七一〇年のことで、イベリア半島上陸はその翌年のことであった。

七〇五年といえば、中宗の神龍元年にあたる。中宗は母親である則天武后から、いったん廃されたが、重臣たちのはからいで復位することができた。だが、中宗は英明な君主とはいえなかった。皇后韋《い》氏の言いなりになるような人物だったのである。韋氏は第二の則天武后になって天下の大権を握ろうと考えるようになったらしい。そのためには、反対派を粛清しなければならない。

唐の宮廷には、陰謀が渦巻き、西域などにかまっておれなかったのである。

則天武后という呼び方には、ちょっとしたごまかしがある。皇后でありながら、皇后以上の権力を掌握した女性のようにきこえる。事実、彼女はかつて皇后であったが、やがて「大周国」という国をつくり、みずからその皇帝となったのである。中国史上、ただ一人の女帝であった。清《しん》の西太后《せいたいごう》は政治の大権を握ったけれども、べつに新しい王朝をたてたのでもなく、皇帝になったのでもない。中国では、このごろは則天武后というよりは、武則天《ぶそくてん》と呼ぶのがふつうである。武というのは彼女の姓であった。

彼女が在位した二十年のあいだ、唐という王朝は存在しなかった。厳密にいえば、唐はいったんほろびたのである。

彼女は唐の太宗の後宮にいたが、太宗の死後、その息子の高宗に愛され、ついには皇后となった。中国のモラルからいえば、これはたいへんな不倫となる。彼女は太宗の後宮から出て、いったん尼僧となった。出家すれば、それまでのことが帳消しになると考えたのである。父帝の後宮にいたことを帳消しにしてから、還俗して高宗の妻となった。出家という形式をとったものの、このような関係は漢族の伝統にないことなので、唐王朝非漢族説の一つの根拠にもなっている。

則天武后は頭痛持ちの高宗にかわって、政務をとっているうちに、権力の魔力にとりつかれたのであろう。高宗の死後、わが子の中宗を帝位につけたがこれを廃し、つづいておなじくわが子の睿《えい》宗《そう》を立て、またこれを廃して、みずから新王朝の皇帝となった。

いったんほろびた唐が、漢のように前漢、後漢と分けて呼ばれないのは、廃された中宗というおなじ人物が、復興された唐朝の皇帝となったので、すこし無理はあるが継続性を認めることにしたのであろう。則天武后は唐をほろぼして大周国を立てたのだから、あきらかに簒奪者である。だが、簒奪者扱いにされないのは、再興された唐の中宗以下、歴代の諸帝が彼女と血がつながっていたからなのだ。誰しも自分の母親や祖母や曽祖母を、大逆無道の簒奪者と呼びたくないであろう。また則天武后はクーデターなどによってたおされたのではなく、老衰によって、自然に政権の座を去ったので、唐としても、事をおだやかに処理したかったのである。

私行のうえで、芳しからぬことが多かったけれども、歴代の史家は彼女に一応の政治的手腕があったことは認めている。とくに人物の登用にすぐれていた、と批評するむきもある。有能な女性であったといえる。

ところが、復位した中宗の皇后韋氏は、則天武后がふるった権勢にあこがれたものの、能力については、はるかに劣る女性であった。彼女の野心は、宮中を陰謀の巣にした。暗愚な中宗も、自分の妻が、自分の母をモデルにして、新政権をつくろうとしているのではないかと疑いはじめた。韋皇后も夫に疑われたことを悟り、機先を制して夫を毒殺したのである。彼女は少年の皇子を即位させて、自分はその後見となった。韋皇后は自派で身辺を固め、摂政のあとは、則天武后のように新王朝をつくるつもりであったのだろう。

このとき、決起したのが、中宗の弟で、いったん帝位についたこともある睿宗の息子の李隆基《りりゅうき》、すなわち、のちの玄宗《げんそう》であった。玄宗はひそかに反韋后派を糾合し、まず近衛師団内の韋后派の将校を急襲して斬り、軍を率いて宮中に攻めこんだ。

玄宗は容赦しなかった。韋皇后を斬り、その徒党をことごとく殺してしまった。そして父の睿宗を迎えて皇帝とし、自分は皇太子となった。これが七一〇年のことで、クタイバ・ビン・ムスリム将軍が、中央アジアの各地で軍事行動をおこし、イスラム軍がはじめてインドにはいった年である。睿宗は即位三年で、帝位を皇太子に譲り、はなやかな玄宗時代の開幕となった。睿宗は譲位後三年にして歿した。

唐は再び積極性を取り戻した。太宗のときは、高昌併呑などに果敢な積極性をみせたが、建国間もないころで、万事が万事、活発であったわけではない。玄宗の時代は、太宗期よりも自信に満ちていたようにみえる。西域経営にも積極的であり、やがてイスラム勢力と出会う運命にあった。だが、両者の出会いは、そんなに早くなかった。なぜなら、唐の混迷期に、ソグド地方はチュルゲシュ・トルコ族の軍事力に頼ることにしたからである。この部族は中国の史書には、「突騎施」という名称で登場する。唐とイスラム勢力とのあいだに、この突騎施がはさまっている形になっていたのだ。

ウマイア朝から派遣されたクタイバ・ビン・ムスリムは、中央アジアで約十年間活躍した。クタイバ将軍と呼ぶのがふつうであるらしいが、彼の業績をみると、軍事行動のそれよりも、政治的手腕による成功のほうが大きいようだ。

彼が遠征したソグド地方は、いわゆる九姓昭武の地で、イラン系住民が多く、彼らがすぐれた商業民族であったことはよく知られている。だが、前述したように、用心棒的存在として、トルコ系の人たちもすくなくなかった。クタイバ将軍は、イラン系住民とトルコ系のそれとを分離する工作に、力をそそいだのである。

遠征軍はかりにある地方を占領しても、軍隊がそこから離れると、たちまち住民が離反することになりがちであった。クタイバ将軍は、イラン系住民のプライドを傷つけないように配慮し、軍隊にイラン系の兵士をおおぜい採用した。

ウマイア朝のイスラム帝国は、タテマエはともあれ、実質的にはアラビア至上主義だったのである。そしてアラビア人兵士は、優越感があまりにも強すぎた。この世界は自分たちのものだという奢りが、抜きがたくあったのだ。クタイバ将軍は、そのようなアラビア人軍隊と、イラン系住民がじかに接触しないような配慮をしたのである。将軍が採用したマウラー部隊はイラン系の軍隊であった。

ソグド地方がイスラムの勢力圏にはいったのは、クタイバ将軍の政治力によるといっても過言ではない。だが、クタイバがこのように成功したのも、カリフのワリード一世が彼を支持していたからである。

そのワリード一世は七一五年に歿した。そして弟のスライマーンが新しいカリフになった。専制君主時代にあっては、どんなにすぐれた人物も、君主の庇護なしには一日も無事にすごされない。クタイバは新しいカリフのスライマーンとうまく行っていなかった。ウマイア朝第五代カリフのアブドゥル・マリクの後継者をきめるとき、クタイバがワリード一世を支持したとか、ワリード一世が後継者を弟のスライマーンではなく、わが子にきめようとしてクタイバと画策したなどといわれている。

クタイバはサマルカンドを根拠地として自立しようと考えた。それは新しいカリフへの反逆になる。彼はそのことを、おもだった将校たちに説いた。ふだん彼は戦利品を公正に分配し、部下たちを厚遇してきた。まさか彼らが自分にそむくとは考えなかったのである。しかし、部下の将校たちにしてみれば、イスラム大帝国のカリフに反逆するなど、だいそれたことであった。クタイバは家族をサマルカンドに呼び寄せていたが、将校たちの家族はダマスカスにいた。クタイバは自分の意見に、熱狂的な喝采を期待したのに、現実には重苦しい沈黙だったのである。激昂した彼は罵った。

――卑怯なベドウィンめ！

ベドウィンはアラビアの部族の名である。侮辱されたベドウィン族将兵は、クタイバの邸を囲み、乱入して火を放ち、クタイバを殺してしまった。クタイバの業績とその殺され方の落差のなんと大きいことか。

クタイバ将軍の死んだ七一五年は、唐の玄宗の開元三年のことである。玄宗皇帝はちょうど満三十歳になっていた。

クタイバの没落によって、ウマイア朝イスラム帝国の中央アジア支配は、再び安定を欠くようになった。アラビア軍が駐屯していると、土地の住民は回教寺院に通ってコーランを唱え、軍隊が去ると、偶像崇拝に戻るといった始末である。イスラム教に改宗しても、課税上の不公平は改められなかった。クタイバの時代は、イスラム教信者になりさえすれば、アラビア人同様に人頭税を課されることはなかったのである。悪しきアラビア至上主義がはびこり、そのことで住民は不満を抱き、反乱が絶えなかった。

スライマーンのあとをついだ第八代カリフのウマル（在位七一七―七二〇）の短期間だけは例外で、改宗者に課税されなかった。しかし、それも束の間で、再びアラビア至上主義に戻り、ソグド地方の紛争が頻発するようになった。

イスラム軍に反抗するために、中央アジアの住民は、突騎施と結んだのである。中央アジアにおけるウマイア朝の後退は、その地方だけのそれではなかった。イスラム世界ぜんたいにおけるウマイア朝の権威が失墜して行ったのである。その政権に活力さえあれば、クタイバの築いた遺産は守って行けるはずなのだ。それをみすみす失ったのは、政権の退廃にほかならない。

一進一退はあった。

ソグドおよびその近辺の反乱の背景にあった突騎施が、唐軍によって撃破されたことは、ウマイア朝の中央アジア支配に、ほっとひと息つかせたのである。

突騎施の没落は、唐の開元二十七年（七三九）のことであった。ときの突騎施の可汗（王）は、吐火仙《とかせん》という人物である。突騎施はかつて唐の支配していた砕葉城を奪っていた。この砕葉《せきせい》は詩人李白の出身地であろうということはすでに述べた。唐の将軍は磧西節度使の蓋嘉運《がいかうん》であり、その遠征の目的は砕葉城の奪回にあった。吐火仙は城を出て戦ったが、唐軍の猛攻に遭って敗走し、賀邏《から》嶺《れい》というところで捕虜となった。同時に疎勒《そろく》鎮守使の夫蒙霊詧《ふもうれいさつ》は、怛邏斯（タラス）城に突入して、さらに曳建《えいけん》城を抜いた。

捕虜となった突騎施可汗の吐火仙は、翌年、赦されて唐の左金吾大将軍の称号を得た。もちろん実職ではなく、名目的な称号にすぎない。これが唐の懐柔策である。硬軟さまざまな政策を用いた。吐火仙の後任として、突騎施可汗が立てられたが、これまた名目的なものにすぎない。突騎施は唐軍に粉砕されて、実質的にほろびてしまった。すくなくとも軍事集団としての力は消滅したのである。これはなにを意味するのであろうか？

唐とイスラム帝国とのあいだに介在していた、一つの勢力が、忽然と姿を消したのである。唐にとっては辺境で跳梁していた、厄介な集団を撲滅して、西方が安泰になったという気がしたのであろう。そして、ウマイア朝のイスラム帝国にとっても、中央アジアの住民の武力闘争のうしろ楯がなくなって、胸を撫でおろしたのである。

両国とも安堵していたけれども、両国はこれから、じかに接触しなければならないという、新しい問題を抱えこんだことになる。

このころのウマイア朝のホラサン総督（中央アジア領を管轄した長官）のナセル・ビン・サイヤールは、歴代総督のなかでも、最も有能な人物といえよう。彼は国境を接することになった、新しい隣国の唐にたいして、しばしば使節を派遣した。平和で友好的な通商関係を結ぼうとしたのである。

だが、前にも述べたように、かんじんのウマイア朝の活力が衰えていた。反ウマイヤ朝のアッバース派が、中央アジアにおいても盛んに活動することになったのである。ナセル・ビン・サイヤールの力をもってしても、それを防ぐことはできなかった。

西域の西方の地図は塗りかえられた。おなじイスラム帝国で、その君主はおなじくカリフと称したが、実体はおなじではなくなった。政権はウマイア家からアッバース家に移ったのである。西洋の史家はおなじように、サラセンと呼んだが、アッバース朝と称すべきであろう。

唐ではウマイア朝を白衣大食、アッバース朝を黒衣大食と呼び分けたことは、前に述べたとおりである。

突騎施をほろぼして、イスラム帝国と隣国となった唐は、十年たってみて、相手の実体が変わっているのを知った。

隣国と平和友好の関係を結ぶことは、どの政権でも希望しているはずだ。しかし、その隣国が強すぎては困る。国境にたえず不安があるからだ。ホンネをいえば、隣国が弱いほうがよい。そのほうが安全なのはいうまでもない。国家の安全保障を考えた場合、隣国の力を弱める工作も必要となる。また通商ひとつとってみても、できるだけ自国に有利なようにしたい。

国家的エゴが存在するかぎり、隣国同士が理想どおり、いささかの争いもなく、仲好くいつまでも笑い合ってすますわけにはいかない。事の大小はともあれ、つねにいくばくかの問題をかかえ、ときには実力による衝突もおこるものなのだ。

唐とイスラム帝国の関係にしても、白衣大食から黒衣大食への政権交替という機会に、唐は相手を弱体化する工作をおこなっている。アッバース朝がウマイア朝にかわって、中央アジア西部を支配するようになったが、その支配があまり強まらないように、唐ではウマイア朝派の残党を支援した形跡がある。

結果から先にいってしまえば、唐とアッバース朝イスラム帝国とのあいだの、大規模な武力衝突は、一回だけおこっている。一回だけですんだのは、その直後に、唐では安禄山《あんろくざん》の乱がおこって、皇帝が長安を脱出するといった、未曽有の非常事態となって、西域どころではなくなったからである。

アッバース朝の側からみても、対立するウマイア朝のカリフは、イベリア半島に健在であり、いつまき返してくるかしれない。安禄山の乱で、唐が衰弱していることは知っていても、その機に乗じて、東へ深く軍を進めることはできなかった。

たった一回の戦いというのは、七五一年の怛邏斯《タラス》の戦いである。

この戦いに動員された唐軍は三万であった。辺境の戦争としては、かなり規模が大きいといわねばならないが、国運を賭しての決戦ではない。国境紛争に毛のはえた、一種の局地戦争といってよいだろう。

唐の記録をみても、この戦いはあまり大きく扱われていない。それにもかかわらず、怛邏斯戦争は重大な意義をもっている。唐やアッバースの皇帝カリフも、じっさいに戦った将兵たちも、その意義を知らなかった。知るはずはなかったのである。

勿体《もったい》ぶらずにいえば、この戦いによって、中国で発明された紙が、西方世界に伝わったことである。

戦争の結果は、唐軍に属していたトルコ系の葛邏禄（カルルク）族がアッバース軍に寝返り、そのため唐の大敗に終わった。

アッバース軍の捕虜となった唐軍兵士のなかに、紙漉《す》き職人が何人かいて、彼らはサマルカンドやバグダッドに連れて行かれ、製紙術を伝えたのである。

紙そのものは、早くから西方へ伝えられていたであろうが、その製法は久しく謎であった。その謎が解け、イスラム世界で紙が大量に生産されるようになった。その文化史的な意義は、はかり知れないほど大きい。上層階級のぜいたくな衣料である絹が伝えられたよりも、もっと重要な文化交流といえよう。

このタラスの戦いのことを述べるには、まず唐の将軍高仙芝《こうせんし》を登場させねばならない。

唐の将軍高仙芝は漢人ではない。高麗人であった。高麗という国は、六六八年、唐と新羅の連合軍にほろぼされた。だが、高麗の民はしきりに抵抗するので、唐はその住民をほかの土地へ移すという非常手段をとった。三万八千二百戸の高麗民を、未開墾の荒地へ移し、「其の貧弱なる者を留めて安東を守らしむ」と史書にあるが、レジスタンス運動などできそうもない連中だけ残したのである。

唐のしきたりによって、降伏した高麗王をはじめ王族には官職が与えられた。高麗王は司平太常伯に任命された。のちの工部尚書（建設大臣）にあたるという。

高麗の亡国は、高仙芝が生まれる前のことである。彼の祖父あるいは曽祖父の時代のことであった。強壮な民だったので、故郷にとどまることを許されず、荒地に移された者の子孫であろう。高仙芝については王族説もあるが、正史の彼の伝にしるされていない。王族であれば、かならずそう記録されるはずだ。おそらく強壮だが、名もない庶民の子孫にちがいない。

彼の父の高舎鶏《こうしやけい》は、たたきあげの軍人で河西（甘粛西部）に勤務し、高仙芝も「父と班を同じうす」というから、若いころから軍隊生活を送ったのであろう。やがて、父子とも安西都護府の軍営にはいった。そのころ、唐の安西都護府は高昌から亀茲に移っている。

高仙芝は父の軍功によって、二十余歳の若さで、遊撃将軍に任命された。従五品下の官で、年のわりには位階は高い。父親がよほどがんばったのであろう。

天宝六載（七四七）、高仙芝は安西副都護の官職を与えられ、歩騎一万を率い、パミールを越えて、吐蕃（チベット）と戦った。

現在のカシミールの北のギルギットに、当時、小勃律《しようぼつりつ》という国があった。かつて唐に服属していたが、チベットが外交攻勢をかけて、唐との関係を断絶させた。チベット王が自分の娘を小勃律王の妃としたのである。

小勃律は小国だが、その西に中央アジア二十数ケ国があり、それらの国が唐へ進貢するルートにあたっていた。パイプがつけかえられて、これまで唐へ送られていた諸国の進貢が、チベットへ流れることになった。

この状態が二十年ほどつづき、玄宗は三たび遠征軍を送ってチベットを攻めたが、いずれも成功しなかった。

高仙芝は亀茲を出て、カシュガル経由で、現在のタシュクルガンあたりでパミールを越え、播密《ばんみつ》川に至った。播密川とはパミール川のことであり、そこから二十余日で着いた特勒満川《とくろくまん》はオクサス川のことであろう。

高仙芝はここで全軍を北谷道、赤仏道、護密道（現在のワハン）の三道に分け、七月十三日を期して、その三軍をチベット軍の守る連雲堡《れんうんほ》（現在のサルハド）の下であわせるという作戦をとった。二十世紀のはじめにこの地方を探検したスタインは、高仙芝の三軍分散作戦を、食糧の問題があったためと推測している。

高仙芝は護密道を通った。そして連雲堡を攻めおとした。チベット軍は天険をたのんで油断していたのである。パミールの険路を越えて、一万という大軍がやってくるなど、彼らはゆめにも思っていなかったにちがいない。

占領した連雲堡に、弱卒、病兵三千を残して、高仙芝は坦駒嶺《たんくれい》（ダルコット峠）を越えて小勃律国に攻めこんだ。

ダルコット峠の頂点から下まで、千八百メートルの急斜面である。

――直下、峭峻《しょうしゅん》たること四十余里。

と、史書にしるす。全軍はそこに立って恐怖におののいた。スタインもそこに立って、高仙芝麾下の七千の勇士が、なぜひるんだかよくわかったと述べている。

高仙芝は士気を高めるために策略を用いた。部下の二十騎を先にやって敵の軍使に変装させ、

「われらは降伏します。これよりご案内いたします」と言わせた。もう戦いはない。この急坂を降りさえすれば、そこに勝利は待っている。――全軍、意気あがった。

ダルコットの氷河の坂を、大軍が駆けおりてくることは、小勃律国側は予想もしていなかった。高仙芝は敵がたのみとしている天険に、わざと挑戦したのである。連雲堡からはイルシャド峠からフンザ河をくだるというらくなコースがあった。それなのに、あえて難路をえらんだ。

小勃律の降伏は味方にたいする謀略だったが、じっさいにダルコットから攻め降りると、敵は戦わずに降伏した。高仙芝はその国の親チベット派幹部を粛清し、国王とその妃を捕虜として凱旋した。

かがやかしい勝利である。西域の西方の諸国は再び唐に服属することになった。

スタインは『中央アジア踏査記』のなかで、高仙芝のパミール越えとダルコットの逆落としを、ハンニバルからナポレオン、スヴォロフにいたるヨーロッパの史上の著名将軍のアルプス越えを、まさにしのぐ壮挙であると評価し、高仙芝の記念碑がダルコットに立ちそうもないことを残念がっている。

このような重要な戦役に、高麗人を起用したのは、唐が世界帝国だったからである。遣唐使の一行として唐に渡った阿倍仲麻呂《あべのなかまろ》が、張衡《ちょうこう》（晁衡と書くこともある）という名で唐朝に仕え、秘書監（帝室図書館長）にまで昇進したのはその一例である。阿倍仲麻呂のように、文官もすくなくないが、とくに軍人には非漢人系の人が多かったようだ。

しかし、こんな世界帝国の唐に、人種差別がなかったといえば、それは嘘になる。

高仙芝はチベット軍に勝ったあと、一つのミスをした。戦勝を報告する「奏捷状《そうしょうじょう》」を、自分で長安の朝廷に送ったことである。彼は安西の副都護であり、順序からいえば、節度使に報告し、

「奏捷状」は、節度使から朝廷へ送られるべきであったのだ。そのため、節度使の夫蒙《ふもう》将軍は激怒した。『旧唐書』はこのときの夫蒙の罵言をそのまま引用している。

——噉狗腸高麗奴、噉狗屎高麗奴！

これを直訳すれば、「犬のはらわたを食べる高麗の奴、犬の糞を食べる高麗の奴め」ということになる。ずいぶんひどい差別用語を使ったものである。

しかも、節度使の夫蒙も漢人ではなかった。彼は羌人《きょう》だったのである。おもに青海地方にいたチベット系の部族に属していたのだ。

節度使は部下にたいする生殺与奪の権をもっていた。高仙芝のミスは、重大な結果を招きかねないものだった。

当時の軍隊には、朝廷から直接派遣された「監軍」という者がいた。戦果報告が正しいかどうか、粉飾はないかどうかを観察して、皇帝にじかに報告する権限をもっていたのである。それはたいてい軍の人脈と関係のすくない宦官が任命された。このときの監軍の辺令誠《へんれいせい》という者が、

——有史以来の奇功を立てた高仙芝の命が危うい。後世の軍人のために配慮願いたい。

と、長安の朝廷に急報した。その効果があって、夫蒙の長安召還と、高仙芝の節度使昇任という人事が発表されたのである。

高麗人高仙芝は、いまや唐の西域総督ともいうべき地位についた。

ちょうど中央アジアのイスラム帝国が、ウマイア朝からアッバース朝に交替する時期にあたっていた。

パミール越えの三年後、天宝九載（七五〇）、高仙芝は石国を征した。石国はウズベキスタンのタシケント市を中心とする地方である。征討の理由は「属国の礼をとらなかった」という抽象的なものであった。

ダルコット峠で、味方を敵の軍使に擬装させた例でもわかるように、高仙芝は一種の策謀好きの人物であったにちがいない。石国討伐のときにも謀略を用いた。あやまれば許される、と石国王をだましたのである。石国王は降伏して長安へ送られ、許されるどころか、斬られてしまった。父を殺された石国の王子が、イスラム帝国に救援をもとめたのはとうぜんであろう。

高仙芝の石国（タシケント）討伐は、なにか不純なものをかんじさせる。あれほど抵抗した高麗や、唐の砕葉城を奪った突騎施の王でさえ、恩赦されて官職を賜わっている。ただ属国の礼を欠いたというだけで、討伐をうけ、王が斬られるのは異常といわねばならない。

タシケントに乗りこんだ高仙芝は、その国の至宝とされている「大瑟々《だいしつしつ》」を数十石も奪ったという。瑟々は註解には「碧珠」とあるが、どんなものかわからない。おそらくエメラルドのたぐいであったろう。そのほか、黄金、名馬、西域の物産など、おびただしい財物を奪っている。それがめあての軍事行動であったといわれてもしかたがない。

しかも、その作戦は政府の命令ではなく、高仙芝が申請して許可されたものだという。このあたりは、高麗人将軍高仙芝の複雑な性格がのぞいているような気がする。

石国での掠奪について、『旧唐書』は、

――仙芝、ひととなり貪《どん》なり。

としるしながら、数行あとに、

——家財鉅万《きよまん》、頗《すこぶ》る能《よ》く散じ人に施す。

という記述がみえる。貪欲なのに気前がよかったというのは矛盾のようである。けれども、よく散じるためには、まずよく集めなければならない。

なぜよく散じたのか？　おそらく自分の地位を守るために、つねに周囲に人材を集めておかねばならなかったのであろう。党派をつくるためには、巨額の資金を要したのは、今も昔もかわりはない。

惜しみなく散じているうちに、高仙芝の家財は底をついてきたのかもしれない。その補充のための遠征だということも考えられる。

あと味の悪い戦いである。

石国にしてみれば、あと味が悪いだけではすまされない。怒った王子は西域の近隣諸国に唐の暴虐を訴え、唐に離反することを説きまわった。しかし、群小のオアシス国家をあつめても、唐に復讐するほどの力はない。そこで新興のアッバース朝イスラム帝国を頼ったのである。

ウマイア朝の勢力を中央アジアから駆逐したアッバース朝は、この地方でなにかめざましいことをして、威厳のほどを見せたかった。石国からの救援要請は、その好機であったといえよう。

両大国は兵を進めた。東からは高仙芝将軍が、漢・蕃の兵三万を率いて、天山のかなたタラスの城にはいった。

アッバース朝は、建国の元勲であるアブー・ムスリムの部将ズイヤード・イブン・サーリフが、西から大軍を率いて進撃した。

結果は前に述べたように、唐軍内部のトルコ系部族の寝返りによって、イスラム軍の勝利に終わった。

兵をまとめて、翌日、再戦すれば、勝算があると高仙芝は考えたが、部将の李嗣業《りしぎょう》は反対した。李嗣業はパミール越えのときに、偉勲をたてた勇猛な軍人である。その彼に反対されて、高仙芝はあきらめて退却した。

李嗣業はこれを無益の戦いと考えたのであろう。前回の石国討伐のあと味の悪さもまだのこっている。

それに、唐にとっては、これは重要な戦争ではなかった。黒衣大食（アッバース朝）が兵をうごかしたので、それを迎え撃っただけである。よくある辺境の局地紛争の一つにすぎなかった。『新唐書』の本紀に、

――高仙芝及び大食、怛邏斯（タラス）城に戦い敗績《はいせき》せり。

と一行の記事があるだけで、『旧唐書』にいたっては、本紀にこの戦いのことはまったくふれていない。

イスラム側の記録『イブヌル・アシール年代記』には、アッバース軍は唐軍五万を殺し、二万を捕虜とした、と記述されている。唐軍はぜんぶで三万だったから、この記述はいささか誇大化されているといわねばならない。

イスラム側の記録では、このタラスの戦いを、没落したウマイア朝の支持者たちが、唐の援助を

うけて反乱をおこしたものと解している。そのような要素もあったのだろう。とすれば、唐は兵をうごかして、いささかアッバース朝を牽制すればそれでよかったのである。べつに必死になって戦うこともなかったわけだ。

中国側の史書にある漢・蕃軍三万の兵は、ウマイア朝支持派も含まれているとみてよい。そのなかのトルコ系カルルク族が、アッバース朝に寝返ったのである。おそらくホラサン総督アブー・ムスリムの工作によるものであろう。

高仙芝はべつにこの敗戦の責任をとらされた形跡はない。それどころか、長安に戻って羽林軍大将軍という、近衛軍団長に相当する地位につき、その後、密雲郡公にも封じられた。郡公は正二品の位であり、敗軍の将にふさわしくない。どうやらタラスの戦いは、唐にとっては、おつき合いていどのものであったようだ。

タラスの戦いの翌年、安国（ブハラ）、康国（サマルカンド）、史国（キシュ）など、アッバース朝の勢力圏内にある諸国が、なにごともなかったように長安へ使節を送っている。そればかりか、戦った相手のアッバース朝さえ、唐と国交をつづけ、黒衣大食の使節の入朝の記事が史書に散見される。

いったいタラスの戦いとは、なんであったのか、現代人の感覚ではつかみにくいものがある。ただ、どうやら両国にとって、やらずもがなの戦争でもあったようだ。兵卒たちの生命などには無関心な専制国家では、このようなやらずもがなの戦いも、ときどきおこったのである。

戦争としては、二流としかいいようのなかったタラスの戦いは、唐軍の捕虜のなかに紙漉き職人がいたことで、世界の文化史上、超一流の事件となった。

当時、西方では記録をとるのに羊皮を用いるのが一般であった。パピルスと呼ばれるのは、カヤツリグサ科の植物の茎を、縦に薄く切って並べて乾燥させたもので、これも文字を書くのに用いられたが、薄板状で紙とはほど遠いものであった。

文字はあったけれども、それを書きつける素材が不自由だったのである。予言者マホメットのコーランを書きつけるのに、どれほどの羊皮を必要としたことであろうか。ヨーロッパでもおなじである。文化や知識の普及が、そのために、どれほど阻害されたことであろうか。

タラスの戦いは、高仙芝の石国討伐の翌年だから、七五一年のことであった。サマルカンドに西方の第一号の製紙工房がつくられたのは、七五七年のこととされている。戦いの六年後のことであった。

中国で紙が発明されたのは、後漢の元興元年（一〇五）だから、二世紀の初頭である。発明者は宦官の蔡倫《さいりん》という人物であった。それまでは竹簡、木簡、絹などが記録の素材であったが、廃物利用による安価な紙ができたので、文化は飛躍的に普及した。人びとは発明者の功績をたたえるため、それを「蔡侯紙」と呼んだものである。

絹とおなじで、紙も西方へ輸出されていた。だが、長途の険路を越える交易なので、中国紙はきわめて高価であったのだ。絹はその製法がやがて西方世界にも知られるようになったが、紙の秘密はタラスの唐兵捕虜が教えるまではわからなかったのである。

製法がわかってしまえば、あとはもうかんたんであった。捕虜の紙漉き職人が、中国でつくっていたときの原料は、そっくりサマルカンドあたりでそろっていたとは思えない。だが、水の媒介で紙を漉《す》くという原理は、ほかの原料にも応用できる。中央アジアでの製紙原料はおもに亜麻《あま》であったといわれている。ともあれ、ひどく高価であった輸入品の紙が、この地方できわめて安い値段で供給されるようになった。

サマルカンド紙。──

イスラム圏にこの名はとどろいた。画期的な文化の新兵器である。コーラン全部が、持ち運びのできる分量にまとめられる。しかも安い値段で。

サマルカンド紙の出現に狂喜したのは、おそらくイスラム教の教学関係者だったであろう。アラビア人以外のイラン系、トルコ系などの住民に、イスラム教をひろめることが、宗教の問題だけではなく、政治の問題となっていた時期であった。イスラム神学者たちの布教への情熱はたかまっていた。彼らに新兵器が贈られたのである。

サマルカンド紙の名声は高まり、イスラム教圏だけではなく、ヨーロッパにまで輸出されるようになった。

アッバース朝の首都バグダッドに製紙工房がつくられたのは、七九五年のことといわれている。サマルカンドのそれより約四十年遅れたわけだ。どうやらサマルカンドの関係者は唐兵捕虜から得た製紙技術を、企業秘密として、公開しなかったようである。バグダッドに製紙工房がつくられたとき、技術者はサマルカンドから呼んだのではなく、直接、唐から招聘したという話が伝えられている。

ヨーロッパに製紙技術が伝わったのは、さらに数百年後のことであった。十二世紀の半ば、ムーア人がスペインに進出したときに、ヨーロッパ最初の製紙工場がつくられたという。

イスラム教圏内でも、技術の秘法が公開されなかったようだから、それがヨーロッパへの伝わり方の遅かったことは理解できる。重要輸出品のノウハウは、そうかんたんに教えられないのである。サマルカンド工房からスペイン工房まで、四百年の差があった。これがイスラム教圏とヨーロッパ圏の文化の差になっていたのだ。

イスラム教圏では、はじめはもっぱらコーランを書き写すのに紙を使っていたが、やがてそれはほかのジャンルの著作を写すのにも用いられるようになった。

イスラム教の生まれたアラビアは、もともと周辺諸国より文化程度が低かったが、それだけに外来の文化をとりいれることに、よけいな抵抗感はなかった。じつにすなおに、ギリシャ、ローマ、ペルシャ、インドなどの文化を受けいれた。

これら先進文明の成果は、「紙」という武器を得て、ひろく、そして急速に、吸収されたのである。数学、医学、物理、化学、天文学、地理学、哲学など、あらゆる学問の著作が、アラビア語に翻訳されたのである。世にいう「サラセン文化」とは、このような百花斉放の状態のことなのだ。

――光は東方より。

ということばがある。ゲルマン族によって、ヨーロッパの文化伝統は、いったん断ち切られていた。近世のヨーロッパは、ギリシャやローマの文化さえ、直接にうけついだのではない。「サラセン文化」をうけいれることによって、文化のブランクを埋めたのである。そのことが、光は東方より、と表現されたのだ。

こうしたことについて、紙のはたした役割はきわめて大きい。やらずもがなのタラスの戦いは、当事者の思いも及ばぬ大きな文化的波紋をひろげたのである。

ドイツの地理学者リヒトホーフェンの造語である「絹の道」は、あまりにも有名なことばになった。たしかに絹という、冒険に値する有利な交易品があったから、人びとは西域に道をひらいたのである。だが、その道は絹以外のもの――ガラスや玉などの物質のほか、仏教のような信仰や思想も通った。そして、ことの重大さのわりには、あまり話題になることはないが、「紙」もこの道を通ったのである。紙という物質というよりも、製紙の技術というべきであろう。一般に知られていないので、ここにおよそのいきさつを述べてみることにした。

タラスの戦いで捕虜になった唐人のなかで、技術者はなにも紙漉き工だけではなかった。このときの捕虜で、十年ほどのち、無事、海路で帰還した人もいた。杜環《とかん》といって京兆の名門出身の人で、おそらく高級将校として従軍していたのであろう。

宰相の杜佑《とゆう》は、杜環のことを自分の族子と述べている。遠縁の甥にあたると思われる。杜環は商人の商《あきな》いに便乗して帰国したが、一族に有力者がいたので、長安に来た使節を通じて、送金や帰国の交渉が進められたにちがいない。

杜環は帰国後、その体験を『経行記』という本に書いた。しかし、この本は亡佚して伝わっていない。ただ、幸い杜佑の編んだ一種の百科事典である『通典』のなかに、分量はあまり多くないが、『経行記』の一部が引用され、それが現存している。

それによると、当時、亜倶羅（アッバース朝初期の首都クーファ）に、唐人の織匠、金銀細工師、画工などがいたという。おそらくタラスの捕虜であろう。杜環のように、一族に有力者のいた少数の者は帰国できたが、職人をはじめ庶民出身の兵士たちは、アッバース朝治下の異域で一生を終えたにちがいない。

機織や金銀細工、絵画などは、むろんイスラム教圏にすでに存在していたが、中国的手法ということで珍重されたのである。紙漉きのような大きな意義をもつものではないが、東西文明の交流ということについては、紙漉き工以外の技術者捕虜の存在も忘れてはならない。

技術や技法だけではなく、唐の実情が彼らの口からイスラム教圏に伝わり、相互理解のうえで、いくばくかの貢献をしているはずだ。反対に杜環の帰国によって、大食のようすがかなり具体的に唐にも知られるようになった。杜環は大食の士女の衣服の清潔なこと、容止《ようし》閑麗なことなどが、とくに印象に深かったようである。女性は外出のとき、かならず面を掩うこと、一日五回礼拝すること、といった風習が、彼の著作によって、唐の人たちにわかるようになった。

ついでながら、晩唐期の最大の詩人といわれる杜牧《とぼく》は、杜環の属した杜一族の出身であった。

紙の製法の伝来という大事件からみれば、杜環の生還、その著作などは、一つのエピソードにすぎない。いや、タラスの戦いそのものも一つのエピソードというべきであろう。

では、タラスの戦いの主人公たちはどうなったのであろうか？

「紙」というそそり立つ巨峰は、かずかずのエピソードを踏まえているべきであり、タラスの戦いの主人公のそれは、省略されてはならないであろう。

敗軍の将である高麗人将軍高仙芝が、べつに責任をとらされた形跡のないことはすでに述べた。軍中には監軍といって、皇帝直属の観察官がいて、朝廷に戦事について、ありのままのことを報告する仕組みになっている。タラス敗戦は、トルコ系カルルク部族の寝返りによるものだったが、監軍はそれを不可抗力であったと査定したのかもしれない。

タラスの戦いのあと、高仙芝は長安に帰って、羽林軍大将軍となった。近衛軍団長であり、官は正三品である。

ちょうどおなじ時期、阿倍仲麻呂は帝室図書館長である秘書監に就任していた。秘書監は従三品官である。

宮中席次が接近していた、この二人の非漢人高官は、朝廷の儀式や宴席などで、ときどき顔を合わせ、ことばをかわしたこともあるだろう。

文官と武官というちがいはあったが、共通の話題もあったはずである。かつて高仙芝は、かずかずの戦場を駆けめぐった名馬に報いるために、長安へ送還して余生を安楽に送らせたことがある。その馬のことを、杜甫が詩によんでいた。

「どうですか、あの詩は？」

と、仲麻呂が高仙芝に話しかけたこともあっただろう。

高仙芝の愛馬をよんだ杜甫の七言古詩は、「高都護驄馬行《こうとごそうばこう》」と題されて、『唐詩選』にも収録されている。むかしの日本の読書人が、高仙芝の名を知ったのは、史書からではなく、この詩からであろう。

此の馬、陣に臨んで久しく敵無く
人と心を一にして大功を成せり
功成って、恵養、致す所に随い
飄々として遠く流沙より至る
雄姿、未だ受けず伏櫪《ふくれき》の恩
猛気、猶《なお》思う戦場の利

……………………

これはその一部であるが、日ごろ馬と親しむことの深かった日本の武士は、唐詩選のなかのこの詩を、とくに愛誦したのではあるまいか。

伏櫪ということばは、魏《ぎ》の曹操《そうそう》の「歩出夏門行」という詩のなかにある、——老驥《ろうき》（老いたる馬）は櫪（飼葉桶）に伏すも、志は千里に在り。

という句を踏まえている。この「老驥伏櫪、志在千里」は、河上肇博士の愛誦の句であったことはよく知られている。

タラスの戦いの四年後、天宝十四載（七五五）、高仙芝は密雲郡公に封じられた。明治期の日本にたとえると、功によって、華族に列せられた、ということになる。だが、この年は安禄山が反乱を起こした年でもあった。

范陽《はんよう》・平盧《へいろ》の節度使であった安禄山は、胡人と突厥の混血児であったといわれている。実父は康姓だが、母の再婚した相手が安姓なので、安を姓としたという。康姓といえばサマルカンド人であろうし、安姓といえばブハラ人かもしれない。九姓昭武、いわゆるソグドの人であったとおもわれる。もとの名が阿犖山《あらくさん》で、それを改名したともいう。そんなことから、本名はアレクサンダーではなかったかという説さえ唱えられた。

現在の北京あたりにいた安禄山は、大軍を西へ進めた。

これにたいして、唐は皇族の栄王琬《わん》を元帥とし、高仙芝を副元帥とする「天武軍」をさしむけた。天武軍は十一万と号し、りっぱな名前がついているが、市井から臨時に徴募した兵士が大部分で、未訓練の兵団だったのである。

高仙芝の幕僚をしていた封常清《ほうじょうせい》は、洛陽を守っていたが、安禄山軍を防ぎきれずに西へ敗走した。高仙芝はそのとき、陝《せん》州まで来ていたが、退却してきた封常清に戦争のもようをきき、天険によって防ぐしかないという結論に達した。陝州は平地である。もっと西の潼関《どうかん》は天険であり、そこで戦うことにした。

陝州を退去するにあたって、高仙芝は官庫をひらき、金銭、食糧、絹布などはぜんぶ部下に与え、残ったものは焼き払った。安禄山軍に利用させないための措置で、戦術としては常識であろう。

長安の玄宗皇帝は天武軍の退却に不満であった。司令官を哥舒翰《かじょかん》に交替させたいと思ったのである。哥舒翰も突厥出身の非漢人将軍であった。

皇帝がまだ言い出さない前に、その意向を察して、そうなるようにとりはからう人物がいる。側近の宦官である。このとき、天武軍にいた監軍は、高仙芝のパミール越えにも同行し、夫蒙将軍から彼を救ったあの辺令誠であった。辺令誠は皇帝に、

――封常清と高仙芝は勝手に退却し、兵糧をくすね、国家数代の備蓄の官庫をひらき、それを自分のものとした。

と、報告した。皇帝から、

――両名を斬れ。

という命令がくだった。

処刑の前に高仙芝は叫んだ。

――退却は我が罪で、死は敢えて辞さない。だが、資糧を盗んだというのは承服できない。上に天、下に地、そして三軍の諸君がいる。諸君、これは枉《おう》（無実）ではないか！

――軍中、咸《みな》呼ばわって曰く、枉と。其の声、地に殷《いん》す。

と、『新唐書』の高仙芝伝にしるす。

「無実だ！」という大合唱のうちに、高仙芝は処刑されたのである。

陝州の官庫をひらいたとき、全軍の将兵は分け前をもらっていた。高仙芝の横領が無実であることはみな知っていたのである。軍隊はこの処刑に不満であった。

いくら皇帝が司令官の首をすげかえても、不満をもつ軍隊は勇戦しないものである。唐軍は安禄山軍を防ぐことができず、玄宗皇帝が首都長安を脱出して、蜀へ亡命しなければならなくなった。長安を脱出しても、護衛の軍隊は楊貴妃の死をみるまではうごこうとしなかった。

高仙芝の死は、大唐帝国の落日を告げるものであった。唐はこの安禄山の乱を辛うじて切りぬけ、あと百五十年ほど王朝を維持することができた。だが、全盛時代は再び来ることはなかった。盛唐と呼ばれた時代、西域は唐の威令に服したが、そのような盛観はもう過去のものとなった。

タラスの敗戦で、唐が西域から後退したとするのは、あまり正確とはいえないだろう。安禄山の反乱による国力の衰退によって、西域を支える余力がなくなったのである。さらにいえば、安禄山の乱を招くような、政治のみだれが唐の運命を傾けさせたのだ。パミール越えの英雄高仙芝を、無実の罪で殺したのも、政治のみだれの一例とかぞえるべきであろう。

つぎに、タラスの戦いで勝ったアッバース朝の将軍はどうなったであろうか?

タラスで高仙芝と戦ったのは、アブー・ムスリムの部将ズイヤード・イブン・サーリフであった。アブー・ムスリムはホラサン総督として、絶大な権力をもっていた。ウマイア朝勢力を打倒するうえで、アブー・ムスリムの功績はきわめて大きい。

タラスの戦いの直後、カリフの兄が中央アジアを視察に来たが、アブー・ムスリムの権力があまりにも強大であることに危惧の念を抱いた。

――いまのうちに、アブー・ムスリムを片づけておかねば、アッバース朝のためによくないであろう。

おそらくそのような報告がなされたのであろう。

片づけるといっても、そうかんたんにはいかない。アブー・ムスリムは有能で果敢な人物である。それは、アッバース朝の初代カリフであるアブル・アッバースが最もよく知っていた。

アブル・アッバースは、「サッファー」とも呼ばれている。アラビア語のSAFFAHは、SHEDDER　OF　BLOOD（流血者）という意味である。彼はウマイア朝の一族をこの地上から消すことに全力をそそいだ。虐殺につぐ虐殺である。しかも、彼のそんな意思を、じっさいに執行したのが、アブー・ムスリムであった。

兄からいわれるまでもなく、カリフ・アブル・アッバースは、アブー・ムスリムが危険な人物であることを知っていた。彼の意思を体して、アブー・ムスリムが殺した人数は六十万人といわれている。

アブー・ムスリムは虐殺の執行者だから、ウマイア朝の残党に狙われていることを知って、きわめて用心深くなっている。彼を殺すには、彼の側近の手を借りるほかに方法はないであろう。

カリフが目をつけたのは、タラスの勝利将軍であるズイヤードであった。サマルカンドの知事であったズイヤードに、おそらく総督のポストを報酬として約束したのであろう。

ズイヤードはアブー・ムスリムにたいして反乱をおこした。だが、それはたちまち鎮圧されてしまった。タラスの戦いのすぐあとのことである。ズイヤードはとらえられて処刑された。タラスの勝利将軍の末路は悲惨であった。カリフからの誘いにのったのだろうが、反乱に踏み切るについては、タラスの勝利による自信が禍《わざわい》したのかもしれない。

タラスの戦いの三年後、アッバース朝の初代カリフ流血者アブル・アッバースが死んだ。アブー・ムスリムを片づけえなかったことが心残りであったろう。

アブー・ムスリムは、中国の史書には並波悉林という名で登場する。タラスの戦いを指揮したズイヤードは彼の部将であるから、この戦いのほんとうの勝利者は、アブー・ムスリムといってよいだろう。

ズイヤードの反乱を平定したあと、彼はどうなったのか？

彼はイスファハーンの出身というから、もともとイラン系の人物であった。アッバース家と結んでイランおよび中央アジアで、反ウマイア運動をおこなった。そして、前述したようにウマイア朝関係者、支持者を六十万も虐殺したといわれている。

イラン系なので、イランおよびイラン系住民の多いソグド地方では、彼の権威はしだいに絶対的なものとなった。そればかりではなく、彼はトルコ系諸部族をも味方にひきいれていた。タラスの戦いのとき、唐軍のなかにいたトルコ系カルルク族を寝返らせたのは、アブー・ムスリムにちがいないといわれている。野戦の指揮官であるズイヤードにできる芸当ではなかった。カルルク族の寝返りが、アッバース軍の勝因であるから、いよいよタラスの勝利者はアブー・ムスリムといわねばならない。

二代目カリフのマンスールは、初代カリフの兄であった。弟が先に教皇の位についたのは、その母が自由民だったからである。マンスールの母は奴隷女であり、そのため十歳も年少の弟が初代カリフとなった事情がある。たいていの史家は、アッバース朝の真の創始は、二代目のマンスールであると論じている。それほど有能であった。

アブー・ムスリムを片づける役は、マンスールがはたさねばならなくなった。二人の有能な人物の虚々実々のかけひきが始まった。

初代カリフが死んだあと、叔父のアブドラがカリフ位をもとめてマンスールと争ったが、そのとき、アブー・ムスリムはイラン兵軍団を率いてアブドラ軍を撃破したのである。マンスールにとっては、カリフ位についたことでも、アブー・ムスリムは功労者となり、よけい片づけねばならない存在となったわけである。

カリフ・マンスールは、戦勝のアブー・ムスリムをシリアとエジプトの総督に任命しようとした。イスラム教圏では、これは昇進人事かもしれない。だが、それに就任すれば、自分の本拠のホラサンから切り離され、無力化されるのだ。カリフはさらに謁見のために彼を招いた。アブー・ムスリムはそれにたいして拒絶の手紙をかいた。

――ササン王朝のある王は、「完全な平和ほど大臣にとって危険な時はない」と言ったそうです。従って私はカリフとの接見を避けるのが適当と考えます。しかし、このため忠良な臣下たることを拒むものではありません。……

だが、マンスールは着々と手を打った。別の人物をホラサン総督に任命して、アブー・ムスリムが本拠地へ帰れないようにしたのである。彼は仕方なしに、カリフに謁見することにした。そしてカリフの玉座の近くで、五人の刺客に殺されたのである。

高仙芝が無実の罪で殺されたのと同じ年、七五五年のことであった。タラスの勝利者も敗北者も、いずれも凶刃にたおれたのだ。

マンスールは名君の誉れが高い。アブー・ムスリムの暗殺は、彼の大きな汚点である。だが、それによってアッバース朝は安定した。

——初期アッバース朝の治世は、東方サラセン人の最も光輝ある時代であった。征服時代は過ぎ去り、文明時代が始まったのだ。

これは西欧の史家の評価である。

将軍たちの血は、文明時代の幕あけのために流されたのであろうか。彼らがそれと知らずに伝えた紙は、文明時代を可能ならしめたスターとなったのである。

楽 器

シルクロードの終点は奈良の正倉院である、ということをよく耳にする。

西方世界から中国に伝わったものが、遣唐使たちによって日本にもたらされ、しかもそれが正倉院に現存するのだから、終点という表現はけっしておかしくない。

たとえば、正倉院にある三種の琵琶などは、唐代のものでそれぞれ現存する唯一のものとおもわれる。古墓を発掘して、副葬品に古い楽器が出土する例はあるが、伝世品としては、中国でも唐代のものはすでに失われているはずだ。

各種の琵琶が、西方から伝わってきたことは定説であって、疑問の余地はない。そのほかの楽器も西方起源のものが多い。

私はなんどか中国側のシルクロードを旅行したが、行くたびに土地の人たちの音楽好きに感心させられた。ウイグル族でもカザフ族でも、誰もが楽器をあやつり、音楽がきこえてくると、しぜんにからだがうごき、踊り出すのである。同行の漢族の人が、

「彼らは生まれつき音楽好きなんですよ。われわれはだめですねぇ」

と、ため息まじりに言ったことが印象深い。

どうやら西域の住民は、からだのなかにリズムをもっているようだ。

現在の新疆ウイグル自治区の庫車（クチャ）は、いにしえの亀茲《きじ》の国で、亀茲の楽といって、音楽で有名なところであった。砂漠のなかのオアシスだが、夏は極端に暑い。いわゆる熱帯夜がつづき、人びとは眠れないまま、夜を徹して楽器をかきならし、歌をうたい、踊りまわるならわしがあったという。これは、この土地の人がなぜ音楽にすぐれているかということの質問に、解答として用意された話である。そのようなこともあろうが、やはりもって生まれた資質であるようだ。

音楽にかんするかぎり、どんな中華思想のもち主も、「西高東低」を認めざるをえないであろう。高いほうから低いほうに水は流れるのだから、楽器に西方起源のものが多いのはとうぜんのことなのだ。

漢族に音楽の素質がまったくなかったというのも言いすぎである。古代、「礼楽《れいがく》」ということばがあるほど、音楽はたっとばれたものなのだ。これは私のしろうとの独断的推測だが、それらの古代音楽はもっぱら荘重なことが重んじられ、軽快なものはいやしめられたのではあるまいか。儒家のいう「淫声」などというのは軽快な音楽であろう。

いつか触れたが、武漢を訪ねたとき、湖北省博物館を参観した。そこに一九七八年八月に発掘された、随県擂墩《らいとん》一号墓の出土品がならべられていた。副葬品に年代銘があり、紀元前四三三年となっている。展示品のなかの圧巻は、巨大な篇鐘であった。六十四個の鐘が吊りさげられ、それを叩いて音を出すのである。鐘の最も大きいのは二百キロあり、最小のもので二十キロだということだった。

篇鐘はどんな音楽を奏したのであろうか？　じつは『楚商意』という古代音楽が音譜で復元されていて、この篇鐘が出土したとき、テストにそれを奏したという。そのテープをきかせてもらったが、思ったよりはテンポは速かったが、やはり荘重感が先に立つものであった。

おなじ出土品に、「漆瑟《しっしつ》」というのがあった。絃は二十五本である。神話の帝王である伏羲《ふくぎ》は五十絃の瑟をつくったが、素女という琴の名手の神女にひかせたところ、あまりにも悲しみが深く表現されるので、ついにそれを二つに割ったという伝説がある。そんな伝説があるほどだから、漢族が音楽に無関心であったとはいえない。

漆瑟のそばに、平たい五絃の琴が展示されていた。黒ずんだ板のようなものがあって、説明プレートによれば、十絃の琴とおもわれるが、異説もある、ということだった。

紀元前四三三年といえば戦国時代で、こうした楽器は中国固有のものであろう。

正倉院には四個の琵琶が伝わっている。そのうちの二個が四絃だが、これは天平勝宝八年（七五六）の東大寺献物帳にある「螺鈿《らでん》紫檀《したん》琵琶一面」「紫檀琵琶一面」というのに相当しないとする説がある。この二個は失われていたのを、弘仁年間（八一〇―八二三）に補ったといわれる。しかし、献物帳の日付と、補塡の時期とは半世紀あまりしかへだたっていない。そのあいだに、楽器の形式が大きく変わったとは考えられないから、それを盛唐の四絃琵琶とみてよいだろう。

あとの二個は五絃と阮咸《げんかん》である。これは献物帳の「螺鈿紫檀五絃琵琶一面」と「螺鈿紫檀阮咸一面」に、まずまちがいないとされている。

二個もあった四絃の琵琶が、僅か半世紀のあいだに、どちらも失われてしまった事情については、はっきりしたことはいえない。ただ五絃の琵琶が残ったことについては、それがじっさいに用いられなかったからであろうという、有力な推測が可能である。

日本で琵琶といえば、四絃のものであり、頸《くび》が折れまがっているものをさす。琵琶法師が『平家物語』を語ったとき、伴奏したのもそれであった。

五絃琵琶は日本にもちこまれたが、ほとんど用いられた形跡がない。近衛家に伝えられている「五絃琴譜」が唯一の形跡といえよう。すくなくとも平安時代には、まったく用いられなかったのはたしかである。モノははいってきたが、なじまれなかったのだ。

明治になってから、錦琵琶や筑前琵琶の一種に五絃のものが出現したが、これは千年以上も前にすたれた盛唐五絃琵琶の復活ではなく、新しい考案とみなすべきであろう。

しろうと考えでは、四絃も五絃もたいした差はない。どちらも西洋梨型で、絃一本のちがいだから、同類の変種ていどにおもってしまう。だが、両者はまったく起源が異なると説かれている。四絃はイラン系のもので、五絃はインド系であるという。

中国にとっては、どちらも外来のものであったという点は共通している。そして、中国でも四絃が主流であり、伝わった時期も五絃よりもずっと古かった。

タラスの捕虜で、奇跡の生還をした杜環《とかん》の一族に、宰相までつとめた杜佑《とゆう》という人物がいて、『通典』という百科事典を編んだことは前述した。この唐代の百科事典のなかに、琵琶のことを、俗にこれは漢制であると伝えている、と述べている。前漢時代、西暦紀元前に、イランの楽器はすでに伝わっていたのである。前漢の著作である『釈名《しゃくみょう》』に、

——枇杷は本《もと》、胡中より出でたり。

という表現がある。

枇杷という字は、いまでは果樹の名称となっている。だが、果物よりも楽器のほうが先であった。その果実が琵琶の形に似ているところから、名づけられたのである。一説では、果実ではなく、その葉の形状が琵琶に似ているからだという。よく見ると、果実も葉も琵琶に似ている。どちらも似ているので、そう命名されたのかもしれない。

木ヘンのビワが植物名となったので、それまで通用されていた楽器名には、もっぱら琵琶が用いられるようになった。中国固有の楽器とおもわれる琴や瑟という字があるので、琵琶はふさわしい造字であったといえよう。造字しなければならないということは、それが外来のものであった証拠でもあろう。

古代イランでは、この種の絃楽器のことをＢＡＲＢＡＴと呼んでいた。中国では外来語の音を漢字にうつすとき、Ｒ音はたいてい省略される。琵琶の現代中国語はＰＩＰＡであるが、古代音韻学者は、二字とも古音はＢに近いとしている。

このような説明を受けると、琵琶の語源が納得できるような気がする。考古学的研究（絵画、彫刻など）によれば、四絃琵琶はイランからガンダーラを経て中国に伝わったことが、ほぼ確実であるらしい。

四絃琵琶は、紀元前から中国に伝わったが、五絃のそれはだいぶ遅れる。四絃がイランから、五絃がインドから伝わったことは、専門の学者がキメこまかい考証をして、ほとんど定説となっているので、それをすなおにうけいれよう。

五絃琵琶は天竺《てんじく》からの直輸入ではなく、西域の亀茲《きじ》にはいってから、「亀茲琵琶」または「胡琵琶」という名で伝わった。このような名前をつけたのは、それまでのイラン系の四絃琵琶と区別するためである。

例の杜佑の『通典』には、北魏《ほくぎ》の宣武帝《せんぶてい》以後、五絃がおこなわれるようになったとしている。宣武帝が即位して、景明元年となった年は西暦のちょうど五〇〇年であった。おなじ『通典』に、北斉《ほくせい》の文宣帝《ぶんせんてい》（五五〇年即位）が亀茲琵琶の名人を重んじたというエピソードが伝えられている。これによって、五絃琵琶は六世紀になって、はじめて中国におこなわれるようになったことがわかる。四絃がおこなわれてから五百年以上たっている。なじみの深さがちがうのだ。

五絃琵琶は、正倉院のものが、世界唯一の現存物であるといってよい。まことに貴重なものである。形は四絃のそれとおなじように西洋梨型だが、サイズがすこし小さい。これは『通典』にある、

――五絃琵琶、稍《やや》小なり。

という説明と一致している。

四絃琵琶は、絃巻《いとまき》のところで折れ曲がっていて、これを「曲頸《きょくけい》」という。だが、五絃琵琶は棒状であり、絃巻はそこから枝のように左右に出ている。「直頸」であるのはいうまでもない。

インドのアジャンター壁画や、庫車《クチャ》の近くの石窟壁画に、このような直頸琵琶がえがかれているが、インド・西域・中国という、五絃琵琶のたどったコースが、絵解きされているかんじなのだ。

すでに四絃のものがあるのに、五絃のものをも採用したのは、一種の新しがりであったかもしれ

ない。また北魏という非漢人系王朝が、これまで中国になかったものに関心をもった、という事情があったことも考えられる。

唐代になって、稀代の音楽好きである玄宗《げんそう》が、音曲のデリケートなバラエティーをもとめたとき、四絃に対する五絃の特長が、あらためて評価されたのであろう。

唐代では、オーケストラには曲頸の四絃琵琶が用いられ、歌の伴奏には直頸の五絃琵琶が用いられたそうである。それぞれの特長を生かして使い分けられたのであろう。

だが、やがて五絃琵琶は鳴りをひそめるようになった。微妙な差を論じなければ、根本的には同じタイプの楽器である。この二つの楽器にたいして、人びとは重複感をもつようになったのである。重複をきらって、どちらかを棄てるとなれば、新しいほうが棄てやすい。四絃琵琶は、紀元前から中国人になじまれている。イラン起源で、ガンダーラ経由ではいってきた外来の楽器だったとはいえ、人びとはもうそれを自分たちのものだと思っていた。

あとからきた五絃琵琶に、胡琵琶という別名が与えられたことはすでに述べた。外来のものに「胡」の字を冠するのは、中国のしきたりである。胡桃《くるみ》、胡瓜《きゆうり》、胡椒《こしよう》などその例はすくなくない。四絃琵琶も、イランから来たのだから、胡琵琶といわねばならないものだ。いや、琵琶という名詞そのものが、BARBATの音写であってみれば、その上に胡の字を冠すること自体がおかしい。

それにもかかわらず、五絃琵琶に胡の字がつけられたことは、この楽器の運命を暗示していたというべきであろう。

日本には、四絃と五絃の琵琶は、ほとんど同時にはいったはずである。しかも、五絃をすてたのは、日本の方が早かったようだ。べつに四絃が古いなじみであったわけでもないのだから、楽器としての機能が、四絃のほうがすぐれていたのかもしれない。

これはまったく私の推測にすぎないが、正倉院御物の、もとの二個の四絃琵琶は、ただ献上されただけではなく、ときどき使われていたのかもしれない。使っているうちに故障がおこり、修理に出したり、誰か有力者に貸して戻らなかったりして、亡佚した可能性がある。

四絃琵琶をひく人は多かったが、五絃のそれはすくなかったのであろう。貸し出しもなく、誰もふれずに、そのまきれいに二十世紀に残った。気がついてみれば、世界唯一の五絃琵琶となっていたのである。

正倉院の「螺鈿紫檀五絃琵琶」は、その音色が人の耳をたのしませたことはなかったかもしれないが、その形や模様の美しさは、じゅうぶん人の目をたのしませてきたにちがいない。表も裏も美しい。これほどうつくしければ、表も裏もないだろう。ともあれ、絃のついているほうを表とする。捍撥《かんばち》（撥受けの部分）は、瑇瑁《たいまい》を貼りつめたうえに、螺鈿のデザインがはめこまれている。それは、駱駝にのった胡人が、琵琶をひいている図柄であり、鳥や樹木、草花、岩石などが、巧まざるバランスをとって配されている。いかにも西域からきたものというムードをかもしている。

裏は専門用語では「槽《そう》」という。表の板の部分だけは、沢栗《たくりつ》という材でつくられているそうだが、あとはすべて紫檀である。槽には螺鈿で宝相華文があらわされ、含綬鳥と飛雲が配されている。花や葉には彩色がほどこされ、そのうえに琥珀をかぶせるという、精巧な細工には、ただ驚くのみである。これならば音色をきかなくても、そのうつくしさに酔えるであろう。

うつくしさでこれに匹敵できるのは、おなじ正倉院御物の螺鈿紫檀阮咸であろう。

竹林の七賢の一人である阮咸《げんかん》が、秦制と漢制とを綜合して作った琵琶なので、彼の名で呼ばれたという説がある。阮咸は生歿年代不明だが、三世紀の人であることはまちがいない。ただし、阮咸が創造したというのは、伝説にすぎないようだ。杜佑の『通典』には、竹林七賢図にみえる、阮咸がひいている琵琶のことを、人びとが阮咸と呼ぶようになったとしるされている。阮咸が愛した楽器、あるいは阮咸がそれにたくみであった楽器、と解すべきであろう。

楽器の阮咸は、四絃であるが、その形状は西洋梨型ではなく、円形になっている。また曲頸ではなく、棒状の直頸である。

阮咸という名がついたのは、唐初のころであったと想像されている。それまでは秦琵琶と呼ばれていたらしい。漢代に四絃曲頸のイランの琵琶がはいってきたので、それ以前から中国にあったものを、漢の前の秦の字を冠して呼んだのであろう。

それなら阮咸は中国固有の楽器であったということになる。だが、それにしては、外来の琵琶に似すぎている。

おそらく阮咸の原始的な形は、デンデン太鼓状のもので、秦の軍楽隊に使われていた楽器であろう。それが琵琶が西域からはいったことに刺戟され、改良され、いま私たちの見る阮咸になったとおもわれる。

秦琵琶は一名、秦漢子とも呼ばれた。この場合の漢は、漢代にはいった西域の琵琶を意味し、けっきょく、秦琵琶とおなじ意味になる。この秦漢子という俗称から、秦制と漢制とを、阮咸が綜合して、新しい楽器をつくったという伝説が生まれたのにちがいない。

正倉院の阮咸も、五絃琵琶とおなじように、絃の張ってある面は沢栗の材を用い、あとは紫檀である。槽（背面）は、螺鈿と琥珀で装飾され、デザインは瓔珞《ようらく》をくわえた二羽の鸚鵡《おうむ》が、回旋状に配され、中央は唐花文である。鸚鵡という中国にとっても異域の鳥を、阮咸の模様にえらんだのは、中国固有の楽器だが、外来楽器の刺戟を大きく受けて改善されたという、楽器成立のいきさつを、それによって物語らせようとしたのであろうか。

敦煌の壁画は、初期のものは釈迦本生譚《しゃかほんじょうたん》が多く、例の捨身飼虎図《しゃしんしこず》などがしきりに出てくる。初期というのは北魏のころのもので、唐代になると釈迦説法図、西方極楽浄土図などが主流になる。本生譚は物語だから、いくつかの部分に分けられ、連続コマものといった形式をとる。ところが、説法図や極楽図は大きな一枚絵になっている。極楽図には、妙なる音楽がつきもので、唐代の石窟には、おびただしい楽団がえがかれている。敦煌の壁画は、音楽史にとって宝庫といわれる所以《ゆえん》である。

いまもそうだが、むかしも敦煌は僻地であった。地方政権の所在地になった時期もあるが、所詮、ローカルでしかなかった。西方浄土のすばらしいオーケストラをえがくにしても、壁画制作にたずさわった画工たちが、ほんものを見たかどうか疑わしい。小規模な楽団ならともかく、極楽規模のそれは見たことはないだろう。

音楽史研究の貴重な資料にはちがいないが、地方画工の悲しさで、ときにまちがった絵をかくこともある。たとえば、琵琶や阮咸らしいものもえがかれているが、四絃の琵琶は曲頸であるべきなのに、直頸にえがかれているケースも見うけられる。胴体はおなじ西洋梨型でも、五絃はほっそりして、四絃は太いという差がある。それなのに、あきらかに五絃をえがきながら、四絃とおなじ胴の太いものをえがいたのもある。

敦煌の壁画には、しばしば竪箜篌《たてくご》がえがかれている。絃の一本一本がはっきりみえる描き方のもあった。正倉院には箜篌の残欠が残っていて、それによって復元された模造品はよく知られている。箜篌という難しい文字を使うと、なじめないかんじだが、要するにハープなのだ。またしても『通典』の引用だが、

——竪箜篌は胡楽なり。漢の霊帝《れいてい》之を好む。体、曲がりて長く、二十二絃、竪に懐中に抱き、両手を用《も》って斎奏す。……

とある。

後漢の霊帝（在位一六八—一八八）は、暗君に分類されるべき人物で、政治をおろそかにしたので、黄巾《こうきん》の乱から三国の戦乱を招いた張本人であった。

唐の詩人李賀に「李憑《りひょう》の箜篌の引《うた》」と題する詩がある。

呉糸蜀桐《しょくとう》、高秋に張り
空は白く、雲は凝《こ》り、頽《くず》れて流れず
江娥、竹に啼き　素女は愁う
李憑、中国に箜篌を弾ず

崑山、玉砕けて鳳凰は叫び
芙蓉、露泣いて香蘭は笑う

これは前半だが、いかにも李賀らしい表現である。江娥は湘江に住む姉妹の女神であった。彼女たちは舜帝の妻だったが、舜の死を悲しみ竹に涙をこぼし、それが斑《はん》竹というまだらの竹になったという伝説がある。素女が五十絃の瑟を弾じた話は前に紹介した。

李憑というのはハープの名人であるが、彼の「中国に箜篌を弾ず」という句は、いささか気がかりである。外国人である李憑が、この中国にやってきてハープを弾いた、とする説も有力であるらしい。

この時代の「中国」という表現は、いまとちがって、「国の中央」すなわち「国都」を意味することのほうが多い。とすれば、李憑は長安で演奏したが、もともと地方在住者であったことになる。しかし、箜篌は胡楽である。外来の楽器であるから、その名人はやはり外国人であったほうが、説得力があるかもしれない。

箜篌の語源については、ペリオも考証したことがあるが、まだ確実な話はないようだ。四絃琵琶とおなじで、イランから来たというが、李賀の詩にもあるように、呉（蘇州地方）の絹と蜀（四川）の桐材でつくられ、唐代にはじゅうぶんに中国の楽器として熟していた。李憑も地方に引退した名人であろうか。

マルコ・ポーロ前後

中国人は無類の記録好きである。なにごとであれ、記録にとどめなければ気がすまない。紙のことは前に述べたが、「必要は発明の母なり」であって、中国人が製紙術を開発したのはとうぜんといえるかもしれない。

西域の歴史も、中国の中央政府が、この地方をしっかりと掌握していた時期は、記録が多く、豊かな史料で、わかりやすいのである。西域が中国の中央から離れると、とたんに記録は激減する。史料は痩せて、歴史のデテールがわかりにくくなる。

安禄山《あんろくざん》の乱で、唐の力が西域に及ばなくなると、この地方の歴史はかすんでくる。それなのに、この時期――唐末、九世紀後半に、西域は大きな変貌をみせたのだ。

トルキスタンという呼び方がある。トルコ系住民の土地という意味であるのはいうまでもない。アフガン族の住む土地をアフガニスタンと呼ぶのと同じ用法である。ついでながら、パキスタンは、民族の名称につけた地名ではなく、パーク（清浄）という状態をあらわすことばに土地をつけたので、「きよらかな国」を意味する。

玄奘《げんじょう》の『大唐西域記』の叙述でもわかるが、そのころの西域を、その用法でいえば、イラニスタンであった。イラン系住民が多かったのである。

唐末、突厥《とっけつ》帝国の後継者として、ウイグル族が抬頭したが、八四〇年、キルギス族に急襲され、その一部が西域に亡命した。キルギス族もトルコ系部族の一つなのだ。

亡命ウイグル族は、敦煌《とんこう》の張義潮《ちょうぎちょう》系政権と結び、河西からトルファンにかけてを支配していたチベット族を追放し、そこに拠点をつくった。その後、チベット系タングート族の西夏《せいか》に河西を奪われ、ウイグル族は拠点を西へ移した。このいわゆる西ウイグル政権の規模が問題になる。巨大な帝国であったのか、弱小政権にすぎなかったのか、そんな基本的なことすら論争のテーマになった。それというのも、彼らは中国人ほど記録することに熱心でなかったからである。

十世紀の末、宋《そう》の使節王延徳《おうえんとく》が、西ウイグル帝国のアルスラン・ハーンに会った。滞在はほぼ一年にすぎなかったが、彼の紀行などが重要史料になるほど、記録が痩せていたのである。

この時代、イラン系にかわって、トルコ系が住民の主流となった。それも戦争によって、ほろぼしたり、追放したりするよりも、混血による包摂《ほうせつ》という形をとったのである。イラニスタンが、とつぜんひっくり返って、トルキスタンになったのではない。イラン系の血をたぶんにまじえた、新しい部族の国となったともいえるだろう。もとのウイグル族は、扁平な顔で、鼻も低かったのだが、現在はかなり彫りの深い顔立ちになっている。西へ亡命しなかったウイグル族が、数百年たって西ウイグルの人に会えば、顔をしかめて、

——おまえはおれと同類じゃない。

と、言ったにちがいない。

現在、ウイグル族はほとんど回教徒だが、この西ウイグル帝国時代のウイグル族はまだ仏教徒であった。トルファン盆地にあるベゼクリクの石窟寺は、この時代に造営されたものが多い。

西ウイグル帝国は、あまり戦闘的な政権ではなかった。亡命移住による建国なので、できるだけおだやかに事をはこぼうとしたかったのであろう。

おなじ亡命移住の国でも、耶律大石《やりつだいせき》の建てたモンゴル系の西遼（カラ・キタイ）のほうは、もっと戦闘的であった。サマルカンドに兵を進め、サルタン・サンジャルの軍を撃破したのが、一一四一年のことだった。西ウイグル帝国は、あっさりと西遼《せいりょう》に服従してしまう。西遼も自分たちの歴史を記録することに関心をもたなかったので、かすみのなかの存在である。

十三世紀になると、チンギス・ハーンが出現する。西ウイグル帝国は、またしてもこの強大なモンゴル勢力に臣従した。一貫した生き方といえるかもしれない。

モンゴル系契丹《きったん》族は、単数形がキタイで複数形がキタンである。契丹という漢字はその部族の複数形からつくられた。始祖の耶律阿保機《やりつあぼき》が皇帝と称したのが九一六年で、国号を中国ふうに「遼」としたのは、現在の北京地方を含む燕雲《えんうん》十六州を占拠してからである。その最盛期の勢力圏は朝鮮半島から中央アジアにまで及んだ。

ロシア人は東方の大帝国と接触し、このキタイこそ中国だとおもった。いまでもロシア語では中国のことをCHINAではなくCATHAYと呼ぶ。CATHAYはロシア語だけではなく、ほかの言語でも、中国の別称として、よく用いられる。この名を冠した世界的な航空会社もあるほどだ。

この契丹帝国の遼は、女真《じょしん》族の金と宋の連合軍に攻められ、十二世紀のはじめに滅亡した。皇族の一員であった耶律大石が、西へ逃れて、新しい国家をつくったのが、中国史家のいう「西遼」である。イスラム史家はこれをカラ・キタイ（黒い契丹）と呼んだ。この政権は、現代のわれわれには信じられないほど、記録をのこすことがすくなかった。歴代皇帝の名前でさえ、正確には伝わっていないのである。

耶律大石が一一二四年に即位したことはわかっている。彼は契丹文字だけではなく、漢文にもすぐれ、進士となり、節度使までつとめた。騎射を善くしたというから、文武両道に秀でた人物である。彼の宿望は、東方の金国を打倒して、大遼帝国を復興することにあった。その彼が、後世、国史編纂のための記録を残さなかったとは考えられない。

後継者が無能で、その記録を散佚させ、みずから記録することを怠ったのかもしれない。あるいは、のちにこの西遼をほろぼした勢力が、一切の記録を湮滅した可能性もある。ともあれ、この国の歴史は、中国側史料とイスラム側史料をつき合わせて、やっとおぼろげながらわかるといった頼りなさである。

宿敵金国打倒が、西遼の国家目標であるから、その目はつねに東へむけられていた。しばしば西征して、サマルカンドを支配下に置いたが、それは東征のための地盤をかためるためであっただろう。

西遼は位置的には西域の政権だが、東方志向の性格をもっていたのだ。そのため、西域に根をおろそうという気持は薄かったかもしれない。統治にあたっても、ほとんど間接統治の形態をとっている。西ウイグル帝国が臣従して、反抗しないと誓えば、旧領の統治を認めた。貢物や税金を吸いあげるだけで満足している。西方のホラズム・シャー王朝も、毎年三万ディナールの金貨を上納するだけで、内政には一切干渉されていない。

西へのがれた契丹族の人数がすくないので、直接統治は無理であったという説もある。だが、それにしては、軍事的には、西域諸政権を威圧し、服従を誓わせたのだから、ふしぎといわねばならない。

ひょっとすると、亡命の契丹族軍隊が強かったというよりも、西域の諸政権が戦うことを好まなかったのかもしれない。「強いほうにつく」というオアシス国家の伝統に、彼らが忠実であったとも考えられる。

契丹族の宗教は、固有のシャーマニズムと密教系の仏教であり、西遷したあとも信仰をかえた形跡はない。だが、彼らが西方で支配した地域の住民は、イスラム教徒が圧倒的に多かった。西遼が直接統治を避けたのは、宗教上の葛藤が生じることをおそれたのも、一つの理由であったかもしれない。

規模不明の亡命ウイグル帝国は、おなじ亡命の西遼に帰順したが、その西遼もやはり亡命集団にほろぼされることになった。

チンギス・ハーンに撃破されたトルコ系ナイマン部族が、その首長クチュルクに率いられて、西へのがれてきたのである。

この時代の西域は、集団亡命者のるつぼであったといえよう。

十九世紀末、カシュガル（喀什）で越冬したイギリスのヤングハズバンドは、

——何ケ月かこの地方の人々のあいだに住んでみると、彼らには活気がなく、まるで面白味のないことがわかる。……

と、述べている。

ほかにも、オアシスの住民の無気力を指摘した観察者はすくなくない。大英帝国のためにチベットのラサ占領をたくらんだ、ヤングハズバンド大尉のような、気力過剰な人物の目からみれば、オアシスの住民は無気力にみえたかもしれない。

言いかえると、オアシスの人たちはきわめて平和的であるのだ。たしかに帝国主義的な覇気に欠けているところはあるだろう。

たしかに、史上、オアシス国家を基礎として、大帝国を築いたためしはない。オアシスの民はそこに定住し、人口数万、いくら多くても数十万にすぎない。交易で生活しており、スムーズな交易を保証するのは平和である。彼らが平和愛好者であるのはとうぜんだった。

大帝国を築くのは、モンゴルのように遊牧する部族である。ふだんは分散しているが、糾合すれば大軍となる。牧畜と狩猟と掠奪で生きている。

西ウイグルにしても西遼にしても、敗残の亡命集団なのに、西域にはいれば、かなり強力な政権をつくりあげてしまう。西域のオアシスの人たちが、あまりにもおとなしすぎたのである。

首長クチュルクに率いられたトルコ系ナイマン部族は、チンギス・ハーンにたたきのめされて、満身創痍であった。クチュルクは少数の部下をつれて西遼に逃げこんだが、もちろん力でこの国を奪うことはできなかった。

その当時の西遼の皇帝は、チュルクであった。逃げこんだ首長と、それを保護した皇帝の名前がまぎらわしいので、ここは漢字を使ったほうがわかりやすいだろう。

西遼第五代皇帝チュルクは「直魯古」。

ナイマン部族首長クチュルクは、「屈出律」。

皇帝直魯古は、遊び好きの暗君であり、敗残の首長屈出律は、キリスト教徒であったといわれているが、敬虔であるどころか、きわめて陰険で残忍な人物であった。

屈出律は皇帝にとりいり、その娘を妻にして、四散していたナイマン部族の戦士を集め、ついに一二一一年、皇帝直魯古を襲って退位させ、みずから帝位についた。

直魯古は享楽主義者で、国政をかえりみなかったので、人心を失っていた。それに、帝位につくために兄を殺していることもあって、まったく人気がなかった。屈出律に簒奪しようという気をおこさせたのは、やはり直魯古にも非があったといえよう。

西域の住民は、やがて享楽主義者の君主のほうが、まだましであったと思うようになった。西遼を乗っ取った屈出律はサディストだったのである。この男、クリスチャンであったはずなのに、いつのまにか仏教徒と称するようになった。そして、統治下にある住民のうち、イスラム教徒に改宗を強制した。イスラム教をすてて、仏教またはキリスト教徒になれと迫ったのである。

ホータン（現在の新疆ウイグル自治区和田）で、イスラム教の正統性を主張したイマーム（回教の聖職者）を、イスラム神学校の門に釘づけにして殺すといった残虐行為をしたのは屈出律であった。

イスラム教徒の住民たちは、異教徒であったけれども、宗教にたいして不干渉主義をとった耶律氏の時代をなつかしんだ。屈出律の統治は僅か七年ほどにすぎなかったが、イスラム教徒にとっては、これほどつらい歳月はなかったのである。

一二一八年、チンギス・ハーンの部将ジェベが、二万の精兵を率いて、カシュガルにいた屈出律を攻めた。屈出律はバダフシャーンの山中に逃れたが、そこでとらわれて殺された。モンゴル軍はあらためて信教の自由を宣言したので、イスラム教徒は狂喜したといわれている。

オアシスの住民は平和愛好者である。そこへ、戦いに破れた遊牧の戦士がはいってくる。オアシスの民は、その敗残の将兵の支配下に甘んじるほかなかった。ときには、屈出律のように、その支配は狂暴なものであった。それでも耐え忍ばねばならない。それが彼らの運命だったのである。

オアシスの民が、心から願っているのは、強力な世界国家の出現であろう。西域に無法者の横行を許さぬ、統治力をもつ政権に保護されたいのである。かつて漢がそうであり、唐がそうであった。

十九世紀末から今世紀にかけて、西域の考古学的発掘がおこなわれ、砂に埋もれた多くの遺跡が発見された。その遺跡とは、放棄されたまちなのだ。オアシスはそこに水が湧き出るというより、人工河川の地下水路で、天山や崑崙の雪どけ水をみちびきいれるもののほうが多い。秩序がみだれると、水路の管理がうまくいかない。弱肉強食になり、力の強い無法者が、水を途中で横どりしてしまう。水のこなくなったまちの住民は、そこを棄てて、新しい土地をもとめねばならなくなる。棄てられたまちは、何百年もたつあいだに、砂をかぶってしまうのだ。

発掘された遺跡からは、古文書や古銭などが出土する。文書の日付や銅銭の鋳造年代の最も新しいものが、放棄された時期に近いのはとうぜんであろう。それによって、遺跡が放棄されたのは、三世紀から四世紀のはじめにかけてのものと、八世紀末のものと、たいてい二つのグループに分類されることがわかった。

三世紀から四世紀にかけては、漢がほろびて、魏晋の統制力が西域に及ばなくなった時期であった。八世紀末は、いうまでもなく、安禄山の乱で、唐が西域から後退した時期にあたる。ニヤとミランの中間にあるエンデレの遺跡は、スタインの調査によれば、八世紀のまちの跡にさらに下層に、三世紀のまちの跡が発見されたという。いちど放棄されたまちが砂に埋もれたところに、また新しいまちがつくられ、それも再び放棄されることになる。

治安の乱れによる水路管理不備のほか、河道変遷が、まちを放棄する原因であったとする説もある。河道が変わらなくても、水量の激減も住民退去の原因になるであろう。だが、放棄が中央政府の威令が届かなくなった時期に一致している事実は注目すべきである。

住民がまちを放棄した原因は、治安の乱れによるという確証はないが、私はその可能性がきわめて濃いとおもう。

チンギス・ハーンのモンゴル帝国は、その意味では、西域のオアシス住民の待望久しかった世界国家といえるだろう。東西交易ルートの王座を、海路に奪われ、いわゆるシルクロードに住む人たちは、それだけ貧しくなっていたのである。いまいちどの夢を、モンゴル帝国に託そうとしたにちがいない。しかも、モンゴルの支配者が、仏教徒であるにもかかわらず、宗教にかんして寛大であることが、屈出律討伐によって実証された。

チンギス・ハーンによる都市の徹底的破壊や、住民のみな殺しは、史上に悪名が高い。それらの蛮行は、現在の中国領の西域ではおこらなかった。それよりも西、ホラズム・シャー王朝の領域でおこったことである。

もともとモンゴル帝国とホラズム・シャー王朝とのあいだには、友好通商関係が成立していたのである。たがいに使節を派遣しあって、そのことを確認した。そして、モンゴル帝国から、四百余人の隊商が、いまのことばでいえば、締結された通商条約にのっとって、西へむかった。ところが、この一行はオトラルというまちで抑留されたのである。オトラルはシル川の岸にあり、サマルカンドやブハラからそれほど遠くない。

オトラルの知事のイナールチュク・ガーイル・ハーンは、隊商の積荷をわがものにしようとおもった。

オトラル知事は、ホラズム・シャー王朝のスルタン・ムハマドにたいして、

——隊商たちは、わが国の内情を偵察に来たスパイである。

と、報告した。

ムハマドは愚かにも、全員を死刑にせよという命令を出した。

モンゴル側は、通商を円滑にするため、西方へ送る隊商の指揮者に、イスラム教徒をえらんでいたのである。彼らはイスラム教国へ行って、殺されてしまった。全員が処刑されることになっていたが、九死に一生を得て脱出した者がいた。彼がチンギス・ハーンにこのことを報告したのはいうまでもない。チンギス・ハーンは、三人の問罪使をスルタン・ムハマドのもとに送り、損害賠償とオトラルの知事の引き渡しを要求した。ムハマドはその使節を殺してしまった。

スルタン・ムハマドはなぜそんなことをしたのであろうか？　それが挑発であることは、あまりにもあきらかであった。彼はまさしくチンギス・ハーンを挑発しようとしたのである。

東方の富。――スルタン・ムハマドはそれに垂涎していた。シルクロードを通ってもたらされる財宝をみて、彼はいつの日か、その富の源泉である中国を征服したいとおもっていた。それなのに、チンギス・ハーンがすでに東方を征したという。

では、チンギス・ハーンを打倒すれば、東方の富は自分のものになる。――どうやらムハマドはそんな考え方をしたようだ。彼の計算によれば、チンギス・ハーンは挑発にのって、攻めてくるであろうから、地理にあかるいホラズム・シャー軍のほうが有利のはずであった。しかも、相手のモンゴル軍は、イスラム教徒にとっては異教徒である。

――異教徒をたおせ！

という旗じるしのもとに、いわば総力戦態勢がとれるにちがいない。ホラズム・シャー領にはいるまでの長途の行軍で、モンゴル軍が戦うまえに疲労するだろうことも、ムハマドは期待したのだ。

ムハマドの期待は、すべて裏切られてしまった。

チンギス・ハーンは、ホラズム・シャーを攻めるまえに、まずカラ・キタイ（西遼）を乗っ取った例の屈出律に兵をむけたのである。前にも述べたように、屈出律はイスラム教徒に、仏教かキリスト教への改宗を強制し、イマームを釘づけの刑に処したという人物であった。これはイスラム教の敵である。

そのイスラム教の敵を、アッラーの神にかわって、討ちほろぼしたのがモンゴル軍であった。しかも、屈出律をバダフシャーンの山中で殺したあと、信教の自由を宣言したのである。

このことは、口から口へと伝えられた。イスラム教圏に、この痛快なニュースは、おどろくべき速さでひろがったにちがいない。

——モンゴルは、イスラム教の敵をきびしく罰した。イスラム教の友だ。いや、恩人である。

……

人気高まったモンゴルにたいして、

——異教徒をたおせ！

というスローガンで、イスラム教徒をうごかすことは不可能になった。

チンギス・ハーンの屈出律討伐は、はたしてこのような効果をはじめから考えてのことであったろうか？　もしそうだとすれば、やはりチンギス・ハーンは稀代の天才的戦略家といわねばならない。

モンゴル軍はホラズム・シャー領の都市という都市を破壊し尽くし、住民を殺し尽くして西進をつづけた。ムハマドは逃げまわり、最後にカスピ海のなかの島にたどりつき、そこで力尽きて病死した。

数百万の人命を失うきっかけをつくった、あのオトラルの知事は、目や耳に熔けた銀を流しこまれるという殺され方をした。

隊商殺害という事件が、人類史上、未曽有の大惨事となった報復を招いたのである。それ以後、モンゴルのパスポートをもつ隊商に、誰も危害を加えようとしなくなった。

西域の交易路は、それまでのどの時代にくらべても、より安全となったのである。それが数百万の人命であがなわれたことは忘れてはならない。西域の交易路の復活、繁栄によっても、チンギス・ハーンの蛮行は消え去るものではない。

失われたのは人命だけではない。サマルカンド、ブハラなどの文化都市も失われた。ブハラには、当時の最大の図書館があった。十一世紀の世界最高の学者であったイブン・スイーナーが、この図書館を絶讃したことはよく知られている。ブハラ図書館で蔵されていた貴重な書籍は、むろん灰になってしまった。その書籍のための紙を供給した、サマルカンドの製紙工房も、おなじ運命をたどったことであろう。

西域の交易路の安全は、はかり知れないほど大きな犠牲のうえに築かれたのである。

チンギス・ハーンは西征後まもなく、一二二七年に、西夏遠征中に死んだ。第三子のオゴタイ・ハーンがあとを継ぎ、一二四一年に死んだあと、後継者がなかなかきまらず、五年たって、やっと長子のグユク・ハーンが即位した。

グユク・ハーンの時代、ローマ法王インノセント四世の親書をもって、聖フランチェスコ派の高僧、イタリア人のカルピニがモンゴルのカラコルムにやってきた。一二四六年のことであった。ローマ法王はモンゴルと同盟して、サラセン人を討つことを考え、さぐりをいれたのである。ロシアからキエフ経由なので、西域の道というよりは漠北の道というべきであろう。カルピニが持ち帰ったグユク・ハーンの親書はヴァチカン図書館に現存している。それはペルシャ語で書かれたものである。むろん正本はモンゴル語で書かれたにちがいない。そしてペルシャ語の副本が添えられ、それが残ったのであろう。

モンゴル世界帝国における、ペルシャ語の地位はきわめて高かったことがわかる。西域の文化語として、その後も上層階級でその地位を保ちつづけた。たとえば、十八世紀のカシュガルは、住民のほとんどはウイグル族でトルコ系の言語を用いていたのに、そこにある有名な香妃廟《こうひびょう》にしるされている文章はすべてペルシャ語である。

ローマ法王とは別に、十字軍のなかにも、モンゴルとの同盟を考えるうごきがあり、フランスのルイ九世は二度も使節を派遣した。一回目はアンドレ・ド・ロンジュモーという人物だったが、モンゴルの首都カラコルムに着いたとき、グユク・ハーンはすでに死んでいて、例によって後継者未定の時期であったため、むなしくひきあげた。二回目の使節はギヨーム・ド・ルブルックであった。やはり漠北の道をたどったのである。

キリスト教関係者が、モンゴルとの同盟に熱心であったのは、サラセン憎しの一念であったのだが、モンゴル領内にキリスト教徒がいるという事実が伝わっていたからでもある。中国には唐代から景教《けいきょう》といって、ネストリュウス派のキリスト教がはいっていた。イスラム教徒を迫害した、あの屈出律も西遼皇帝の娘を妻にしたとき仏教に改宗したが、それ以前はネストリュウス派のクリスチャンだったのである。

カルピニ、ロンジュモー、ルブルックたちは、それぞれ法王や皇帝の親書をたずさえた、公式の使節であった。ルブルックのカラコルム訪問は一二五四年のことであったが、その前の年、イタリアの宝石商兄弟が、ベニスから東方へむけて出発した。マッフェオ・ポーロとニコロ・ポーロの兄弟である。ベニスに残ったニコロの妻は身重であった。お腹の中の子がのちのマルコ・ポーロなのだ。東へむかった兄弟は、コンスタンチノープルで商売するつもりだった。まさかフビライ・ハーンのいる中国まで行くとは思っていなかったのである。

ポーロ兄弟はコンスタンチノープルに六年間、ブハラに三年間滞在し、フビライ・ハーンの使節に誘われ、中国まで足をのばしたのである。兄弟はフビライ・ハーンから、諸学に通じたキリスト教徒の学者百人を連れてくること、エルサレムのキリストの墓の聖油をもらってくることなどを命じられて帰途についた。

十五年ぶりでベニスに帰ったニコロ・ポーロは、留守中に妻が男子を出産したあと死亡したことを知った。男の子はもう十五歳になっていた。これがマルコ・ポーロなのだ。

ポーロ兄弟は、フビライ・ハーンの命令をはたさねばならない。ベニスに帰って二年後――一二七一年、兄弟はマルコ少年を連れて、再び東方へ旅立ったのである。

キリストの墓の聖油はもらったが、学者百人はいささか無理であった。法王がえらびえたのは僅か二人にすぎなかった。その二人のカトリックの学僧も、途中でおそれをなして逃げ帰ってしまったのである。

ポーロ兄弟とマルコ少年は、ペルシャ湾から海路をとろうとしたようだが、その船のみすぼらしさにあきれて、やはり前回のように陸路をとることにした。船が貧弱であったばかりではなく、海上には海賊が横行して危険であったらしい。

東西交易路は、中唐以後、陸路が不安定になり、航海術の進歩にともなって、海路が主流になった感があった。しかし、チンギス・ハーンによる大征服の結果、再び陸路のほうが安全になったようである。イランのイル・ハーン国も中国の元王朝も、おなじチンギス・ハーンの後裔の国で、陸路はすべて大モンゴル帝国の強力な支配下にあった。ポーロ一家のように、フビライ・ハーンのパスポートをもっておれば、パミール越えや砂漠越えの苦しみはあっても、身の安全という点では、陸路のほうがたしかであったにちがいない。

ベニスを出るとき、マルコは十七歳の少年であった。彼が帰国したのは、一二九五年ごろというから、もう四十一歳になっていた。二十四年にわたる大旅行である。

マルコ・ポーロはベニスに帰ったあと、結婚して、商人として活躍していたが、ベニスと敵対関係にあったジェノアの捕虜となって投獄された。

五年間の獄中生活のあいだ、マルコは彼の大旅行のことを口述し、文筆の才のあった同囚のルスティケロがそれを筆記した。それがいわゆるマルコ・ポーロの『東方見聞録』である。

ベニスとジェノア両市の和平条約が結ばれたのは、一二九九年のことで、四十五歳のマルコはその年の夏に釈放された。

マルコ・ポーロは一三二四年、満七十歳で死んだ。生前、彼は『東方見聞録』のおかげで、嘘つきあつかいされた。彼のニックネームは、「百万のマルコ」であった。嘘八百の大法螺吹きという意味である。

ベニスの仮装劇では、いつもマルコ・ポーロに扮した役者が舞台に出て、法螺を吹きまくって見物を笑わせたという。彼がまちを歩くと、腕白小僧たちが、「マルコのおじさん、ほかの嘘の話をしてよ」と、からかった話も伝えられている。

臨終のとき、教会の非難を心配した友人たちが、彼に『東方見聞録』のことを否認するようにすすめた。それにたいして、マルコは、

――自分はじっさいに見たことの半分も書かなかった。

と答えたといわれている。

マルコ・ポーロは、中国から帰国するとき、海路によっている。じつはマルコは中国滞在中、フビライに仕え、使節としてインドへ行ったことがあった。たまたまイル・ハーン国皇帝のアルグン・ハーンが妻を亡くし、亡妻の血縁の女性を、新しい妃にしたいのでえらんでほしいと、中国のフビライに申し入れていた。フビライは十七歳のコカチン姫をえらんだのである。マルコ・ポーロはインドへ行った経験を買われて、海路嫁入りの護衛役に起用されたのだ。

中国の姫がイランへ嫁入りするのである。イランのイル・ハーン国皇帝アルグン・ハーンは、フビライの弟フラグの孫にあたる。

チンギス・ハーンのひろげた領土は、あまりにも広大で、一個の大帝国として継承できなかった。フビライは名目的にはチンギス・ハーンの正統の後継者だが、ほかにチャガタイ、オゴタイ、キプチャク、イルの四ハーン国があり、実質的には独立していたのである。皇族間の縁組は、名目的な宗主権しかもたない元朝のフビライとしては、歓迎すべきことであったろう。

コカチン姫の一行が、海路をえらんだのは、陸路がいささか危険になっていたからである。大モンゴル圏の陸路が安全でないというのは、モンゴル族同士の内訌があったからにほかならない。

チンギス・ハーンの後継者には、第三子のオゴタイが指名された。モンゴルの大首長は、「クリルタイ」という部族大集会によって推戴されるのがしきたりである。大ハーンが何年も空位になるのは、クリルタイが結論を出さないからであった。オゴタイの後継者にはその長子のグユクが推されたが、グユクの死後はオゴタイの弟のツルイの子のメンゲが大ハーンとなった。フビライはメンゲの弟で、兄の後継者となったのである。

大ハーンの位が、オゴタイ系からツルイ系に移ったので、オゴタイ系の皇族が不満であったのはいうまでもない。オゴタイの孫（第五子カシの子）のカイズは、しばしばフビライにそむいた。

西域の交易路は、チャガタイ・ハーン国に属していた。オゴタイ・ハーン国はもっと北方なので、本来ならオゴタイ系の反乱は、交易路にあまり影響はない。だが、反乱の規模が大きくなれば、やはりかなりの余波を蒙ることになる。

コカチン姫一行は、陸路で行こうとして、ひき返したのである。おそらく、『元史』の至元二十六年（一二八九）にいう、

――海都（カイズ）の兵、辺（境）を犯す。

というトラブルを避けたのであろう。

海路なら、その経験者をつけたほうがよいというので、マルコ・ポーロがえらばれたのである。フビライはマルコに、かならず戻ってくるように命じたという。だが、マルコもその父のニコロ、伯父のマッフェオも、再び東へ戻ることはなかった。

イル・ハーン国に着くと、アルグン・ハーンはすでに死んでいて、コカチン姫はけっきょく、ア

ルグンの息子のガザンと結婚することになった。マルコたちが、フビライの死のしらせをきいたのは、おそらくイランに滞在中のことであろう。パトロンを失ったマルコたちは東へ戻っても仕方がないと判断して、なつかしのベニスに戻ったのである。

マルコ・ポーロは晩年、法螺吹きという悪名をかぶされたが、死後まもなく、その汚名を雪《そそ》ぐことができた。

この時代、航海術は一段と進歩した。それは中国で古くから「指南車」と呼ばれた磁石が、羅針盤として航海に用いられるようになったからである。羅針盤が使われるようになったのは、やはりチンギス・ハーンが東西交易路を安定させたからである。中国の発明が、このルートから西方世界に伝えられたのだ。

羅針盤によって、海路がさらに開発されると、『東方見聞録』の正しさが、ようやく実証されるようになった。マルコ・ポーロは、帰りの海路のことも、くわしく口述していたのである。

マルコ・ポーロが五年間も投獄されなければ、彼は宝石商売に忙しく、東方世界で見聞したことを口述しようなどとは思わなかったであろう。ベニスとジェノアの争い、その結果であるマルコの投獄が、『東方見聞録』という宝を人類にのこしたのである。この本は、やはり中国から伝えられた木版印刷術によって、ひろく西方世界に普及することになった。

羅針盤の使用は、世界を狭くするはずであった。ところが、世界は反対にひろがってしまったのである。元が明の太祖朱元璋《しゆげんしよう》に追われ、北京をすててモンゴルの草原に去ったのは、一三六八年のことであった。

マルコ・ポーロが中国をはなれて七十余年、彼の死から四十余年しかたっていない。それよりだいぶ前に、南方海上にはすでに元の威令は届かなくなっていた。東と西とを強く結んでいた紐が、腐って、切れてしまったのである。羅針盤——技術が万能でないことがわかるであろう。せっかく航海安全の武器をもちながら、海上に船影はほとんど見かけなくなった。

海路ばかりではなく、陸路もさびれた。小アジアにおこったオスマン・トルコが、ヨーロッパとアジアとを切断してしまったのである。もっとも、陸路はそれより前に、カイズの反抗によって、かきみだされていた。皇族のコカチン姫でさえ、安全には通れなくなっていたのである。

この時代、東から西へ伝わったのは、前述の羅針盤や木版印刷術のほかに、陶磁器製造の技術なのがあった。西から東へは、天文学や回々砲などが伝わった。

天文学は最も重要なものであろう。イスラムの天文学は、中国からの紙の製法が伝えられ、ギリシャの科挙が普及されたことによって、長足の進歩をとげたのである。

いまも北京にのこっている欽天監（天文台）は、元の至元十六年（一二七九）につくられたというから、マルコ・ポーロがまだ中国に滞在していたころのことである。郭守敬《かくしゅけい》の『授時暦』は、ジャマール・ウッディーンの『万年暦』と呼ばれるイスラム暦法の系統に属する。明代の『大統暦』は、『授時暦』を改訂したものにほかならない。この系統の暦は日本にも伝えられた。明治初年まで用いられた『貞享暦』がそれである。

このような活発な東西文化の交流も、モンゴル帝国の衰亡によって、残念ながら停滞することになった。

マルコ・ポーロが帰国したあと、コルヴィノ、アンドリュー、オドリクなど、カトリックの聖職者たちが中国を訪れている。コルヴィノは、三十余年のあいだ中国で伝道し、大ハーンをカトリックに改宗させようとしたが、これは成功しなかった。だが、北京にカトリック教会堂を建て、ローマ法王から北京の大主教に任命された。彼が法王庁に出した書翰も、マルコの『東方見聞録』が嘘八百でないことを傍証した。

コルヴィノは北京で死んだが、オドリクはマルコ・ポーロと反対に、海路で中国に渡り、三年滞在したあと、陸路でイタリアに帰った。オドリクの帰国は一三三〇年のことであった。彼も自分の見聞を口述筆記させたが、『東方見聞録』とおなじように、その内容は不信の目でみられたという。マルコも語らなかった、中国の纏足《てんそく》の習慣のことに、オドリクはふれている。

聖職者以外にも、モロッコ生まれの旅行家イブン・バトゥータが、二十八年のあいだ世界を旅行し、中国にも足跡をのこしたといわれる。だが、アラビア語で書かれた彼の紀行は、中国の部分がとくにおかしく、たんなる伝聞にすぎないのではないかという説もある。

十四世紀後半から十五世紀のはじめにかけて、サマルカンドを国都としたティムール帝国がおこり、これも東西の往来を妨げる存在となった。彼は第二のチンギス・ハーンをめざしていた。もし彼が念願どおり世界帝国を建設することに成功すれば、東西の道は風通しがよくなったかもしれない。だが、明との対決の直前に、彼は死んでしまい、やがて、彼の帝国も分裂してしまう。

十九世紀末から二十世紀のはじめにこの地を訪れた探検家たちは、ヘディンにしろスタインにしろ、十四世紀初頭のマルコの『東方見聞録』や七世紀の玄奘の『大唐西域記』をたずさえてきたのである。

西域は外部の者には、長いあいだ閉じられたままであった。

初出　「朝日新聞（夕刊）」一九七九年四月二日〜八月二一日
初刊　朝日新聞社　一九七九年一二月

シルクロード旅ノート

1　ふたたび駱駝の銅像を

諸侯が欲しがった奇畜

シルクロードのシンボルを選ぶことになれば、その候補の上位にかならず駱駝《らくだ》が挙げられるだろう。飛行機や車を利用できる現在はともかく、ついこのあいだまでは、駱駝の助けを借りなければ、シルクロードの旅は不可能だったのである。

ＮＨＫの特集番組『シルクロード』でも、タイトルに駱駝が登場した。はばのひろい足で、沙漠《さばく》をゆっくりと、だが、しっかりと踏みしめるさまは、ほんとうにたのもしい。

西アジアからアフリカにかけてはヒトコブラクダが、中国の西域やアフガニスタンではフタコブラクダが飼育されている。後者のほうがひとまわり大きく、足の裏もかたい。岩地や石の多いところでは、フタコブのほうが強いのだ。

乳は飲めるし、肉は食用になり、毛は織物になる。ここまでは羊とおなじだが、荷物をはこんだり、人をのせたりするところは、駱駝のほうがすぐれている。だから、古くから飼育されたのだ。野生の駱駝はきわめてすくないという。野生にみえても、じつは飼育されたのが野生化したケースが多いそうだ。

　中国の文献では、古くは「橐駞《たくだ》」と書かれた。「橐」は袋を意味する。袋に詰めた荷物をはこぶから、そう名づけられたという説と、背中のコブが袋に似ているからという説とがある。あるいは双方のイメージが重なり合っての名称かもしれない。

『史記《しき》』匈奴《きようど》伝では、遊牧の匈奴の家畜を述べるところで、多いのは馬・牛・羊であり、「奇畜」は橐駞・驢《ろば》・驘《らば》・駃騠《けってい》・騊駼《とうよ》・驒騱《てんけい》である、としている。おなじラバでも牡《おす》ロバと牝《めす》ウマとの雑種が驘で、牡ウマと牝ロバの雑種が駃騠なのだ。騊駼は「馬に似て青し」と説明され、驒騱は野馬のたぐいという。奇畜というから、ありふれた家畜ではなかったのである。ありふれた部類にはいる馬でも、すぐれたものは戦闘力になるので珍重された。漢《かん》の武帝《ぶてい》が「汗血馬《かんけつば》」といわれる名馬をもとめて、中央アジアの大宛《だいえん》（フェルガナ）に出兵したことはよく知られている。

　戦国《せんごく》時代の大弁舌家の蘇秦《そしん》は、楚《そ》の王に献策したとき、自分の言うとおりにすれば、

――韓《かん》・魏《ぎ》・斉《せい》・燕《えん》・趙《ちよう》・衛《えい》の妙音（妙《たえ》なる音楽）・美人は必ず後宮に充《み》ち、燕・代《だい》の橐駝・良馬は必ず外厩《がいきゆう》（宮殿の外のウマヤ）に実《み》たん。

と、説いた。駱駝は美人や良馬とならんで、諸侯が欲しがっていたものであることがわかる。

『史記』は駞と書いたり駝と書いたり、また他と書いたり一貫していない。これは音《おん》を写したからではないかとおもう。

明駝千里の足

日本の落語に出てくる「らくだ」は、本名ウマさん、ニックネームの由来は、「なりが大きくて、のそのそとしている」となっている。たしかに駱駝は図体《ずうたい》が大きく、ふだん歩いているときは、のそのそしているようにみえる。だが、いざとなると、あれでなかなかの快速で、ヒトコブラクダには競争用のものがあり、けっこう値段も高いそうだ。

唐《とう》代では火急のときは、早馬ではなく早駱駝を用い、これを「明駱使」と呼んだ。馬は速くてもすぐにバテるのだろう。駱駝は替え駱駝なしに、長い距離をとばしたにちがいない。うごきはゆるやかにみえても、コンパスが長いので、あんがいスピードがある。当時の人は、「明駝」をよく「鳴駝」とまちがえたようである。『酉陽雑俎《ゆうようざつそ》』という本はその誤りにふれ、明駝の由来に二説があることを紹介している。

第一の説は、すぐれた駱駝は臥《ふ》せても腹が地面にくっつかない。脚をまげたところから明《あか》りが漏れる。だから「明駝」という。つまり、からだがよく緊《しま》って、贅肉《ぜいにく》がないので、臥せてもすきまが目立つということらしい。

第二の説は、すぐれた駱駝には眼《め》の下に毛があり、そのために夜もよく見える。だから「明駝」といわれ、「明駝千里の足」という成語もできた。

清《しん》代の経学者に洪亮吉《こうりょうきつ》（一七四六年—一八〇九年）という人がいた。二番の成績で進士に及第した俊才だが、言論がいささか過激であった。ときの嘉慶帝《かけいてい》が彼の上書の内容のはげしさに怒り、新疆《しんきょう》のイリに流した。当時のイリは左遷というよりは流罪の地だったのである。洪亮吉も死一等減じられて、イリ行きとなったのだ。彼はそこで「伊犁《イリ》紀事詩」四十二首を作った。そのなかの一種（其六）に、

誰跨明駝天半回　誰か明駝に跨《また》がりて天半ばに回《かえ》る
伝呼布魯特人来　伝呼して布魯特《ブルート》人来たり
牛羊十万鞭駆至　牛羊十万、鞭駆《べんく》して至る
三日城西路不開　三日、城西路開かず

とある。これは布魯特《ブルート》人（キルギス系の民族）が、年に一度、交易のために伊犁《イリ》将軍の駐屯地である恵遠城《けいえんじょう》にやって来る情景を詠んだ詩にほかならない。あっという間に、十万の牛羊が路《みち》をふさいでしまう。彼らは茶葉や織物などを購入するため、牛羊の大群を率いてくる。それにしても、こんなに速くやってくるのは、誰かが千里の足と呼ばれた明駝にまたがって呼びに行ったのではあるまいか。これがこの七言絶句の大意である。

流罪になった洪亮吉は、イリにとどまること百日足らずで赦免された。なぜなら、彼を処分したあと、朝廷では群臣が意見を述べなくなったからである。うっかり口をひらいたり、上書したりして、皇帝のご機嫌を損じると、洪亮吉の二の舞いになりかねない。さすがに嘉慶帝も困ってしまい、

洪亮吉の名誉を回復せざるをえなくなった。

釈放された洪亮吉は、その後、宮仕えをやめてしまい、更生居士《こじ》と号し、もっぱら著作にふけったのである。

話は唐代に戻るが、楊貴妃《ようきひ》は安禄山《あんろくざん》と関係のよかったころ、彼の任地との連絡に明駝使をつかった。これが公私混同であったのはいうまでもない。

洛陽の〝駱駝の銅像〟

京都の二条を「銅駝坊《どうだぼう》」と呼ぶのは一種の雅称であろう。京都を京洛《きょうらく》と称するのと同じである。中国の洛陽《らくよう》のメインストリートの一つに、銅駝街と呼ばれるのがあった。銅製の駱駝が立てられていたのが地名の由来である。銅像になるのだから、駱駝がただの獣でないことがわかるだろう。

漢の武帝は大宛《だいえん》の汗血馬を得たことを記念して、馬の銅像を未央宮《びおうきゅう》の魯般《ろはん》門外に立てさせた。そのためこの門は、本名よりも金馬門という別称で知られるようになったのである。「金」は黄金を意味する場合と金属を意味するケースとがある。

武帝が汗血馬を手に入れようとして、使節に持たせた「金馬」は黄金製であった。だが、大宛国はそれとひきかえに名馬を渡すことを拒否したので、戦争となったのである。漢が勝ち、大宛は降《くだ》って名馬を献じた。その記念に魯般門外につくられた「金馬」は銅製なのだ。通称金馬門は、文学の士の出仕する場所だったのである。

洛陽の銅の駱駝は、にぎやかな場所に立っていたようだ。道路をはさんで立っていたという記述もあるから、それなら一対《つい》である。金馬門には文学の士がひかえていたが、銅駝のあたりは繁華街なので、ヤングたちが集まったという。

銅駝がつくられたのは、一世紀から二世紀にかけての後漢《ごかん》のころだった。三国の動乱期に、洛陽は董卓《とうたく》に焼かれたが、銅駝は残ったようだ。三世紀末から四世紀の初頭にかけての西晋《せいしん》のころ、敦《とん》煌《こう》出身の索靖《さくせい》という人物が、国家の滅亡を予見し、銅駝にむかって、

——やがておまえが荆棘《けいきょく》の中に立っているのを見るだろう。

と、歎《なげ》いた話が史書にみえる。繁華街が一転して荆棘のはびこる荒野になるのは、すなわち亡国にほかならない。

金馬はただの馬ではなく、血の汗を流すという大宛の名馬である。おなじように銅像になった駱駝も、後漢のころはまだ奇獣であった。『後漢書《ごかんじょ》』に、匈奴《きょうど》の南単于《なんぜんう》が使節を派遣して駱駝を献じたことが記録されている。ありふれたものなら献上しないはずだ。

——橐駝《たくだ》は善く流沙の中を日に三百里、千斤を負いて行《よ》く。

と、『山海経《せんがいきょう》』にしるされている。『山海経』の註釈《ちゅうしゃく》書をつくった郭璞《かくはく》（二七六年——三二四年）は、駱駝の絵につぎのような讃《さん》を書いた。

駞惟奇畜　　ラクダはめずらしい家畜
肉鞍其被　　肉の鞍《くら》（コブ）に被《おお》われ

迅鶩《じんぶ》流沙　流沙をすばやく走り
顕功絶地　絶地に功をあらわす
潜識泉源　ひそかに泉源を識《し》るなど
微乎其智　其《そ》の智《ち》はなんとこまかいことか

駱駝は水が伏流しているのを知るという。また風が強くなるときは、それを予感して鳴く。駱駝にかぎらず、動物の本能、予知力はするどい。人間はその点鈍いけれども、シルクロードを旅する隊商は、駱駝のそんな能力を利用するのである。

砂の海を渡る舟

シルクロードの旅行家として、あまり目立たないが、明《みん》初の陳誠《ちんせい》は忘れてはならない人といえる。彼はベトナムへも使節として派遣されたが、西域へは三回（一四一三年、一四一六年、一四二〇年）も使いしている。西域から来た使節を護送して、答礼する役目であった。彼が訪ねたサマルカンドは、当時、ティムールの治下にあり、その黄金時代といってよい。陳誠は貴重な記録を残してくれているが、詩人でもあった彼は、「復《ま》た川を過《す》ぐ」と題するつぎのようなシルクロードの旅の詩をつくった。

世事応如夢　世の事は応《まさ》に夢の如《ごと》し
胡川又復過　胡《えびす》の川を又《ま》た復《ま》た過ぐ
古今陳迹少　古今の陳迹《ちんせき》（古蹟《こせき》）少《すくな》く
高下断崖多　高下の断崖《だんがい》多し
識路尋遺骨　路は遺骨を尋《たず》ねて識り
占風験老駝　風は老駝を験《ため》して占う
夷人称瀚海　夷人《いじん》は瀚海《かんかい》と称し
平地有烟波　平地なるに烟波《えんぱ》有り

三度もサマルカンドへ派遣されてうんざりしたのだろう。そこには知的興味をそそるような古蹟《こせき》さえない。沙漠には路らしいものはなく、迷わずに行こうとすれば、斃《たお》れた動物の遺骸《いがい》をめじるしにするほかない。おそらくその大部分は駱駝の骨にちがいない。あるいは人骨もまじっていたであろう。風が強まるかどうか、どの方向から吹いてくるかといったことは、ベテランの駱駝のようすをみて占う。駱駝は生きているときだけではなく、死んで骨になってからでも、旅の人を助けるのだから、シルクロードにこそ銅像を立てるべきであろう。

瀚海《かんかい》とはタクラマカン沙漠のことである。陸地なのに海という名称がつけられているが、じっとみつめていると、なんとなく波のかんじがしてくる。沙漠を海にたとえるなら、駱駝はよく言われるように、「沙漠の舟」にほかならない。

何日も水を飲まずに辛抱できる動物である。三十数日という記録もあるそうだ。だが、そんなとき、背中のコブはしだいに小さくなる。そこから補給しているのだろう。とうぜん、コブのなかには、生命のエッセンスが詰っているにちがいない。さぞそこは美味であろうと考えるのは、自然の発想といえる。古来、ぜいたくなご馳走《ちそう》のことを、

――駝峯熊掌《だほうゆうしよう》

と称してきた。熊《くま》のてのひらは、日本にも輸入され、数十万の値段のつく料理となったことが新聞に出ていた。駝峯すなわちラクダのコブは輸入されているのだろうか？　清代の汚職大官のぜいたくぶりを描写する文章に、一皿の駝峯を得るために何頭もの駱駝を屠《ほふ》り、コブだけを取って、残りは棄《す》てたというくだりがあったのをおぼえている。

駱駝は食用にもなるが、私はイランのペルセポリスの近くで食べたことがある。ピンク色をした肉で、そんなにまずいものではない。中国の酒泉賓館《しゆせん》のレストランで、「駝蹄《だてい》」が出た。蹄《ひづめ》というが、じつは駱駝の足の裏の軟骨部分である。これはまず美味といってよかった。私にはこの二回の経験しかない。もちろん駝峯を味わったことはない。

ちなみに駝峯については、杜甫《とほ》の「麗人行」という詩にもうたわれている。

紫駝之峯出翠釜　　紫駝《しだ》の峯《みね》は翠釜《すいふ》より出《い》だされ

水精之盤行素鱗　　水精の盤《さら》に素鱗《そりん》を行《くば》る

むらさきの駱駝のコブがみどりの釜《かま》からとり出され、水晶の大皿に白身の魚がくばられていく、という情景である。この詩は天宝十二載《てんぽうさい》（七五三）の作とされているが、楊貴妃《ようきひ》一門の奢侈《しゃし》をテーマにしたものなのだ。まさに安禄山《あんろくざん》の大乱の前夜にあたる。駱駝のコブを食った罰が、動乱を招いたといってよいだろう。

沙漠は不毛地帯だが、それでもところどころに植物が生えている。もっともたいてい食用にならないものだ。沙漠の植物の名称が知りたくて、土地の人にたずねると、

――駱駝草です。

と答える。あきらかにそれと異なる草を指さして訊《き》いても、返ってくるのはおなじ答えの「駱駝草」であった。駱駝は何日でも絶食できるし、どんなものでも食べるのだ。羊が食べないものを、駱駝がバリバリと音を立てて食べる。逞《たくま》しいというよりも、辛抱強い動物なのだ。

老舎《ろうしゃ》に『駱駝祥子《ロートシアンツ》』という題の小説がある。人力車夫の祥子と呼ばれる主人公の悲惨な運命をえがいた内容であり、老舎の代表作といってよい。この主人公のニックネームが駱駝である。日本の落語「らくだ」の主人公は、図々《ずうずう》しい、きらわれものだが、これは駱駝が迷惑するニックネームといわねばならない。だが、『駱駝祥子』のほうは、社会の底辺で、あらゆる苦労に耐えるのだから、ほかの動物が食べない草まで食べる駱駝の我慢強さにふさわしいニックネームである。

敦煌《とんこう》の月牙泉《げつがせん》では、日本の鳥取砂丘のように、「観光駱駝」が客をのせている。それにのろうとすると、「おとなしい駱駝があと十五分ぐらいで来るから」と言われた。そこにいた駱駝は、客が背中にのると、脚を折ってかがみこみ、ストライキをおこす性《たち》の悪いものであったという。駱駝に

もさまざまな性格があるらしい。この動物は、五千年も前から人間に飼育され、前述したように、純然たる野生のものはごくすくないという。とすれば、性《たち》が良いものも悪いのも、何千年もともに暮した人間の性《たち》が投影されているると考えてよいだろう。

もういちど繰り返したい。東西交易の恩人駱駝の銅像をシルクロードに立てよう!

2　羊、このよきもの

草原のお花畑

駱駝《らくだ》が沙漠《さばく》の舟であるとすれば、羊は草原のお花畑であろう。緑の草原に、白い花がむらがり咲いているかとみれば、それがじつは羊の群れであったりする。箱庭的な日本の景観に慣れている目で、地平線までひろがっている広野や草原をみると、つい遠近感が混乱してしまう。羊一匹と花びらとでは大きなちがいだと、わかったあとで苦笑したものだ。

羊の分布は、駱駝のそれよりも広い。江南には駱駝は生息しないが、羊はいたるところにいる。広州市は、北回帰線の南にあり、まぎれもなく熱帯であるが、その別名は五羊城または羊城なのだ。伝説によれば、戦国の楚《そ》の威王《いおう》の時代（紀元前三三〇年ごろ）、この地方出身の高周《こうしゅう》という者が楚の宰相となったが、五匹の羊が穀類をくわえて集まったので、吉祥の地として城を築いたという。ほかに仙人が五匹の羊を連れてきたという伝説もあるようだ。羊はほとんど中国全土に生息し、しかも吉祥の獣とされていたのである。

古代の鏡その他の青銅器にみえる銘文は、「祥」とするべきところを、「羊」の字であらわすケースが多い。祥と羊とは共用の字であり、おなじことを意味したことがわかる。すなわち、「羊」は動物のヒツジのほかに、よろしきものを意味しているのだから、羊はよろしき獣であったのだ。羊に「大」の字を加えて「美」となる。うつくしいことはよろしいことである。羊の下に「言」を二つならべた形が、「善」となる。よいことがよろしいのはいうまでもない。「義」は羊の下にギザギザの戈《ほこ》を加え、きっぱりとよろしいことを示した。正義はまことによろしいのである。「羨」は羊の下にヨダレの形を加えたもので、私たちがうらやむ対象は、もちろんよろしいものでなければならない。

よろしい魚は、あたらしく、あざやかなものであり、これから「鮮」の字がつくられた。

このように文字の面からみれば、すくなくとも文字がつくられたころ、羊は中国ではめでたいものと意識されていたのはあきらかであろう。

羊は中国全土に生息するといっても、南方で牧羊を専業とするのはきわめてすくない。農耕を主として、羊、牛、豚などを飼うのである。北方および西北では牧羊を専業とするのが多い。遊牧といえば、これらの地方独特の生活様式なのだ。

古代中国で羊がたっとばれたのは、遊牧民的な発想ではあるまいか。中国といえば、農業を本にする定着村落共同体から成る、というイメージが強い。そして、遊牧は非中国的なもの、むしろ中国的世界と対立するものと考えられてきた。

全体としてはたしかにそうであろうが、記録や占卜《せんぼく》のために文字をつくった支配層は、「羊」の字から察すると、遊牧の気配が濃厚である。

土地を占拠して、住民から収奪をおこなう「国家」をつくるようなことは、いかにも遊牧民的な行為のようにおもえる。彼らは少数派であったかもしれないが、遊牧による移動や、ときどきおこなう狩猟によって団体訓練が行き届き、そのまま精鋭な軍団になる。

この軍団の最大の強味は、食糧を運搬せずにすむことであろう。彼らの主要食糧は羊肉で、それは羊が自分たちの足ではこんでくれるのだ。こうして、少数の遊牧グループが、多数の農民を支配しえたのであろう。

農民は多数であったが、各地に分散定着し、自給自足し、ほとんど横の連絡をもたず、集団訓練に欠け、軍事的には非力のはずである。

あなたに仕える料理人

殷《いん》帝国がほろびたのは、西暦前一〇五〇年ごろといわれているが、『史記』によれば、西から周軍が攻めたとき、これを牧野《ぼくや》で防いだ殷軍七十万が、ことごとく寝返ったという。殷の紂王《ちゅうおう》が暴虐で、人心を得ていなかったといわれるが、もともと支配層と被統治層とのあいだには、人種的にも生活様式にも、大きなへだたりがあったのではなかろうか。国防軍七十万の全員寝返りは、それでなければ説明がつかない。

殷がほろびたとき、紂王の庶兄である微《び》子《し》開《かい》は、祭器を持って周の軍門にいたり、

——肉袒面縛《にくたんめんばく》し、左に羊を牽《ひ》き、右に茅《ちがや》を把《と》り、膝行《しっこう》して前《すす》み以《もっ》て告ぐ。

と、その降伏の情景が『史記』宋《そう》微子世家にえがかれている。肉袒とは上半身の衣服を去ることで、面縛とは両手をうしろに縛ることである。

——肉袒牽羊《けんよう》

ということばは、降伏する形容に用いる。肌ぬぎするのは、裸の奴隷としてあなたに仕えるという意思の表示であろう。面縛はよくわかる。だが、なぜ羊をひいて行かねばならないのか。これは料理人となって、あなたに仕えるという意思表示とされている。「茅」は祭祀《さいし》のとき、神をみちびくのに用いたものらしい。茅の茎はまっすぐであり、あなたに二心ありませんという絶対服従を示すものであろうか。牽羊《けんよう》は即物的で、把茅《はぼう》は精神的であり、バランスがとれない。茅は屋根をふくのにも用いるから、臣従してあなたの屋根もふいてあげましょうというのであれば、料理人となるのと釣り合うようにおもう。

両手は背中に縛られているのに、どうして左手で羊を牽き、右手に茅を把ることができるのかふしぎだが、儀式は形式であり、象徴だから、あまり理に合わせる必要はないだろう。『春秋左氏《しゅんじゅうさし》伝《でん》』にも、鄭《てい》が楚《そ》に包囲されたとき、鄭伯《ていはく》が「肉袒牽羊」したことがしるされている。時代的にみて、降伏に羊を連れて行くのは、殷の滅亡のときが初出である。殷が遊牧系であった可能性はますます濃厚であるようだ。

いろいろな羊料理

羊肉をきらう人は多い。その一種独特のにおいがいやだという。そのにおいが「羶《せん》」である。この字は『説文《せつもん》』には、ずばり羊臭なり、としている。腥《せい》とほぼ同義字で羶腥と重ねられて、なまぐさいことの形容なのだ。羶に辛抱できない人には、シルクロードの旅は苦難の連続であろう。肉は敬遠して、玉子焼とか野菜いためだけを食べようとしても、それに使われている油が羊のそれだから、やはり羶である。シルクロードは大部分がイスラム圏なので、豚は絶対的なタブーだから、肉ばかりか油まで羊ということになる。

もっともシルクロードも観光地化しつつある。観光客、とくに日本人は羶がきらいだということはよく知られ、ホテルなどで北京《ペキン》や上海《シャンハイ》とあまりかわらない料理が出るようになった。

羊肉でも、烤《あぶ》って香料をつけたもの、シシカバブはあまり羶をかんじない。これは香料のにおいがそれをかくしているだけで、羶が消え失《う》せたわけではないのだ。中国語でこれを、「烤羊肉《カオヤンロウ》」という。シルクロードのあらゆる町でこれにお目にかかる。テーブル料理のときは、例の鉄串《てつぐし》にさしていて、だいぶ大きい。主客はこれをつづけて三本食べなければならない。遅れてきた人もそうだ。「かけつけ三杯」の風習が日本にあるが、これはかけつけ三本である。

バザールでは日本のやきとりとおなじで、木の串にさしていて、テーブル料理のそれよりは小ぶりである。北京ダックはおなじ「烤」でも、上等のものは果樹（ナツメなど）の木を燃料にするが、烤羊肉は私の見たかぎりでは、すべて木炭が燃料であった。トタンで長い樋《とい》状のものをつくり、くぼんだ所で木炭の火をおこし、串刺しの羊肉をかけ渡す。こうばしい煙があたりに漂う。露天のバザールでは人気があるのだろう。たいていほかの店よりも多くの人を集めている。おなじ場所でも、店によって味がちがうのかもしれないが、私にはウルムチの烤羊肉がいちばん口に合った。ウルムチには漢族が多いので、味をアレンジしている疑いもある。

戦後、日本で「しゃぶしゃぶ」と称する料理ができたが、これは中国の「涮羊肉《シュアンヤンロウ》」からヒントを得たものという。名称も半ば原音を写しているようだ。もっとも日本では牛肉だが、オリジナルは読んで字のとおり、羊肉を涮（さっと掃くようにつける）する食べ方である。タレにさまざまな薬味をいれるので、これも羶《せん》は気にならない。じつは私はこの涮羊肉を、本場のシルクロードでは食べたことがないのである。北京の東風市場の『東来順《トンライシユン》』（文革期間中は『民族飯荘』と改められ、いま旧名に復した）などでいただいた。回民菜館（イスラム教徒のレストラン）の一つで、北京だけでイスラム教徒は五十万をこえるのだから、おなじような店が多い。『東来順』はそのなかで最も名の通った店なのだ。羊肉を薄く切るので、冷凍したものが適している。鍋《なべ》は中国ふうの「火鍋《フオコ》」であり、これを囲むには、夏は暑すぎ、また肉も悪くなりやすいためか、夏期はこの料理をメニューにのせないことが多い。

羶が最もはなはだしいのは、羊肉のかたまりの水煮《みずた》きであろう。これもいろんな料理法があるだろうが、私はカザフ族のパオを訪問したときにご馳走《ちそう》になった。場所はウルムチ近郊の南山である。ウルムチから日帰りできるところなので、観光コースにはいっているようだ。

水煮きといっても羊肉だけで、ほかになにもいれない。しかも塩をいれるだけであり、なんだか羶をできるだけ際立たせるように工夫した料理だ。さらに食べ方は手づかみである。あるじが鍋からつかみ出した羊肉のかたまりを、客は手でむしって食べるのだから、羶は指からも伝わってくる。

牛耳をとる

このカザフ族のパオの外での宴会は、車座になって坐《すわ》り、はじめる前に盆に羊の頭をのせてくる。やさしい目をした羊の頭が、こちらをみつめている。一応洗ったのだろうが、まだすこし血がついていた。盆には一本のナイフが添えられている。パオのあるじは、主賓である私にむかって、それで羊の耳を切れ、そうでなければ宴ははじまらないと言う。私はやむをえず、左手で羊の耳をつまみ、右手にもったナイフで切りおとした。

このとき、私の脳裡《のうり》に、春秋戦国時代のシーンがうかんだ。諸侯が会議をひらくことを「盟」という。その議長、すなわち盟主に誰がなるかで、よく論争がおこったものである。けっきょく、力関係によって盟主がきまったようだ。最も力の強い諸侯が盟主になるが、開会の宴のとき、牛を殺して、その頭を盆にのせてくる。羊と牛とでは大きさはちがうが、その耳を切るのが主役であることはおなじだ。この行為から、会議その他で、一切をとりしきることを、

――牛耳《ぎゆうじ》をとる。

というようになった。天下国家の場合は牛耳だが、一般の人たちは、つつましく、「羊耳」をと

っている。

盛り塩の故事

沖縄《おきなわ》では山羊《やぎ》料理は最高のものとされている。選挙が近づくと山羊料理屋は繁昌《はんじょう》するそうだ。山羊をご馳走になれば、どうしても一票投じなければならないと、冗談半分に言っているのをきいたことがある。十数年前、沖縄の山間部を車で走っていたとき、滝の下で山羊を殺している現場をみた。復帰直後だからできたことらしく、いまは法律があって、勝手に殺すことはできないそうだ。滝の下とは、絶妙な場所をえらんだもので、血や汚物などをかんたんに流してくれる。一九七七年にウルムチ南山へ行ったとき、ちょうど日曜日で行楽の人で賑《にぎ》わっていたが、やはり渓流のところで羊を殺している人がいた。牛なら大ごとだが、羊なら二人か三人で、かんたんにやっつけることができる。

手ごろであるというのは、やはりよろしいことであろう。大は小を兼ねるというが、大は小のやれることができないケースもある。

たとえば、宮殿の廊下は馬車に乗って行くことはできないが、小さな動物のひく車なら通れるのだ。日本にもやってきて新聞で話題になった「果下馬」がそうである。低い果樹の下でも通れるほど小さな馬で、おもに後宮で愛用されたという。

羊に車を牽《ひ》かせて、それに乗るといった酔狂な人物もいた。西晋《せいしん》の武帝《ぶてい》司馬炎《しばえん》(在位二六五年―

二九〇年）である。彼は無類の好色漢で、後宮三千どころではなかった。彼の在位中に呉《ご》が降《くだ》り、ようやく三国分立に終止符を打つことができたのである。だが、呉が降って彼が喜んだのは、呉の美女が得られることであったという。一説によれば、彼の後宮には美女二万をかぞえたそうだ。

　そんなに多ければ、どこへ行ってよいかわからない。そこで、彼は羊の牽く車に乗って、後宮をまわり、車が停《とま》ったところで降りて、その前の部屋に泊ることにした。頭のよい宮女が、武帝をひきつけようとして、羊の好物である塩を地面にまき、竹の葉を戸にさしておいた。羊はかならずそこでとまり、武帝はそこに毎晩泊ったという。

　日本で飲食店のまえに盛り塩をするしきたりは、この西晋武帝の故事からきている。

羊の群れはみな亡命者

　後漢《ごかん》に左慈《さじ》という仙人がいた。いつもふしぎな術をつかい、曹操《そうそう》はそれを不快におもって、なんどもつかまえようとしたが、そのたびにとりにがした。

　あるとき、左慈は追われて羊の群れにはいってしまった。追手は羊群にむかって、「左慈なら出ておいで。なにもしない。ただ術をためしただけじゃ」と呼びかけると、一匹の羊が前脚をあげて、「どうしてこんなことに」と言った。追手がその羊をとらえようとすると、羊群がいっせいに前脚をあげて、「どうしてこんなことに」と言ったので、判別できなくなったという。

　左慈は仙人だから、術をつかって羊に変身したが、人間がじっさいに羊の皮をかぶり、住みたくない土地、あるいは住めない土地から脱出するのは現代の話である。ホメイニ師のイラン革命のあと、亡命希望者はそんな恰好《かっこう》をして、羊群にまぎれ、草原を餔《は》って国境をこえたという。ここでも羊の大きさが役に立っている。四つん餔《ばい》になった人間は、羊のサイズとそれほどちがわない。緬羊《めんよう》の皮はとくに都合がよかっただろう。

羊に扮《ふん》しての亡命は、もちろん牧人を買収しなければならない。数百、数千の羊群を国境線まで誘導するが、そのなかの人間はさぞ膝《ひざ》が破れて血を流したことであろう。

イランでこれについての小咄《こばなし》をきいたことがある。

羊群を国境まで連れ出した牧人が、「もう大丈夫だぞ」と呼ばわると、亡命者はほっとして両脚で立ちあがった。ところが、いっしょに歩いてきた数百の羊が、みな一斉におなじように立ちあがったので仰天したという話である。自分だけだとおもっていたが、羊群はみな亡命者で、ほんとうの羊は一匹もいなかったというオチだ。――この話をきいたとき、私は反射的に左慈の話を思い出した。

小咄は権威にたいするくすぐり的抵抗である。これは実話とはおもえないが、住みなれた土地に住みつづけたくない人がいかに多いかを物語り、その原因を衝《つ》こうとするのだろう。草原のお花畑といったが、羊はやっぱり舟にもなるのだ。ベトナムの難民はボートピープルになったが、羊の皮をボートがわりにする人もいる。羊皮にはかつてバイブルやコーランの聖句が書かれたが、二十世紀も四分の三をすぎて、人間をつつむためにも用いられている。これでもよろしきものといえるだろうか。

3　歌舞の地

手や口に吸い寄せられる楽器

カザフ族やキルギス族の子供たちは、おそらく物心がつくころには、もう馬に乗っていたにちがいない。どんなふうにして乗馬を習ったかと訊《き》くのは、訊くだけ野暮であろう。子供たちがたくみに馬を乗りまわしているのをみて、同行の漢族の案内の人が、

「彼らが馬に乗っているんじゃありません。馬の鞍《くら》のほうが子供たちのお尻《しり》にくっついて行くようにみえます」

と、笑いながら言ったことを思い出す。その表現を借りるなら、

――シルクロードの人たちは、手や口で楽器を鳴らすのではない。楽器のほうが彼らの手や口に吸い寄せられて行くようだ。――

ということになるだろう。彼らがどうして楽器を鳴らすようになったか、これまた訊くだけ野暮なことである。踊りについてもおなじで、物心のつくころには、男も女もすでに踊っていたのではないか。

暑くて眠れぬ夏の夜に

シルクロードはまさに歌舞の地といえる。どこへ行っても、音楽と踊りで歓迎される。疲れているときなどは、正直いって、うんざりするが、土地の人は歌や踊りでうんざりするなど信じられないらしい。たしかクチャであったとおもうが、その地方の人が歌舞に巧みなのは、夏の夜は暑くて眠れないので、一晩、楽器にあわせて、歌い、そして踊って明かすからだ、という説明をきいた。

話をきいているうちに、私は台湾できいた話を思い出した。澎湖島《ほうことう》出身者は、一芸に秀でた者が多いということである。これは、風波の関係で、澎湖島は一年のうちのすくなからぬ期間、戸外での仕事ができずにとじこもらねばならないからだという。そのあいだ、人びとは自分の好きなことを稽古《けいこ》する。だから、詩文、学問、武術から囲碁、将棋、音楽、芝居のせりふに至るまで、あらゆる分野で、あるていど傑出した人物が出る。

状況は似ているようだが、澎湖島はあらゆる分野にわたって人材を出すのに、クチャは歌舞に限られているらしいのがふしぎである。もっとも歌舞が目立つだけで、ほかの分野にもけっこうすぐれた才人が出ているのかもしれない。

たとえば、『法華経《ほけきょう》』を漢訳した鳩摩羅什《くまらじゅう》も、クチャにいた人であった。いま私たちが読んでいる漢訳『法華経』は、千六百年近くも前の鳩摩羅什の訳であり、それが日本の精神界に与えた影響の大きさは、はかりしれないものがある。とはいえ、つぎの名前が出てこない。四世紀に、後趙《こうちょう》の君主に信頼された仏図澄《ぶっとちょう》も、どうやらクチャ出身らしいが、はっきりしたことはわかっていない。隋《ずい》から唐《とう》にかけて、音楽の名人として知られた白明達《はくめいたつ》は、まちがいなくクチャから出てきた人であろう。ともあれ、シルクロードの熱帯夜は、音楽をうんだけれども、ほかの分野では、きわめてお寒い状況であったとおもわれる。

仏教には「夏坐《げざ》」（ほかに「安居《あんご》」「夏行《げぎょう》」などの名称がある）というしきたりがある。シルクロードだけのことではなく、もともとインドに発した習慣とされている。インドでは五月十六日から八月十五日まで、坐禅して瞑想《めいそう》にふける。雨季に相当するので、この期間、戸外活動ができないからであろう。日本と中国では、この修行を一カ月早めておこなう。インドでは仏教以外でも、たとえばジャイナ教にもおなじ習慣がある。雨季に戸外に出れば、しらずしらずのうちに、草木や小さな虫を踏みつぶし、殺生をおかすので、家屋のなかにとじこもるというのが、夏坐のタテマエであるようだ。日本では、「夏籠《げご》り」という名称もある。

信仰心のある人は、この期間、坐禅したり、読経、写経にはげむが、そうでない多数派は、もっぱら音楽の稽古をしたのであろう。

行像のパレード

玄奘《げんじょう》が述べ、弟子の辯機《べんき》が撰《せん》した『大唐西域記《だいとうさいいきき》』は、あまりにも有名な一級資料だが、そのなかにも、「屈支《くっし》」について、

——管絃伎楽、特善諸国。（管絃伎楽《かんげんぎがく》は、特に諸国よりも善《よ》し）

という記述がみえる。屈支とはクチャのことで、現在では庫車と表記されているが、史書には亀《き》茲《じ》となっていることが多い。ほかの地方の管絃がまずいというわけではない。クチャがとくにすぐれているということなのだ。『大唐西域記』の瞿薩旦那《クスタナ》の項にも、

——国尚楽音、人好歌儛。（国は楽音を尚《たっと》び、人は歌儛《かぶ》を好む）

と、しるされている。クスタナは「大地の乳房」の意味で、この地の建国伝説からとった名称である。中国の史書には、「于闐《うてん》」とあることが多く、現在は「和田」と書かれている。闐と田とは、まったく同音なのだ。ここではホータンと呼ぶことにしよう。

『大唐西域記』は地誌というべき著作だが、玄奘《げんじょう》の弟子の慧立《えりゅう》や彦悰《げんそう》たちが師の入寂後にあらわした『大唐大慈恩寺三蔵法師伝』の西域の部分は、旅行記的な傾向が濃厚である。この三蔵法師伝では、玄奘がクチャとホータンの両地において、音楽で迎えられたことがしるされている。まず、クチャでは、国王が群臣と高僧の木叉毱多（モクシャ・グプタ）をともなって、城の東門外まで出迎え、そのほか僧数千が居ならんだ。テントを張り、行像を安置し、楽を奏し、と述べているから、国をあげて、東方の若い僧を歓迎したのである。

往《い》きは天山南路を通ったが、帰りはパミールを越えて、コンロンの北沿いに、西域南道をとったので、クチャには寄らなかった。そのかわり、往きには通らなかったホータンに立ち寄っている。玄奘はすでに四十三歳で、もはや青年とはいえない。

——王与道俗将音楽香華接於路左。（王は道俗とともに音楽、香華《こうげ》を将《もっ》て路左に接《むか》う）

と、三蔵法師伝にみえる。残念ながら、クチャやホータンで玄奘を迎えたのが、どんな音楽であったのか、両書とも述べていない。

クチャの東門外に「行像」を安置したというが、仏教時代のシルクロードでは、仏像を山車《だし》のようなものにのせて、ねりまわる風習があった。玄奘より二百年以上前にホータンを訪れた法顕《ほっけん》が、そのシーンを見ている。四輪像車とあるから、まさに山車そのもので、おそらく日本の山車のルーツをさぐれば、このあたりにたどりつくのではあるまいか。この行像の行事は、四月十六日から十五日間おこなわれたという。各地に行像のパレードがおこなわれるが、仏誕（四月八日）の前後が多いそうだ。

行像が門に近づくと、国王は家臣を従えて迎え、散華《さんげ》、焼香したと法顕は述べている。玄奘を迎えるホータン王が「音楽、香華《こうげ》を将《もっ》て……」というのは、散華《さんげ》、焼香には音楽を伴ったということにほかならない。はなやいだ情景であったろう。

行像の車は七宝《しっぽう》で飾られ、高さ三丈あまりとある。魏晋《ぎしん》のころの丈は二・四米《メートル》あまりだが、それでも七米《メートル》をこえる高さだ。七宝とは七宝焼のことではない。七種の宝石のことで、経典によって小異はあるが、『法華経』によれば、金、銀、瑠璃《るり》、硨磲《しゃこ》、馬瑙《めのう》、真珠、玫瑰《ばいかい》をいう。硨磲はインド産の貝で、波形の紋をもつ美しいものである。玫瑰は赤い玉《ぎょく》であるそうだ。錦《にしき》の天蓋《てんがい》をもち、内部も金銀や玉の彫刻で飾られていた。なにしろ于闐《うてん》は玉の産地でもある。

十一世紀ごろから、シルクロードはイスラム一色に塗られ、仏教はすっかり地を掃《はら》った。だから、はなやいだ行像も、いまではもう見られないし、そのときに奏せられた音楽をきくこともできない。

信仰は変わったが、音楽まで変わったのだろうか？　くわしい記述がないのでよくわからない。

長安の春を謳《うた》う胡旋舞《こせんぶ》

文献のほか、シルクロード各地の壁画に、音楽の場面が多くえがかれていて、およその想像はできる。石窟《せっくつ》寺院の壁画は、唐以前は仏伝が主で、唐以後は説法図、西方浄土図《さいほうじょうど》が多い。浄土図にはかならずといってよいほど、オーケストラがえがかれ、踊り子のすがたがえがかれている。箜篌《くご》（ハープ）、琵琶《びわ》、箏《そう》、竽《う》、笛、拍板《はくはん》、銅鈸《どうばち》（シンバル）、腰鼓《ようこ》、羯鼓《かっこ》など、敦煌《とんこう》壁画で名称がはっきり判明している楽器は二十種にのぼるそうだ。

壁画の踊りはすべて女性で、衣裳《いしょう》のひるがえるさまから、かなりスピードの速いダンスであることがわかる。唐代に長安《ちょうあん》でも大流行し、白居易《はくきょい》が詩にもうたった「胡旋舞《こせんぶ》」であるかもしれない。爪先《つまさき》立ちの片足を軸にして、くるくると旋回するものだという。

心は絃に応じ　手は鼓に応ず
絃鼓一声、双袖挙《そうしゅうあ》がり
廻雪飄颻《かいせつひょうよう》、転蓬《てんぼう》舞う
左旋右転　疲れを知らず
……………

「胡旋舞」という名称でもわかるように、胡人（おもに西域イラン系を指す）の舞いである。もっともこれは玄宗《げんそう》皇帝が作曲し、楊貴妃《ようきひ》が舞ったといわれる「霓裳羽衣《げいしょううい》の曲」であろうとする説もあるようだ。どちらも現在には伝わっていないので、断定するきめ手はない。「霓裳羽衣の曲」にしても、波羅門《バラモン》（インド僧）の曲をもとにして玄宗が変曲したものらしいから、西から伝わった歌舞であることはまちがいない。

仏教音楽といえば、私たちはともすれば荘重なものという先入主にとらわれがちであるが、すくなくとも西域ではそうではなかったのだ。敦煌《とんこう》やクチャ近辺のキジル、クムトラなどの石窟寺壁画がそれを物語ってくれる。仏教からイスラム教に改宗しようが、からだにはめこんだリズムは、変わることがなかったはずである。

法悦の踊り、クルバーン

シルクロードのいたるところで受けた、歓迎の歌舞に用いられる楽器には、ギター、アコーディオン、ヴァイオリンなども、そのまま民族楽器にまじっている。しかも、それに違和感がない。民族楽器で最もポピュラーなのはラバーブであろう。おなじ絃楽器でも柄が長くて、胴が小さくて深いのがタンブールで、胴がひろく、月琴《げっきん》型のものがドタールである。胡弓《こきゅう》に似たのがハイジェイキと呼ばれる。

一九七三年、はじめてウルムチを訪れたとき、私は自治区の外弁（外事弁公室）主任アブドラさんたちからラバーブをプレゼントされた。きいてみると、それを手に入れるために一日がかりでウルムチじゅうをさがしたという。それほど当時はラバーブにかぎらず、一般に楽器は不足していたようである。なにしろ四人組の時代だったので、楽器などは冷遇されていたにちがいない。四年後の一九七七年にカシュガルへ行ったとき、楽器の工房をのぞくことができた。四人組が打倒されたつぎの年である。やっと大手を振って、楽器がつくれるようになったのだ。工房は狭く、楽器づくりは年寄りばかりで、最年長の職人はたしか八十四歳であった。

——楽器さえ作っておればたのしい。

と、老人は言った。楽器がつくれなかった時期があったらしいが、そのときはさびしかったにちがいない。好きな仕事ができるよろこびが、狭い仕事場に溢《あふ》れているようだった。

シルクロードの人たちから、楽器を取りあげようとするのは、このうえもなく冷酷なしわざである。四人組時代といえども、公式に歌舞が禁じられたわけではない。

げんに一九七三年、ウルムチでもトルファンでも、私たちは歌と踊りに迎えられた。私たちも土地の男女にまじって踊った。みんなでいっしょに踊ることをマシレームという。マシレームの輪は、しぜんにできて、しぜんにひろがって行くのである。権力がその輪を潰《つぶ》すことはできない。四人組もそんなことはしなかったが、歌舞にふさわしくない雰囲気をつくったのは否定できないだろう。

二年後の一九七九年に、私はパミールにはいるため、再びカシュガルを訪れた。二年前とは別の場所たいという希望を伝えると、外弁の人がバザールの裏へ連れて行ってくれた。二年前とは別の場所で、作業場は広く、なによりも心強くおもったのは、若い職人がいたことだった。

さらに二年後の一九八一年、私は三たびカシュガルの土を踏んだ。ちょうどクルバーン節にあたっていた。イスラム教徒のメッカ巡礼は、第十二月（ズルヒッジャ）の七日から十日までだが、それが終了した日から四日間がクルバーン節で、「供犠祭」といってイスラム教徒の最大の行事である。これはイブラヒームが我が子イスマイルを神に犠牲としてささげようとしたので、神がその信仰を祝福して小羊を賜わったという、コーランに述べられている物語にもとづく。

この日には羊を屠《ほふ》り、ご馳走《ちそう》をつくり、親戚《しんせき》や友人の家を訪問する。いわばイスラム教徒のお正月である。ただイスラム暦は純太陰暦なので、太陽暦にくらべて、一年に約十一日すくない。三年たてば一カ月あまり早くなる。断食（ラマザーン）もおなじだが、夏になったり冬になったりで、行事には季節感がないわけだ。

カシュガルのクルバーン節は、全市をあげての踊りである。これはじつに壮観であった。一九八一年のクルバーン節は陽暦十月九日からで、季節もちょうどよかった。踊りといっても、ふつうのマシレームではない。輪のようになるが、動作は手をふりあげ、ふりおろすという、ごく単純なくり返しである。だが、それをくり返しているうちに、陶酔状態になるのであろう。大群衆である。おおぜいの人たちと、おなじ動作をしていることが、踊る人を興奮させるようだ。そして、それをさらに倍加させるのが音楽である。私たちはカシュガル最大のエイティカル寺院のむかいの家の屋上から、広場をぎっしり埋めた群衆の踊りを眺めた。

寺院の門の上に太鼓が据えられて、それが単調に、だが力強く打ち鳴らされている。腰鼓《ようこ》や揩鼓《かいこ》のように手でじかに打つものではなく、桴《ばち》で叩《たた》く形式のものであった。横に置かれ、二本の桴で左右両面を叩く羯鼓《かっこ》ではなく、ここの太鼓は平らに据えられ、片面のみを二本の桴で打つ。

羯鼓や肩にかけられる雞婁鼓《けいろうこ》は、日本の雅楽に用いられているが、もともとは亀茲《きじ》の楽器であったようだ。唐代の長安の宮殿には、九部伎あるいは十部伎が置かれていた。

十部伎とは、亀茲、疏勒《そろく》、安国、康国、高麗《こうらい》、西涼、高昌《こうしょう》、讌楽《えんがく》、清涼、天竺《てんじく》であり、亀茲と高昌はほとんど同じなので、それをあわせて九部ともいう。亀茲はクチャであり、疏勒はカシュガル、安国はボハラ、康国はサマルカンド、高昌はトルファン、西涼は河西《かせい》（甘粛《かんしゅく》西部）、天竺はインドだから、唐代の音楽はほとんど西から来たものといえる。

イスラム時代となっても、太鼓は「焦殺鳴烈」と形容されたはげしさを失わず、クルバーンの踊りの人たちの心を、かき立て、陶酔にみちびいて行く。法悦ということにかけては、仏教時代もイスラム時代も、それほど変わっていないのではあるまいか。人間の心の奥底のものとおなじように。

4　人の世というバザールは

ペルシャの市場

ペンをおいて、頭をやすめるには、好きな音楽をきくのがなによりである。できるだけ心たのしい、あまり重くないのがよろしい。ケテルビーの「ペルシャの市場」などは、その意味で私のペン休め時の愛好曲の一つであった。だから、じっさいにペルシャの市場を訪れる前に、メロディーを通じて、私の頭のなかに、ペルシャの市場のイメージがしぜんにつくられていたといえる。

そんなイメージは、一種の先入主であり、現実の出会いに、たいていいくつがえされる。だが、私のそれはくつがえらなかった。メロディー以外に、イメージづくりの材料が多かったこともあるだろう。

イラン諸都市のバザールに、「ペルシャの市場」のあの軽快な音に照応するものはないという気がしても、よく考えれみれば、たとえば鏡屋のキラキラした店頭のあたりには、音には表現されていないが、まぎれもない軽やかさがかんじられる。

鏡屋がいやに多い。日本には鏡専門の店はきわめて少ないのではあるまいか。たいてい家具屋とか額縁屋あたりで売っている。それにくらべて、バザールに専門の鏡屋が多いのは異様なほどである。あとで説明をきいてわかったが、鏡は結婚用品のなかのメインであるという。鏡はイランではアーイネといって、古くからたっとばれたようだ。

ものをすなおに映すということで、鏡を神聖視するのは、世界各民族に共通した現象であろう。ただイスラム圏では偶像が否定されるので、室内装飾に制限があり、鏡のもつ比重はほかの土地よりも高いはずである。唐《とう》代の鏡の模様にみられる「瑞花《ずいか》」は、西アジアからきたといわれている。もともとこの地方は、鏡の先進国であったのだ。

太陽のことを、アーイネ・アースマーン（空の鏡）と表現し、最後の審判の日に、神は人間の善悪を鏡にうつし出すと信じられている。イスラム世界のバザールに鏡屋が多いのは、どうやら異様なことではないらしい。

バザールの精華はペルシャ絨毯

日本では英語 bazar で紹介されたので、バザール、あるいはバザーなどと言われているが、原語のペルシャ語ではバーザールである。またアラビア語では市場のことを「スーク」という。イランでも、スークと言って通じないことはない。

「都市」という漢語からもわかるが、人間が集まるまちであるからには、かならず交易の場である「市」が設けられる。だが、シルクロードの宿場まちということになれば、むしろ、バザールはまちの付属物ではなく、まちの核そのものといってよい。

ペルシャ語のバザールには、場所をあらわすのと、時日をあらわすのと、二つの意味がある。市の場所と市の日である。毎日ひらかれている常設の場合と、きまった時日にしかひらかれない場合とがある。日本の地名にも、四日市とか八日市といった例があり、その由来はあきらかである。四の日に市の立つ場所の意味にほかならない。カシュガルでは日曜日に市が立つ。かなり広い道路が、日曜日になると露天の市場となって、車がほとんど通れなくなる。おなじカシュガルのなかで、エイティカル寺院のむかいに「東方紅《とうほうこう》百貨店」という二階建ての建物がある。名前はデパートだが、これは常設のバザールに相当するであろう。ウルムチでは百貨店ではなく「商場」という表現をしていた。

管弦楽曲「ペルシャの市場」は、屋根をもつ常設の市場か、それとも露天のそれのイメージかときかれると、返答に困ってしまう。どちらのムードも含まれているからである。舞踏らしい場面や、蛇使いの音楽とおぼしいところは、どうしても戸外のかんじだが、ざわめきを暗示する、こもった響きは、ドームの下でなければならないという気がする。

イランで私が訪れたまちには、もちろん常設のりっぱなバザールがあった。テヘラン、カシャーン、イスファハーン、シラーズなどである。コムでは寺院に近い道路の脇《わき》に、ずらりと露天の店がならんでいた。屋根をもつバザールもあるのだが、聖都と呼ばれるこのまちは、外来者、それも異教徒にたいして、とりわけきびしいので、私たちは早々に立ち去ることにした。だから、そちらのほうは、見物しなかったのである。

最も印象が深いのは、イスファハーンのバザールであった。スケールからいえば、とうぜんテヘランのそれのほうが大きいであろう。だが、テヘランのバザールは、私たちが日本でよくみている、アーケードをもつ商店街のようなかんじがする。ペルシャの市場の語感に照応するのは、なんといってもイスファハーンのバザールなのだ。

あらゆる商品がならんでいるといっても、野菜や果物などは、やはり戸外のほうのバザールのものであり、屋根をもつバザールの人気商品は工芸品であろう。イランは精巧な工芸品で有名だが、その中心はイスファハーンである。おなじ物でも、イスファハーン製のものは、他地製のものよりも値段が高いのがふつうであるという。

ペルシャのバザールの精華がペルシャ絨毯《じゅうたん》であることには、おそらく誰も異存はないだろう。これは別格として、金銀をはじめさまざまな素材を用いる細工《さいく》、象嵌《ぞうがん》はじつにみごとである。

幻人、奇術師、マギ、マジック

イラン人の手先の器用なことは、世界的に定評がある。たとえば、歯科医の技術などは世界一流であり、イランに駐在する外交官や商社員は、できれば駐在期間内に歯を治療しようとするそうだ。歯科医に限らず、手先のデリケートな動きを必要とする外科手術も、この国の人の得意とするところである。

千二百年以上も前、揚州《ようしゅう》大明寺の鑑真《がんじん》和上《わじょう》は、なんども日本渡航に失敗し、過労と弟子を失った悲しみのために重い眼病を患った。結局は周知のように失明するが、そのとき中国に在留する胡《こ》人《じん》の眼科医の手術を受けている。この事実を、大切な手術を外国人にまかせた鑑真和上の心のひろさ、偏見なさのあらわれとする説明がある。おそらくこれは見当違いであろう。胡人の医師というが、きっとイラン系の人にちがいない。眼《め》の手術などは、胡医のほうが巧みであることは、当時の一般の常識であったはずだ。

人間が品物なみにプレゼントされた時代、西アジアから中国の王朝に、「幻人」が献上された。幻人とは奇術師のことにほかならない。「眩人《げんじん》」と書かれることもある。『史記』にも、条支《じょうし》国は眩を善《よ》くす、とか黎軒《れいけん》の眩人が献じられたことがみえる。黎軒とはアレクサンドリアのこととされるが、それならエジプトである。条支国はシリアに比定されている。イランでうまれたゾロアスター教は、聖職者がよく幻術をおこなった。彼らはマギ（magi）と呼ばれた。英語で奇術をマジック（magic）というのも、ゾロアスター教司祭マギに由来する。

奇術は手先が器用でなければできない。手術もそうであり、工芸もそうである。バザールのなかで、細工師の仕事を眺めていると、時間がたつのも忘れてしまう。いつまで眺めても飽きないものだ。

人間の営みの〝におい〟が漂うバザール

イスファハーンは古都である。人口は五、六十万ていどであろうか。バザールはいくつもあるが、最も有名なのは、旧宮殿前広場のそばにあるものだろう。シャーの時代はシャー広場と呼ばれ、イマーム・ホメイニの時代になるとイマーム広場と呼ばれている。

　イマーム広場のバザールは、かなりスケールが大きい。入口の前に露天の店がならんでいる。野菜や果物類だけではなく、衣料の店も少なくない。ここでひとつがんばり、もとでを稼いで、バザールのなかに店をもつのが、露天商人の望みであろう。

　バザールにはいると、天井はずいぶん高く、ドーム型になっている。建物は二階建てで、うしろから階段をのぼってみたが、二階は職人の仕事場になっていた。裏庭（庭というよりはただのスペース）には、包装用の箱などが積まれている。私はそこで、ペルシャ更紗《サラサ》のプリントをしている職人、その型を造っている職人の仕事を、飽かずに眺めたものだ。

　バザールには飲食店もある。飲食店といっても禁酒の国だから酒は出ない。おもにバザールで働く人たちが食事に利用する場所であろう。私たちもそこで食事をとったが、店はけっこう繁昌《はんじょう》していた。そして、庶民的な食事の味は、気取ったホテルの料理よりもずっとおいしい。ホテルといえば、紅茶でもホテルのそれよりもバザールで出されるもののほうが、はるかにうまいのだ。値段の交渉も、紅茶を飲みながらゆっくりとやるのである。それが適当な「間《ま》」をつくって、うまく行くのかもしれない。

　いくら天井が高いといっても、飲食店の近くでは、かなりのにおいが漂ってくる。はじめはそのにおいに抵抗があったが、慣れるとそうでもなくなる。人間の営みのにおいだから、表面に違和感があっても、深層のどこかでつながるものがあるはずだ。それをつかめば、なつかしささえおぼえてくる。外国へ旅行する意義――というよりは「たのしみ」は、それをつかむことではあるまいか。

人の集まる場所

バザールの語源は、食糧を意味する古代ペルシャ語アバー（abā）と場所を意味するザール（zār）の組み合わせといわれるから、もともと食品が中心だったのだ。日常生活に必需の品は、おなじ場所で入手できるのが望ましい。人びとはそこに集まってくる。

「市」という字は標識をあらわすそうだ。高札を立てて、ここがその場所であることを標示して、人を集める。人が集まるので、人びとにしらせたいことを、そこにかかげることにもなる。

イスファハーンのバザールの入口にも、さまざまな通達やスローガンのようなものが貼《は》ってあった。「マルグ・バル・アメリカ」（アメリカに死を）という落書もみかけたが、これは体制的落書で、通達の一種と考えてよいのであろう。中国では「棄市《きし》」といって、市場は処刑場を兼ねた。処刑して遺骸《いがい》をそこに棄《す》て、みせしめにするのである。みせしめだから、おおぜいの人が集まる場所をえらんだのだ。

イスラム圏のバザールも、イスラム教布教期に、人集めのために設けられたという説がある。設備をよくして、説教に便利なようにしたかもしれないが、人が集まる場所は、イスラム以前にもあったはずだ。西域のことをしるした中国の文献にも、たとえば『史記』には、「市有り」という記述がある。『漢書《かんじょ》』には、「市列有り」となっているが、これは店がならんでいる状況をあらわしたにちがいないから、バザールにほかならない。

もちろん形態は変化している。屋根をもつ大建造物という形のバザールは、あんがい新しいといわれている。半世紀前のそれも、現在のようすとは異なっていたはずだ。ホテルの廊下の壁に、今世紀はじめの銅版画がかかっていたが、バザールの店は道路からすこし高くなっている。二段か三段の階段をあがって、店にはいるようになっているのだ。商品は当時、駱駝《らくだ》ではこばれてくるので、商品の積みおろしには、店頭が道路よりすこし高いほうが便利である。

そういえば、神戸の元居留地や異人館の古い写真や絵をみると、建物の入口を道路より高くしていることが多い。しかも、それが傾斜して高くなっている例もある。馬車時代には、そのほうが便利だったのであろう。いまはもうそんなものはなくなった。バザールでも、駱駝時代が終わったので、店の入口は道路までおりてきたのだ。

ケテルビーの「ペルシャの市場」は、駱駝時代のイメージで、その小品の曲は、駱駝の登場からはじまっている。鈴の音がまじるのは、駱駝にぶらさげたものであろう。軽やかなリズムに合わせて鳴るのは、踊り子の鈴にちがいない。

バザールに息づく庶民性

イランはかつて歌舞の地であった。イスラム化したあとも、舞踏することで神と合一する法悦を得ようとする一派がうまれ、カランダールと呼ばれている。だが、イスラム革命後の現在、娯楽のための歌舞は禁じられた。イスファハーンのホテルのホールには、むかしのペルシャの宴楽をえがいた大壁画が四面についている。踊り子の露出度はそれほどではないのだが、お上の命令で壁画はカーテンによってかくされてしまった。

バザールで歌ったり踊ったりする情景は、もはや見られなくなった。これはイスラム革命以前からそうで、シャーの時代にはそれは劇場のものとなったのである。大道から劇場へ追いあげられるのは、あらゆる庶民芸能の運命であるらしい。歌舞伎《かぶき》も京劇もオペラもそうであった。芸能のほかにも、さまざまなものがバザールから出て行ったし、これからも出て行くであろう。

大道芸時代の京劇は、観客とのあいだに、ときに野卑なやりとりもあったが、舞台にあがるとそんなわけにはいかない。舞台芸として京劇を洗練されたものにした第一の功労者は梅蘭芳《メイランファン》であった。だが、魯迅《ろじん》は梅蘭芳の功罪のバランスシートを作った場合、失われたものが大きいと歎《なげ》いている。それは野卑であっても、庶民の日常の生活とつながるバイタリティーの反映である。上品にはなったが芝居にこもっていた活力がなくなったというのだ。

バザールの生命は、ほかならぬその庶民生活に溢《あふ》れているバイタリティーであるとおもう。フィルターにかけられて、バザールに最後に残るのはそれであろう。それがバザールの原点でもある。世の中が退廃すると、原点に返れという叫びがあがる。そのとき、原点はここにある、と答えることができるように、バザールは逞《たくま》しく生き残らねばならない。

内部が迷路のようにいりくんでいるのも、活力の一種の表現といえよう。それは一本筋の道のようにかんたんなものではない。ペルシャの詩人ハーフェズは、

——人の世というバザールは

と、われわれの住む現世、そしてわれわれの人生そのものも含めて、バザールにたとえている。歌舞が消え、駱駝が消え、店の入口の階段が消えた。だが、新しくあらわれたものもすくなくない。店頭の商品のすくなからぬ部分は、むかし無かったものである。荷物をはこぶ駱駝は消えたが、バザールの狭い道を、わがもの顔に走っているのは日本製のバイクであった。消え、あらわれるのは、人びとの生活のバイタリティーとつながっていて、不変のものがあることを教えてくれる。

5　呼びかける塔

聖なる柱のある場所

回教寺院を「モスク」と呼ぶのは、アラビア語の「マスジッド」が訛《なま》ったものである。マスジッドの語根は、「ひれ伏す」を意味するサッジャヤッドであるというが、語源は古代アラム語の「聖なる柱」を意味することばとされている。いずれにしても、聖なる柱のある場所で、人びとがひれ伏すのだ。

私の住む神戸には、日本最初の回教寺院がある。昭和十年にそれは竣工《しゅんこう》した。私が小学校六年生のときで、子供たちはもの珍しさで見物に出かけた。ドームが二基の尖塔《せんとう》に囲まれて、そびえているシーンは、子供心にも異国の幻想をかきたてられるものがあった。あれからちょうど半世紀たち、神戸のモスクは空襲に生きのび、いまも健在である。私の心のなかのシルクロードの旅は、ひょっとするとこの神戸山本通の「回回寺院」（正面にそうしるされている）が出発点なのかもしれない。

ＮＨＫの『シルクロード』は長安《ちょうあん》からはじまった。現在の西安《せいあん》である。西安にも回教徒は多い。

じつはもっと東の北京《ペキン》にも、回教徒はすくなくないのである。一説によれば、北京の回教徒人口は五十万であるという。北京の牛街というところは、とくに回教徒住民の密度が高いそうだ。

そういえば、ほうぼうで「回民食堂」とか「清真食堂」といった看板をみかけた。回教徒にとって、豚肉はタブーである。ところが、中国はとりわけ豚肉を料理に用いることが多い国なので、うっかりはいると、豚肉を食べさせられてしまう。そこで、豚肉を一切扱わず、回教徒が安心して食事できる店が必要となる。前記の看板をかかげた店がそうなのだ。

「回民」とは読んで字のごとく、回教を奉じる民であり、「清真」とは、中国の回教徒がみずからをそう名乗っていることばである。だから、回教寺院のことを、「清真寺《せいしんじ》」という。もっと簡潔に「礼拝寺」と呼ぶこともある。

西安の清真寺は、市の中心である鐘楼のすぐ近くにある。一見、中国寺院ふうであった。朱塗りの柱、そしてそり返った屋根。――正面の門にアラビア語を彫った額がなければ、とてもイスラム寺院とはおもえない。三層の屋根をもつ亭《ちん》のような建物が、尖塔《せんとう》に相当すると説明されて、やっと「そういえばそうだな」と、首をかしげながらも、自分を納得させたことだった。

その尖塔に相当する三重の亭には、「省心楼」という額がかかげられている。〝心をかえりみる〟というのだから、なんとなく儒教のにおいがする。だが、心をかえりみるのは、世界のあらゆる道徳、あらゆる信仰に共通する教えであろう。

礼拝を呼びかける

尖塔はミナレット（minaret）といわれ、すでに英語化し、英和辞典には「回教寺院の尖塔」と明快な訳をつけている。キリスト教の教会にも塔はあるが、スティープルなどと呼ばれ、仏教寺院の塔の場合はパゴダと呼ばれるのがふつうである。ミナレットはアラビア語のマナーラ（manarâ）が訛ったものだが、初期のイスラム寺院はそのような尖塔はなかったそうだ。

マホメットが伝道の地にメディナをえらんで移り住んだころ、礼拝を呼びかける「アザーン」（礼拝の合図。中国では「喚拝偈《かんぱいげ》」「宣礼」などという）は、モスクの近辺の最も高い建物の屋根のうえでおこなったという記録がある。マホメットがメッカを収復したのちも、礼拝の呼びかけは、カーバーの神殿の屋根からなされたという。

後世、アザーンの声は、尖塔の上から流れるようになり、これがイスラムの特徴とされた。そして、私たちはモスクにはミナレットがつきものであると思いこんでいるが、かならずしもそうでない。げんにインドネシアでは、ついこのあいだまで、モスクに尖塔はなかったし、塔らしいものはあっても、きわめて低いものであった。シリアでは四角の石造の尖塔が多く、北アフリカでは煉瓦《れんが》造が多く、円形が主流であるといったふうで、おそらく起源がそれぞれちがうのだろう。このごろはスピーカーを使うようだが、むかしアザーンはもちろん肉声であった。声が届きやすいように、ムアッジン（アザーンを唱える者）は高いところにいなければならない。尖塔はそんな必要から、いつとはなしに造られるようになったのであろう。

世界じゅうのモスクは、原則として、みなメッカの方向にむかって建てられている。信者たちが跪《ひざまず》いて礼拝するのは、メッカの方向にたいしてである。メッカの方向をキブラといい、中国では「天方」または「天房」と呼ぶ。イスラム圏を旅行してホテルに泊ると、よく天井の一角に矢印のようなものがついていることがある。それはギブラをあらわすものなのだ。都合あってモスクへ行けない信者は、ホテルの部屋で礼拝することもある。そのとき、メッカの方向がわからなければ困るので、そんな印をつけておくのだ。

尖塔とならんで、イスラムのシンボルとされているドーム（アラビア語ではクッバ）も、かならずしも必須《ひっす》のものではない。礼拝所を覆う屋根であり、アラビアの遊牧生活ではどうしてもテントをモデルにすることになったのだろう。大切なのは容器ではなく、その内容である。中国の清真寺はドームをもたなくても、そのなかみはすべて備わっている。といっても、偶像をきびしく否定するイスラムでは、装飾らしいものは、壁や柱や扉の唐草模様ていどで、できるだけ多くの信者を収容できるようにつくられ、礼拝のないときは、がらんとしたかんじである。必須のものは、ギブラを示す「ミフラーブ」（龕子《がんし》ともいうべき凹《くぼ》み）と、そのむかって右のミンバル（説教壇）だけなのだ。そこにリーダーが立って、コーランを読んだり、礼拝の指導をするのである。この宗教指導者のことを、中国の回教徒は「阿渾《アホン》」（または阿訇、阿衡、阿吽など）と呼ぶ。説教師を意味するペルシャ語のアーフーン（ákhúm）からきている。これは一例だが、中国の回教徒の用語には、意外にペルシャ系のものが多い。

シルクロードの回教寺院

儒・仏・道の漢族の大海のなかでは、回教徒はあまり目立たず、また彼らも目立つことを欲しなかったのか、清真寺のつくり方にしても、前述したように中国ふうである。材料や大工の技術などの制約で、中国ふうにならざるをえなかったのか、あるいは意識して中国ふうにしたのか、どうもよくわからない。

おなじ中国でも、河西《かせい》回廊をこえて新疆《しんきょう》にはいると、もう回教徒が主流の世界となる。トルファン盆地には、高昌《こうしょう》故城（カラホージョ）と交河《こうが》故城（ヤルホト）の二大古代都市の遺跡と、アスターナ墓地、ベゼクリク石窟寺《せっくつじ》群があり、それがあまりにも光芒《こうぼう》を放ちすぎて、人びとはともすれば、ここがイスラム圏であることを忘れがちである。だが、この地方の住民のほとんどは回教徒なのだ。古代の絹の道を追跡したＮＨＫのシルクロード取材は、とうぜん古代にウエイトが置かれた。そのため、トルファン最大のモスクであり、通称「額敏《エミン》塔」と呼ばれる回教寺院の雄姿が紹介できなかった。

額敏とはエミール・ホジャという人物の名を漢字に写したものである。彼は清《しん》朝に協力した西域回教徒の有力者で、乾隆《けんりゅう》帝の新疆統一（一七五九年）に功績があり、参賛大臣に任命され、輔国公《ほこくこう》から鎮国公、そして吐魯番《トルファン》郡王に封ぜられた。彼は八十三歳で死んだが、臨終にあたって、私財銀七千両をもって寺院を建立することを遺言したのである。だから、じっさいに回教寺院を建立したのは息子の蘇来満（スレイマン）だったので、寺の別名を「蘇公塔《そこうとう》」ともいう。寺といわずに塔と呼ぶのは、トルファン盆地にそびえる四十四米《メートル》の尖塔が、あまりにもみごとなので、通称がそうなってしまったのである。このモスクが建立されて二百年たつが、泥磚《でいせん》でつくられているため、たえず補修の必要があるそうだ。私が訪れたときも、補修工事がおこなわれていて、礼拝には用いられていなかった。それでも、螺旋《らせん》状の階段を登って、尖塔の頂上まで行くことはできた。

クチャにも大きなモスクがあった。そこは「庫車《クチャ》大寺」という、なんの変哲もない名称で呼ばれている。寺の内部は六百平方米《メートル》、庭の広さは五百平方米《メートル》で、三千人の信者を収容することができる。だが、現在、この建物は県の文物保護単位（日本の重要文化財に相当する）に指定されているので、トルファンの額敏《エミン》塔と同様に、礼拝には使用されていない。別に礼拝所を設けて、金曜日ごとの集団礼拝はそちらでやっているそうだ。

この庫車大寺は、一九一八年に焼失したのを、一九二七年に重建したものだという。重建にあたっては、できるだけもとのとおり復原することにしたそうだ。半世紀をすぎたばかりの新しいモスクだが、そんなことで重要文化財に指定されたのであろう。クチャの近くには、いくつかの石窟寺があり、キジルのそれが最も名高い。そこには二百三十六の石窟寺があり、そのなかには、天井が三角隅持ち送り形式、いわゆるラテルネンデッケン型のものがあるが、意外なことに、庫車大寺の天井の一部がおなじ形式になっている。

仏教からイスラムと住民の信仰は変わっても、完全な断絶ではなく、伝統というのはどこかに継承されるものなのだ。

クチャにはほかに古いイスラム遺跡がある。それはモスクではなく、故人を祀《まつ》る廟《びょう》であり、墓所でもある。モラーナーエルシーディン（黙拉納額什丁）という十三世紀前半のイスラム聖者のマージーリ（墓所）で、清《しん》代の知県《ちけん》が「天方列聖」という額を寄進しているのが現存している。廟の檐《のき》にはペルシャ文字が認められた。額によると、この人は南宋理宗《なんそうりそう》時代の聖人だという。南宋時代は、その勢力がクチャまで及ぶはずはなかったが、後世の役人は、そんなふうに時代をかぞえたのである。イスラム化したウイグル時代だが、彼らは歴史的記録を残すのにそれほど熱心ではなかった。

香妃の墓廟

カシュガルを訪れる人が、かならず案内される香妃《こうひ》の墓は、みごとなイスラム建築であるが、モスクではなく「廟《びょう》」である。香妃があまりにも有名なので、彼女の墓とされているが、じつは彼女もその一員であるホジャ（和卓）家の墓所で、五代七十二人の棺がそのなかに収められている。七十二人のうちの代表的人物はホジャ・アパクで、乾隆《けんりゅう》帝に寵愛《ちょうあい》されて北京で死に、遺骸《いがい》がここまで運ばれたという香妃は、彼の外孫女にあたる。

廟のドームはグリーンだが、ところどころに紺に近いタイルもはめこまれている。壁のアラベスクのタイルは、コバルトや紺系統が主調だが、赤味がかったのもまじって、ぜんたいにあたたか味がかんじられた。この廟に付設されたようにモスクが建てられている。かなり大きいが、廟のようにタイルではなく、木造のものである。

モスクは横に長く、横に十四列の柱がならんでいた。縦はミフラーブにむかって柱は四列にすぎない。信者がいっせいにミフラーブの方向にひれ伏すのだから、横に長いほうがよいのであろう。縦横の柱にそれぞれ唐草模様の装飾が彫られているが、一本としておなじパターンのものはないそうだ。屋根の下はせいぜい四百人しか収容できないが、庭はそれ以上の人が坐《すわ》れそうだった。

出入口のすぐそばに、もう一つ小型の礼拝所があった。見たところ、収容人員はせいぜい七十人ていどである。「早礼堂《ツアオリータン》」というから、早朝などに、かんたんに礼拝をすませるときに用いるらしい。ただこの早礼堂の柱の上部、いわゆる頭貫《かしらぬき》にあたるところに、極彩色でモスクの絵が描かれていた。西域のモスクが、ぜんぶ描かれているそうで、案内の人が、そばに池があるのはホータン、そこにあるのはアスク……といったふうに、指さして教えてくれた。

ミフラーブとミンバル

カシュガル最大のモスクは、エイティカル寺院である。私は三たびカシュガルを訪れ、そのたびにこのモスクの門をくぐった。一九八一年には、回教徒の最大の祭であるクルバーン節を、このモスクのそばで送った。モスクの前の広場は人の波であった。彼らは宗教的興奮にかられるままに、手を振って踊っているので、文字通り「波」というかんじである。イスラムの信仰は、人びとのなかに躍動しつつ生きているのだ。

中央アジアから侵入して、清《しん》朝の軍隊と戦ったヤクブ・ベクは敗死して、このあたりに葬られたはずである。一九三〇年代には、馬仲英《ばちゅうえい》の反乱が、スウェン・ヘディン探検隊をまきこんだ。馬仲英はカシュガルまで逃がれ、国境をこえてソ連領に逃げこんだといわれる。庫車《クチヤ》大寺のアーチ型の門の、凹んだ窓状のところに、点々と黒い孔《あな》があったので、たずねてみると、国民党時代、軍隊がそこを司令部にして銃眼をつくったということだった。信仰の場であるモスクも、歴史の波をかぶらないわけにはいかなかったのだ。

中国の回教徒をみんな少数民族だとおもっている人がいるが、けっしてそうではない。西安市の回教徒は、なかに回族と呼ばれる少数民族もいるが、そのほとんどは漢族である。文化交流の流れのなかで、信仰が伝えられたのだ。西安の清真寺は、前に述べたように外見は中国ふうであり、省心楼が尖塔であるなど、ほとんど想像もできない。だが、モスクの基本であるキブラを示すミフラーブと説教壇ミンバルはちゃんとある。尖塔などはむしろあとから追加されたものであることは前に述べた。

雰囲気として、西安の清真寺もトルファン盆地の額敏《エミン》塔もクチャの庫車大寺も、カシュガルのエイティカル寺院も、たしかに共通したものがある。それはイランのイスファハーンのイマーム寺院にも、コムの黄金寺院にもつながっている。さらにトルコのイスタンブールの、かつてキリスト教の聖堂をイスラム化したアヤ・ソフィア寺院にいたるまで、流れをたどることができる。

アヤ・ソフィア寺院は、壁の一部を洗うとマリア像があらわれ、それをそのままにしている。そこもいまは礼拝には使われないそうだが、イスラム的な風格は洗い流されていないのだ。

6　絹の道の絹

秘された絹の製法

オーレル・スタインが、中国新疆《しんきよう》和田《ホータン》のダンダンウィリク遺跡を発掘したのは、一九〇〇年の十二月から翌年一月にかけてのことだった。いくつかの寺院の遺構が調査されたが、そのとき、じつに興味深い一枚の板絵が発見された。

　砂のなかに埋もれた寺院には、もはや仏像はなく、台座だけが残っているといった惨状だった。ところが、台座の足もとに、何枚かの板絵が立てかけられていたのである。日本の神社には、よく奉納の絵馬をみかけるが、シルクロードの寺院跡の板絵も、祈願のために奉納されたのにちがいない。長いあいだ地中にあったため、ぜんたいに黒ずんでいた。スタインは賢明にも、ほとんど原状のまま、ロンドンの大英博物館にそれを送ったのである。博物館で科学的な洗浄がおこなわれ、板絵の絵は、かなりあざやかに見えるようになった。その絵は横に長い長方形で、四人の人物――三人の女と一人の男がえがかれていた。

　中央の女性が冠をいただいており、左がわの女性が中央の女性の頭のほうを指さしている。二人のあいだには、籠《かご》のようなものに、果物らしいものが、いっぱい盛られている。右がわの女性は、なにやら楽器らしいものを操っているようにみえた。一人の男性は中央の女性と右がわの女性とのあいだに、やや遠景風にえがかれ、服装からみるとかなり身分の高い貴族のようなのだ。

この板絵がなにを意味するのか、はじめはよくわからなかった。仏寺から出土したものだが、仏伝にこれに該当するシーンはない。本生譚《ジャータカ》（仏陀《ぶつだ》の前生の物語）をしらべても、それらしい場面はないのである。ところが、千二百年も前に玄奘三蔵《げんじようさんぞう》によってあらわされた『大唐西域記』の于闐《うてん》国（ホータン）の項に、この板絵を解明する鍵《かぎ》があった。

絹の道――シルクロード――にあるこの地は、交易品の絹が通過したり、あるいは絹が駱駝《らくだ》に積まれて輸入され、消費されていたが、絹をつくることはできなかった。なにを材料にして、どのようにして製造するのか、一切わからなかったのである。

中国にとっては、絹は重要な輸出品なので、いつまでも独占生産をつづけたい。そのために、絹の製法は極秘にされていたのである。国境に設けられていた関所の重要な役目の一つは、絹の製法の秘密を持ち出されないように監視することであった。

ホータン国は一計を案じた。国王が中国の王女を王妃に迎えることである。中国では漢代から「和蕃公主《わばんこうしゅ》」といって、皇族の女性が、外国の王家に嫁ぐしきたりがあった。だから、ホータン国の申し出は許されたのである。

いよいよ輿入《こしい》れが近くなったとき、ホータンの使節がその王女に会い、絹の製法を知りたいと打ち明けたという。王女にしてみれば、自分はホータンに嫁ぎ、やがて生まれるであろう子供たちは、ホータンの王、あるいは王族としてこの国の指導者になるので、実家の企業秘密よりも、嫁ぎ先の経済成長のほうを重くみたのである。

王女といえども、国境の関所における荷物の検査はフリー・パスというわけにはいかない。彼女は蚕や桑《くわ》の種などを冠にかくした。いくら関所役人でも、帽子までは調べない。絹の製法とその材料は、こうして無事にホータンにはいったという。

『大唐西域記』には、この国の王城東南五、六里のところに「麻射僧伽藍《がらん》」があり、中国から嫁いだ王妃が建立したものだと述べ、絹の製法伝来の伝説を紹介している。

ダンダンウィリク遺跡から出土した板絵は、右の記述とまさにぴったりと合うのである。冠をかぶった中央の女性が王妃にほかならない。左右の女性は侍女であろう。左の侍女とのあいだにある籠に盛られたものは、果物ではなく、繭《まゆ》であるにちがいない。右の侍女が操っているのは、楽器ではなく、絹を紡ぐ織機であることがわかった。遠景ふうに描かれた、あぐらをかいた貴族は、ホータンの王であることは、もはや説明するまでもないであろう。

絹を伝えた王妃は、神として祀《まつ》られたということである。とすれば、ダンダンウィリクの遺跡は、なにか彼女とかかわりがあるのかもしれない。あるいは絹の製造業者が、産業の繁栄を祈願し、絹を伝えた人の偉業をたたえての奉納だった可能性もあろう。

スタインの調査によれば、三世紀の層に桑が栽培された形跡が認められるそうだ。中国から養蚕の技術が伝わったのは、そのころではないだろうか。

絹の製法が最初に伝わる土地としては、ホータンはたしかに最有力の候補地である。敦煌《とんこう》から楼《ろう》蘭《らん》を経てホータンに到るルートは、シルクロードのメインロードで、中国とのつながりはきわめて強い。しかも、ホータンは中国人が愛好する玉《ぎょく》を産する土地でもあった。東から一方的に絹がはいるのではなく、玉を東へはこび出してもいたのである。

絹と玉との交易

戦後、中国で出土したもののなかで、白眉《はくび》といわれるのは、河北省満城漢墓《かほくしょうまんじょうかんぼ》の「金縷玉衣《きんるぎょくい》」であろう。漢の中山王劉勝《りゅうしょう》の遺体（といっても、風化してしまっていたが）が、約二千五百枚の正方形や長方形の玉札を金縷（黄金の糸）で縫い合わせた玉衣に包まれていたのである。

専門家の鑑定によれば、玉札に用いられたのは、新疆《しんきょう》産のいわゆる「崑崙《こんろん》の玉」であったという。劉勝は武帝の庶兄にあたり、元鼎《げんてい》四年（前一一三）に死んだことがはっきりしている。劉勝夫人も玉衣に包まれて埋葬されていた。武帝には十三人の兄弟がいたが、劉勝だけが特別待遇を受けたのではあるまい。他の兄弟夫婦も、死んだときは朝廷から玉衣を賜わったにちがいない。

おそらくおびただしい玉が、朝廷に収蔵されていて、それがたいてい崑崙《こんろん》の玉であったとすれば、紀元前の東西交易の主役は、かならずしも「絹」だけではなかったような気もする。

崑崙山脈からタクラマカン沙漠《さばく》には、多くの河川が流れおりているが、最も大きいのはヤルカンド河とホータン河であろう。いずれにも玉を産する。ホータン河は崑崙から流れおりるときは、ハラハシ河、ユルンハシ河の二本で、現在の和田県城はこの両河にはさまれている。かなり北流して、はじめて両河は合流するのだ。ハシというのは、玉石を意味する。崑崙の玉石の原石が流れおり、それを採集するのである。

そういえば、たいそうかんたんにきこえるが、熟練した人でなければできない。河の中の石は、ほとんどがただの石で、そのなかにまれに玉が混じっている。夜に河に出たとき、河底に光るかんじがすれば、そこに玉があるとわかるという。

ホータンでは絹と玉がまじわり合ったのである。交易は一方的なものではなかった。絹の供給源は中国にしかなかったというが、大量の玉の供給源もおもにこの地方なのだ。玉は中国にしか売れないが、絹はほかの地方にも売れるから、どちらかといえば、中国のほうがやや優位に立ったかもしれない。とはいえ、ほぼ対等であってみれば、絹の秘密ももれやすかったであろう。

シルクロードの絹の始まり

玄奘三蔵《げんじようさんぞう》は蚕種西漸《せいぜん》の伝説を紹介しているし、『大唐西域記』のなかにもホータン（瞿薩旦那《クスタナ》）について、

――絁紬《しちゆう》を績《つむ》ぐに工《たく》みなり。

と述べている。絁は「繒《そう》」とおなじで絹のことだから、絹織物をつくっていたのはたしかである。だが、このあたりのことは、玄奘のような中国から来た人が、たまたま記録するので、ようすがわかるが、その後、またわからなくなる。ものごとを記録することに、それほど熱心でないからであ

ろう。いや、これがふつうであって、中国人の記録好きのほうが異常なのかもしれない。

十九世紀末、中国の新疆ではヤクブ・ベクの反乱があり、それを鎮圧した清《しん》の左宗棠《さそうとう》（一八一二年―一八八五年）将軍がしばらく駐在したが、彼は養蚕を奨励したといわれている。大きな桑の木が繁茂しているのに目をつけ、国立の蚕桑局を設け、養蚕、製糸、染織の講習をおこなったというのだ。この記録の文脈からすれば、りっぱな桑の木はあったが、養蚕などの技術は教えなければならないほどお粗末であった、とうけとれる。その後も、蚕種をソ連（当時）から輸入しているから、つくり方を知らなかったのだろう。

辛亥《しんがい》革命以後の統計をみると、旧ソ連とインドへ生糸を輸出している。絹織物は家内工業として、細々とつくっていたのであろうが、染料がすくないので、ほとんど白地であったそうだ。これではあの板絵にみえる、蚕種が伝わった時代（三世紀ごろと推定される）とあまり変わらないのではないか。前記の国立蚕桑局は、清朝と運命をともにするように、辛亥の前年（一九一〇）に廃止された。

近代化された絹工場

一九七七年、私はカシュガルで生糸工場を見学した。看板には「外貿局繅糸廠《そうししょう》」とあった。繭から糸を繰ることを「繅《サオ》」という。工員は三百人あまりで、一九六三年から生産が開始され、来年から絹織物部門の操業がはじまるという説明をうけた。

生糸工場が外貿局に属していることからもわかるように、ほとんどが輸出にまわされるようだ。

そして、かつてのように輸出先は旧ソ連やインドではなく、日本がおもであるという。げんに私は、梱包《こんぽう》室で包装した麻袋に、行先をKOBE JAPANとマーク刷りをしているのを見た。それからずいぶんたっているから、絹織物部門はもう操業中であろう。

おなじ年に、ホータンで「糸綢廠《しちゅう》」を見学した。これはまぎれもない絹織物の工場で、千五百余人の工員をかかえる企業であった。この工場は一九五〇年創設で、はじめはやはり生糸だけを生産していたが、一九六五年から絹織物の製造がはじまったという。そのときに、蘇州《そしゅう》や杭州《こうしゅう》など、絹の先進地域から、熟練工が大量に来たそうだ。

——糸綢之路（シルクロード）

という表現はよくみかけるが、ホータンでは、

——糸綢之郷（シルクタウン）

という目新しい表現があった。「シルクロード」では、ただ絹が通過するかんじだが、われわれも絹をつくっているのだというプライドが、「糸綢之郷」にこめられているのだろう。

だが、シルクタウンは最近のことである。三十数年来のことで、それも蘇州や杭州から助《すけ》っ人《と》が来ている。せっかく遥《はる》か東のくにから王妃を迎えたのに、あまり進歩はなかったのだ。これはやはり競争がなかったからではあるまいか。ホータンも手に入れた絹の秘密は、自分の秘密にして、シルクロード仲間のほかのオアシスには公開しなかったのであろう。それから西のほうへは、なかなか伝わらなかった。

絹そのものは早く伝わった。おそらく、まず中央アジアからインドに伝わったといわれている。

そして、アレキサンダー王の東方遠征によって、絹が西方世界にもたらされたのであろうとする説がある。すぐれたモノは早く伝わるが、その作り方が伝わるのは遅々としている。

ホータンも作り方を極秘にしたため、ライバルがいないので、進歩しなかったとみてよいのではないか。

オリエントの絹の町

六世紀のこと、イランのササン王朝との関係が悪化して、東方から絹がはいらなくなった東ローマ帝国では、それなら自分で絹をつくろうということになった。そのころには、絹が蚕という虫のつくる繭から作られるというていどの知識は、一般にあったようだ。ただ蚕種を手に入れるのが至難であった。

伝説によれば、二人の僧侶《そうりよ》が東方のセリンダという国へ行き、蚕種を手に入れて、なかが空洞になった杖《つえ》のなかにかくし、コンスタンチノープル——いまのイスタンブール——まで持ち帰ることに成功したという。東ローマのユスティニアヌス一世の時代（在位五二七年—五六五年）の物語とされている。

セリンダという現実の地名はない。セリカあるいはセレスとは、ラテン語で中国を意味する。いまの中国語では、絹のことを「糸綢」というが、古くは「糸」一字でそれを意味した。これは古い文字で、西暦前一〇五〇年ごろにほろびた殷《いん》の甲骨文にもみえる。牛骨や亀甲《きっこう》に刻まれた文字に、「糸」の原型がある。殷代の遺物としては、玉《ぎょく》でつくられた蚕が出土している。この玉蚕はただの愛玩《あいがん》用ではなく、養蚕の成功を祈るためにつくられたものかもしれない。

「糸」の発音は今も昔もSiであり、印欧語圏にはいると、語尾にR音やL音がはいるそうだ。それでラテン語のセレスやセリカが、「絹を産する地」として中国を意味するようになったとする説がある。もっとも、Seresについては、イラン語説、匈奴語《きょうどご》説もあって、定説とはなっていない。英語のsilkとおなじ線上にあるとみてよいだろう。

どうやら伝説のセリンダは、セレスとインドを組み合わせた、合成の地名ではないかといわれている。アレキサンダーが絹を西へもたらすのに、インドが一役買っていたとすれば、西方世界から絹のルーツをたどれば、セリンダはなかなか味な創作地名であろう。

中国とインドといえば、ホータンの建国伝説が連想される。『大唐西域記』にこの国はもともと毘沙門天《びしゃもんてん》の住む土地であったが、インドから流罪の人が来たり住んだという。それはインドのアショカ王の太子の家臣たちである。太子が継母の讒言《ざんげん》によって目をえぐられた話は、『阿育王経《あいくおうきょう》』や『雑阿含経《ぞうあごんきょう》』にみえる。補佐の責任をはたせなかった家臣や、事件に関係した豪族たちは、雪山の北に追放された。すなわち崑崙《こんろん》の北のホータンの地にほかならない。彼らは能力のある者を王にいただき、ホータンの西境に住むようになった。

ところが、東方の帝国でも王子が罪を得て、この地の東境に住み、はじめは何年ものあいだおたがいに接触はなかったが、狩猟に出かけて二人がぱったりと出会った。このときは口論だけだったが、日をあらためて果たし合いをすることになり、インドからの亡命派が敗北を喫したという。東方の王子は相手の家臣たちを許し、新たに中央部に城を築き、そこを国都にしたことになっている。伝説とはいえ、あるていど歴史の輪郭を反映しているのではあるまいか。ホータンの地こそ、インド世界と中国世界の接点であったことを、彼らの建国伝説は物語っている。中国世界の要素があったから、蚕種を導入しやすかったのであろう。

東ローマの二人の僧侶が蚕種をもとめるとすれば、ホータンが最も近い。そのころ、シルクロードでは、ホータンがシルクタウンとして知られたはずだ。セリンダはすなわちホータンと解したい。

イスタンブールの南約百キロにあるプルサは、オスマン帝国の古都であるが、絹のまちとしても知られている。絹の道の絹のまちとして、プルサはホータンとならんで、歴史のロマンのかおりを放っているのである。

7　水こそ命

柳樹流泉

柳樹《りゅうじゅ》の流泉《りゅうせん》、瓴《れい》を建《くつ》がえすに似たり。


アヘン戦争のあと、新疆《しんきょう》に左遷された林則徐《りんそくじょ》に、「回疆竹枝詞《かいきょうちくしし》」と題する二十四首の詩があるが、その第二十二首に右のような句がある。

「柳樹流泉」とは流れる泉の両側に、柳樹が立ちならんでいるという意味ではない。柳樹でつくられた槽《そう》を清冽《そうれつ》な泉が流れていることなのだ。沙漠《さばく》のなかに、ただ掘っただけの水路では、水は濁ってしまうばかりか、吸いとられてしまう。いまならセメントで塗りかためる方法があるが、十九世紀の半ばでは、石を組むか、それとも木槽をつくって水をみちびくしかなかったのである。

夏は炎暑、冬は酷寒である。天山《てんざん》や崑崙《こんろん》の雪解けの水をオアシスまでみちびくにしても、地表を通すことはできない。いくら石を組んでも、木槽をつくっても、夏は蒸発してしまうし、冬は結氷してしまう。幹線水路は地下を通すしかない。これがカレーズである。石組みや木槽の水路は、比較的短い支線といってよい。幹線の水路から枝分けされるケースが多い。

大量に水を必要とするのは灌漑《かんがい》である。もちろん人間の日常生活に水はなくてはならないものなのだ。暗渠《あんきょ》であるカレーズから、灌漑を予定されている土地、あるいは飲料水などの必要な集落地域に近くなると、地表にあらわれるように設計されている。林則徐《りんそくじょ》がうたった「柳樹流泉」とは、いうまでもなく地表に出てからの状態である。

瓴《れい》を建《くつが》えす。――見慣れない表現だが、中国の知識人にとっては、それほどとっぴな用法ではない。知識人の必読書である『史記』の高祖本紀《こうそほんぎ》という、よく読まれる部分に出てくる。謀反のおそれのあった韓信《かんしん》を、あざむいてとらえたあと、田肯《でんこう》という者が高祖劉邦《りゅうほう》に説いたことばにあるのだ。漢の秦中《しんちゅう》に国都（長安《ちょうあん》）を置いたが、その地勢がすぐれているのを述べ、諸侯の兵が攻めてきても、百人にたいして二人で防げる、また諸侯に兵をむけるときは、高屋《こうおく》から瓴（とっ手のついた甕《かめ》）の水をくつがえすようなもので、相手は防ぎきれないであろう、と言ったのである。こんなおべんちゃらを言って、田肯は黄金五百斤をもらった。

防ぎようがないほどの勢いで流れる水を形容することばにほかならない。地表に出てからの水路は、そんなに広くないはずである。石を使うにせよ、木を用いるにせよ、そんなにぜいたくはできない。水路が狭く、そのうえ勾配《こうばい》でもつけると、激流に近くなるのであろう。水勢がはげしいと、水は澄んでみえるものなのだ。

地下水路としてのカレーズ

シルクロードのシンボルは沙漠と天山《てんざん》、崑崙《こんろん》、パミールなどの銀嶺《ぎんれい》である。中国の文献でも、西域といえば、流沙をわたり、雪山をこえる、と表現される。沙漠は乾燥地帯であるのはいうまでもない。そこで渇望されているのは水なのだ。だが、沙漠を縁《ふち》どる山々は白雪をいただいている。それは無尽蔵の水のかたまりにほかならない。山なみの麓《ふもと》に、豊富な地下水があるのはいうまでもないだろう。

私の住んでいる神戸は、山をけずって海を埋めて、人工島をつくった。あまったものを、不足したところに持って行くというのは、きわめてわかりやすい。水のない沙漠に立てば、水の宝庫である山のあたりから、水をひっぱってこようという発想は、とうぜん出てくるはずなのだ。

地下水路は古く紀元前八世紀に、イランでつくられたという。紀元前六世紀のアケメネス朝のイランでは、それがかなり普及していたようだ。キュロス王やダリウス王の栄光は、おびただしい地下水路によって支えられていたのであろう。

カレーズは、ペルシャ語ではカナート（qanát）という。ペルシャ語の辞書には、これはアラビア語由来の語彙《ごい》となっていて、まずcaneという訳が与えられ、ついで投げ槍《やり》、そして背骨、とつづいている。どうやら、内部が空洞状になっている長いものをあらわすことばだったようだ。そして派生した意味として地下水路（subterraneous canal）というのが終わり近くに出ていて、最後にサイフォン管となっている。

カレーズはまず地勢や地質をしらべて、山麓《さんろく》部に「母井」を掘る。二十米《メートル》から三十米《メートル》も掘りさげ、第二、第三と竪坑《たてこう》を掘って地中でそれを坑道で結びつける。竪坑の間隔は、ほぼ三十米《メートル》から五十米《メートル》である。トルファン盆地を車で走ると、そのていどの間隔で、土が盛りあがっているのが、ずっとつづいている。その長さは、五キロ乃至《ないし》十キロで、イランでは七十キロに及ぶ長いカレーズがあるそうだ。地中で、母井から第二、第三……と子井を結びつける横の坑道掘りは、きわめて困難で、危険の多い仕事である。

一人が坑道を掘り、その土砂を別の人が革袋に詰めて、竪坑から巻上機でおろされた綱に結びつけて引きあげる。地上には二人がいて、巻上機を操作すると同時に、引きあげた土砂を竪坑のまわりに積みあげる。車窓から見える盛りあがった部分がそれなのだ。このように、四人が一組となって、一日に二米《メートル》掘り進めるのが平均であるという。それで何キロも掘るのだから、気が遠くなる話である。

母井の地点をえらぶのは、最も重要なことであり、その道のベテランがきめるのであろう。だが、やはり掘ってみなければ、良質の水が得られるかどうかわからない。運まかせの要素が多い。そうなれば、神頼みということになるだろう。林則徐《りんそくじょ》の前記の竹枝詞は、つぎのような句がつづいている。

泉を求むるに日を排《なら》べ番経を諷《うた》う

ここにいう泉とは、カレーズの母井のことにちがいない。母井の地点をもとめるのに、日をならべるとは、吉日をえらぶことであろうか。あるいは一日交替に、という意味かもしれない。番経とはコーランのことである。神頼みだから、コーランをとなえて、良質の水の出る母井の地点を、お教えくださいとお願いする。

「諷《ふう》」とは、声をふるわせてうたうことで、仏教のお経よりも、コーランを読むのにふさわしい動詞なのだ。

水求むるは難し

林則徐より八十年ほど前に、新疆に左遷された紀昀《きいん》（一七二四年―一八〇五年）という高官がいた。彼の姻戚《いんせき》の盧見曾《ろけんそう》という揚州《ようしゅう》の塩運使は、書画のコレクターとして有名であった。「揚州八怪」といって当時、揚州にすぐれた画人が輩出したのは、盧見曾がスポンサーになったからである。文化人かならずしもすぐれた官僚ではない。書画好きの人が、彼は罪があって喚問されようとした。紀昀《きいん》は翰林院《かんりんいん》にいて、そのことを知ったので、そっとしらせたのである。

これが「漏言」という罪になって、新疆に左遷されたのだ。彼は新疆に二年いて、赦免されたが、そのあいだに、「烏魯木斉《ウルムチ》雑詩」百六十首を作った。そのなかにつぎのような詩がある。

山田《さんでん》は龍口より泉を引いて澆《そそ》ぐ
泉水は惟《た》だ積雪の消ゆるに凭《たよ》る
頭白の蕃王《ばんおう》　年は八十
知らず春雨の禾苗《かびょう》を長ずるを

紀昀が自らこの詩に註《ちゅう》して、

――其《そ》の水を引いて山を出《い》ずるの処《ところ》を、俗に之《これ》を龍口と謂《い》う。

と書いている。龍口はすなわち「母井」ということになる。耕作はすべてカレーズに頼る。紀昀は直隷《ちょくれい》（河北省）献《けん》県の人だから、農業は天から降る雨が頼りである、ということを常識としていた。だが、この地方では天上からではなく、地下から水が来て、耕地がうるおうというのが常識なのだ。頭が真っ白な八十歳になる蕃王も、経験豊富なはずなのに、春雨が農作物をそだてることを知らない。この詩の註に、

――歳《とし》に或《あ》るいは雨ふらず。雨ふるも僅《わず》かに一二次のみ。

とある。トルファン盆地の年間総雨量は十六ミリというから、この註は誇張ではない。紀昀が赦《ゆる》されて新疆をはなれたのが、乾隆《けんりゅう》三十六年（一七七一）である。その年に、鎮国公、参賛大臣であった額敏和卓《エミンホジャ》が吐魯番《トルファン》郡王に封ぜられた。詩中の頭白の蕃王とは彼のことであろう。彼は王に封ぜられて六年後に、八十三歳で死んだ。いまトルファン盆地にそびえる額敏《エミン》塔（一名蘇公塔）は、彼を記念して建てられたモスクである。紀昀の詩をもう一首紹介しよう。

良田　得るは易《やす》く　水　求むるは難し
水は深秋に到《いた》りて却《かえ》って漫《みだり》に流る
我は渠《きよ》を開いて官閘《かんこう》を建てんと欲せしに
人言う沙堰《さえん》は収《おさ》むる能《あた》わずと

シルクロードは土地が広い。「故に田無きを患《うれ》えず、水無きを患う。水の至らざる所は皆な棄地《きち》なり」と、彼もいう。水があってはじめて土地といえる。水のないのは「棄地」――役に立たない、棄《す》てられた土地なのだ。

雪解けの水は、夏の太陽で解けて秋も深まってから多くなる。農耕に最も水が必要なのは、四月から五月にかけてだが、そのころは水がすくない。深秋の大量の水は、使われずに、流れ去ってしまう。では、水を溜《た》めておけばよいではないか。水利工事をおこない、官の閘《こう》を建てたい、と作者は希望する。閘とは水をせきとめる水門のことで、すなわちダムをつくりたいというのだ。

だが、人が言うには、沙漠のなかにつくった堰（水をせきとめる仕切り）は、水を収めるのが難しい。そのためには、渠《きよ》（水路）を深く掘らねばならないが、そうすれば田地が高く、水が低いという状態になる。作者紀昀《きいん》は、江南《こうなん》で用いる龍骨車（大型水車）によって問題が解決できるのではないかと考えた。作者の註によれば、そこまであれこれと考えたところで、赦免されて北京《ペキン》に帰ることになったのでおしまい、とある。

カレーズづくりはもうかる投資

二百年後のこんにち、スケールの大きなダムがつくられるようになった。私は一九七七年に、ウルムチ西北百五十キロにある石河子《せつかし》というところを訪れた。ここは、もとは石ころの原、いわゆるゴビで、まったく不毛の土地であった。そこを開墾して草地としたのである。そのためには、土をはこんでゴビにかぶせるという、うんざりするような作業からはじめなければならなかった。

問題が水であったのはいうまでもない。そこには天山北路最大のマナス河が流れているが、それを「漫流」させてはならないのである。一九五四年にダムがつくられ、「大泉溝水庫《だいせんこうダム》」と命名された。二万平方キロの大きなダムである。これによって、広大な「棄地」を、利用できる土地に変えることができたのはいうまでもない。

このような大型のダムは、紀昀のいうように、「官閘《かんこう》」――政府の力をもってして、はじめて建設できる。それにくらべると、カレーズは、時間さえかければ、個人でもつくることができるのだ。この地方では、金のある人はカレーズをつくる。地主ならぬ「水主」である。彼のつくったカレーズの水を利用する人は、彼にたいしてその使用料を支払わねばならない。中国では、地主がいなくなったように、水主もいなくなったようだが、カレーズづくりは儲《もう》かる投資であったのだ。

カレーズはつくりっ放しではだめである。地下水路は時間がたつと、土砂が積って流れなくなる。だから、たえず土砂を除かねばならない。地表の水路なら、土砂をかき出すだけでよいが、地下の場合は、カレーズをつくるときとおなじように、革袋に土砂を入れて、巻上機でひきあげるという、面倒な作業をくり返すのである。

地下二十米《メートル》以上のカレーズ内の作業は、きわめて危険なのだ。砂の壁面がいつ崩れるかわからない。地震にはきわめて弱いことがわかっている。作業員は生き埋めの危険をおかして仕事をするので、彼らの労賃は一般の仕事のそれよりも高いという。個人がカレーズをつくっていた時代には、それはコストとして、水の使用料を払う人たちの負担になったのだ。高くつく水ではあっても、水がなければ、耕作はいうまでもなく、生命をつなぐことさえできない。涙をのんで、人びとは水代を払ったであろう。

需要供給の経済原則からいって、水が高くつくのはすくないからであった。カレーズやダムを増やして水を多くすれば、水代はさがるのが道理である。紀昀《きいん》のように、官閙《かんこう》をつくろうという発想がうまれるのはとうぜんだ。じっさいにそんな計画があれば、水を独占していた人たち――地方の有力者であったのはいうまでもない――が抵抗して、かならずしもすんなりとは行かないであろう。

「林公の井戸」と「左公柳」

中国語でカレーズのことを、「坎児井《カルチン》」という。坎児とは、カレーズまたはカナートの音を、漢字にあてたものである。ところが、カレーズのことを「林公井《りんこう》」と呼び、林則徐《りんそくじょ》が発明したとなっている文献がみられる。これは、ひいきのひき倒しであり、林則徐は新疆に来て、はじめてカレーズというものをみて、いたく感心したのだ。彼の日記――道光《どうこう》二十五年（一八四五）正月十九日――に、カレーズをみて土地の人にその名をたずね「卡井《カーチン》」という答を得たと述べている。これもカレーズの最初の音をとった名称であろう。

――誠に不可思議の事なり。

という感想が日記にしるされている。カレーズはイランから早い時期に伝わったのはいうまでもない。だが、林則徐はカレーズを増やすことに努力して、人びとがそれを徳として、「林公の井戸」と呼んだ可能性はあるだろう。林公発明のものではなく、林公が増やし、修理し、改良を加えたもの、という意味であろうとおもう。

左公柳《さこうりゅう》というのと似ている。左公というのは左宗棠《さそうとう》のことで、ヤクブ・ベクの乱を平定する清《しん》軍の司令官となって新疆にはいったとき、彼は成長の早い柳を、道路に植えたという。その木陰《こかげ》が人びとの休憩の場となり、それにたいする感謝の意をこめて、その柳を「左公柳」と名づけたのである。左宗棠は太平天国の反乱を鎮圧したことで、中国ではとかく評判が悪かったが、新疆ではロシアとの交渉に有利な条件をつくったことは、やはり高く評価すべきであろう。中国からの報道で、左宗棠の再評価がおこなわれていることを知ったが、一九八四年、甘粛《かんしゅく》の酒泉《しゅせん》へ行ったとき、公園内に、「左公柳」という石碑の表示が出ているのを見た。再評価の証拠ともいうべきものであろう。

8　絨毯ものがたり

絨毯は特別な品

イランの出入国検査はきびしい。イラクと交戦中であり、ホメイニの革命に反対する勢力との戦いもあるので、それはとうぜんかもしれない。財布のなかのお札まで、ていねいにかぞえて、パスポートの最後のページに、ペルシャ文字で書きいれてくれる。算用数字だと改竄《かいざん》されやすいからであろう。もっとも石油のバイヤーなど、イランにとって大切なお客様は、そんな扱いは受けず、フリーパス同然であるともいう。考えようによっては、これはたいそう正直であるといえる。テヘラン空港での出国の状況をみていると、外国人よりもイラン人にたいしてのほうが、検査は厳重であったようだ。

荷物の検査では、絨毯《じゅうたん》がみつかれば、かならず没収されていた。どうやらこれは、イランの財産を海外に持ち出す行為とみなされてのことらしい。私たちが入国のとき、財布のなかまでチェックされ、パスポートに書きこまれたのも、おなじ考え方なのだ。私たちが誰かイラン人に頼まれて、その人の財産を現金という形で持ち出さないためである。入国のときより出国のときの財布のなかみが多ければ、徹底的に調べられるのであろう。キャッシュ以外に、宝石貴金属にかえて持ち出す方法もあるが、絨毯も財産逃避の一つの手段と考えられているのだ。

絨毯も財産である。——この言い方は微温的にすぎる。絨毯は財産そのものである、と言いかえるべきかもしれない。

日本の百貨店でペルシャ絨毯展がひらかれたとき、一枚の価格が百万円台はふつうであった。値段の高低だけにこだわることはないであろう。生活のなかに絨毯の占めるウエイトは、シルクロード諸民族にあっては、きわめて重いのである。それも定着する人たちよりも、遊牧するグループでのほうが、いっそう重いといえよう。

その民族にとって重要な事物の名称は、その民族の言語に語彙《ごい》が多いのが原則である。ペルシャ語で一般に絨毯をあらわす名詞は「ファルシュ」(farsh) だが、上質の絨毯は「カーリー」(qali) と呼ばれる。質の落ちる絨毯は「ゲリーム」(gelim) である。イスラム教の礼拝のときに敷く絨毯は、「サッジャーデ」(sajjade) または「モッサッラー」(mossalla) といわれる。

このなかで、上質の絨毯をあらわす「カーリー」は、ペルシャ語辞典をみると、トルコ語由来の語彙と註記《ちゆうき》されている。ペルシャ語は中世ペルシャ語パフレビー語が根幹となって、それにイスラム化とともに、おびただしいアラビア語の語彙がはいっているのだが、トルコ語に由来するのはきわめて稀《ま》れである。「カーリー」は、いわば例外的な語彙といえる。

トルコ系諸民族は、音にきこえた勇猛な遊牧の戦士である。イランは西のギリシャ、ローマ、東の中国、インドとならんで、絢爛《けんらん》たる文化を誇った国で、壮麗な宮殿を造営した王たちの下で、住民も定着したものだった。そのイランで、固有のことば「ゲリーム」が粗末な絨毯を意味し、上質のそれはトルコ系の「カーリー」であらわされる事実は、興味深いことである。すくなくとも絨毯にたいする関心度は、遊牧民のほうが高いことを物語っているのではあるまいか。

手もとにある『回教百科事典《エンサイクロペディア・オブ・イスラム》』によれば、絨毯は多くのトルコのフレーズに登場するという。絨毯といえば、私たちは反射的にペルシャを思いうかべるが、じっさいにはトルコとの関係のほうが深いようだ。

そのトルコを出国するとき、私はイスタンブール空港で、「絨毯は?」と訊《き》かれた。「ノー」と答えると、トランクを開けることもなく、カウンターまで行くことができた。ここでは財産の海外逃避を防ぐことではなく、高級品には輸出税を課する必要があってたずねるらしい。そういえば、まちの絨毯屋をひやかしていると、「領収書は半額にしておくから」と誘われ、そのときはなんのことかわからなかった。ほかに課税品もあったにちがいないが、税関員はカーペットしかきかない。やはりこの国でも、絨毯はなにか特別というかんじの品であるらしい。

この世の秩序の玉座

遊牧生活に絨毯はなくてはならぬものである。移動式テント包《パオ》を草原のうえに組み立てるが、天井はできても、下は地面である。やはりなにかを敷かねばならない。羊群を牧している彼らにとって、敷物の材料は、彼らの衣服とおなじように羊毛のたぐいであった。

『漢書《かんじょ》』の匈奴《きょうど》伝では、匈奴は「氈裘《せんきゅう》」を身につけるとある。氈とは動物の毛を平たくしたもので、フェルトにほかならない。裘は毛皮のことである。絨毯はフェルトの部類に属する。

生活の必需品であった絨毯が、彼らのイスラム化によって、宗教上の必需品ともなったのである。イスラムでは、一日に五たび礼拝をしなければならない。イスラムの礼拝は跪《ひざまず》き、額を地面につけることを、くりかえすのである。だから、礼拝のときに、敷物があったほうがよいのはいうまでもない。

だが、イスラム教徒が金科玉条としている『コーラン』にも、また『コーラン』に準ずるとされている『ハディース』にも、礼拝のときにサッジャーデを用いることは言及されていない。

コーランが神の啓示であるのにたいして、『ハディース』はマホメットの言行だから、教徒にとっては行動の基準となる。その『ハディース』には、礼拝についての記述がかなりあるが、あるところでは、メディナというところで礼拝中、豪雨があり、予言者（マホメット）や信者の額や鼻が泥にまみれたと述べている。これでは、マホメットたちは敷物を用いなかったことになる。

かとおもうと『ハディース』の別のところには、地熱から腕などを保護するために、自分の衣服のうえで礼拝をおこなったとある。また棕櫚《しゅろ》の葉でつくられたビサート（ひろげられたもの。敷物）のうえで礼拝したという記述もみえる。つまりは礼拝することが大事であり、そのとき敷物を用いるかどうか、あるいはどんな種類の敷物を用いるかは、瑣末《さまつ》な問題なのだ。

だが、瑣末なことは、ときには拡大され、絶対化されることさえある。

礼拝用絨毯サッジャーデは、『コーラン』にも『ハディース』にもない伝説によって、「この世の秩序の玉座」といえるほどの地位を得てしまった。それは、天使ガブリエル（マホメットもこの天使を通じて神の啓示を得た）が、アダムに「シャッド」の儀式を授けるときに坐《すわ》らせたという話である。「シャッド」というのはよくわからないが、密教《みっきょう》の灌頂《かんじょう》のように、加入儀式のなかの秘儀のようなものであるらしい。

ガブリエルがアダムに与えたサッジャーデは、パラダイスの羊の皮からつくられたもので、「シャッド」の秘儀によってマホメットに伝えられ、教主《カリフ》アブー・バクル、ウマル、ウスマーン、アリーへと継承された。そして、現在まで伝わっているという。こうなれば、そのサッジャーデは神聖きわまりなきものとなり、ほかのサッジャーデも格があがろうというものである。

新疆《しんきょう》の回教寺院には筵《むしろ》のようなものが、あらかじめ敷かれていることが多い。各地のモスクでも、裕福な人は専用のサッジャーデをたずさえて行くようだ。礼拝が終われば、それを巻いておかねばならない。ひろげたままにしておけば、イブリースという悪魔がやってきて、そこに坐り、礼拝を台なしにするおそれがあるという。

個人専用のサッジャーデになれば、贅《ぜい》をきわめた高級品があるにちがいない。信仰が生活とわかちがたく密着しているところでは、礼拝の敷物に最高級品を用いるのは、人生のこよなきぜいたくであろう。小さな絨毯が、一枚で数百万円もするという高級化現象には、信仰も大きな関係があるかもしれない。

『四行詩集』（ルバーイヤート）で有名なウマル・ハイヤームに、つぎのような一首がある。

足しげく詣《もう》でる回教寺院《マスジット》
されど　われ　祈りのためならず
かつて偸《ぬす》めり礼拝絨毯《サッジャーデ》
つぎなる好機狙《おりねら》いて今日も通うなれ

これはフィッツジェラルドの英訳にも収められていないし、はたしてウマル・ハイヤームの真作かどうか疑わしいといわれる作品である。ハイヤームを攻撃する人は、この詩を彼の不信仰の証拠として挙げる。また、うわべは信仰深いふりを装いながら、とんでもない悪事をはたらく輩《やから》を、諷《ふう》刺《し》した詩であるとする見方もある。いずれにしても、サッジャーデが、偸《ぬす》むに価するほど高価なものであると一般に認められていたので、このような詩がつくられたのはたしかであろう。

獣毛・絹・綿でつくる

絨毯といえば、材料は獣毛だけにかぎらない。高級絨毯のなかには、絹でつくられたものもある。私も中国新疆の和田《ホータン》の「地毯廠《ちたんしょう》」で、絹の絨毯を織っているところをみた。また西アジアのバザールで、絹の絨毯がならんでいるのもみた。絹の絨毯は光線によって、全体の色合いが、がらりと変わってみえる。また肌にひんやりとかんじて、さわやかに柔軟である。ただ難点は火に弱いことであるそうだ。絹の絨毯のうえで、たばこを吸うなど、もってのほかといわねばならない。

絹のほか綿も絨毯の材料となる。日本の「鍋島緞通《なべしまだんつう》」は綿を材料としたものだ。だが、圧倒的多数の絨毯は、羊毛を材料としてつくられ、大量の上質の羊毛に恵まれているシルクロードにとって有利な産業である。機械ではなく、手結び方式で織るには、大量に必要なのは、羊毛だけではなく時間もそうである。

私はほうぼうで絨毯づくりを見学した。前記のホータン「地毯廠」は、その名称からみれば工場のようだが、じっさいは織機がならんでいて、一台ずつで作業がおこなわれているので、家内手工業がおなじ場所に集まっているにすぎないのである。家庭に一台か二台の織機を据えて、主婦や娘さんが絨毯づくりをしているケースが多い。これは中国でもイランでもおなじであった。イランでは、コムからカシャーンへ行く途中、農家に寄って絨毯づくりを取材したが、そこで手結び織りをしていたのは、少女というより幼女というべき女の子であったことが印象に深い。いたいけな女の子が、織機の前に坐り、垂直に張られた経糸《たていと》に色糸（パイル）を結び、それを切るという単調な仕事を、ながながとつづけていた。さぞ外へ出て遊びたいだろうと、同情したことであった。

色糸（パイル）を結ぶことで模様が織りあげられる。模様の図面をそばに置いて、それを見ながら結んでいる人もいるが、なにも見ないで仕事をしている人もいた。なんどもおなじ模様を織ったベテランなら、もう図面などは必要ないのであろう。幅のサイズによって異なるが、一日たっぷり仕事をして、十センチほどしか進まないといった話をきくと、気が遠くなりそうだ。そのくせ、ホータンで、来年から機械化するという話をきいたときは、なんだかさびしい気がした。

イスラム圏では、偶像は厳重なタブーになっている。だから、絨毯の模様も人物はもとより動物の図でもいけないのである。どうしても幾何学模様、唐草模様ということになる。手結びで模様をつくるには、幾何学模様のほうがらくであるのはいうまでもない。中国で発見されている最古の絨毯は、楼蘭《ろうらん》遺跡出土の断片だが、漢代（紀元前後）のそれは幾何学模様のものだった。イスラム誕生よりも六百年以上も前だから、これは宗教的なタブーによる模様えらびではないだろう。やはり、つくりやすさからえらばれたにちがいない。だが、パジリク古墳出土の絨毯は、ほぼ二米《メートル》四方という大きなサイズであり、紀元前五世紀ごろと推定されるが、騎馬人物やトナカイのすがたが認められる。

テヘランには大きな絨毯博物館がある。私の泊ったインターコンチネンタル・ホテルのすぐ隣りなので、滞在中になんどか見学したが、さすが絨毯の国だけのことはあると感心した。模様の構図、色彩の配合、染色の艶《つや》、さらにそのうえに展開されたであろう、歴史劇までが私たちを魅了してやまない。そのような名品を所蔵し、用いていたのは、宮廷かあるいは貴族たちの邸《やしき》であったにちがいない。権力をめぐって、さまざまな闘争が、そこにくりひろげられた場所に、その絨毯はひろげられていたはずなのだ。

〝緑の絨毯〟

中国では絨毯のことを「地毯《テイタン》」という。もともと毯ということばは、薄い敷物を意味する。毯と同系統に「淡」ということばがあるが、あっさりした状態、色などが薄い状態をあらわす。毯もあまり厚みのない獣毛製の敷物の意だが、この語のイメージは、厚みよりも「ひろがり」のほうが強いのである。

——緑の絨毯

見渡すかぎりひろがっている緑の景観を、そう形容することがある。下に地面があるはずだが、それを緑が一面に覆っている。そのひろがりにくらべると、緑の厚みはまず問題にならない。白居《はくきょ》易《い》の詩に、

——碧毯《へきたん》線頭、早稲《そうとう》抽《ぬきい》ず

という句がある。碧《みどり》のカーペットのうえに、早稲《わせ》の穂がぬき出て見えるシーンである。

——苔紋《たいもん》、翠毯《すいたん》に深し

という句もある。南宋《なんそう》から元《げん》に降《くだ》った、方回《ほうかい》というあまり節操のない文人の詩だが、これは一面の苔《こけ》をカーペットにたとえたもので、苔のうえの紋が、みどりのうえに深くきざみこまれているさまを表現したものなのだ。こうならべてみると、中国の絨毯は戸外との連想が強そうだが、もちろんじっさいには、豪華な絨毯は宮殿や豪邸で用いられていたのである。白居易に「紅錦毯歌《こうきんたんか》」とい

う詩があり、そのなかに、つぎの句がみえる。

　糸を揀《えら》び線を練《ね》り紅藍《こうらん》に染め
　織り作《な》す披香《ひこう》殿上の毯

　披香殿とは漢代の宮殿の名である。どうやらこのカーペットは絹が材料のようにおもえる。羊毛系の絨毯が中国の本土で一般化し、製造されるようになったのは、モンゴルの元代以降のことであったらしい。シルクロードの事物が、中国の文化や生活に刺戟《しげき》を与え、活性化を促した一例といえるであろう。

9　チャドルとターバン

みだりに顔を見せない

いったんイランに足を踏みいれると、女性はかならず頭を布で蔽《おお》わねばならない。ホテルの入口には、

——女性はイスラムふうの服装にかぎる。

と書かれた札がつるされている。イスラムふうの服装とは「チャドル」のことだが、頭からすっぽりかぶるもので、イスラム教徒でない人はそんな服はもっていない。そこで、チャドルの眼目は頭を蔽うことと解して、スカーフのたぐいで頭髪をかくしておけばよいのである。かつては外国人には強制しなかったそうだが、そのような例外を設けるのは面倒なので、女性であるかぎり、どこの国の人であろうと、どんな宗教の信者であろうと、一切例外を認めないことになったそうだ。東京からテヘランへのイラン航空のスチュワーデスには日本女性がいるが、彼女たちも黒い布で頭をつつんでいる。はじめて見たときは、カトリックの修道尼のようなかんじがしたし、なかなか魅力的であった。

そもそもそんなふうに、男性が見て魅力をかんじないように配慮されたのがチャドルである。すっぽりかぶるのだから、からだの線がまったく出ない。脚線美だが大根足だか、わからない仕掛けになっているのは、ロングドレスや日本の和服とおなじである。

チャドル（Chádar）はペルシャ語で、テントやテーブルクロスまで意味することばで、もともと「大きな布」のことなのだ。女性の「被衣《かずき》」よりもテントのほうが用例が多いかもしれない。遊牧民のことをチャドル・ニシャーン（nishin 坐《すわ》る）という。アラビア語ではハバラ（habara）というそうだが、じみなことばのようにおもえる。女性の服といえば、ベトナムのアオザイとかインドのサリーのように、なんとなくはなやいだ響きをもつが、チャドルはそんなかんじがしない。テントやテーブルクロスと共用では、はなやいだ語感をもたないのはとうぜんかもしれない。

コーランには、女性は近親の男性以外に、自分の肉体を露出してはならない、としるされている。ただし、その肉体がどの範囲であるかは、後世のイスラム法学者の解釈による。ふつうの生活をする場合、顔や手先はどうしても外に出てしまう。顔と手の先以外は、すべてかくすべき場所と解され、顔もできるだけかくすべきであるとされて、チャドルの習慣がうまれたのであろう。

もっともイスラム圏にかぎらず、世界的にたしなみのある女性は、みだりにその顔を見せないものとなっている。これは男性の独占欲によって、さらに増幅され、「おれのものだ、ほかの男に見せるな」といったかんじの、おかしなかくし方になった。

ほかの宗教とおなじように、イスラムでも「邪淫《じゃいん》」は罪として戒められている。だが、これも程度についての解釈はさまざまである。美しい女性を見て興奮することまで、邪淫にかぞえるなら、刺戟を与えるほうにも一端の罪があることになろう。美女はつねに、しらずしらずのうちに罪をおかしているわけだ。できるだけ罪をつくらないように、美しさをかくすのが望ましい。——チャドルには、人間のさがが秘められているようだ。

頭からかぶるので、チャドルはベールの役を兼ねるが、顔だけを覆うベールはヘジャブ（hejāb）という。「面紗《めんさ》」と訳してよいだろう。ファッションとしてのベールを、私たちはよく見ている。そして、なかなかしゃれているなどとおもう。だが、じっさいに、たいして透けてもいないヘジャーブをかぶって歩く女性をみると、異様なかんじがする。

チャドルを頭からかぶっても、顔の部分はぜんぶかくれない。前頭部にチャドルを垂らすようにしても、眉《まゆ》のあたりまでが見えないていどであろう。顔と手の先とは、イスラムでは「恥部」とされないそうだ。これは、そのほかの部分が、ぜんぶ恥部ということにほかならない。許容されている顔まで、ヘジャーブでかくすのだから、どうも戒律をこえた要素があるような気がする。チャドルだけでも、布を手でひきよせると、顔のほとんどがかくれる。両眼だけが、そのあいだにのぞいていることが多い。

それで気づいたことだが、眸《ひとみ》だけをみつめていると、どんな眸でも、すばらしい美人のようにおもえてくる。まさかそんな効果を期待した風習ではあるまい。ただ、かくせばかくすほど、そこに関心がそそがれ、心のなかで美化作業がおこなわれることはありうる。

中国の新疆《しんきょう》では、ウルムチ、トルファンあたりでは、チャドルや面紗はそれほど見かけないが、カシュガルへ行くと、にわかに多くなる。カシュガルのチャドルは、黒よりも茶色系統のほうが多いようにおもった。そして面紗も多い。前方が見えるように、目の粗《あら》い布の面紗だが、外からは内――つまり顔――はまったく見えない。老若美醜の見当さえつかないのである。ファッション用のベールとは似ても似つかぬもので、これはもう別物と考えるほかないだろう。

南疆（新疆南部、すなわちカシュガルやホータン）が保守的であるかといえば、かならずしもそうとは言い切れない。剣術のお面をかぶっているかんじのチャドル、面紗すがたの女性が歩いているそばを、女性が運転するバスが走っている。バスの女性運転手は、北疆では見かけなかった。もちろんバスを運転している女性は、頭髪をスカーフで包んでいるだけである。だが、ひょっとすると、彼女も非番のとき、あの焦茶色のチャドルをかぶり、面紗で顔をかくすのかもしれない。

服の着重ね

イランはチャドルの世界だが、そこでもチャドルは黒とはかぎらない。あまりはでな大柄な模様こそすくないが、色もののチャドルもけっこう多い。二人に一人は黒以外のチャドルを身につけているのではあるまいか。原則としてチャドルはじみなものだが、マントとおなじで、なかのものはかくされている。チャドルの下は、はでな衣服であるかもしれない。

シルクロードの主調は沙漠《さばく》か草原で、黄一色か緑一色である。色そのものはあざやかであっても、単調にすぎる。私はトルファンの沙漠のなかで蒸気機関車を見たことがあるが、その真っ赤に塗られた車輪が、黄の単色世界のなかで、じつにうつくしくみえた。上海《シャンハイ》あたりの停車場では、赤い車輪は俗っぽくみえたが、色彩は場所によって、かんじが異なるものだと、あらためて痛感したことだった。

そういえば、シルクロードの女性の服は、チャドル以外は、原色系のあざやかなものが多い。赤と黄の矢絣《やがすり》のような服は、シルクロード乙女たちの愛用するものである。地方によって、それぞれ独特の服装があるのだろうが、ムードはよく似ている。たとえばクチャのチャパンという服装は赤いコートに、下は黄色で、踊るときはそのひるがえりがみごとなのだ。原色のとり合わせということで、共通のムードが醸《かも》し出されるのであろう。

はでなことにかけては、イランに住むカシュガイ族の女性の服装にまさるものはないだろう。カシュガイ族はトルコ系で、イランにあっては少数民族である。十数万しかいないが、ペルシャ語ではなく、トルコ系のことばを用いる。ゾロアスター教徒やアルメニア系キリスト教徒などとともに、イランでは少数民族として、固有の風習を保つことを認められているそうだ。カシュガイ族はその大半が、いまも遊牧生活を送っている。移動のときには、ありったけの服を着込むという。NHKの取材に同行したとき、シラーズへ行く途中、カシュガイ族の婚礼に出会った。女性たちは着飾るというよりは、着重《きかさ》ねといったほうがあたっているだろう。

着重ねるといえば、チャドルも基本的には着重ねではあるまいか。回教徒はかならず礼拝しなければならない。戒律をきびしく守れば、礼拝は日に五回である。あざやかな色彩の衣服は礼拝に似つかわしくない。じみなチャドルをそのうえにまとえば、問題は解決するのだ。またシルクロードのきびしい気候も着重ねと関係がある。朝晩の冷えこみがひどく、油断をすると風邪をひいてしまう。ことに遊牧生活をする人たちは、いつでも気候に適応する準備をしなければならない。ものは慣れであるという。私たちには辛抱できないようにおもえる着重ねも、カシュガイ族の人たちにとっては、それほど苦にならないようだ。からだがそのようにできているのだろう。

シルクロードは、そのほとんどが乾燥地帯である。沙漠ではときに砂嵐《すなあらし》が吹く。砂嵐とまで行かなくても、強い風で砂が飛ぶのはしょっちゅうのことなのだ。カシュガルからホータンまでジープで旅行したとき、密封したアルミケースのなかに、さらにビニールで包んだ革ケースのなかのカメラのレンズに、こまかい粒子の砂がついているのをみつけて、ショックを受けたことがある。そして、この地方の住民は、砂を防ぐことが、本能のようになっているはずだと悟った。

男も女も、頭髪を露出しないのは、けっして宗教上のさだめによるのではない。戒律によってターバンを巻くのは、インドのシク教徒ぐらいではあるまいか。シク教では五つのK――ケーシュ（髪）、カンガー（櫛《くし》）、カッチュ（短袴《たんこ》）、カラー（腕輪）、クリパーン（懐剣）――を、肌身はなさずつけるという戒律がある。そのため、生まれたときから、髪も剃《そ》らないので、きわめて長くなり、それを束ねなければならない。どうしてもターバンを巻かざるをえないのである。イスラム教徒はコーランにそんなことはしるされていないが、ターバンでなければ帽子をかぶっている。これはやはり砂から頭髪を守るという、生活の知恵からきたものであろう。ほかに汗を抑えるという効用もあるそうだ。

乾燥地帯では、水はきわめて貴重である。砂や汗で汚れたからといって、そんなにしばしば頭髪を洗うわけにはいかない。頭髪を蔽う習慣は、ずいぶん古いはずである。

たかが帽子、されど帽子

ターバンか帽子といったが、じつはターバンをほどくと、その下に帽子があるのだ。いわゆるお椀《わん》形の帽子で、これは頭にきっちりはまる。ターバンはそのうえに巻かれる。だから、ターバンを省略すると、帽子ということになる。

アラビア語ではターバンのことをイマーマ（imáma）という。ターバンはヨーロッパ系の語彙《ごい》で、ペルシャ語のドゥルバンド（dulband）から派生したものである。ちなみに、チューリップということばも、おなじ語源をもつとする説があるそうだ。チューリップといえばオランダを連想するが、もとは西アジアの原産である。

頭髪を砂や汗から守るためのものだったが、頭につけるのでよく目立った。そのため、ターバンの色や、額のところにつけるバッジなどを識別用にするようになった。たとえば、信者はターバンをつけ、非信者はそれをつけてはならない、というきまりがあったこともある。またアッバース朝では黒いターバン、ファティマ朝では白いターバンが使われ、一見して識別できるようになっていた。

コーランに述べられていないことは、マホメットの言行録といわれる『ハディース』を参照することになっている。ただし、『ハディース』はマホメットの死後に収集され、かなり時代の下るものがあり、それほど強い根拠にならない。ターバンについても、『ハディース』にいくらか記述がみられるようだが、絶対的なものとはいえない。

　マホメットがメッカに入ったとき、黒衣に身をかため、黒いターバンを巻いていたといわれる。それで黒がターバンの正しい色だとする説もあり、白が一般的な色だから、白がいいのだとする説もある。またマホメットは青いターバンを好んだが、不信者がその色を用いていたことから、それを禁じたという話も伝わっている。

　マホメットの血統をひく者は、緑色のターバンを用いるとされているが、これは緑がパラダイスの色であり、予言者も好んだからという話だ。またメッカに巡礼した人は「ハッジ」の称号を受け、緑色のターバンを巻く資格をもつとされている。

　ひとくちにターバンといっても、さまざまな形のものがある。イランにいると、アフガニスタンからの難民がすぐにわかるのは、そのものものしく盛りあがっているが、あまりひきしまっていないターバンによる。カイロの有名なアズハル学院出身者は、かならず白いターバンを用いた。イスラム法学者のターバン、神秘主義教団の修道者（デルウィーシュ）のターバンなど、ひと目でわかるようになっている。

　サァディーの詩に、沙漠のなかで渇《かつ》えた人が、井戸にたどりつき、ターバンを解いて、なかのお椀帽子をバケツがわりに、ターバンをロープのかわりにして、水を汲《く》みあげる話が出ている。犯人をつかまえた役人が、ターバンを捕縄がわりに使う話もあった。ゆるんだ鞍《くら》をしめるときも、ターバンが用いられたという。たしかに、ターバンはこんなふうに実用的なものであるが、これははじめから意識された用法ではないだろう。縄を用意していなかったから、ターバンを使ったにすぎない。

慣れるとはやく巻けるだろうが、ターバンは面倒なもので、近代生活にはむかない。十九世紀末から二十世紀にかけて、ターバンは近代化主義者と保守主義者とを見分ける目じるしとなった。ターバンをつけている人は保守派である。帽子をかぶっているのが進歩派とされたものだった。

トルコ帽と私たちが呼んでいる、植木鉢を伏せた形の帽子は、じつはトルコ固有のものではない。オスマン帝国時代、このトルコ帽は「フェス」と呼ばれていた。フェスはアフリカの地名で、そこの住民の帽子であったのだ。これをマフムト二世（在位一八〇八年―一八三九年）が、トルコの国民帽と定めたのである。マフムト二世はナポレオンのエジプト侵略、ギリシャの独立（エジプトもギリシャもオスマン帝国の属領であった）という困難な時代に、国政の改革をしようとした君主である。彼とその息子のアブドゥル・メジト一世（在位一八三九―一八六一年）の時代は、タンジマート時代と呼ばれ、オスマン帝国の革新の時期にあたっていた。ターバンが近代生活にそぐわないという理由で、もっと簡便なフェス地方の帽子を、強制的に採用したのである。

オスマン帝国皇帝は回教王であり、イスラムの中心であったため、フェス帽はイスラム教徒のシンボルとされるようになった。またトルコの国民帽と定められたので、誰もがトルコ固有の帽子とおもい、トルコ帽という名をつけられ、それが定着した。

第一次世界大戦後、トルコにケマル・アタテュルクに指導された革命がおこり、オスマン帝国は一九二二年に滅亡した。新しく誕生したトルコ共和国は、さまざまな思い切った改革をおこなった。近代国家として生まれかわるためには、政教を分離して、宗教的因習を脱却しなければならない。

トルコ語はそれまでアラビア文字で表記されていたが、ローマ字にかえた。トルコ語にはローマ字でも正確に表現できない発音があるので、数個の特殊な文字がつくられ、総称して「新トルコ文字」ということになった。この嵐のような改革のなかで、フェス帽すなわちトルコ帽が禁止されたのである。

改革のために採用された帽子が、つぎの改革のときに廃止されるという皮肉な運命をたどったのである。廃止の理由に、あまりにも中世的であり、また地方色が濃すぎるということが挙げられた。それよりも、オスマン帝国末期のトルコは、後進的で、住民が怠惰で、病める巨人というイメージが強かったが、それが帽子に象徴されていたからである。もともと自分たちの固有のものではないので、あっさりと禁じられた。

進歩派の象徴であった帽子が、いつのまにか保守頑迷のシンボルとなっていたのである。トルコ帽を廃したトルコでは、西洋の帽子をかぶらねばならなくなった。トルコ帽の禁止は一九二五年十二月のことである。このとき、回教暦を廃して太陽暦を用いること、女性の面紗を廃することもきめられた。チャドルなどは論外であったのはいうまでもない。

法律できめるなど、大袈裟《おおげさ》すぎるような気がしないでもない。たかが帽子、されど帽子である。頭にのせるので、最も目立つのだ。それはすぐにシンボルになってしまう。中国の新疆でも、帽子によって民族がわかるようになっている。ウイグル帽、カザフ帽、キルギス帽と、それぞれどこか違う。おなじウイグル族でも、居住地によって違うこともある。たとえば、ホータン地区の人たちは、黒い羊毛の帽子を好んでかぶる。カシュガルから同行したウイグル族のアブドラ氏が、カルガ

リクをすぎてしばらくすると、

——ああ、ホータンにはいった。帽子をみればわかるよ。

と、説明してくれた。気をつけてみると、まだ暑い盛りなのに、黒い羊毛の帽子をかぶっている人が多かった。

ケマル・アタテュルクが、トルコ帽にこびりついた悪い印象を、一挙に消し去ろうとした気持ちはよくわかる。法律で禁じられなくても、生活の近代化によって、ターバンはしだいにすがたを消しつつある。新疆のウイグル族は、むかし「纏回《てんかい》」と呼ばれていた。纏とは頭にターバンを巻くという意味で、回は回教徒にほかならない。いまはもうこの名称を用いる人はいなくなった。ターバンがなくなったからである。カシュガルのエイティカル寺院の大阿渾《アフン》（住職）でさえ、ふつうのウイグル帽であった。

中国の西安市や甘粛省《かんしゅくしょう》で、よく白いお椀帽をかぶっている人をみかけるが、彼らはイスラム教徒である。人民帽にとってかわられつつあるが、ターバンの省略型としての白い丸帽は、その簡便さによって、まだしばらく残るにちがいない。

アラビアのかぶりものは、ターバンとはいえない。新聞の写真でよくみかける、サウジアラビアの要人のように四角い布を、輪でとめている、いわば孫悟空型のものなのだ。布をクーフィーヤといい、輪をイカールという。マホメットはターバンを巻いていたから、これは略式のかぶりものであろう。いまのところ、ターバンのようにすがたを消しそうもない。スポンサーがしっかりしているからであろう。そして、「お金持ち」というイメージもわるくないはずだ。

10　穹廬の人、土室の人

〝土室の人よ〟

『史記』匈奴伝《きょうど》に、漢《かん》の使節のことばとして、

――匈奴の父子は乃《すなわ》ち穹廬《きゅうろ》を同じうして、臥《ふ》す。

という表現がある。「穹」とは広く弓形に張ったものを意味する。「蒼穹《そうきゅう》」といえば、はてしない青い大空のことであり、まるい壺《つぼ》型の住居をあらわす「廬」をつけると、テントを弓なりに張った住居を意味する。古代の遊牧民族であった匈奴は、もちろん移動できるテントを住居としていた。

城郭や町のなかに住んでいると、あまり気づかないが、長い地平線を見はるかすことのできる草原に立てば、それがゆるやかに湾曲していることがわかる。そして、天空も弓なりになっているようにみえる。

冒頭にあげた漢の使節のことばは、

――父死ねば、其《そ》の後母を妻とし、兄弟死せば、尽《ことごと》く其の妻を取りて之《これ》を妻とす。冠帯《かんたい》の飾《しょく》、闕庭《けってい》の礼無し。……

と、つづいている。「冠帯の飾」とは衣冠束帯の礼装であり、「闕庭の礼」とは宮廷における重々しい儀礼のことである。

漢の文帝《ぶんてい》（在位前一八〇年―一五七年）の時代に、皇族の女性が匈奴王に嫁いだ。いわゆる「和蕃《わばん》公主《こうしゅ》」である。その随員となった中行説《ちゅうこうえつ》という宦官《かんがん》が、そのまま匈奴にとどまって重用された。その後、漢から使節が来ると、この中行説が相手になった。漢の使節は、ことごとに匈奴は野蛮だといい、中行説はそれにいちいち反論した。

テントのなかで父子がいっしょに寝て、父が死ねば、実母以外の父の妻妾《さいしょう》を自分の妻妾にするしきたりは、儒教立国の漢からみれば、言語道断な蛮行である。これにたいして、中行説は、そのしきたりは、血統を守るためであり、匈奴はどんなに乱れても、必ず「宗種」を首長に立てることができると弁護した。さらにそんなしきたりのない漢では、親族の感情がしだいに疎遠になり、殺し合いがはじまり、「易姓《えきせい》」――異なる血統の首長が立つこと――ということになると論じた。

――土室の人よ、あんまりべらべらしゃべるでないぞ。冠をつけたってなんにもならないじゃないか。

これが、中行説の結びのことばである。

漢人にとって、移動できる、てがるな「穹廬《きゅうろ》」は、いやしむべき住居であった。だが、遊牧の匈奴にとっては、いったん造ればうごかすことのできない土くれの家は、軽蔑《けいべつ》に価したのだ。「土室の人よ」という呼びかけに、あきらかに侮蔑のニュアンスが含まれている。

生活形態のちがいは、いかんともしがたい。

漢の元封《げんぽう》年間（前一一〇年―一〇五年）、武帝《ぶてい》の姪《めい》にあたる細君《さいくん》という名の女性が、烏孫《うそん》王に嫁した。烏孫も遊牧系の民族である。故郷を遠くはなれた細君は、つぎのような望郷の歌をうたった。

吾が家　我を嫁す天の一方
遠く異国に託す烏孫王
穹廬を室と為《な》し　旃《せん》を牆《しょう》と為す
肉を以《もつ》て食と為し　酪《らく》を漿《しょう》と為す
居常《つね》に土《くに》を思い　心は内に傷つく
願わくは黄鵠《こうこく》と為りて故郷に帰らん

穹廬はテント、あるいはパオと訳されるが、王家のそれは、ハイキングの野営用のテントなどとは比べものにならない。「旃《せん》」は毛織物――フェルト――のことで、泥土の壁よりは、フェルトの壁のほうが優雅であろう。

玄奘三蔵《げんじょうさんぞう》は、キルギス共和国のトクマク付近で、西突厥《とっけつ》の葉護可汗《ようごかかん》に会っているが、『三蔵法師伝』には、

――可汗は一大張に居る。張は金華を以て之を装い、爛《らん》として人目を眩《くら》まし、諸達官は前列長《ちょう》筵《えん》にて両行に侍坐《じざ》す。皆、錦服赫然《きんぷくかくぜん》たり。……

と、その華美なさまを叙述し、

――穹廬の君と雖《いえど》も、亦《ま》た尊美たり。

と、感心している。穹廬の君とは、宮殿の君に対する遊牧首長の意味に用いているのだ。

自然の呼吸に合わせて呼吸する。

一七九三年九月、イギリスの使節マカートニーは、熱河《ねっか》で乾隆《けんりゅう》帝に謁見した。熱河は、清《しん》朝の避暑宮殿であり、皇帝たちはそこでテント生活をしていたのである。そのテントを、マカートニーはつぎのように記している。

――皇帝のテントまたはパビリオンは円形で、私の見たところでは直径二十四、五ヤードあり、多数の柱で支えられている。柱の一本一本は遠近と位置によって、金ピカであったりペンキで彩《いろど》られていたり、またはワニスをかけたりしてある。正面には六ヤードの口が開いており、この口の所から黄色い張出しテントが突き出していて、入口から玉座までの距離をかなり引き延ばさせている。テントの中の調度品とその配置の具合は壮麗で、かつ優雅である。壁掛け、カーテン、絨毯《じゅうたん》、提《ちょう》灯《ちん》、縁飾りや房飾りの配置はまことに配合がよい。さまざまの色彩をきわめて上手に使っており、明暗の取合せも使いこなされている。全体の印象は見る人の目を楽しませ、きらびやかさや気障《きざ》な潤色にかき乱されない心地よい落着きと安らぎを、見る人の心一杯にひろげてくれるものであった。

……

――マカートニー『中国訪問使節日記』（坂野正高訳、平凡社東洋文庫277）

テントといってもピンからキリまであり、突厥可汗の「帳」や、清国皇帝の「パビリオン」は、とうぜんピンのほうである。

パオという呼称は、漢族の命名である。マンジュウ——包子《パオツ》——に似ているので、そう名づけたのであり、遊牧の人たちは、それぞれの民族固有の名称をもつ。モンゴルでは「ゲル」、トルコ系諸族ではユルト、あるいはユルタと呼ばれる。

モンゴル系のゲルも、トルコ系のユルトも、基本はおなじである。上部が円錐《えんすい》、腹壁部が円筒形だが、モンゴル系の屋根はやや鋭角で、トルコ系のそれはドーム状といった、小さなちがいがある。おなじ生活をしておれば、民族が異なっていても、おなじような住居や生活道具をつくるものなのだ。ウズベク族は黒いフェルトを用いるが、これは識別のためであろう。

腹壁の矢来《やらい》組はヤナギ材が多く用いられ、伸縮自由なので、移動に便利である。下に絨毯《じゅうたん》を敷くが、壁にも掛けられる。私は絨毯を敷物だとばかり思っていたが、壁掛けでもあることを知ってから、その図柄がよく理解できるようになった。

カザフ族のパオを訪問したことがあるが、そこでも一つの新発見があった。地面に絨毯を敷き、そのうえに横になるのかとおもったら、ちゃんとベッドが置いてある。しかも、ベッドの前にはカーテンが垂れるようになっていた。

漢の使節が、父子穹廬を同じくする、と批難めいた口調で言ったのは、家族がみんなで同居して、性のモラルは大丈夫なのか、という意味も含まれている。だが、このように、カーテンで仕切ることもできるのだから、よけいな世話を焼かないほうがよい。男女の居場所も、おのずからきまっていて、入口からむかって左が男、右が女の場所で、奥が上席とされているようだ。中央には炉が据えられている。

屋根のてっぺんにあたる部分は、開閉できるようになって、空気の流通も配慮されている。もともと乾燥地帯を遊牧することが多いが、腹壁に窓がないので、定住民の家屋ほど空気の流通が十全でないのはやむをえない。遊牧民は日中はほとんど屋外で活動し、テントにはいるのは夜だけである。またすぐに他所《よそ》へ移るのだから、すこしぐらいの空気のよどみは辛抱するのであろう。パオに泊った旅行者の話をきくと、カビくさくて困ったということだった。観光用（？）テントは移動しないだろうから、湿気がこもりがちなのかもしれない。

学生時代、一晩か二晩、テント生活を経験した。じつは眠れなかった。それほど神経質ではないつもりだが、なんとなくおち着かず、心細いおもいをしたことをおぼえている。だが、テント生活がふつうである遊牧の人にきけば、彼らを木造や煉瓦《れんが》、泥壁の家、すなわち「土室」に寝かせると、不安でおち着いて眠れないそうだ。

遊牧の人たちの生活を向上させようと、遊牧以外の産業を教え、彼らに安住をすすめたことがあったようだ。遊牧民をかかえる国——旧ソ連、中国ばかりではなく、イラン、トルコなどもおなじであったらしいが、定住化政策はどこでもストップされているようだ。彼らは「土室」を信用しないのである。いつ崩れて、その下敷きになるかもしれない。フェルトの家なら、たとい崩れても圧死のおそれはないだろう。

それればかりではない。遊牧の人たちは自然児である。自然の呼吸にあわせて呼吸している。土や煉瓦の壁は、彼らを自然から遮断してしまう。そのなかで、彼らは自然の呼吸に自分たちの呼吸を合わせることができない。フェルトの腹壁は、外のものを伝えてくれる。なによりも、自然の大地が足の下にある。——それが彼らを安心させる。

私たちは、おそらくどこかで自然をおそれているのではないだろうか。遊牧民の「不安」と、私たち定着民のそれとのあいだのちがいは、真剣に吟味すべき課題である。

モンゴル共和国の首都ウランバートルには、鉄筋コンクリートのマンションがならんでいる。政府の幹部たちはみんなそんなところに住んでいるが、彼らでも居心地が悪いようだ。休日になると、馬にのって、自分のテントに戻り、そこでくつろいで横になるという。自分のテント地が遠すぎるときは、ウランバートルの近くの草原にパオをつくり、そこへ「帰る」という生活をするそうだ。私たちには快適な、機能的なマンションも、彼らにとっては牢獄《ろうごく》にひとしいのである。

土室・城壁・隊商宿

シルクロードでも、オアシスの住民は、「土室の人」である。彼らの住居の主要建材は、日干しレンガであろう。レンガを片仮名で書いたのは、「煉瓦」という漢字が、火で焼いたものという前提があるような気がするからなのだ。日干しレンガは、土に水をまぜ、適当な大きさのレンガ状にして天日《てんぴ》で干したものである。補強のために、それをこねるときに、葦《あし》や藁《わら》のたぐいをまぜることもある。火をとおしていないのだから、水には弱いはずであろう。だが、めったに雨の降らない地域なら、それで十分なのだ。しっかりと固まった日干しレンガなら、少々の雨では崩れることはないという。

定住民の悩みは、外敵に襲われることである。定住生活をしていると、動きが鈍くなる。農耕民の農具はかなり重いし、家財道具もいつとはなしに増えてしまう。いざというとき、それを持って逃げるのはたいへんだ。逃げ足の遅い彼らは、むしろ逃げることをあきらめて、そこで籠城《ろうじょう》したほうがましだとおもうであろう。

まちを城壁で囲むという形式は、東の中国にもあり、西のヨーロッパにもある。定住民の地域で、町を城壁で囲む習慣のない日本などは、全体からみれば、例外に属するのではあるまいか。

シルクロードのほうぼうに、むかしの城壁の遺跡がみられる。中国側のシルクロードでいえば、トルファン盆地の高昌《こうしょう》と交河《こうが》の二つのまちの城壁が、最もまとまって残っている遺跡であろう。

高昌遺跡はカラホージョと呼ばれ、日干しレンガの宮殿、寺院、城壁が崩れ残っている。ところが、ヤルホトと呼ばれる交河遺跡は、おなじ崩れ残ったようにみえても、日干しレンガはあまり見あたらない。交河はその名称どおり、二つの河が交わったところにあり、河は遥《はる》か下を流れ、まちの部分はそそり立つ崖《がけ》の平頂部を占める。まちはその部分を掘りさげてつくられたのだ。

いわば彫刻都市である。いくつかの例外（最も代表的なのは、写真でよく見かける交河城の仏塔）を除いて、このまちの建物は地上に積みあげられたのではなく、地下をえぐってつくられた。そうなると、「建物」という表現もなんとなくいかがわしい。このまちの住人は土室の人というよりは、

「地下室の人」と呼ぶべきかもしれない。だが、そのまま掘り下げて削った部分が、道路や広場になり、もちろん天井がないので、地下街ともいえないのである。

交河故城は十三、四世紀ごろまで人が住んでいたという。廃墟《はいきょ》となって六百年ほどになるが、それでも人の住んだ痕跡《こんせき》は残っている。それはカマドである。黄色い土に、火のあとが赤くこびりついてみえる。いかにも生活の証明といわんばかりであった。

それにしても、おおぜいの人が集まって住んだところが、無人の廃墟となっているのを見るのは、無気味なことである。シルクロードにそんな遺跡が多いのは、乾燥していることや、砂が一種のカプセル役をはたすケースのあることなどのほかに、定住民にも遊牧民的な気質があったのが、その理由の一つにかぞえられるのではあるまいか。

居住条件が悪くなれば、全住民があっさりとほかの場所に移ることが多いのである。居住条件とは、おもに水であり、河の水量が減って、そこに届かなくなったり、カレーズの管理が悪く、地下水が得られなくなると、移住せざるをえない。彼らは土室の人だが、中国のように、半永久的にそこに住もうとはおもっていないようだ。近くに遊牧民の生活をみて、一種の移住慣れに染まっていくのかもしれない。

穹廬と土室の中間が隊商宿であろう。キャラバン・サラーイともいうが、ユルト・グンバズともいう。ユルトはトルコ系のテントにほかならない。グンバズは塔、丸屋根などを意味する。自動車の時代になって、駱駝《らくだ》をつらねるキャラバンは姿を消し、それにともなって、ユルト・グンバズもなくなってしまった。私はパミール山中のタシュクルガンの近くで、まるで天然記念物のように保存されているユルト・グンバズをみた。

大きなテントを、フェルトではなく、日干しレンガで積みあげたものと考えてよい。内部には三十人ほどが横になれるという説明をうけたので、のぞいてみたが、よほどすし詰めでなければ無理であろう。そのユルト・グンバズは、つくられて百年ほどしかたっていない。だが、それ以前にも、おなじ場所にユルト・グンバズがあり、それの破損がひどくなると、新しく建てたようだ。そんなふうに何百年もそこにあったという。

おなじ場所につくられるのは、立地条件がよいからである。隊商や駱駝やロバなどの動物を連れているので、水が近いところで、水草が得られる場所が望ましい。また隊商の一日の行程は約三十キロなので、ユルト・グンバズの距離はそれに近いことが必要である。

内部から見上げてわかったが、屋根のてっぺんはあいていて、青空がのぞいていた。煙が抜けるようになっているのだ。炉があり、炊事もしたのだろうから、そんな用意がしてあった。隊商宿がしょっちゅう移動しては困るし、遠くから見えたほうがよい。ふつうのテントにくらべて屋根の部分が高くて長いのは、めじるしの便のためにちがいない。

チンギス汗が都を定めたカラコルム、そのモンゴルにほろぼされた西夏《せいか》の都ハラーホト（黒水城）も、いまはいずれも廃墟となっている。つわものどもの夢のあとは、日本では夏草かもしれないが、この地方では「砂」であろう。遊牧のモンゴルは、土室の人の国である中国を支配し、カンバリク（北京《ペキン》）の大都城を造営した。だが、彼らは所詮《しょせん》、穹廬の人であって、北京を首都としながら、その北方約三百五十キロにあたる草原に、第二の首都をつくり、夏期の滞在地とした。穹廬の人は、一か所にじっと留《とど》まっていることに耐えられないのである。

北京を「大都」と称したのにたいして、この第二の首都は「上都」と呼ばれた。上都も城壁に囲まれた都城であったが、フビライ汗は、そのなかに大きな「穹廬」をつくったのである。これについては、マルコ・ポーロがくわしく報告している。

宮殿は十六マイルの牆壁《しょうへき》に囲まれているが、苑《えん》の中央部の森のなかに、すべてを竹材で仕上げた別の宮殿があったというのだ。柱はすべて金箔《きんぱく》と絵画で飾られ、柱頭には龍の彫刻があった。その龍は龍身を柱にまきつけ、左右に張った両肘と頭で屋根を支えていたという。屋根も竹だが漆で固められている。竹材を縛るのに、二百本以上の絹紐《きぬひも》が用いられたのである。

——この竹の宮殿はカーン滞在中の三ヵ月間は建てたなりにしておくが、不在中の九ヵ月間は解体される。このような建て方がしてあるので、思いのままに組み立てることもできれば取り毀《こぼ》つこともできるわけである。

——マルコ・ポーロ『東方見聞録』（愛宕松男訳、平凡社東洋文庫158）

大モンゴル皇帝も穹廬を愛していたことがわかる。だが、土室の人の支配者として、彼は北京の巨大な土室で生活しなければならなかった。毎年六、七、八月の三ヵ月が、皇帝の上都暮らしであったとするが、じっさいにはもっと長く滞在したようである。人間誰しも楽しい生活は、できるだけひきのばしたいものなのだ。

一九三七年、原田淑人たちの「東亜考古学会」が、上都遺跡を調査したが、外苑の西壁近くに礎石がならんでいる跡が発見された。これが竹の宮殿を組み立てる場所であろうと推定されている。上都の土室にあたる宮殿は「大安閣」と呼ばれ、穹廬にあたる宮殿は、「帳殿」と呼ばれていた。

この世界には、いろんな生活様式があり、誰もが自分たちの生活こそ最上だとおもっているのだろう。だが、モンゴルの皇帝は、穹廬の生活を好んでも、世界帝国のあるじの義務として、土室の生活もしなければならないと考えたようだ。

異なった生活様式は、それぞれの歴史をもっていて、にわかに綜合《そうごう》するのは至難のわざである。モンゴル皇帝のように綜合ではなく、ただ理解し合えばいいのではないかとおもう。じつはその理解さえ、それほどかんたんなことではない。私たちは、それをシルクロードに学びたいとおもう。

11　シルクロードの宝石

玉は人間と霊界とを媒介する

『漢書《かんじょ》』の西域伝に興味ある記述がみえる。

——その河には両源がある。一つは葱嶺《そうれい》山（パミール）から出、一つは于闐《うてん》（ホータン）から出ている。于闐は南山（崑崙《こんろん》山脈）の下に在り、その河は北流して葱嶺の河と合流し、東のかた蒲昌《ほしょう》海《かい》（ロプ・ノール）にそそぐ。蒲昌海は塩沢にして、玉門、陽関を去ること三百余里（千三百の誤とおもわれる）、広袤《こうぼう》（面積）三百里、その水は亭居（一定すること）して、冬夏も増減しない。皆、地下に潜行して南のかた積石《せきせき》に出て、中国の黄河となるという。

積石山は青海省西寧《せいねい》の西南という説と、甘粛《かんしゅく》省臨夏《りんか》の西北という説とがあるようだ。いずれにしても、いまから二千年ほど前の人は、パミールやコンロンを黄河の水源と考えていたらしいのである。黄河は偉大であり、中国の母であるから、甘粛や青海のあたりが河源ではもの足りない。そこで、もっと遠いところにもとめたのである。

おなじ『漢書』の張騫《ちょうけん》伝や、『史記』大宛《だいえん》伝にも、漢の武帝《ぶてい》が使者を派遣して、黄河の源流をきわめさせた話をのせている。


——漢使、河源を窮《きわ》む。（河源は于闐《うてん》に出《い》で）その山に玉石《ぎょくせき》多く采《と》り来たる。天子、古図書を案じ、河の出ずる所の山を名づけて、崑崙《こんろん》と曰《い》う。


括弧の部分は、『史記』にあって、『漢書』にない五字である。ここでは、たんに「河源」といっているが、中国でただ「河」といえば、黄河のことにほかならない。

天子は天命を受けて天下を統治する。だから、天下のすみずみまで知らねばならない。天下のはては、黄河の河源であるという発想がそこにあったのだろう。

河源とされた山に、玉石が多く産する。漢の使者はその山の玉石をとって献上した。武帝はよろこび、古い文献をあれこれと参考にして、その山を「コンロン」と命名したというのである。それまで、ただ「南山」と呼ばれていたらしい。オアシス国家于闐からみて、南にあたっていたからなのだ。

玉《ぎょく》。——中国人が愛した宝石は、キラキラ光るものではなく、潤いのある、おちついた、あたたか味のある玉であった。古来、それは奇《く》しき霊力があるとされた。

——清明の玉気は能《よ》く神と通ず。

といわれ、玉は人間と霊界とを媒介するものとされていたのである。

それが大量に産するというのだから、武帝もかなり興奮して、その山に名前をつけるという異例のことをした。武帝がどのような古図書を参考にしたかはわからない。『竹書紀年《ちくしょきねん》』のなかに、

――穆王《ぼくおう》十七年、西のかた崑崙丘に征《ゆ》き、西王母《せいおうぼ》に見《まみ》ゆ。

という記事がみえる。『竹書紀年』は、三世紀に河南の汲《きゅう》県の戦国魏《ぎ》墓から発見された竹簡である。『春秋』が魯《ろ》の歴史であったように、これは戦国魏の歴史であったらしい。漢の武帝時代には、ほかの書籍にもこのような記事があったにちがいない。

東に東王公（東華帝君ともいう）、西に西王母というのが、中国の民間伝承の仙人である。仙人に会えば、不老長寿の薬がもらえるというので、東王公と西王母は古代人のあこがれであった。帝王になれば、仙人をもとめたもので、秦《しん》の始皇帝が、徐福《じょふく》を東海につかわしたのも、仙薬を得るためであった。

『竹書紀年』にある穆王も、西王母にまみえることができたのだから、めでたい薬をもらったであろう。西王母の住居は西のかた崑崙の丘とされていた。だから、漢の武帝は玉石の採れる于闐《うてん》の南方の山を、崑崙と名づけたのである。

いまは世界の地図に、「コンロン山脈」としてなじまれている。もともとコンロンは、民間伝承のなかの想像上の山だったのである。武帝によって、それが現実の山の名称にされたのだ。

コンロンの玉

山中で玉が採れるというが、玉は川に流れてくることも多い。現在の和田県城《ホータン》は、ユルンハシ（玉龍哈什）河とハラハシ（哈剌哈什）河にはさまれている。玉の原石は、コンロン山系からこれらの河に流れてくるが、たいていカドがとれてまるくなっているようだ。

いつのころから、「崑崙の玉」が、中国の中心部にはいったか、記録のうえではわからない。だが、近年になって発掘された漢代の古墓から、金縷玉衣《きんるぎょくい》や銀縷玉衣が出ているが、それに用いられた玉片は、専門家の研究では崑崙の玉であるという。

漢使が于闐から玉を持ち帰って、武帝に献上したというが、それは公式の開始であり、民間ではもっと早くから、交易という形で玉が中原にはいっていたにちがいない。

シルクロードというけれど、「玉の道」を兼ねていたのであろう。シルクも玉も美しいものである。人間は美しいものを渇望し、それを手に入れるためには、どんな苦労もいとわなかった。

絹は人がつくった美であり、玉は人が発見し、磨いて仕上げた美である。

漢代では、皇帝や皇族は、玉衣をきて葬られた。これを「玉匣《ぎょくこう》」という。

一九六八年六月、軍隊の演習中に偶然発見された満城漢墓は、出土の印章から、武帝の庶兄にあたる中山王劉勝《りゅうしょう》とその妻が被葬者であると判明した。二体とも玉衣で蔽《おお》われていたが、劉勝の玉衣は二千四百九十八枚の玉札でつくられ、妻のほうのそれは二千百六十枚の玉札が用いられていた。

専門家の鑑定によると、その玉片はネフライト（軟玉）で、新疆《しんきょう》産の白玉、青玉と同類であり、おそらくシルクロードから運ばれてきたのであろうという。

同色同質の玉を、これほど大量にえらぶのは、たいへんな作業であっただろうし、そのために集められた玉の量はおびただしいものであったにちがいない。

漢は皇族だけではなく、夫余《ふよ》など服属している国の王にも、玉衣を下賜したと記録されている。しかも、皇族や諸王はいつ死ぬかわからない。死んでから、コンロンから玉をはこんできては、埋葬には間に合わない。すくなくともあらかじめ玉片にして、倉庫にじゅうぶんストックしていたはずだ。

西域南道――ホータンから楼蘭《ろうらん》を経て、玉門関から河西《かせい》に出る道は、玉の原石を積んだ駱駝《らくだ》の行列が長くつづいたであろう。しかも、それは朝廷直轄の仕事であったとおもわれる。個人がひそかに玉を仕入れることは禁制であったと想像してよい。

各地漢墓からは、そのほか玉豚、玉璧《ぎょくへき》、玉枕《ぎょくちん》、玉亀《ぎょくき》、含蟬《がんせん》などが発見されている。含蟬とは、蟬《せみ》の形をした玉で、それは遺体の口中に含ませるものだ。玉の霊力を死者の身につけさせるためであろう。民間では含蟬を口にした遺体は、腐らないと信じられていたようである。含蟬などは王侯貴族に限らず、すこし裕福な階層の人たちは、敬愛する故人の遺体の口に含ませた。埋葬されてしまうのだから、玉の含蟬などは完全消耗品といえる。二度と同じものを用いることはないのだから、つぎの死者のためには、新しく買い入れねばならない。需要が多いから、それを扱う商人もすくなくなかったはずだ。

『論語』の子罕篇《しかんぺん》につぎの文章がある。

——子貢曰《しこういわ》く、斯《ここ》に美玉有り、匵《ひつ》に韞《おさ》めて諸《これ》を蔵せんか、善賈《ぜんこ》を求めて諸を沽《う》らんか。子曰《しいわ》く、之《これ》を沽《う》らん哉《かな》、之を沽《う》らん哉。我は賈を待つ者なり。

孔子の弟子の子貢が、師匠に出仕の意思があるかどうか訊《き》こうとしたエピソードである。たとえに持ち出されたのが美玉であった。自分は美玉を持っているが、これを箱のなかにしまいこんでしまおうか。それとも善《よ》い値段（荻生徂徠《おぎゅうそらい》は善き商人と解する）で売ろうか、というのである。孔子は、売ろう、売ろう、とくり返し、自分はよい値段（あるいはよい商人）を待っているのだと、暗に出仕の意思をほのめかしたのだ。この話は、紀元前四世紀から、玉を扱う商人がいたことを証明している。

玉の密輸を防ぐ「玉門関」

西へ行くのは絹、西から来るのは玉、という時代は、私たちが想像するよりも、ずっと古くからあったにちがいない。ただ記録されなかっただけであろう。文字に記録されなくても、地下の古墓からその証拠は続々と出てきたのである。

玉の需要は民間でも盛んであったはずで、権力者が玉を専売すれば、大いに儲《もう》かるのはとうぜんだった。そうなれば、ふつうの商人は、シルクロードまで玉を買いに行くことはできない。せいぜい首都あたりで、宮廷の御用商人が持ってきた玉を、わけてもらうのが関の山であろう。高く吹っかけられたのはいうまでもない。そんなに儲かるならと、危険をおかして、西域から玉を密輸入する者が出てくる。密輸が増えると、宮廷独占の玉が値崩れするおそれがあった。その取締りがきびしくなるのは自然の勢いであろう。

西への関所が、「玉門関」と名づけられたが、この関の重要な任務の一つは、玉の密輸を防ぐことであったはずだ。

『唐書《とうじょ》』に、于闐《うてん》の玉河では、土地の人が夜、月光の盛んな処《ところ》を見れば、そこに必ず美玉を得た、という記事がみえる。玉河とは、ユルンハシとハラハシの両河であるのはいうまでもない。一九七七年に私がホータンへ行ったときも、月光が河面《かわも》におとす光によって、玉のありかを知るという話をきいた。だが、それは土地の人でなければ見えないことで、あなた方には無理でしょう、と言われた。

清末の蕭雄《しょうゆう》という人に、玉の詩がある。彼はヤクブ・ベクの乱の平定に赴いた左宗棠《さそうとう》に従って新疆へ行き、一八六三年から一八七八年までシルクロードに滞在し、「西疆雑述詩」をあらわした。玉の詩はそのなかの一首である。

　玉は羊脂に擬《ぎ》して温且《おんか》つ腴《ゆ》
　昆岡《こんこう》の気脈　本来殊《しゅ》なり

六城の人は擁す双河の畔《ほとり》
水に入るは径寸珠を求むるに非《あら》ず

玉は羊脂にたとえられている。白く、そしてなめらかで艶《つや》がある。げんに玉の高級なものには「脂玉」という名がつけられている。「腴《ゆ》」とは肥えていることにほかならない。瘦《や》せてぎすぎすした枯れたかんじは嫌われる。

昆岡とはいうまでもなく崑崙山のことで、玉を産するその山の「気脈」は、なみたいていのものではない。「六城」とは、ホータン一帯の六つのオアシスというほどの意味であろう。そこから人が双河（ユルンハシとハラハシ）に集まってこみ合うのは、玉石をもとめるためで、「径寸珠」がめあてではない、という意味である。

魏《ぎ》の文帝《ぶんてい》（曹操《そうそう》の子の曹丕《そうひ》。在位二二〇年―二二六年）のとき、敦煌《とんこう》が直径一寸の珠《たま》を献上した。それがどこでとれたかは不明である。敦煌はシルクロードの要衝で、キャラバンがよく集まった場所だった。この「径寸珠」も、土地のものではなく、外国商人がたずさえてきたものであろう。だから、来歴不明のまま献上された。

ホータンの両河が、まるで雑踏のように人が集まっているが、それはなにも来歴不明の径寸珠といった、雲をつかむようなものをさがしているのではない。ちゃんとはっきりした「崑崙の玉」さがしである、というのが詩の大意であろう。

金星石、琉璃

蕭雄《しょうゆう》はじっさいに、その情景を見たのである。頼りは月光だから、月の出たある晩のシーンであろう。彼は崑崙山系には、玉のほかに、金星石、藍宝石《らんほうせき》などの宝石を産すと註《ちゅう》をつけている。

金星石は、おそらくラピス・ラズリであろう。『大唐西域記』の屈浪拏《くつろうだ》国の項に、

――山巌《さんがん》の中に多く金精を出だす有り。其《そ》の石を琢折《たくせつ》し、然《しか》る後に之を得る。

とある。「屈浪拏《くつろうだ》」は『唐書』西域伝に倶蘭《ぐらん》とある国で、現在のアフガニスタンのバダクシャンの一部にあたる。この金精は、あるいは黄金かもしれないが、ラピス・ラズリである可能性のほうが高い。

南宋紹興《なんそうしょうこう》三年（一一三三）の序のある『雲林石譜』のなかに、

――于闐《うてん》国、石、堅土中より出《い》で、色深きこと藍黛《らんたい》の如《ごと》し。一品は斑爛《はんらん》白脈、点々として光を燦《かがや》かす。これを金星石という。一品は色深碧《しんぺき》にして光潤あり、これを翡翠《ひすい》という。

というくだりがある。この金星石もラピス・ラズリであろう。中国でいう瑠璃《るり》（琉璃《るり》）も、本来はラピス・ラズリとおもわれる。

故宮の琉璃瓦《がわら》は黄色で、その瓦を焼いた場所が、「琉璃廠《るりしょう》」で、のちに書店や書画骨董《こっとう》店の集まるところとなった。だが、「瑠璃色」といえば、紫がかった紺色で、ラピス・ラズリの色にほかならない。仏教徒のいう「七宝《しっぽう》」は、経論によってそれぞれ異なるが、瑠璃はたいていその一つにか

ぞえられる。

『漢書』西域伝の罽賓《けいひん》（カシュミール）の項に、この国の産物の一つとして、虎魄《こはく》（琥珀）のつぎに、「璧流離《へきるり》」を挙げている。流離が琉璃とおなじであるのはいうまでもない。琉璃はまた玻璃《はり》とも似ていて、ガラスの意味にも用いられる。

『漢書』の註をつくった魏の孟康《もうこう》は、

——流離は青色にして玉の如し。

としている。唐の顔師古《がんしこ》の『漢書』註には、

——『魏略』に云《い》う、大秦《たいしん》国は赤、白、黒、黄、青、緑、縹《はなだ》（淡藍《たんらん》）、紺、紅、紫十種の流離を出だすと。孟の言うは青色にして、博《ひろ》く通ぜず。此《こ》れ蓋《けだ》し自然の物にして、采沢《さいたく》光潤、衆玉を踰《こ》え、其の色恒《つね》ならず。今、俗に用いる所は、皆、石汁を銷《と》かし、加うるに衆薬を以《もっ》てし、灌《かん》して之を為《つく》る。尤《もっと》も虚脆《きょぜい》にして貞ならず。実に真物に非ざるなり。

とある。石汁を銷かして衆薬を加えるのは、すなわちガラスにほかならない。唐代にはすでに、西方からガラスが大量にはいり、また唐でもかなり雑なガラス製品がつくられていたようである。虚脆にして貞ならず、ときわめて評判が悪い。ガラスは真物ではなく、カシュミールの流離は「自然の物」だというのである。ガラスは十種の色がつくれ、これは大秦（ローマ）の産だが、孟康はただ青色というのみだから、ぴったりそれにあてはまらない（不博通）ので、別物だとしたのだ。ラピス・ラズリでなければならない。

琉璃の鍾《さかずき》　琥珀《こはく》濃し

魏収《ぎしゅう》の『魏書』西域伝大月氏《だいげつし》の項に、興味ある話が載っている。

北魏の世祖太武帝《たいぶてい》（在位四二三年―四五二年）のころ、大月氏国の商人が京師に来て、石に鋳して五色の瑠璃を為《つく》ることができると言った。洛陽《らくよう》遷都前のことだから、京師というのは平城《へいじょう》（山西省）であった。そこで、山中の礦石《こうせき》を採って、京師で鋳させると、じつに光沢のある瑠璃ができた。

――光沢、乃《すなわ》ち西方より来る者より美し。

と、しるされている。これによって、中国では瑠璃の値段が安くなり、人びとはそれを珍重しなくなったという。

大月氏の商人が、どのような方法で、ただの石を瑠璃にかえたのかわからない。五色の瑠璃というのもおかしなものである。私はこれを琺瑯《ほうろう》ではないかと推理している。

奈良県明日香《あすか》村の牽牛子《けんごし》塚出土の棺金具に、琺瑯の装飾があったが、七世紀の墓だから、これが日本最古の琺瑯であり、ほかに正倉院の唐代の鏡にも琺瑯がみとめられる。日本の琺瑯といっても唐から将来されたものであり、その唐においても、エナメル塗りの技法は外来のものだった。大月氏あたりから伝えられた公算が大きい。

西から東へ、シルクロードを通って伝わったものとして、ガラスが最もよく知られているが、琺瑯もやはりこの道を通ったのである。どうしたわけか、琺瑯の技法は中国では絶えてしまい、十五世紀の半ば、明《みん》初期に再び西方から伝わった。もっともこのときは海路伝わったもので、広東《カントン》が長いあいだ中国の琺瑯の拠点であった。北京《ペキン》にも琺瑯の工房はあるが、工匠はほとんど広東出身者である。

正倉院には、唐から渡ってきた、みごとなガラスが収蔵されている。唐の貴族たちも、異国趣味から、ガラス製品を愛好したようである。唐の李賀《りが》の「将進酒」は芥川龍之介《あくたがわりゅうのすけ》愛唱の詩として有名だが、

琉璃の鍾《さかずき》
琥珀《こはく》濃し

と、うたいだされている。琥珀色の酒は、おそらく葡萄《ぶどう》酒であろう。ガラスの杯《さかずき》でワインをやるのが、唐代のダンディズムであったのだ。李白の「客中作」に、

玉椀《ぎょくわん》　盛り来たる琥珀の光

という句がある。玉椀になみなみとつがれた琥珀の光を発する酒も、葡萄酒でなければならない。はっきりと葡萄の美酒とうたったのは、王翰《おうかん》のあまりにも有名な「涼州詞」である。

葡萄の美酒　夜光の杯
飲まんと欲すれば琵琶《びわ》馬上に催す
酔うて沙場に臥《ふ》すとも君笑うこと莫《なか》れ
古来　征戦　幾人か回《かえ》る

起句の夜光杯については、ガラスのコップという説と、白玉の杯という説とがある。中国甘粛の酒泉には、「夜光杯廠」といって、南山から切り出した玉石で杯や椀《わん》や置物をつくる工房がある。白っぽいもの、淡緑のものから、黒っぽく、そのなかに透明の部分がまじっているものにいたるまで、さまざまな種類の玉石から、さまざまな器がつくり出されていた。杯はどんな色のものでも、夜には月の光をうけて美しいだろうとおもわせる。

夜光とは透明な美しさを形容するもので、かならずしもガラスに限らない。古い文献には、しばしば「夜光の璧」ということばがみられる。そして、それはたいてい「明月の珠」と対《つい》になって用いられるようだ。『史記』の鄒陽《すうよう》伝のなかに、

――明月珠や夜光璧（のような貴重な宝）でも、暗闇《くらやみ》のなかを行く人に投げつけたなら、（喜ぶどころか）剣に手をかけてにらみつけない者はない。

という話がみえるし、『後漢書《ごかんじょ》』西域伝の大秦の物産として、琉璃が別にあるのに、夜光璧と明月珠とがならんで挙げられている。透明な美しいもの――玉にしろガラスにしろ――は、中国にとっては、西方からのものというイメージが強かったのだ。

12　くだものの歌

トルファン盆地の葡萄園

西域の葡萄《ぶどう》が長安《ちょうあん》に伝わったのは、弐師将軍李広利《りこうり》が大宛《だいえん》（フェルガーナ）から凱旋《がいせん》（紀元前一〇一年）してからであるという。同時に「目宿《もくしゅく》」も伝えられ、離宮館旁に植えられたことが『漢書《かんじょ》』西域伝にみえる。目宿はウマゴヤシのことで、いまでは苜蓿《もくしゅく》と書かれることが多い。これら西域の植物は、シルクロードと風土の似た乾燥地帯ではよく育ったようだ。

詩人杜甫《とほ》（七一二年―七七〇年）は、乾元《けんげん》二年（七五九）、饑饉《ききん》のため、官を棄《す》てて秦州《しんしゅう》（現在の甘粛省《かんしゅく》天水市一帯）に赴いたとき、「寓目《ぐうもく》」と題する五言律詩のなかで、

一県　葡萄熟し
秋山　苜蓿多し

と、うたっている。葡萄も苜蓿も、当時すでに中国西北部にあっては、ごくふつうの植物となっ

ていたのだ。天水市のすこし東に、葡萄園という名の村があり、地図にも載っている。だが、シルクロードの葡萄園の圧巻は、なんといってもトルファン盆地のそれであろう。一九七三年の夏、はじめてトルファン盆地の葡萄園を訪れたときは、圧倒され、そして深い感動をおぼえた。

葡萄の葉がつくりなす緑蔭《りょくいん》が、ことのほかみごとであった。あれは、やはりシルクロードの、乾いた青い空と、黄色い肌の山を背景にして、はじめて醸し出されるムードであるようだ。たしか葡萄溝という地名があり、黄色——といっても赤に近い——の山を背にして、「陰房《インファン》」がならんでいた。土煉瓦《れんが》をたがいちがいに組んで通風をよくした建物で、そのなかで葡萄を干す。干葡萄は直接日光にあててはいけない。陰房のなかで、かげ干しにするのである。干葡萄はトルファン盆地からとれる最大の輸出品であるという。そのまま食べられることもあれば、醸造用にもなる。

陰房での仕事は、おもに老人が担当していた。直射日光がきびしい地方だから、老人には室内労働が適しているのだ。葡萄を房ごと懸けていくのである。

夏になると、トルファン盆地の温度は、しばしば四十度をこえる。だが、乾燥しているので、むし暑いかんじはない。日蔭《ひかげ》にはいればしのぎやすい。家屋もひさしを長く出しているのが多い。すこしでも広く日蔭をつくろうとするのである。トルファン県の招待所は、ひさしの先に葡萄棚がつくられていた。重なり合った葡萄の葉は、ひさしの代用にもなるのだ。

ちょっとした野外の集会所も、葡萄棚に覆われている。そこで食事をしたり、歌をうたったり、踊ったりするが、ウイグル族の女性の原色のかすり模様の服は、葡萄の葉の下ではよく映える。赤と黄とが、まるで救いの色彩のように、そこに躍動して、観《み》る人の目を慰めてくれる。

葡萄は東西文化交流のシンボル

葡萄は東西の文化交流のシンボルといってよい。なまのくだものの葡萄は、遣唐使船ではこばれることはなかった。たとえば鑑真《がんじん》の便乗した船も、一ヵ月以上かかって日本に着いたのである。みやこ長安から、出港地までの日数を数えると、いくら珍しいといっても葡萄をはこぶことは論外であろう。実物は来なかったが、デザインとしては早くから日本にもたらされた。

葡萄唐草模様がそうである。正倉院御物の海獣葡萄鏡は、とりわけよく知られている。一房にたくさん実をつける葡萄は、豊饒《ほうじょう》のシンボルであり、西方世界では縁起のよいデザインとされ、それが中国経由で日本に伝わったのである。

高松塚出土の海獣葡萄鏡は、中国の王仲殊《おうちゅうしゅ》氏の研究によれば、唐の独孤思貞《どくこしてい》墓出土の鏡と同笵《どうはん》鏡であるという。おなじ鋳型から造られた、文字どおり兄弟鏡なのだ。日本では中国からはいった鏡を、さらに押しつけて鋳型をつくり、それによって大量生産したのである。もっともこの「踏返し鏡」はとうぜん精巧とはいえない。

日本で葡萄の栽培がはじまったのは、十二世紀末葉、中国の種によってであるといわれている。だが、日本の人たちは、じっさいの葡萄を見るまえに、葡萄というものの形を知っていたわけである。

石国の木には瘤が多い

葡萄と同じく豊饒のシンボルとされているのは石榴《ざくろ》である。これもシルクロードから中国にはいったもので、石国あるいは安石国の産とみなされて、そう命名された。石国とはウズベキスタンのタシュケント市を中心とする地域である。安石は安息で、イランからアフガニスタンにかけて存在した国にほかならない。その木に瘤《こぶ》が多いので、榴という字がえらばれたそうだ。中国の詩文では、石榴のほかに「若榴《じゃくりゅう》」と書かれることもある。張衡《ちょうこう》の「南都賦」は、南都（南陽）の地を称し、園圃《えんぽ》にはさまざまな果物があることを列挙しているが、

――桜、梅、山柿《さんし》、侯桃《こうとう》、梨《り》、栗《りつ》、梬《てい》、棗《そう》、若榴《じゃくりゅう》、穣橙《じょうとう》、鄧橘《とうきつ》。

とならんでいる。穣や鄧は地名であるようだ。「南都賦」は『文選《もんぜん》』に収められている。清少納言が『枕草子《まくらのそうし》』のなかで、

――文《ふみ》は文集《もんじゅう》、文選《もんぜん》、はかせの申文《もうしぶみ》。

と挙げているように、『文選』は平安貴族の必読書とされていたから、若榴の名は早くから知られていたはずだ。日本でザクロというのは、若榴からきている。これまた実物を見る前に、文字のうえで、果物の名として知っていたかもしれない。葡萄の場合は、模様としてはいっていたから、その形状はほぼわかっていた。若榴の二字だけでは、想像のしようがなかったであろう。

だが、石榴は葡萄とちがって、土壌や気候については、あまりやかましくない植物なので、種を

もってくれば育つものであった。平安以前に、すでに日本に伝わったといわれるから、文字が先か、実物が先か、微妙なところであろう。『文選』には左思《さし》の「三都の賦」のなかに、

——蒲桃《ぶどう》（葡萄）乱潰《らんかい》し、若榴遂《つい》に裂く。

とか、あるいは潘岳《はんがく》の「閑居の賦」に、

——若榴、蒲陶《ぶどう》の珎《たから》、磊落《らいらく》して其《そ》の側《かたわら》に蔓延《まんえん》す。

といったことばがみられる。どうやら石榴は葡萄とペアになっていたかんじである。

私がシルクロードで食べた石榴は、日本のものよりひとまわり大きく、しかも水分が多く、かつ甘かった。カリフォルニアから輸入されたものに似ている。これはトルファン盆地でもそうだったし、イランでイスファハンからシラーズへむかう道中で買ったものもそうであった。空気が乾燥していると、どうしても喉《のど》が渇く。そんなときに、いささか甘味をともなった果汁は、まさに甘露といってよい。

炎天下、瓜を割って食べるたのしさ

石榴については別のところで書いたことがあるので、このていどにして、シルクロードのくだものの一方の雄である瓜《うり》について述べてみよう。これも乾燥地帯の甘露である。ことに炎天下、ようやくさがしあてた木蔭で、瓜を割って食べるたのしさは、たとえようがない。

成吉思汗《ジンギスハン》に従って、サマルカンド地方に遠征した耶律楚材《やりつそざい》（一一九〇年—一二四四年）の「西域に

新瓜《しんか》を嘗《な》む」と題する詩が思い出される。

西征の軍旅　未《いま》だ家に還《かえ》らず
六月　城を攻めて汗、沙《すな》に滴《したた》る
自ら不才を愧《は》ずるも還《ま》た幸《しあわせ》有り
午風《ごふう》涼しき処《ところ》に新瓜《しんか》を剖《さ》く

成吉思汗の中央アジア遠征は、モンゴルの使節がオトラルで虐殺されたことにたいする懲罰として、一二一九年からはじまった。足かけ七年にわたる血なまぐさい戦場生活は、燕京《えんけい》（北京《ペキン》）っ子である彼には、たえがたいものであったにちがいない。炎天の攻城戦は、汗がじかに砂にしたたるのだ。そんなとき、わずかにしあわせをかんじるのは、「午風涼しき処」すなわち、木蔭で新しくとれた瓜を剖《わ》ることであるという。シルクロードを旅していると、この気持ちがよくわかる。詩に六月とあるが、もちろん陰暦のことだから、太陽暦の七月にあたるころであろう。夏は瓜の食べごろなのだ。

哈密《ハミ》という新疆《しんきょう》の地名をとって、ふつう哈密瓜と呼ばれているが、このラグビーのボール形の瓜は、なにも哈密だけにできるものではない。トルファン盆地でも、南疆と呼ばれるカシュガルやホータンでも、シルクロードのいたるところにあるといってよい。哈密以外の土地の人たちが、それに「哈密」という特定の地名を冠せられるのに不満であるのはいうまでもない。彼らは、この瓜を「甜瓜《テイエンクワ》」と呼んでいる。あまい瓜という意味である。

通称に従って哈密瓜と呼ぶことにするが、私がはじめて食べたのは、一九七三年、北京からウルムチへむかう車中においてであった。汽車がすでに新疆にはいってから、列車の服務員が、私たち家族に差し入れてくれたのである。じつは北京を発《た》つときに、

――ちょうど瓜の季節にあたっていてよかったですね。

と、言われていたのである。瓜は食べごろというのはあるが、秋に行けば瓜がないということはない。ただ夏ほどおいしくないというだけなのだ。その点は、長江の時魚やカニとは異なる。空気の流通さえよければ、腐ることもないそうだ。味さえやかましく言わないのであれば、ほぼ年じゅう食べることができる。土地の人は瓜を網にいれて、吊《つ》るしておくようだ。

形も大きさも、ラグビーのボールそっくりだが、そんなものを知らなかったころの記述をみると、「形は橄欖《かんらん》の如《ごと》く、両端鋭《とが》る」などと書かれている。

美味は神秘性を帯びる

清《しん》朝時代、甜瓜は貢品として、朝廷に毎年献上された。なまものなので、できるだけ早く、そして空気の流通をよくしなければならないので、運送にずいぶん気を遣った。献上品が腐ったりしていてはたいへんである。朝廷ではこれを群臣に下賜したが、よほどの寵臣《ちょうしん》でなければ、一個まるごともらえない。半分に切ったものとか、四分の一をもらうといったことだったらしい。その後、

貢品運送のために、人民が使役されたりして、迷惑していることがわかったので、乾《ほ》した瓜をもって代えよ、という通達が出された記録もある。

乾した甜瓜がどんな味なのか、私はまだ食べたことがない。甜瓜は哈密《ハミ》地方の貢品とされていたので、哈密瓜という名が通称になったようだ。味からいえば、鄯善《ぜんぜん》地方産のものが一番、つぎはトルファン産のもので、哈密産はそれにつぐというのが定評であるという。

哈密瓜を下賜されるのは、廷臣のごく一部であったが、それだけにその美味は神秘性を帯びる。禁じられた美味として、一般の人たちはあこがれたのである。清末の宋伯魯《そうはくろ》という人は、光緒丙《こうしょへい》戌《じゅつ》（一八八六年）の進士だが、新疆に赴任して、はじめてあこがれの哈密瓜にありついた。彼の「哈密瓜を食す」という題の詩に、

我《われ》、毀歯《きし》より已《すで》に耳《みみ》に熟《じゅく》せるも
玉《ぎょく》を剖《さ》くに縁《えん》無《な》く空《むな》しく嘆嗟《たんさ》せり

という句がある。毀歯とは歯が生えかわる時期のことで、七、八歳ごろとされている。そのころから哈密瓜がおいしいと噂《うわさ》にきいていたが、玉（哈密瓜の美称）を剖く縁がなく、むなしくため息ばかりついていたという意味である。ひょっとすると、この詩には、貢品の哈密瓜を下賜されるほどの高官に昇進していないことを嘆くニュアンスも、かくされているかもしれない。だが、哈密瓜の名声が高かったことはわかる。

百銭一枚《ひゃくせんいつまい》、暁市《ぎょうし》に趁《はし》り
筐《はこ》に盈《み》たし累《かさ》ね担《かつ》ぎて田家《でんか》に来《き》たる

百銭で筐いっぱい買えたから、値段は安い。清末は千六百銭が銀一両の時代であった。おいしいものが安いので、食べすぎてはならない。

秋深《あきふか》く腹《はら》の冷《ひ》ゆるは此《こ》れ忌《い》む所《ところ》
慎《つつし》んで飽食する勿《なか》れ途路《とろ》は賒《とお》し

旅行中である。目的地はまだ遠いから、お腹《なか》をこわさないように気をつけようというのである。瓜は食べすぎると、消化によくないといわれている。十八世紀半ばに、新疆に左遷された紀昀《きいん》（一七二四年——一八〇五年）の「烏魯木斉《ウルムチ》雑詩」のなかに、

種《しゅ》は東陵子母《じぼ》の瓜に出《い》づ
伊州《いしゅう》（哈密のこと）の佳種《かしゅ》、相夸《あいほこ》る莫《な》し
涼《りょう》は氷雪《ひょうせつ》と争い甜《てん》は蜜《みつ》と争う
消《しょう》し得たり温暾《おんとん》顧渚《こしょ》の茶

という詩がある。秦《しん》の東陵侯であった召平は、秦がほろびた後、長安の城東で瓜をうえ、それがたいそう美味であったという。子母とは繁殖を象徴することばである。その種が伝わってできたように、つめたく、また甜《あま》い。それにあたためた顧渚の茶（浙江《せっこう》産の名茶）を飲めば消化もよろしいのである。

不老長寿の〝西王母の桃〟

紀昀《きいん》の「烏魯木斉《ウルムチ》雑詩」のなかに、くだもの売りをうたったのがある。

紅笠《こうりゆう》　烏衫《うさん》　側挑《そくちよう》を担《かつ》ぐ
苹婆《へいば》　杏子《きようし》　緑蒲桃《りよくぶどう》
誰か知らん只《た》だ中原の味を重んじ
榛《しん》、栗《りつ》、楂《さ》、梨《り》、価《あたい》最も高し

紅笠とははでな帽子、すなわちウイグル帽のことで、烏衫とは黒い服、現地の人の服装をいう。側挑とは横にかつぐ籠《かご》とおもわれる。そのなかに、さまざまなくだものがはいっている。苹婆は現代中国語の苹果《ピンクオ》――りんごのことにほかならない。りんごは新疆各地に産するが、哈密《ハミ》瓜のように、とくにこの地方の名産とされる種類のものはないようだ。

杏《あんず》は酸梅とも呼ばれ、クチャが主産地だが、乾燥したものが名産とされている。葡萄や瓜ほど有名ではないが、シルクロードの桃は、外観はそれほどでもないが、味はなかなかいけるとおもう。伝説にも、崑崙《こんろん》に住む西王母《せいおうぼ》の桃は、蟠桃《はんとう》といって不老長寿のめでたいくだものとされている。『西遊記』では、孫悟空が罰を受けたのも、天界の桃園の桃を食べたのが罰の一つにかぞえられているのだ。これはふだん食べることができない。西王母の催す「蟠桃会《はんとうえ》」にしか出ないのだが、悟空はそれを食べてしまった。

トルファンで私が食べたのは「扁桃《へんとう》」といって、扁平で円形のものだった。歯ざわりがおだやかで、甘さもほどほどである。シルクロードのような、はげしい風土のなかにあって、扁桃は奥ゆかしいくだものといえる。

シルクロードの桑の実

現在のシルクロードは、絹の道ではなく、絹を生産する土地となっている。だから、ほうぼうに桑《くわ》の木が植えられているのはとうぜんであろう。ウイグル族の人たちは、その桑の実を好んで食べる。桑は養蚕のための植物だが、新疆の一部には、実を食用にする目的で桑を植えることもあるという。清朝時代に、アクス地方の桑樹が宮中に移植され、結実したときに乾隆《けんりゅう》帝が詩を作ったことが記録されている。その詩は、

洸洸《こうこう》として曾《かつ》て用《もち》いて王師《おうし》を済《すく》いたり

と、結ばれている。洸々ということばは、威武堂々としているありさまを形容する。乾隆期に回部（南新疆）の乱を平定したとき、清軍の兵士が、桑の実を食用として、軍糧の一助となった。そのことを踏まえて、王師（王の軍隊）を助けた、とほめたたえているのである。

林則徐《りんそくじょ》（一七八五年―一八五〇年）の「回疆竹枝詞《かいきょうちくしし》」のなかに、つぎの詩がある。

桑葚才《そうじんまさ》に肥え　杏《あんず》も又《ま》た黄なり
甜瓜《てんか》　沙棗《さそう》　亦《ま》た糇糧《こうりょう》
村村　炊烟《すいえん》の起《おこ》るは絶《た》えて少なし
冷餅《れいへい》　懐《ふところ》に盈《み》ちて饢《のう》を作《な》すと喚《よ》ぶ

これは夏から秋にかけての情景である。どの村でも、炊事の煙があがることはめったにないが、それはけっして食べるものがないからではない。たべものは豊富だが、火を用いないからである。葚《じん》とは「椹」とおなじで、桑の実のことを意味する。桑の実は肥えているし、杏も黄ばんでおいしい。甜瓜や沙棗も乾して食べることがある。

沙棗《さそう》は山グミに似た植物で、その実はサクランボ大である。果皮はつるつるして、見ばえはよいが、そんなにおいしいものではない。水分がすくなく、かさかさしたかんじだが、お腹はけっこうふくれる。そのまま食べたり、乾果にしても食べる。糇糧《こうりょう》とは、乾した食品のことをいう。

シルクロードの主食はナーン（nān）と呼ばれる平たいパンである。インドでもおなじだが、このことばの音を漢字に写して、「饟」としたのだ。「糒」とか「餔」など、勝手な字をあてることが多い。イランあたりでは「ノーン」ときこえる。メリケン粉を平たく練って、いったん焙《あぶ》ってあるが、数日保《も》つので、毎日火を用いることはない。冷餅《れいへい》とは、何日も前に焼いたナーンで、それをふところにして、「めしだぞ！」と呼ぶ。炊烟が立ちのぼらなくても、食生活は豊かである。

前出の紀昀のくだもの売りの詩は、りんご、あんず、ぶどうといった現地産のものがたくさんあるのに、意外にも人びとは中原の味を重んじて、榛《しん》（はしばみ）、栗《りつ》、楂《さ》（さんざし）、梨《り》などの値段のほうが高いと言っている。これは詩人の思いちがいで、新疆では、さんざしや梨《なし》はかなり大量にとれるのである。

中国では西のもの、あるいは西から伝わったものによく「胡《こ》」の字をつける。胡椒《こしょう》、胡弓、胡坐《こざ》（あぐら）、胡瓜《きゅうり》といったたぐいである。胡桃《くるみ》もそうで、張騫《ちょうけん》が西から伝えたものの一つといわれてきた。ホータンを訪れて郊外を散策したとき、好奇心から樹木をみるたびに、その名をきいたが、大きな木はみな胡桃であった。皮が核のようにかたいので、核桃ともいう。

――外剛内柔の質に似たり。

という理由で、貢品として献上されたこともあったそうだ。

シルクロードでも西アジアでは棗《なつめ》は多いが、中国の新疆ではこの植物は意外にすくないのである。

13　酒の讃歌

酒と賭けごとのおそろしさ

シルクロードの大部分は、現在、イスラム教世界となっている。イスラム教徒の絶対的な聖典であるコーランは、信者に酒を禁じているため、この世界には、原則として、酒のにおいはないはずなのだ。コーランはマホメット個人のことばではなく、神の啓示をしるしたものだから、飲酒はハラーム（厳禁行為）となっている。だが、「酒」とはなにか、という解釈をめぐって、抜け道もあったようである。

葡萄《ぶどう》、ナツメヤシ、蜂蜜《はちみつ》、大麦、小麦の五種を原料とした飲料が「酒」であると定義づけられたこともあった。だが、それ以外のアルコールでも、じゅうぶんに酔えるわけで、やがて、人を酔わせる飲料はすべてハラームだという解釈が支配的となった。

神の啓示によって飲酒が禁じられたことは、マホメット在世当時のアラビア半島で、いかに飲酒の害がひどかったかを物語っている。メッカやメディナでは、なにかあると人びとは酒を飲んで騒ぎ、賭《か》けごとをしたようだ。賭けごとのおもなものは、マイシルといって矢を使うものであった。

もともとマイシルは「あみだクジ」に類するものであったらしい。アラブの人たちは、食用の家畜を羊にせよラクダにせよ、何人かで金を出し合って、一頭まるごと買うことが多い。もし十人で買ったなら、殺した家畜の肉を十に分けるが、とうぜん良い部分もあればよくない部分もある。それを争うと喧嘩《けんか》になるので、袋のなかから矢を引き出してきめる習慣があったという。矢にはそれぞれ番号かシルシがはいっていて、それが指示する肉塊をもらうのである。この方法がギャンブルに利用されて、かなりの大金がうごき、それがもとでさまざまな犯罪もおこった。

コーランでは、酒とならんでこのマイシルも、偶像とともに厳禁行為とされている。一説によれば、マホメットのいとこの一人が、酒乱でギャンブルに身をもちくずしたので、マホメットはことのほか酒と賭けごとのおそろしさを痛感したのだという。

葡萄酒と琥珀の光

酒の定義からも察しられるように、当時のアラビアの酒は、右の五種を原料にしたものが多かったのである。シルクロードの代表的なくだものが葡萄であるから、この地方の代表的な酒は葡萄酒でなければならない。漢《かん》代に葡萄が西域から伝わったとき、とうぜん葡萄酒も中国にはいったであろう。だが、中国で葡萄酒が醸造されるようになったのは、唐《とう》初、トルファン盆地の高昌国《こうしょう》が唐に併呑《へいどん》されてからであるという。それまでは、高価な外国製葡萄酒が少量輸入され、上層階級の限られた少数の人がそれをたしなんでいたようだ。葡萄酒を飲むことが社会的地位の表示でもあったのだろう。

王翰《おうかん》の「涼州詞」に「葡萄美酒夜光杯」という有名な句があるように、葡萄酒は西のものである夜光杯とならべられ、盛唐期においても、異国情緒を濃厚に帯びていたのである。李白《りはく》はそのような異国情緒をえがくのを得意として、しばしば胡姫《こき》を登場させた。『唐詩選』にも収められている「客中行」という七言絶句は、日本の読書人にも愛誦《あいしょう》された。

蘭陵《らんりょう》の美酒　鬱金香《うっこんこう》
玉椀《ぎょくわん》盛り来たる琥珀《こはく》の光
但《た》だ主人をして能《よ》く客を酔わしめば
知らず何処《いずこ》か是れ他郷なるを

蘭陵は山東《さんとう》省の南部にある地名で、美酒の産地として有名だが、おそらくここにいう酒は葡萄酒ではないだろう。鬱金とは香草のことで、それを用いて酒にかおりをつけていたというのだから、葡萄酒にはそんなやり方はない。だが、つぎに琥珀の光とくると、どうしても葡萄酒を連想せずにはおれない。李賀《りが》の「将進酒」に「琥珀濃し」とうたわれた酒も、葡萄酒でなければ「琉璃《るり》の鍾《さかずき》」に似合わない気がする。荻生徂徠《おぎゅうそらい》は李白の「客中行」にならってつぎのような七言絶句を残している。

甲陽の美酒　緑葡萄
行露三更　客袍《かくほう》を湿《うる》おす
識《し》る可《べ》し良宵《りょうしょう》天下に少きを
芙蓉《ふよう》峰上　一輪高し

甲陽は六甲の南などではなく、甲州の山の南を意味するから、まさに甲州葡萄酒にほかならない。江戸時代の文人墨客は、すでに葡萄酒を賞味していたが、それは長崎にもたらされた舶来物ではなく、国産物であったのだ。

ナツメヤシの「酒」

江戸時代には、長崎経由ではいってきた異国の酒に「阿刺吉《アラキ》」（または「阿刺基」あるいは「阿里乞」）がある。オランダ人がジャワからもたらしたものという。

『和漢三才図会《ずえ》』の醸造類、焼酒の項に、

――阿蘭陀《オランダ》の阿刺吉酒、流球《りゅうきゅう》及び薩摩《さつま》の泡盛《あわもり》酒は皆な彼《か》の国の焼酒なり。気味甚だ辛烈《しんれつ》にして痞《つかえ》を消し積聚《せきしゅう》を抑え、能《よ》く湿《しつ》を防ぐ。此等《これら》は皆な生酒を蒸して造成する焼酎《しょうちゅう》なり。

とみえる。生酒を蒸すとは蒸溜《じょうりゅう》のことであり、泡盛とならべている。泡盛のようにイモを原料とするものもあるが、ほかにもさまざまな原料からつくられる。ジャワからもたらされたものは、あるいはサトウキビが原料かもしれない。シルクロード関係の「アラク」酒は、ナツメヤシを原料とするものが多いようだ。西アジア、とくにイラクあたりは、ナツメヤシを大量に産するのである。この地方では、ナツメヤシの実は、かつて主食格であった。都市部ではそうでもなくなったが、地方では現在でも主食といってよい。米を主食とする日本人が、米から酒をつくるのとおなじように、この地方にナツメヤシを原料とするアラクがうまれたのはとうぜんであろう。

アラクはアラビア語で「少量の水を混ぜる」という意味のことばから派生したらしい。泡盛と同列にされ、辛烈と説かれているように、きわめて強い酒だから、水を割って飲まねばならない。透明の酒だが、水を割ると、たちまち白濁する。

私がはじめてアラクを飲んだのは、イスタンブールであった。それを口に含んで、私が反射的にかんじたのは、子供のころに飲まされた薬に似ているということだった。やや舌になじまない強いかおりがあったが、飲んでいるうちに、抵抗感はなくなった。

トルコではこの酒を「ラク」あるいは「ラキ」と呼ぶ。いま手もとにある、単語帳ていどのトルコ語辞典によれば、Raki の項は、Kind of Brandy となっている。水を割ったラクは薄いミルク色になり、見たところ、カルピスのようだ。政教が完全に分離されているトルコでは、どこでも自由に酒が飲める。おなじイスラム圏でも、中国の新疆《しんきょう》では、非教徒の漢族もすくなくないし、むかしから戒律がゆるやかなこともあって、飲酒の禁もそれほどきびしくないようだ。

泡はたつけど〝ホメイニ・ビール〟

イスラム教の本場ともいうべきサウディ・アラビアやホメイニのイスラム革命下のイランでは、酒を手に入れることさえ至難である。それでも葡萄の豊富な土地なので、自分の家で密造しようとおもえば、できないことはない。ただし、みつかった場合、イスラム法によって鞭打《むちう》ち刑に処せられる。派によって法の解釈は異なるが、飲酒の罰は鞭打ち八十で、奴隷の場合はその半分の四十とするのが有力であるらしい。いまは奴隷はいないだろうが、彼らが半分ですむのは、半人前の人間とされていたからであろう。ふつうの自由人は、それだけ責任をもつべきであるから、厳罰はとうぜんという考え方なのだ。派によっては、自由人四十、奴隷二十と解されるようだ。鞭打ち刑は現在も生きているのである。

イランにもビールらしいものは売っていたが、いくら飲んでも酔うことはない。アルコール分ゼロなのだ。一応、ビール瓶に詰められているが、その正体は、おそらくカラメルでビール色に染めた炭酸水であろう。泡も立つことは立つ。在留外人はこれをホメイニ・ビールと呼んでいるそうだ。「ビールだとおもって飲めば、ビールの味がする」と言う人もいるが、よほど想像力が豊かでなければそうは行かない。

酒の詩人、ウマル・ハイヤーム

酒を意味するアラビア語で、最も普遍的なのはハムル（Khamr）であり、つづいてシャラーブ（Sharāb）である。イランでは後者のほうが優勢なようだ。

シャラーブは、シロップやシャーベットと語根をおなじくする。上等の砂糖を煮つめた濃汁を「舎利別《シャリベツ》」と称して、医薬用にするが、これも同根なのだ。ビールのことは、ビール・シャラーブ、葡萄酒のことはワイン・シャラーブと、自在に適用する。インドの回教徒は葡萄酒のことを、シャラーブ・エ・プルトゥガーリーという。ポルトガル人の酒という意味だが、ゴアのポルトガル人が飲んだことから、そういわれたのであろう。

イランはかつて、詩と薔薇《ばら》と酒の国といわれたほど、その地の人たちは酒を愛したのである。イスラム時代にはいってからも、ウマル・ハイヤームのように、酒をうたいつづけた詩人がいた。

今宵《こよい》またあの酒壺《さかつぼ》をとり出してのう、
そこばくの酒に心を富ましめよう。
信仰や理知の束縛《きずな》を解き放ってのう、
葡萄樹の娘を一夜の妻としよう。

身の内に酒がなくては生きておれぬ、
葡萄酒なくては身の重さにも堪えられぬ。
酒姫《サーキイ》がもう一杯と差し出す瞬間の
われは奴隷だ、それが忘れられぬ。

死んだらおれの屍《しかばね》は野辺《のべ》にすてて、
美酒《うまざけ》を墓場の土に振りそそいで。
白骨が土と化したらその土から、
瓦《かわら》を焼いて、あの酒甕《さけがめ》の蓋《ふた》にして。

法官《ムフティ》よ、マギイの酒にこれほど酔っても
おれの心はなおたしかだよ、君よりも。
君は人の血、おれは葡萄の血汐《ちしお》を吸う、
吸血の罪はどちらか、裁けよ。

——小川亮作訳『ルバイヤート』(岩波文庫版)

右はウマル・ハイヤームの『四行詩』(ルバイヤート)のほんの一部である。天文学者でもあった彼は十一世紀後半から十二世紀前半にかけてのイランの人であった。イランのササン王朝がほろびて、イスラム化したのが七世紀のことだから、ウマル・ハイヤームの時代は、すでにイスラム教が熟して久しかったのである。それでも、酒の讃歌《さんか》が許されていた。

ここには「酒姫」と訳されているサーキイは、原語と発音が似ていることから選ばれたのだろうが、酒肆《しゅし》で酌をしたのは男性であり、「酌童」とも訳せる。神秘主義（スーフィ）の詩は、一つのことばに、かくされた意味をもたせる。たとえば、恋い焦がれる対象である「恋人」に、神あるいは真理という意味をもたせてうたう。サーキイは、ひとの杯に酒をつぐことから、「よろこびをもたらす人」を指す。酒に酔うことは、神へのあこがれが強く、接神の境地にいたることを意味する。そう解したなら、ハイヤームの詩も酒の讃歌ではなく、神の讃歌となり、戒律にそむくことにならない。だが、逆にそのようなスーフィの手法を用いるようにみせかけて、やはり酒そのものをたたえることもありうる。ハイヤームの四行詩はそんなケースとみてよい。

ホメイニ体制にあっては、ハイヤームは異端者であるにちがいない。だが、書店では、彼の詩集は堂々と売られている。彼の名は、イギリスの文人フィッツジェラルドの英訳によって、世界的に知られるようになった。それはゲーテがハーフェズの独訳を読んで触発され、『西東詩集』を書いたことによって、ハーフェズの名が世界的になったのと好一対といえよう。

もう一人の酒の詩人、ハーフェズ

ハーフェズ（一三二六年―一三八九年）も酒や恋をうたった詩人である。そして、在世中に、「スーフィの仮面をかぶった異端者」とみられたこともあった。

イスラム圏では、ときどき信仰に熱心すぎる統治者があらわれ、戒律をきびしく強制したものである。ハーフェズは三十代の前半に、しばらくそんな時期を経験した。ムバーリズ・ウッディーンという王が、狂信的な人物で、ハーフェズの住むシラーズのまちの酒場を、ことごとく閉鎖してしまった。ということは、それまでシラーズのまちには、酒場がたくさんあったのである。ハーフェズはこのとき、「神よ、安心なさい、酒場はとざされましたが、そのかわりに、偽善の商店の門がひらかれるでしょうから」という意味の詩をつくっている。

スーフィのことばでは、酒は神の恵みである。ハイヤームとちがって、ハーフェズは敬虔《けいけん》なイスラム信者であった。ハーフェズという名は「コーランを暗誦できる者」を意味する。だが、やはり彼の詩のなかの酒は、半ば現実のものとしてうたわれたとみるべきだろう。前述したように、彼は異端の疑いをかけられたが、イスラム法学者が検討した結果、その疑いははれたのである。おそらく彼のすばらしい詩に、法官《ムフティ》たちも脱帽したのであろう。

ハイヤームの詩に、「マギの酒」とあるが、マギとはゾロアスター教徒のことである。イスラム以前のイランは、ゾロアスター教（俗にいう拝火教）を国教としていた。

天山南路がウイグル族の居住地となったのは、北方のウイグル王国がキルギス族の強襲を受け、人民が四散して、その一部がこの地方に雪崩《なだ》れこんだ九世紀半ば以後のことである。それまでは、さまざまな民族が住んでいたが、その根幹はイラン系の人たちであった。だから、宗教もゾロアスター教が最も有力で、唐のみやこ長安にも、「祆祠《けんし》」といって、ゾロアスター教の寺院がいくつも建立されていたのである。

九世紀半ば以前の天山南路や崑崙《こんろん》山脈北麓《ほくろく》のいわゆる西域南道には、「マギの酒」のにおいが濃厚に漂っていたにちがいない。マギの酒は、上等のものが葡萄酒で、つづいてアラクであったろうが、遊牧の人たちが愛飲していたのは、おもに馬乳酒であったとおもわれる。

馬酪の味は酒の如し

家畜の乳に含まれる乳糖を酵母で発酵させると、アルコール度の軽い酒ができる。この過程で、乳酸発酵もおこるので、酸味を帯びる。馬乳を発酵させるのは、たいてい革袋のなかであるという。いかにも遊牧民にふさわしい酒なのだ。

漢代に挏馬《とうば》官という官職があり、もともと皇太后の輿《こし》や馬をつかさどっていた「中太僕《ちゅうたいぼく》」という官を、武帝《ぶてい》の太初《たいしょ》元年（前一〇四）に改称したものである。おもな仕事が、皇太后の乗りものよりも、馬乳酒を造ることに変わったからという。『漢書《かんじょ》』百官公卿《こうけい》表や礼楽《れいがく》志にみえる。挏は推におなじで、馬乳をふりうごかして造ったようだ。『漢書』の顔師古《がんしこ》注には、

——馬酪の味は酒の如《ごと》し。之《これ》を飲めば亦《ま》た酔う可《べ》し。故に馬酒と呼ぶなり。

とある。これによると、酒ではなく酪（ヨーグルト）であるが、飲むと酔いもするので、馬酒と

呼ばれたと解している。馬乳酒のアルコール度は一パーセントだから、はたしてこれを酒と呼んでいいかどうか、微妙なところであろう。『隋書《ずいしょ》』突厥《とっけつ》伝に、

——男子は樗蒲《ちょぼ》（一種のギャンブル）を好み、女子は踏鞠《とうきく》（けまり）し、馬酪を飲みて酔いを取り、歌い呼びて相対す。

とある。酒とせずに酪としているが、酔いを取るのだから、りっぱな馬乳酒である。『宋史《そうし》』高昌国《こうしょうこく》伝にも、

——人衣は錦繍《きんしゅう》を尚《たっと》び、器は金銀を用い、馬乳にて醸酒し之を飲めば亦た酔う。

とある。酒であるかぎり酔うのはとうぜんなのに、飲めば酔うという説明は重複のようにおもえる。アルコール度が極端に低いので、酔うことを重ねて言い添えねばならなかったのであろう。別のテキストでは「醇《じゅん》」となっている。コクがあるという意味なのだ。

漢の朝廷で馬乳酒造りの官職が置かれた太初元年は、李広利《りこうり》の第一次大宛《だいえん》遠征の年であり、それ以前に、衛青《えいせい》や霍去病《かくきょへい》が、しばしば匈奴《きょうど》と戦っている。馬乳酒を飲む風習も、戦争の副産物として伝わったのだ。あまり強烈ではないので、愛好者もすくなくなかったのであろう。

なお中国で蒸溜酒がつくられたのは、だいぶ新しいことで、これもシルクロード渡来といわれて

いる。いまでは茅台酒《マオタイ》や汾酒《ふん》などでなじまれ、もともと中国の酒とおもわれているかもしれないが、じつはそうではないらしい。元《げん》代、チンギス汗の遠征以来、東西の風通しがよくなったころ、例のアラクの製法が伝わったようだ。

イスラムだけではなく、アメリカでも禁酒時代があったし、中国でも三国時代、曹操《そうそう》や劉備《りゅうび》がそれを実施した。だが、それは軍糧を確保するとか、あるいは酒の専売の利を得ようとしてのことである。曹操の禁酒時代も、清酒を聖人、濁酒を賢人と呼ぶ隠語がうまれたという。仏教でも出家は酒を飲んではならないのだが、やはり「般若湯《はんにゃとう》」という隠語でひそかに飲まれていた。それは字義通りに解すると、「煩悩を洗い流すさとりの湯」ということになる。ムバーリズ・ウッディーンの飲酒厳禁は、その子のシャー・シュジャーが王位に即《つ》くと、すぐに解禁された。

暁に神秘の声がわが耳に届いた
さあ、シャー・シュジャーの世となった
遠慮なく酒を飲むがよい、と。

……………

ハーフェズは酒の解禁に、よろこびの詩をつくった。

ふるさとシラーズを愛したハーフェズは、その地に葬られた。彼の霊廟《れいびょう》は「ハーフェズィーエ」と呼ばれ、一種の観光名所となっている。

14 シルクロードの壁画美術館

千の仏洞

敦煌莫高窟《とんこうばっこうくつ》は、世界最大の壁画の宝庫である。土地の人は、それを千仏洞《せんぶつどう》と呼ぶ。石窟寺《せっくつじ》の壁画は、まるで空間恐怖症であるかのように、びっしりと壁面を埋め尽す。小さな仏像がかぞえきれないほどたくさん、何層にも重ねて描かれている場所が多い。それを見て、私はそれが「千仏」だと思っていた。ところが、どうやら千仏洞という名称はそんなことではないらしい。

ウイグル語で、千仏洞のことを「ミン・ウィ」という。ミンは千を意味し、ウィは、家屋、建造物などを意味する。すくなくともウイグル語をもとにして考えるなら、千仏洞は、「千仏の洞」ではなく、「千の仏洞」が正しいらしい。

そういえば、石窟寺がぽつんと一つだけある例はない。すくなくとも私が知っている限りでは、カシュガルの三仙洞と呼ばれる三つがいちばんすくない。敦煌は現在発見されているのが四百九十二窟である。最盛期にはおそらく千はあったといわれる。文字どおり千仏洞なのだ。

石窟寺はそれをつくるに適した場所が限られているので、おなじ場所につぎつぎとつくられるのであろう。東京・神田神保町《じんぼうちょう》に古書店が集まり、大阪道修町《どしょうまち》に薬問屋が軒をつらねる事情と似ているようだ。

そもそも石窟寺の源流はどこにあるのだろうか？　崖面に横穴式の洞窟を掘って礼拝所にするのは、紀元前のインドにすでにあった。それも仏教だけではなく、ジャイナ教やヒンズー教にもあったのだ。キリスト教でもアナトリアのカッパドキア渓谷に石窟修道院がつくられた。

仏教の石窟寺院は、インドにはじまり、中央アジアにはいり、いわゆるシルクロードを経て、中国にはいったというのが有力な説である。だが、敦煌の権威者である常書鴻《じょうしょこう》氏の説によれば、四、五世紀の石窟寺院は、西から東へ伝えられたのではなく、それぞれ独自につくったかんじがするという。敦煌だけではなく、ベゼクリクやキジル、クムトラなどの石窟を調査しての感想だから、説得力があるようにおもう。

切りとられた「誓願図」

私が石窟の壁画をはじめて見たのは、ベゼクリクのそれであった。一九七三年のことで、その後、私はこのトルファン盆地の石窟を、三たび訪れている。二年後に敦煌《とんこう》を訪れたとき、私は目もくらむおもいがしたが、それはベゼクリクがあまりにもむざんであったからだ。敦煌近辺には、ずっと仏教徒が居住し、有効な保護措置はとられなかったかもしれないが、すくなくとも破壊だけはくいとめられた。

だが、トルファン盆地は、イスラム教一色となり、民間俗信やあるいはイスラム教の偶像破壊思想によって、壁画も、ずいぶん損害を受けたようである。ただでさえそんな状態であるのに、今世紀の初頭、ドイツのル・コック隊、イギリスのスタイン隊、日本の大谷《おおたに》隊などの諸探検隊によって、壁画が切り取られたのである。

ベゼクリクを訪れて、石窟壁画とはこんなむざんなものかと思っていたので、敦煌の色彩の氾濫《はんらん》のような壁画をみて、目がくらんだのだ。

ベゼクリクには約四十五の石窟があり、なかには壁画のないものもある。また崖の段になった平面に日干し煉瓦《れんが》を積んでつくったお堂もある。横穴を掘ったのではないから、石窟といえないのもあるわけだが、ひっくるめてベゼクリクの石窟という。このほかにも、ベゼクリクの特徴がある。それは壁画のテーマに、「誓願図」があることだ。誓願図とは仏や菩薩《ぼさつ》が衆生《しゅじょう》を救おうとして、その成就を祈願する場面を絵にしたもので、敦煌やキジルの壁画にもみられない。

ジャータカ（本生譚《ほんしょうたん》）は、釈迦《しゃか》が前世でどのような功徳《くどく》を積んだかを、さまざまな物語にしたもので、このテーマはあらゆる仏教壁画に共通する。だが、誓願図はベゼクリクだけというのは、興味ある事実であろう。

石窟寺づくりが、ただ西から東へ伝えられただけではなく、各地でそれぞれ自主的におこなわれ、工夫がこらされたことが、この事実から推測できる。

ドイツ隊は、最もすぐれた誓願図を、洞窟ごとそっくり切り取った。全洞窟の皮を剝《は》ぎとったのだから、あとはもぬけの殻だけが残ったことになる。ある一定のサイズに切って剝がし、あとでつなぎ合わせて復原できるようにしたが、じつに機械的なやり方である。

彼らは美術や民俗学の対象として、壁画に関心を示したが、信仰心をもたないので、規定のサイズであれば、そこが仏菩薩《ぶつぼさつ》の顔であろうと、遠慮なくナイフをいれた。そして、ベルリンの民族博物館に、一洞窟そっくり復原したのである。

スタインのイギリス隊もおなじように剥がしたが、彼は著書のなかで、

——これらフレスコ画（壁画のこと）は、ここ何世紀ものあいだ、偶像破壊を信念とする回教徒の訪問者の手にかかって、手当たりしだいの破壊を受ける危険がたえず存在していた。近年になると、土地の住民から受ける被害もさらに加わることになった。でたらめに切り刻んで、ヨーロッパ人に売りつけようというのである。将来ますます荒廃の度をます危険は、目に見えていた。したがって、現在のような状況では、中央アジアで発展した仏教絵画芸術のみごとな遺物の代表例をできるだけ数多く救い出すためには、この土地から周到かつ組織的に搬出してしまうことが唯一の手段だった。

——スタイン『中央アジア踏査記』（沢崎順之助訳、白水社版）

かなり長く引用したのは、壁画を持ち出した側の言い分も紹介しておく必要があると思ったからである。私はかならずしも頭から泥棒呼ばわりをする気はない。スタインも「現在のような状況では」と、断っているとおり、荒廃の危険はあった。だが、右の言い分に、いささか批判を加えておきたい。

たしかに回教徒による破壊はあっただろうが、塑像はこわされても、壁画にまで破壊の手はのびていなかった。だからこそ、ル・コックやスタインが持ち出せるほど、大量の壁画が残っていたのである。イスラムの偶像否定よりも、イスラム以前にあった民間の俗信による破壊のほうがおもであったようだ。それは、えがかれた像の目の視線を受けると、その目をつぶしておかないと祟《たた》りがあるという迷信である。だから、目の部分を指でほじくるのだ。背のとどく高さの仏像の目が多くつぶれている。

トルファン盆地は、住民がイスラム化したとはいえ、仏教徒であるモンゴル族や満洲《まんしゆう》族の支配を受けた期間が長く、また仏教石窟寺をつくったのは、ほかならぬ彼らの祖先でもあるので、それほど熱狂的な反仏教運動はおこっていない。むしろ近年の住民による破壊がひどく、その原因はヨーロッパ人が買うからである。スタインは著書のなかで、役所の妨害に言及している。彼がベゼクリクを調査したのは、一九一四年十二月から翌年にかけてのことであった。孫文《そんぶん》の辛亥《しんがい》革命によって清《しん》朝がほろび、新しい共和国が誕生して三年以上になる。自国の文化財は、自分たちで調査、保護しようという民族主義が高揚しつつあった。スタインには妨害とみえたが、中国側にとっては、それはあまりにも正当な措置といわねばならない。

ともあれ、ほとんど完全な、すなわち千年のあいだ誰も傷つけなかった誓願図の壁画が、そっくり剝ぎとられ、近代的な設備の整ったベルリン民族博物館で復原展示された。多くの図録には、その写真がのっている。切り取ってつぎ合わせた線がみえるのはやむをえないが、色彩もあざやかで、まず完全なものといってよい。だが、私たちはいまそれを見ることができない。第二次世界大戦のベルリン空襲で、疎開できなかったベゼクリクの誓願図壁画は灰燼《かいじん》に帰してしまった。彼らはそれを文明世界に「救い出す」と言ったが、それは文明世界の思いあがりにすぎなかったことが証明されたのである。

巨大な壁画美術館

ベゼクリク石窟の壁画は、最も古いものは隋代《ずい》（北魏《ほくぎ》説もある）であり、トルファン盆地を漢族の麹《きく》氏王朝が支配していた時代にはじまったわけだ。その麹氏王朝が唐の太宗《たいそう》にほろぼされたのが西暦六四〇年で、それ以後、この地は唐の直轄領となった。八世紀後半、玄宗《げんそう》期の内乱で、唐は西域を放棄し、やがて、ウイグル帝国の支配となる。ベゼクリク石窟はウイグル期のものが最も多い。

だが、歴史の背景からも察しられるが、壁画は線を強調する唐様式が主調である。とすると、仏教美術のおもな流れの方向——西から東へ——とは逆に、ここでは東から西へという流れになるわけだ。

東には敦煌の大石窟寺群がある。文献によれば、前秦建元二年《ぜんしんけんげん》（三六六）に、楽僔《がくそん》という沙門《しゃもん》が石窟をひらき、法良《ほうりょう》禅師がついで第二号をひらいたとある。だが、四世紀の石窟は現存していない。最も古いのが北涼《ほくりょう》期（五世紀前半）と推定される第二七五窟である。そこにある交脚弥勒《こうきゃくみろく》像は、いわば敦煌の顔であり、敦煌といえばこの弥勒さんが出ないことにははじまらないかんじがする。

交脚というのは、文字どおり脚をX字形に組んでいるものだが、この形式の仏像が日本ではまったくつくられなかったのも、一つの興味深い問題であろう。

四百九十二の石窟に現存する塑像は、この北涼の交脚弥勒をはじめ二千四百十五体といわれている。石窟の掘られた鳴沙山《めいさざん》は、砂と小石のまじった礫岩《れきがん》であり、意外に脆《もろ》いところがある。龍門《りゅうもん》や雲崗《うんこう》の石窟では、その山の岩をえぐって仏像をつくっているが、敦煌ではそれができない。たちまちあばた面の仏像になってしまうからである。だから、石窟を掘り、漆食《しっくい》を塗ってなめらかにして、そのうえに壁画をえがくか、仏像は別に塑像でつくり、それを窟内に持ちこんで安置するという形式になった。

したがって、敦煌では壁画が主で、仏像は従である。壁画ののべ面積は、公表によると、四万五千平方メートルであるという。これは三メートルの高さの壁面をならべると、延々十五キロもつづく計算になる。まさに巨大な壁画美術館なのだ。しかも五世紀の北涼から十四世紀の元にいたるまで、千年にわたる時代の石窟壁画がある。

敦煌壁画といっても、時代によって特徴がある。唐以前の初期の壁画は、ジャータカをテーマにしたものが多い。また顔料の化学的変色によって、予期しないキュービズムふうの絵になっているのも、鑑賞の立場からはおもしろい。

釈尊の前世の物語は、幾齣《こま》にも分けて描かれることが多い。捨身飼虎《しゃしんしこ》の物語にしても、飢えた虎《とら》のさま、身を投げるところ、虎がたべるところ、白骨となったところと、順を追って描かれている。これは僧侶《そうりょ》が善男善女を集めて説教するとき、その絵を指さしながら物語ったのであろう。仏教説話の一種の教材であったにちがいない。

唐代になると、こうしたジャータカはすくなくなり、かわって説法図、西方浄土図《さいほうじょうど》など一枚の大きな絵が一つの壁面を占めるようになった。

仏教とは関係のない絵も見受けられる。たとえば、張騫《ちょうけん》が西域に使いする場面がある。前漢武帝のころのことだから、中国に仏教がはいる遥《はる》か以前の物語だが、ひろく民衆教育の教材であったかもしれない。一般社会科といったところであろう。

唐代の壁画は、もちろん線描が強調されているが、色彩としてはあかるい。赤系統の色が多いからであろう。これにたいして、つぎの五代から宋《そう》にかけて（敦煌は一〇三六年に西夏《せいか》に占領されるので、それ以後は西夏期とすべきかもしれない）の壁画は、ぜんたいに青っぽい。だが、この時代の石窟は、平均して唐代のそれより大きい。

もっとも唐代の石窟で、かけはなれて大きいものがある。南と北に、それぞれ二十六メートル、三十二メートルの大きな弥勒《みろく》像があり、それをおさめているのだから、石窟が大きいのはいうまでもない。

朱の顔料は上等のものは湖南《こなん》産であるという。唐の国勢が盛んであった時代、経済力もすぐれていたであろうし、治安が良好で、物資の輸送も安全であったから、遠方のものも手に入った。だから、ふんだんに赤系統の絵具を使うことができたのだ。西夏になると、敦煌は地方政権となり、湖南の朱などは手に入らなくなった。そのあたりは、緑青が多かったので、しぜん緑青系統の色を多く用い、そのため壁画全体が青っぽくなり、なんとなくさびしげにみえる。唐の壁画はなんとなくにぎやかで、あたたかくかんじられるのとムードを異にしている。

壁画のもつムードが、やはりそれぞれの時代を反映しているところがおもしろい。

第一三〇窟は二十六メートルの弥勒像をおさめた巨大な石窟で、通称南大仏と呼ばれる。奈良の大仏の二倍近くもある巨像をおさめるのだから、その窟がどれだけ大きいか想像がつくだろう。そしてその窟の壁面はもちろん広い。もともとそこは玄宗の盛唐期の造営だが、壁画は青っぽい西夏期のものである。盛唐期に造営されたとき、もちろん赤味の勝った、みごとな唐の壁画が描かれていたにちがいない。だが、西夏期になると、そのうえに、自分たちの青っぽい壁画を塗った。いま私たちが見るのは、西夏期の壁画だが、じつはその下に盛唐壁画がかくされているのだ。ところどころに、ひび割れしたところに、下の壁画がのぞいていて、それをみると、上のよりもみごとであるという。だが、それをひきはがすわけにはいかない。

これはなにを意味するのであろうか？　西夏期の人たちも、自分たちのプライドがあり、また自分たちの美意識をもっていたのだ。盛唐の絵よりも、自分たちの絵のほうが美しい、と信じたので、上に絵を描いたはずである。

語りかける壁画

クチャ近辺には石窟寺が多いが、その最大のものはキジルで、クムトラがそれにつぐ。前者は二百三十六窟、後者は百六窟をかぞえる。敦煌の数には及ばないが、ベゼクリクよりはスケールが大きい。この二つの石窟寺群は、おなじ渭干河《いかんが》（ムザルト川）に面して造営されている。上流にあるキジルを「上の千仏洞」、下流にあるクムトラを「下の千仏洞」と呼び分けているようだ。クチャ県城からキジルまで車で二時間半、クムトラへは半時間かかる。もっとも川沿いに行けば、もっと近いであろう。そんなに近いこの二つの石窟寺群のムードはかなり異なる。この二つの石窟寺を見たあと、北京《ペキン》で常書鴻《じょうしょこう》氏に会い、

——キジルは敦煌よりもバーミヤンの雰囲気に近い。

という話をきいて、なるほどとおもった。

専門的な話になるが、線描や絵の風格ということになれば、クムトラは唐様式の影響が強く認められるそうだ。そして、キジルの壁画は唐の影響がより薄い。おなじ川の、それほどはなれていない岸にありながら、それだけの違いがある。

敦煌の壁画には、それまでの中国の絵画になかった凹凸表現の技法がはいっている。それはあきらかにインド絵画の手法をとりいれたものだ。仏教に随行するように、インド絵画が西から東へ流れている。だが、中国絵画の骨格ともいうべき、あざやかな線の技法が、こんどは東から西へ流れているのだ。仏教を中心にして考えた場合、これは逆流になる。だが、その逆流が、下流のクムトラまで届いていながら、その上流のキジルまで達しなかったことが興味深い。

かといって、キジルとクムトラのあいだに、深い溝があったのではない。この二つの石窟寺群に共通した独特の形式もある。たとえば大きな菱形《ひしがた》を、鱗《うろこ》状にならべて、その枠のなかに、絵を描きこむのは、敦煌にもバーミヤンにもないスタイルなのだ。クチャ（亀茲《きじ》）の地方色を共有しながら、外の影響はかならずしも共有しなかったことになる。

クチャが唐の衛星国になったのは、高昌《こうしょう》の滅亡の十年ほどのちだが、トルファン盆地の交河《こうが》城にあった唐の安西都護府《あんせいとごふ》が、クチャに移されたのは六五八年のことだった。唐がいつクチャから撤退したかは、じつは記録がない。ただ七九〇年に北庭《ほくてい》都護府が消滅したとき、安西都護府が孤立したというから、そのころはまだ存在していたのだ。唐兵はこの都護府につねに三万も駐屯していたのだから、唐の影響がないはずはない。

文化交流ということばが流行語のようになっているが、文化というものは、かならずしもAからB、BからCへと流れて伝わるのではない。AにもBにもCにも、それぞれ独自の文化がうまれるはずである。菱形の枠はその例といえよう。またそんなにうまく流れないこともある。インドのアジャンター石窟寺群には礼拝の場であるチャイティヤ（支提《しだい》窟）と、僧侶の住居であるヴィハーラ（毘珂羅《びがら》窟）とがあり、それの合成はベゼクリクにまで及んでいる。だが、敦煌までくると、チャイティヤばかりとなる。チャイティヤだけが壁画で飾られるが、敦煌はどの窟にも壁画がある。ないところは、剝落《はくらく》したのであり、もとはあったのだ。

天山南路からは、ウイグル時代のウイグル語訳の仏典が出土しているが、研究してみると、これはインドのサンスクリット原典を訳したのではなく、漢訳仏典から重訳したことがあきらかであるという。これもまた逆流の一例である。

壁画はさまざまなことを私たちに語りかけてくれる。ル・コックがベルリンに持ち出した、ベゼクリク最良の壁画誓願図は、空襲で失われたが、スタインが持ち出した分はニューデリーの国民博物館に収蔵されて健在である。大谷探検隊がキジルからもたらして、東京国立博物館に収蔵されている、有名なドルナ像は、誰がみても敦煌のものとは風格がちがうことがわかる。

最近、人づてにきいた話だが、ソウルの博物館の収蔵室の片隅から、シルクロードの壁画が発見されたという。大谷光瑞《こうずい》は旅順《りよじゅん》やソウルに探検隊が集めたものを収めたということだから、それではないかとおもう。おそらくベゼクリクかあるいはキジルの壁画であろう。壁画はそれを寄進した人も、じっさいに描いた画工も、石窟とともに、いつまでもそこにあると信じたのである。ふしぎな因縁で、それは石窟から外へ出た。敦煌からもウォーナーが二十六面持ち出している。いまでは、それがそれぞれの場で、当初、祈願されていたように、不滅のものとして残されるのを祈るのみである。

15 名山、伝説、色々の山

私が接した美しい山

私は山が好きだが、いわゆる登山家ではない。山を登るというよりは、山を歩くほうである。あるいはむしろ山を見るのが好き、といったほうが当たっているかもしれない。

シルクロードの山々は、「登山家」の垂涎《すいぜん》の的である。なんとしても登ってみたくなるようだ。どんな山が登ってみたくなるのか、登山家の心理はわからないが、どうやら私ていどの山好きが、眺めて美しいとおもう山がそれにあたるのではあるまいか。

これまで私がいちばん美しいとおもった山のすがたは、カシュガルからホータンへむかうジープの旅で接したそれである。一九七七年の夏のことだが、私は早朝、カシュガルを出発した。当時のメモをみると、午前五時三十分出発となるが、じつはこれは容易ならぬ早朝なのだ。あの広大な中国は、全土、おなじ時間を用いている。俗にいう「北京《ペキン》時間」である。だが西のさいはてのカシュガルでは、じっさいには二時間から三時間ほどちがう。だから、北京では午前八時から役所や学校がはじまるが、新疆《しんきょう》では十時ごろからはじまる。北京時間を用いながら、じっさいの生活はその地の時間にあわせている。したがって、私たちのカシュガル出発は、実質的には二時半から三時半くらいになるのだ。

頭に星をいただいて、まずヤルカンドにむかう。途中で日がのぼる。シルクロードの日の出は、パミール、コンロンの銀嶺《ぎんれい》をピンクに染めた。しかも、それが透明のかんじにみえる。言いようもなく美しい。時間がたつにつれて、ピンクの濃さが変わった。

考えてみると、あんなに早く起きて山を見たことがない。朝焼け富士の美しさは、話にきくだけで、じっさいには見ていないのである。見慣れないものだから、それに心をうたれたのであろう。おなじパミールの山を、カシュガルでひるまに見ても、それほど感動しない。カシュガル郊外のハンノイ（罕諾依）遺跡で、まわりの景観について説明をうけたが、そこからみたパミールの山々は、きわめて散文的であった。ひるまになると、水蒸気の関係か、雲がかかったり、霞《かす》んだりして、歯切れの悪い遠景になってしまうようだ。

パミールの名山ムズタグ・アタとクングール

一九七九年に、私はパミールにはいり、遠景でないパミールの山に接した。中国領パミールの名山はムズタグ・アタとクングールであろう。クングールは二つの峰があり、チュベと呼ばれる第一峰は標高七六〇〇米《メートル》で、第二峰は七七一九米《メートル》である。ムズタグ・アタは地図には七五四六米《メートル》としるされている。

この二つの山は、およそ対照的である。クングールは、公格爾と書かれるが、「公」がときには「貢」になったりする。第一峰のチュべは「九別」と書かれる。カシュガルからタシュクルガンの往復に、さまざまな場所から、さまざまな形のクングールが見えた。道がまがりくねっているので、山も形を変えるのはとうぜんであろう。ところが、ムズタグ・アタのほうは、その山が見えはじめてから、見えなくなるまで、そんなに形が変わらないのである。クングールのように、そのまわりにかなり高い山がむらがっているのではない。ムズタグ・アタは一つの独立した山塊で、地上からつまみあげられたかんじだ。まわりに高い山がないので、この山はよけい堂々とみえる。

ムズは「氷」、タグは「山」、アタは「父」を意味する。中国の西域にかんする文献に、「塔克」という地名が頻出するが、これは山を意味するタグの音を写したものにほかならない。現在の中国の地図には、ムズタグ・アタは「慕士塔格」と表記されている。氷の山の父――いかにもおやじらしく、大きなすがたで、そこに据えられている。盤石《ばんじゃく》の構えという表現がぴったりする。

この二つの山は、戦前は未踏峰であった。オーレル・スタインもスウェン・ヘディンも、ムズタグ・アタの六〇〇〇米《メートル》あまりまで登って引き返している。彼らは探検家であったが、登山家ではなかったのである。登頂ということにそれほどこだわらなかったようだ。

氷山の父ムズタグ・アタは、おやじがあぐらをかいているような安定感と親しみやすさとがある。私はカシュガルからタシュクルガンまで、約十時間ジープに乗ったが、その半ば、すなわち五時間のあいだ、ずっとムズタグ・アタのすがたがみえていた。山道をゆくジープは、時速ほぼ三十キロで、これはかつての隊商の一日の行程にあたるという。隊商宿であるユルト・グンバズも、ほぼ三十キロおきに建てられた。だから、この道を通った玄奘《げんじょう》は、五日の旅のあいだ、ずっとこの山をながめていたことになる。そればかりか、現在のタシュクルガンに相当する羯盤陀《かつばんだ》の都城に、二十日あまり滞在したという。そこからも、朝夕、ピンクに染められるムズタグ・アタがみえた。玄奘三蔵はひと月ほどこの山に親しんだはずだ。

一九〇〇年、スタイン隊はこのムズタグ・アタで三角測量をおこなって、標高七四三三米《メートル》と算出した。二年後の一九〇二年、この山のほとりを通った大谷探検隊の報告では、八一三〇米《メートル》とあり、

——北緯三十八度二十分以北には、（世界で）これ以上の高峰はない。

と、つけ加えている。大谷隊が八一三〇米《メートル》とした根拠は不明だが、ムズタグ・アタは、一九五六年、中ソ合同隊によって登頂され、三年後の一九五九年には中国人だけの登山隊が登頂しており、現在地図にある七五四六米《メートル》は確認されたものとみてよいだろう。ちなみにヘディンの著書には、この山を七八〇〇米《メートル》としている。

一九五六年には、中ソ合同隊はクングール・チュベの登頂にも成功している。ムズタグ・アタの北にあるクングールは、両峰ともそれよりも高い。だから、大谷隊の報告はまちがっていたことになる。旧ソ連領パミールにある二つの高峰——コムニズム山（七四九五米《メートル》）とレーニン山（七一三四米《メートル》）は、いずれもムズタグ・アタよりも北にあり、それよりやや低いのである。

ムズタグ・アタの麓《ふもと》にブルン・クルという湖がある。湖のそばに布倫口《ブルンコウ》公社があり、私はそこで昼食と休息のため、二時間ほどすごした。からだがしだいに高さに慣れるようにという、案内人の

配慮だったかもしれない。一八九一年、イギリスの将校ヤングハズバンドは、カシュガルからインドに帰任する途中、ブルン・クルの湖岸から、「おだやかにそば立つ」ムズタグ・アタをみて、

——私が見た山でこんなに接近がやさしく思われる山はほかにはないようだし、他のどの山からもこんなに広大な眺望は得られないだろう。ロシヤ、インド、シナそれぞれが、その山すその周囲にひしめき合っている。

——ヤングハズバンド『カラコルムを越えて』(石一郎訳、白水社版)

と述べている。

たしかにかんたんに登れそうなかんじにみえる。これがクングールになると、けわしくそそり立っているので、とても近づけないかんじなのだ。ムズタグ・アタは、すこし大袈裟《おおげさ》にいえば、湖岸から駆け足で、一気に頂上まで登れそうな気がする。

中国からみればこのあたりは辺境なので、文献にくわしい記述はない。ムズタグ・アタをどう呼んでいたのか、いろいろ調べてみたが、まだわからない。漠然と「葱嶺《そうれい》」と呼んでいたらしいが、唐代にこのあたりに不忍嶺《ふにんれい》と呼ばれる山があったことが、清《しん》代の『皇輿《こうよ》西域図志』の歴代西域図にみえる。ブルン・クルのクルは湖で、ブルンはとがったもの——鼻や岬を意味するらしい。不忍の発音がそれに似ているような気もする。『唐書《とうじょ》』西域伝に、

——疏勒《そろく》(カシュガル)より西南に、剣末谷、不忍嶺に入る。

とある。クングールもムズタグ・アタもカシュガルの西南にあたる。

一九七九年にここを通ったとき、クングールの第二峰は未踏峰だときいた。その後、どうなったのか、登山家でない私の耳には登頂の話は届いていない。

西王母が住んでいた山

眺めてたのしむほうだが、登るよろこびもいささか知っているつもりである。ただあまり脚を鍛えていないので、登る自信がないだけなのだ。このごろは文明の利器を利用して、かなり奥深い山にもはいれるようになった。まちからそんなに遠くなく、そこへ行く道路状況も良好な山はありがたい。シルクロードでいえば、ボクド・オラであろう。ウルムチから二、三時間で行ける。山中に湖があり、人びとは「天池《てんち》」と呼んでいる。唐代には瑶池《ようち》と呼ばれていたらしく、「瑶池都督」という官職が置かれた記録がある。瑶池とは、伝説の西王母《せいおうぼ》が住んだところとして知られ、『西遊記』にも、孫悟空の暴れた場所として登場する。

タクラマカン沙漠《さばく》の南北に大きな山系があり、南はパミールからコンロン山脈につながり、北は天山山脈である。古い文献には、天山という名称で、南北の山系をひっくるめて呼んだこともあれば、葱嶺《そうれい》という名称に天山も含めた用例もみえる。この二つの大山系は、概していえば、南のほうに高い山が多い。天山山系には七〇〇〇米《メートル》をこえる山は一つだけだが、パミール・コンロンには、クングール、ムズタグ・アタのほかに、その東にムズタグ山がある。これはアタ（父）がつかない氷山であり、標高七二八二米《メートル》、さらにもっと東に、もう一つのムズタグ山（ウルームズタグともいう。ウルーは偉大を意味する）があり、これはチベットとの境にあり、七七二三米《メートル》である。中国の地図では、ムズタグ・アタを慕士塔格《ムスタコ》山、東のそれを慕士《ムス》山、チベットとの境の大ムズタグを木孜《ムズ》塔格《タコ》山と書き分けている。

北の天山山系では最も高いのが、アクス北方にあるポベダ山で、これは七四三九米《メートル》であり、それに隣接しているハンテングリ（汗騰格里）は六九九五米《メートル》だから、わずかに七〇〇〇に届かない。天山第三の高山が、前述のボクド・オラ（博格達峰）で、ずっとさがって標高五四四五米《メートル》である。天池があるのは二〇〇〇米《メートル》ほどのところで、そこまでは車で行ける。

私は天池へ二度行った。最初は夏で、小雨が降っていた。二度目は晩秋だが、雪が積っていた。大都会のウルムチから近いので、休日になると、市民がバスをつらねて遊びにくる。恰好《かっこう》の行楽地となっているようだ。

三方が山にふさがれ、北にだけひらいているところは、中禅寺湖に似ている。――明治四十五年（一九一二）、ここを訪れた大谷探検隊の吉川小一郎がそう報告している。また見渡すかぎり罌粟《けし》の白い花に山が覆われていたとある。罌粟は野生ではなく、栽培していたのだ。いうまでもなくアヘンをつくるためである。これは辛亥《しんがい》革命の翌年で、清朝がたおれたばかりだった。このあと、中華民国政府によって、アヘン禁止運動がおこり、いまでは中国にはアヘン常習者がほとんどいなくなった。ボクド・オラの中腹を罌粟の花が白くいろどっていた景観が、すでになくなったのはとうぜんである。

伝説によれば、西王母は瑶池で行水したという。天池は周囲十数キロもある湖だから、西王母はよほどでかい女性であったのだろう。天池のすこし下に、小さな池があるが、西王母は行水したあと、そこで足を洗ったそうだ。いまでも土地の人は、そこを「足洗いの池」と呼んでいるそうだ。伝説の西王母は、崑崙《こんろん》山に住んでいることになっていた。それでは、方向がちがうではないか、というクレームがつきそうだが、もともと「崑崙」は西方にある山というだけで、伝説上のいわば架空の地名にすぎなかった。

紀元前一二六年、張騫《ちょうけん》が西域から帰って報告し、于闐《うてん》（ホータン）の南の山には玉《ぎょく》が多いと述べると、漢《かん》の武帝《ぶてい》は、それは西王母の住むという崑崙山にちがいない、と勝手にきめたのである。それ以来、そのあたりは崑崙と呼ばれ、現在も地図にコンロン山脈としるされている。天山も中国の西にあるのだから、西王母が住んでいてもおかしくないのである。なにも皇帝の権威に従うことはないであろう。

葱嶺《そうれい》という名称も『漢書《かんじょ》』西域伝にみえるから、ずいぶん古くから用いられている。『水経注《すいけいちゅう》』に、

——葱嶺は敦煌《とんこう》の西八千里に在り。其《そ》の山高大にして、上に葱《ねぎ》を生ず。故に葱嶺と曰《い》う。

とあり、玄奘《げんじょう》の『大唐西域記』には、葱嶺のことを、

――南は大雪山に接し、北は熱海千泉に至り、西は活国に至り東は烏鎩《うさつ》国に至る。東西南北各数千里。崖嶺《がいれい》数百里。幽谷険峻《けんしゅん》、恒《つね》に氷雪を積み、寒風勁烈《けいれつ》、地多く葱を出《い》だし、故に葱嶺と渭《い》う。又《ま》た山崖の葱翠《そうすい》を以《もっ》て遂《つい》に名づけりとす。

としている。葱が生えているという説と、葱翠（あざやかなミドリの色）に由来するという説を紹介しているが、近年は現地の地名の発音を「葱」の字に写したという説も唱えられている。右の熱海はイシク・クル湖、活国はオクサス河に近いクンドゥズ、烏鎩は白鳥庫吉《しらとりくらきち》説ではヤルカンドである。大雪山は不明だが、ヒマラヤという説もあるから、われわれのいうパミールよりかなり広いのである。『唐書』などには、葱嶺の俗名は極疑山とあるが、その由来は不明である。

天山の「未知の山」

ボクド・オラはウルムチからみえるが、美しいすがたをしている。土地の漢人は「秀山」と呼んでいた。イリで遠望した「烏孫《うそん》山」も、美しいというよりは、なにかこちらに語りかけてくるような山だった。

玄奘三蔵の天山越えは、凌山《りょうざん》の峠道というが、その凌山とはハンテングリかポベダのことであろう。「凌」とは氷の意味である。このあたりでは、すこし高い山はみなムズタグ（氷山）と呼ばれたらしい。この両巨峰は眺めることもできなかった。クチャからジープで五時間走って、大龍池と呼ばれるところまで行ったが、ハンテングリやポベダは山々の重なったまだむこうだという。すこしは近づいているのだろうが、それだけにかえって全貌《ぜんぼう》がみえない。両巨峰とも中国とキルギスとの国境にあるのだから、まだまだ遠いのである。なお私がたどりついた大龍池が、はたして『大唐西域記』にいう大龍池に相当するかどうかもわからない。

ながいあいだ、天山の最高峰はハンテングリ山だとされてきた。いまでもそう解説されているパンフレットがある。ポベダ山が測量されて、ハンテングリ山よりも四四四米《メートル》も高いことがわかったのは、一九四三年になってからだった。パーベル・ラパソフ大佐を隊長とするタシュケント測量班がようやく測量に成功したのだ。それまで、この山は存在さえ知られなかった。タシュケント測量班は、測量に成功したというよりは発見に成功したというべきであろう。一年じゅう、ほとんど雲に覆われているので、ふつうの人には見えないのである。

七四三九米《メートル》と測量されたこの「未知の山」は、ロシア語で勝利をあらわすポベダと名づけられた。発見されたあとも、十三年のあいだ未踏峰でありつづけた。ポベダが登頂されたのは、一九五六年になってからである。スパルタク山岳会とカザフ山岳会の合同遠征隊による登頂であった。

ハンテングリは、唐代、「三弥山」と呼ばれていたという。『唐書』西突厥《とっけつ》伝に、射匱《しゃき》可汗が亀茲《きじ》（クチャ）の北の三弥山に廷を建てたという記述がある。山頂は中国国境から十キロ西へはいったカザフスタンとキルギスとの境界にある。六十キロに及ぶイヌイリチェク氷河をもつが、これは天山山脈最大のものなのだ。

ハンテングリから二十キロしかはなれていないポベダが、一九四三年まで発見されなかったのはふしぎといわねばならない。発見は第二次世界大戦の最中で、戦局はソ連にとってきびしいときであったが、この山の発見後、好転し、勝利へむかったので、ポベダと名づけられたという。

『魏書《ぎしょ》』には亀茲西北大山の中に、「膏《あぶら》の如《ごと》き者が流出して川を成す」とあり、それは甚だ臭いけれども、服用すれば、髪や歯の抜け落ちた者でも元気になる、という記事がみえる。『隋書《ずいしょ》』には「常に火及び烟《けむり》有り」とあり、『唐書』も「常に火有り」とある。どうやら天山のこのあたりは、地下資源が豊富であるらしい。クチャから大龍池への往復十時間のジープの旅で、私はさまざまな色の山を見た。真っ赤な山、一木一草も生えていないのに緑色の山、青、黄……それはなにかの鉱山にちがいない。石炭の露天掘りの現場もあった。苦しい戦時中にもかかわらず、ソ連がこの山岳地帯を調査したのは、あるいは地下資源が目的だったかもしれない。

シルクロードの山で忘れられないのは、トルファン盆地の、文字どおり燃えるような火焔山《かえんざん》と、その懐に抱かれているようなみごとな砂山である。ベゼクリク石窟《せっくつ》の背後にある、風紋をもつ砂山は、はじめて見たときに言い知れぬ感動をうけた。

砂山といえば、敦煌の鳴沙山《めいさざん》、そして月牙泉《げつがせん》を囲む砂山も忘れられない。

テロの基地となった山

山のすがたというよりも、そこでおこなった歴史的な出来事のために、感銘を受ける場所もある。

イランのアラムート山は、エルブルズ山系にあるが、一〇九〇年、回教のイスマイル派指導者ハサン・サッバーフが砦《とりで》を築いたところである。二時間あまりラバにのってたどりついた砦の跡は、いまは当時の面影をまったくとどめていない。だが、ふつうの石だとおもって拾いあげてみると、線がはいっているのがあった。城壁をつくるために、石を適当なサイズに切ろうとして、線をつけたにちがいない。一二五六年末、蒙古《もうこ》のフラグ汗（フビライの同母弟）がこの砦を攻め陥《おと》し、徹底的に破壊したという。その破壊のまぎれもしない証拠が石にしるされた線なのだ。

イスマイル派は、当時の回教の過激派であり、アラムートはテロの基地であった。ハサン・サッバーフを初代とする、この山のリーダーは、「山の長老」と呼ばれ、セルジューク朝政府の要人や、十字軍の将軍たちにたいする暗殺の指揮をとった。イスマイル派は、いまでもそうだが、回教ではきわめて少数である。ところが、意外なことに、パミール山中のタシュクルガンのタジク族がイスマイル派だったのである。そして、アラムートの村の人たちは、みなシーア派であった。アラムートのイスマイル派の数万は、フラグの攻撃をうけ、一人も降伏せずに戦死したといわれる。この地にイスマイル派がいないのはとうぜんかもしれない。

アラムート山はその砦が消え去っているが、それを消した蒙古もこのイランにほとんどなんの痕《こん》跡《せき》も残していない。山のすがただけは昔のままであろう。

16 シルクロードの歌ごえ

天山南路の歌声

シルクロードは中国からイランを経てローマに達する道であった。中国とイランという二つの文化圏は、どちらも詩の国である。十世紀までは、この二つの文化圏は境を接していた。現在のトルファンから天山南路にかけては、イラン系の人たちが住んでいた。キルギス族の急襲を受け、敗走してこの地に雪崩《なだ》れこんできたウイグル族が、代わっておもな住民となったのである。それ以前、天山南路はイラン系の言語がおこなわれ、詩歌もとうぜんイラン系のそれが栄えていたはずだ。唐代に、「亀茲《きじ》の楽」と呼ばれていたものは、歌唱の場合、イラン系のことばであったのはいうまでもない。大規模な「住民交替」によって、それはほろびてしまった。楽器や旋律は生き残ったであろうが、音楽の「ことば」の部分は消えたのである。

天山南路の歌声が、どのようなものであったか、いまでは知ることができない。イラン本土のそれから類推するしかないのだが、あるいは私たちが想像する以上に差があったかもしれないのである。印欧語族は大別して、テサム語群とケントゥム語群にわかれ、イラン語はインド語とともに前者に属する。そして、ギリシャ語、ラテン語、ゲルマン語などはケントゥム語群に属するのだ。ところが、この地方から出土したブラーフミー文字で書かれたことばを解読、研究したところ、ケントゥム語群のものであることがわかった。とすれば、十世紀以前のこの地方の住民を、かんたんにイラン系と呼ぶのは正確でないかもしれない。イラン人よりも、ヨーロッパ人に近いと考えたほうがよいだろう。

出土したのは仏典であった。将来、詩歌のたぐいが出土するかもしれないが、そうなれば、唐代亀茲《きじ》の音楽の歌声の部分が、復原される可能性がある。

十世紀以後の天山南路の歌声は、トルコ語系のそれであった。しかも、彼らはしだいにイスラム化した。アラビア文字を使って、トルコ語を表示するようになり、その最初の著作は、ユスフ・ハジの『クタトグ・ビリク』（福楽の智慧《ちえ》）であった。それは一〇六九年、カシュガルにおいて書かれたのである。

民謡はアラビア系の語彙《ごい》の多いトルコ系のことばであろうが、上層の人たちは長いあいだペルシャ語を用いていたようだ。これは、ロシアの宮廷でフランス語が一般に用いられた事情に似ている。洗練された表現は、詩の国イランで詩人たちが磨きあげたものを、そのまま用いるしかなかったのであろう。

カシュガル郊外にあるホジャ（和卓）の家の霊廟《れいびょう》は、香妃《こうひ》の柩《ひつぎ》もおさめられていることで知られるが、そのみごとな建物の内外にしるされている文章や詩句は、すべてペルシャ語である。ホジャ家はカシュガル小宮廷のあるじで、血統からいえばトルコ系のはずだが、ロシアのロマノフ家がフランス語を用いていたように、彼らもペルシャ語を常用していたのだ。公的な記録もペルシャ語で書かれている。

〝わたしはおまえに夢中なのに〟

コンロンの山麓《さんろく》を含めて、天山の南北など中国で西域と呼ばれ、ヨーロッパで中央アジアと呼ばれる地方は、住民が何系であろうと、文化的にはイラン圏であった期間が長かった。日本や朝鮮で、李白《りはく》や杜甫《とほ》や白居易《はくきょい》の詩集が、かつて読書人の必読書であったように、この地方ではサァディー、ハーフェズなどイランの大詩人の詩が愛誦《あいしょう》されてきたのである。サァディーもハーフェズもイランのシラーズ出身で、この二大詩人の墓は町の誇りとされてきた。いまも彼らの墓苑《ぼえん》には、行楽の人たちがむらがっている。

サァディーは大旅行家でもあり、メッカに巡礼に出かけること十数回に及んだという。インドへ四度も訪れたという説がある。エジプト、アビシニアなどアフリカ各地をまわり、シリアのトリポリで十字軍の捕虜となり、塹壕《ざんごう》掘りの苦役をおしつけられたが、幸い身代金を出してくれる人がいて自由の身となった。そのかわり、こんどはどうしようもない娘をおしつけられ、夫婦生活のなかで苦戦する。

サァディーの代表作『薔薇園《ばら》』（ゴレスターン）をみれば、彼の足跡はカシュガルに及んでいることがわかる。彼はそこの寺院で、世にも美しい青年に会う。その青年は文法を研究する学生で、サァディーは心を惹《ひ》かれるが、相手は文法に夢中である。

サァディーがシラーズの出身だときくと、そのハンサムな学生は、「では、サァディーの詩をおもちですか?」と、たずねた。これにたいして、サァディーはアラビア語で答える。青年は、「あの人の詩は、この国ではペルシャ語でおこなわれていますから、ペルシャ語でおっしゃってください」と言った。

サァディーは一二九一年に死んだが、百歳をこえたといわれる。チンギス汗の孫フラグ汗がバグダードを陥《おと》し、アッバース朝をほろぼした（一二五八年）のを、その目で見たことになる。彼のカシュガル訪問はいつであったかわからない。美青年に心を惹かれたのだから、初老のころかもしれない。

おまえの心が文法の虜《とりこ》であるうちは
わたしはどうにも辛抱できない
ああ、恋人の心はおまえの罠《わな》にかかった
わたしはおまえに夢中なのに
おまえが熱中しているのはアムルとゼィド

アムルとゼィドは、文法書の例文中に出てくる人名であろう。この時代、カシュガルの住民は、トルコ系の人たちであるが、ペルシャ語がインテリのあいだでは普及していて、サァディーの詩が原文のまま愛誦されていたことがわかる。

〝やつがれは貧乏しております〟

おなじシラーズのハーフェズは、一三八九年ごろに死んだというから、サァディーより約百年のちの詩人である。だが、サァディーとちがって、シラーズを愛するあまりか、ついに国外に出かけたことは一度もなかった。そのかわり、彼の詩は遠くインドや中央アジアで愛誦されたのである。中央アジアの征服者ティムールが、シラーズを陥したのは、一三八七年のことであった。ティムールはハーフェズを呼び出した。なぜならハーフェズの詩のなかに、許せない数行があったので、それを詰問するためであったという。問題となったのは、つぎのくだりである。

うるわしきシラーズの乙女が
もし我が心をうけいれてくれるなら
彼女の黒子《ほくろ》の代価に
くれてやろうぞ、サマルカンドもボハラも

ティムールはサマルカンドの出身で、サマルカンドをこよなく愛した人物である。彼の大帝国の首都はサマルカンドであり、そこは彼によって壮麗に飾られた。シャー・エ・ジンダ寺院、ビービー・ハニーム廟《びょう》、グール・エ・ミール廟などの大建造物はいまも残っている。ボハラはサマルカンドの西約二百キロにあり、ティムールにとっては、ここも大切な帝国の都市である。それを美女の黒子の代価にくれてやるとはなにごとか、と問いただしたというのだ。

——そのような野放図な浪費をいたしましたので、やつがれはこのように貧乏しております。

と、ハーフェズは答えた。この機智《きち》に富んだ返事が、ティムールの気に入って、たくさん褒美をもらったという。

これは有名なエピソードだが、真偽のほどは疑わしい。だが、ハーフェズのペルシャ語の詩が、トルコ系住民が圧倒的に多いサマルカンドなど中央アジアでも、よく読まれていたから、こんな話がつくられたといえるだろう。

西域よりの望郷の歌

サァディーは好きこのんで、中央アジアを放浪した。放浪が彼に似合っていたのである。ところが、東の中国文化圏から西域にはいった人は、好きこのんで旅をしたのではない。政治あるいは軍事がらみで、上から命令されての旅であった。求法《ぐほう》の僧たちは、進んで艱難《かんなん》の旅をえらんだが、彼らは例外といわねばならない。

やむをえず西域へ旅立ったのは文武の官僚だけではない。政略結婚のために、ことばも通じない異域の首長の妻として送られた皇族の女性もいた。漢の武帝元封《げんぽう》六年（前一〇五）、謀叛《むほん》の罪によって自殺させられた江都王劉建《りゅうけん》の娘の細君《さいくん》が、烏孫《うそん》王に嫁いだのがその代表的な例であろう。烏孫は現在のイリ地方にいた遊牧国家である。武帝は烏孫と結んで、匈奴《きょうど》を攻めようとしたのである。烏孫の地にあって、細君は望郷の念やみがたく、つぎのような歌をつくった。「烏孫公主歌」といわれるこの歌を読んで、涙を流さない者はないといわれた。

吾《わ》が家は我を天の一方に嫁《か》せしめ
遠く異国の烏孫王に託す
穹廬《きゅうろ》を室《しつ》と為《な》し　旃《せん》を牆《しょう》と為す
肉を以《もっ》て食と為し　酪《らく》を漿《しょう》と為す
居常《つね》に土《くに》を思い心内傷《いた》む
願わくは黄鵠《こうこく》と為りて故郷に帰らん

穹廬とはドーム型のテントであり、旃（フェルト）が壁であるというのは、遊牧民の風習であった。だが、じっさいには、烏孫は彼女を迎えるために、結納として名馬千匹を贈り、漢風の宮殿を建てたという。漢は彼女に役人、宦官《かんがん》、召使いなど数百人をつけたのである。そんなふうにしてもらっても、望郷の念がおさまるものではない。空飛ぶ鳥となって、故郷に帰りたいと、毎日、涙に暮れたのである。

哀れだとはおもうが、イリの草原に建てられた宮殿のなかで、数百人の人にかしずかれる烏孫公主よりも、漢地から同行してきた召使いたちのほうが、ずっと可哀そうである。

家族とはなれて、はるばる烏孫まで来て、望郷の念はおさえがたいが、歌の一つもつくれない境遇であったのだ。

西域体験から生み出された詩

作品が現存する唐の詩人のなかで、西域にかんする詩を最も多く作ったのは岑参《しんじん》（七一五年―七七〇年）であろう。唐代の一流詩人のなかで、西域体験をもつのは彼とその友人の高適《こうせき》ぐらいだから、それはとうぜんのことなのだ。

「葡萄《ぶどう》の美酒夜光の杯」からはじまる王翰《おうかん》の「涼州詞」はあまりにも有名である。だが、王翰の経歴をみると、どうも西域体験があったとはおもえない。彼は太原《たいげん》（山西《さんせい》）の人で、河南や湖南の地方官を歴任しているが、涼州（甘粛《かんしゆく》）へ行った記録はない。詩人の想像がうんだ詩にほかならないのだ。もともと「涼州詞」とは楽府《がふ》詩題であり、横笛の曲であったらしい。その曲にあわせて、さまざまな歌詞が作られたが、唐代では楽府は曲が失われて、題名だけが残ったケースが多い。『唐詩選』には、ほかに王之渙《おうしかん》の「涼州詞」を収録している。

黄河　遠く上《のぼ》る白雲の間
一片の孤城　万仞《ばんじん》の山
羌笛《きょうてき》何ぞ須《もち》いん楊柳《ようりゅう》を怨《うら》むを
春光度《わた》らず　玉門関

春の光は玉門関をこえて塞外《さいがい》のこの地まで及ばない、という意味である。作者の王之渙は科挙（官吏登用試験）に及第できず、一生、在野の詩人としてすごした人物なのだ。朝命を受けて、玉門関を越えたことなど、もちろんあったはずはないのである。

軍旅の辛苦をテーマにした楽府題に、たとえば「従軍行」というのがあり、唐では数十人の詩人がこの題で詩を作っている。ほかに「出塞行」などもある。ただし、実体験によるものはきわめてすくない。なかでも、王昌齢《おうしょうれい》の「従軍行」は有名だが、彼は龍標《りゅうひょう》（湖南）や江寧《こうねい》（南京《ナンキン》）の地方官になったが、西域に行ったことはない。

青海の長雲　雪山暗《くら》し
孤城遥《はる》かに望む　玉門関
黄沙《こうさ》百戦　金甲を穿《うが》つも
楼蘭《ろうらん》を破らずんば終《つい》に還《かえ》らじ

高適《こうせき》は西域体験があるといっても、河西《かせい》節度使哥舒翰《かじよかん》の幕僚であったのだから、河西（甘粛西部）と、吐蕃《とばん》と戦った青海地方に限られる。つぎの「塞上にて笛を吹くを聞く」は、『唐詩選』にも収められて、なじみが深い。

雪は浄《きよ》く　胡天《こてん》　馬を牧して還《かえ》れば
月は明らかに　羌笛《きようてき》　戍楼《じゆろう》間《しずか》なり
借問《しやもん》す　梅花　何処《いずく》よりか落つ
風吹いて一夜　関山に満つ

岑参の西域詩は、想像のものではなく、実体験によるもので、それだけに人の胸にせまる響きがある。彼は唐初の宰相岑文本《しんぶんほん》の曾孫《そうそん》にあたる。名門の子弟だが、唐初から百年もたっていて、また父が早く死んだので、幼時は貧しく、苦労をしたようだ。彼は朝命によって、やむなく辺境に赴いたのではなく、自ら志願したといわれている。胸中に鬱勃《うつぼつ》たるなにものかがあり、それが彼を駆りたてたのであろう。天宝《てんぽう》八載《さい》（七四九）、高仙芝《こうせんし》将軍の幕僚として、西域に赴いた。有名なタラスの戦いはその二年後のことである。

彼はいちど長安に戻るが、安西節度使封常清《ほうじようせい》の幕僚として、再び西へむかった。彼の西域生活は従軍だけではなく、伊西北庭支度副使に任命され、民政にもたずさわった。だからけっして表面的な接触ではない。数多い彼の西域詩のなかで、「苜蓿烽《もくしゆくほう》にて家人に寄す」は、とりわけ歴代の読書人に愛誦されてきた。

苜蓿烽辺　立春に逢《あ》い
胡蘆河上《ころかじょう》　涙　巾《きん》を沾《うるお》す
閨中《けいちゅう》　只《た》だ是《こ》れ空《むな》しく相憶《あいおも》わんも
沙場の人を愁殺するを見じ

前の詩とおなじく『唐詩選』には、「劉《りゅう》判官の磧西《せきせい》に赴くを送る」を載せる。

火山五月　行人少《まれ》なり
看《み》る君が馬去りて疾《はや》きこと鳥の如《ごと》きを
都護の行営　太白の西
角声　一たび動《うご》いて胡天暁《あ》く

ここにいう火山は、トルファン盆地の火焔山《かえんざん》のことにほかならない。『西遊記』にも、火焔山は登場するが、作者といわれる呉承恩《ごしょうおん》はじっさいに見たのではない。岑参は交河《こうが》城（ヤルホト）にいたことがあり、いつも火焔山を見ていたのだ。彼にはほかに火山をよんだ詩が数首ある。「火山雲歌送別」と題する七言排律一首をつぎに紹介しておこう。

火山　突兀《とっこつ》たり赤亭口
火山　五月　火雲厚し
火雲　満山　凝《こ》りて未《いま》だ開かず
飛鳥　千里　敢《あ》えて来たらず
平明　乍《たちま》ち胡風を逐《お》いて断《た》ち
薄暮　渾《すべ》て塞雨《さいう》に随《したが》いて回《かえ》る
繚繞《りょうじょう》　斜めに呑《の》む鉄関の樹《き》
氛氳《ふんうん》　半ば掩《おお》う交河の戍《まもり》
迢迢《ちょうちょう》　征路　火山の東
山上　孤雲　馬に随って去る

「胡風」と「塞雨」とが対《つい》になっているが、トルファン盆地に雨が降ることはめったにない。「繚繞」は「まつわりつくさま」であり、「氛氳」は「気がたちこめるさま」である。鉄関と交河が地名であるのはいうまでもない。太宗が高昌《こうしょう》（トルファン盆地にあった小国）をほろぼしたとき、交河に安西都護府《あんせいとごふ》を置いた。岑参が来たころは、すでにもっと西の亀茲《きじ》にそれが置かれていたのである。

安禄山《あんろくざん》の乱後、岑参は東のかた行在《あんざい》のある鳳翔《ほうしょう》に馳《は》せ参《さん》じ、杜甫《とほ》の推薦で右補闕《うほけつ》の職を得た。

激情の人であったようだ。

東と西の強烈な音源

いくら岑参が西域とのつながりが深いといっても、所詮《しょせん》、旅の人である。なにかにつけて、家人に寄せた詩をつくる。たえず長安を憶《おも》いつづけているのだ。土地の人の歌声を、私たちはなかなか聞くことができない。ところが、一九五九年、新疆《しんきょう》の若羌県《じゃくきょう》ミーラン故城を発掘したとき、出土品のなかに、三篇《ぺん》の詩があった。作者は坎曼尓《カンマンル》という名で、イラン系かトルコ系かわからないが、漢文を勉強した胡人であり、李白《りはく》や杜甫を尊敬していたことがわかった。坎曼尓の生没年などは不明だが、作詩の年代は元和《げんな》十年（八一五）となっている。そのうちの一首を、つぎに紹介するが、格律を守らない自由体であり、おそらく「楽府体」とおもわれる。

東家は豺狼《さいろう》のごとく悪《あ》し
吾が饢《のう》を食べ　吾が血を飲む
五谷（穀）未だ場を離れず
大布　未だ機《はた》を下らざるに
已《すで》に吾が有する所に非《あら》ず
朝有らん一日

天崩れ地裂け　豺狼死せば
吾《われ》、却《かえ》って雲開き復《ま》た天を見ん

「饢《のう》」はこの地方の主食であるナーンにほかならない。東家とは地主のことで、これは搾取がひどかったさまを詠んだ詩である。天崩れ地裂けることを期待しているようで、おだやかでない内容といわねばならない。もしこの坎曼尔《カンマンル》がウイグル人であったとすれば、彼の母語はまだ文字で書きあらわすことができなかったはずである。漢文を用いるのはやむをえない。一部の人はペルシャ語で表現したのではあるまいか。

シルクロードの歌声は、東と西に強烈な音源がある。私たちはそのハーモニーを吟味したいものである。

17 旅人たち

〝アレクサンダーの道〟の文化

遊牧民の移動も一種の旅だが、彼らはシルクロードの住民でもあるので、ここにいう「旅人」に含めないことにしよう。外部からシルクロードにはいりこんだ人として、記録された限りで最も早い人は、西からのアレクサンダーと東からの張騫《ちょうけん》であろう。

シルクロードの西半分は、ヨーロッパ人にとっては「アレクサンダーの道」でもあった。オーレル・スタインはインド西北辺境ガンダーラ・スワートの紀行に〝On Alexander's Track to Indus〟というタイトルをつけている。

マケドニア王のアレクサンダーが、ダーダネルス海峡をこえて、アジアに兵を進めたのは、紀元前三三四年のことであった。ペルシャ遠征は、じつは彼の父が計画したことであり、暗殺された父の遺志を、彼がうけついだという形になっている。アレクサンダーのかがやく天才が、突如としてこの偉業をなしとげたというのではないようだ。ヘレニズム世界のエネルギーが、いずれ東にむかって溢《あふ》れる時期が来ていたのだろう。

旅人といっても、これは大軍を率いての遠征である。漢《かん》の武帝《ぶてい》は将軍を派遣しての遠征であったが、アレクサンダーのそれは、みずから陣頭に立ったのだ。アリストテレスの教え子であった彼には、理想主義者、文化主義者といった姿勢があり、その遠征は軍事的な影響よりも、文化的なそれのほうが、私たちにとって印象的である。彼はエジプトからシリアを経て北上し、ペルシャ帝国と戦い、バビロン、スサ、ペルセポリスと、つぎつぎと降《くだ》した。

席巻《せっけん》ということばは、まるでアレクサンダーの遠征のためにつくられたかんじである。だが、イランの沙漠《さばく》に身を置いてみれば、アレクサンダーは席巻するほかなかったことがわかる。町から町まで、不毛の沙漠がつづき、そこはできるだけ速く駆け抜ける以外に方法はない。将軍も兵士も、できるだけ速くつぎの町にたどりつきたいのである。

ジンギス汗の遠征も、席巻と形容してよいだろうが、おなじ席巻でも、モンゴルのそれは嵐《あらし》が吹きすさんだあと、ほとんどなんの痕跡《こんせき》もとどめなかった。アレクサンダーのそれは、ヘレニズム世界をひろげたのであり、文明史に巨大な足跡を印した点、質的に同日に論じることはできない。

アレクサンダーは、征服者側の諸制度を、占領地におしつけなかった。それどころか、ペルシャの制度をかえって採用している。知事や将軍に、被征服者のペルシャ人を登用し、ペルシャのダリウス王の娘や、バクトリアの王女を妻に迎えた。自分だけではなく、マケドニアの貴族八十人に、ペルシャ女性をめとらせた。いささか強引な気もするが、こんなところに、アレクサンダーの理想主義があらわれている。シルクロードを論じるとき、かならず「文化の交流」が、重要なテーマとなるが、アレクサンダーの業績はその模範例といってよい。

釈迦《しゃか》入滅後、数百年、仏教徒は仏像をつくらなかった。紀元一〇〇年ごろ、ようやくガンダーラ地方で造像がはじまったという。ガンダーラという仏像発祥の地は、「アレクサンダーの道」にあり、また遺《のこ》された仏像をみてもそれがヘレニズム世界と深くかかわっていることはあきらかである。仏像は中央アジアから中国、そして日本にも伝わった。私たちはアレクサンダーの影を、そこに認めることができる。

イランのシラーズに近いペルセポリス遺跡は、アレクサンダーによって破壊された都として知られている。言い伝えによれば、このアケメネス朝の首都を占領したアレクサンダーが、一娼婦《しょうふ》にそそのかされて、火を放ったというが、あまりにも話がおもしろすぎる。ギリシャに兵を進めたクセルクセスの所業にたいする処罰を、世界に知らせるためであったという説のほうが、説得力が強いようにおもう。クセルクセスのギリシャ遠征は、サラミスの海戦によって兵を退《の》いたが、それはアレクサンダーのペルシャ遠征の百五十年ほど前のことだった。

大旅行家、外交官の張騫

アレクサンダーの道が、中央アジアの一部に達し、彼の死によって、それ以上伸びることがなかった時代、中国は戦国末期であった。あと百年ほどで、秦《しん》の始皇帝が天下を統一する。漢の武帝の使者として、張騫《ちょうけん》が中央アジアにすがたをあらわすのは、さらに百年ほどのちのことであった。東と西のエネルギーが、中央アジアにその波を届かせたのは、ほぼ二百年の時間差があったのだ。

一人は大軍団の統率者として、一人は国家的使命を担っていたが、ほとんど一人旅といってよい旅であった。旅のスタイルはちがっていても、二人ともすぐれた精神力の持ち主であった。アレクサンダーはマケドニアの王家に生まれ、哲人たちから帝王学を授けられ、亡父の遺志をついで、東方への遠征に精根を尽したのである。

いっぽう張騫は、宿衛官（郎中）として朝廷に仕えていたが、漢の武帝が月氏《げっし》への使者を募ったのに応じた。それまで、彼は西域とはなんのつながりもなかった。出世欲はあっただろうが、それだけではなかったはずだ。

漢の勢力圏を出たとたんに、匈奴《きょうど》につかまり、十年あまり抑留されたが、それは予想されなかったことではない。脱走したあと、ふつうの人なら漢に帰ってしまうだろうが、あくまでも月氏の国をめざしたのは、張騫の精神力の強靭《きょうじん》さを物語る。

――（匈奴の単于《ぜんう》）騫《けん》を留むること十余歳、妻を与う。子あり。然《しか》れども騫、漢の節を持して失わず。匈奴の中に居《お》る。益々寛《ますますゆる》し。騫、因《よ》って其《そ》の属《ぞく》と亡《に》げて月氏にむかい、西に走ること数十日、大宛《だいえん》に至る。……

と、『史記』にみえる。彼は匈奴の女を妻として与えられて、子までうまれたが、家族ぐるみで脱走したのである。どのコースをとったか定かではないが、天山南路に沿って、カシュガルあたりまで行き、テレク峠を越えて大宛に至ったとおもわれる。大宛はフェルガーナにほかならない。大宛は彼を康居《こうきょ》まで送り、康居はリレーのように、目的地の大月氏《だいげっし》国まで彼を送り届けた。

張騫が匈奴からの逃亡者であることは知られていたはずである。大宛や康居は、もしそうしようとおもえば、彼を匈奴に引き渡すこともできた。北方の大勢力である匈奴に、そのことで点数を稼ぐこともできたであろう。当時、匈奴は漢との対決に没頭していて、西域諸国にかける圧力が弱まっていたかもしれない。だが、張騫の希望に沿って、大月氏まで人をつけて送ったのは、おそらく彼の人柄によるのではあるまいか。


――騫、人と為《な》り強力なり。寛大にして人を信ず。蛮夷《ばんい》も之《これ》を愛す。


と、『史記』に彼のことを評している。体力があったのはいうまでもない。でなければ、シルクロードを踏破できなかったであろう。寛大で人を信じた。おおらかな性格で、楽観的で、ひとをよく信じたので、ひとからも信じられた。信じられたばかりではなく、愛されてもいたのである。

異なった民族の住むシルクロードを旅するのに、猜疑《さいぎ》心をもっていては、かえって安全ではないであろう。言語や習俗を異にする人たちには、「人間性」が最もよく通じるのである。険しい土地を越えるには、体力がなければならない。見知らぬ人たちのあいだを越えるには、彼らに愛されなければならない。張騫はまさにこの大旅行のために生まれてきたような人物であった。

長安《ちょうあん》を出発して、十二年たって彼は帰りついた。大月氏からの帰途も、匈奴の支配下にあった若羌《じゃくきょう》で一年あまり監禁されたが、内訌《ないこう》に乗じて、またしても脱走に成功した。脱走できたのは、なによりも殺されなかったからであり、それは人柄のせいだったかもしれない。張騫に接した人は、どうしても彼を殺せなくなるようだ。

長安に帰還したあと、彼のもたらした西域事情は、漢のために大いに役立った。彼自身も李広《りこう》将軍の遠征に従軍し、功績をあげて博望侯《はくぼうこう》に封ぜられた。だが、翌年の遠征に、会戦の時期に遅れるという大失態があり、その罪は斬刑《ざんけい》にあたったのだが、爵位を削られただけで、命は助かったのである。武帝も彼を殺すに忍びなかったとみえる。

やがて彼は名誉を回復され、中郎将として烏孫《うそん》へ使者に立った。帰国後、彼は「大行」に任じられた。大行は外相に相当するポストである。その翌年――元鼎《げんてい》三年（前一一四）に彼は他界した。

張騫の死後も、漢の使節で外国へ行く者は、かならず彼を引き合いにしたという。

――博望侯（張騫）がこうおっしゃいました。

――私は博望侯から教えられました。

といったようなことだが、どの国も張騫の名をきくと、うちとけた気持ちになったのである。彼は大旅行家であると同時に、天成の外交官であったといえる。

これは私の推測だが、張騫が皇帝や西域の人たちに愛されたのは、野心がなかったからという気がする。仕事に対する情熱、未知の土地への憧憬、といったのが彼の大旅行の原動力であり、それを野心といえばいえるが、地位や財産などについての欲望は、比較的すくなかったのではあるまいか。

〝虎穴に入らずんば〟の班超

博望侯張騫についで、西域でその名を知られたのは、後漢《ごかん》の班超《はんちょう》（三三一年―一〇二年）である。彼の場合は、男子として、名をあげたいという野心は、かなり強かったようだ。

班家はもともと文学の家系であった。父の班彪《はんひょう》や兄の班固《はんこ》は、『漢書《かんじょ》』の著者であり、妹の班昭《はんしょう》も宮廷で女性たちに学問を教え、また兄のアシスタントとして編史に従事した。班超もそのような前途が予想されていたのだが、雄心やみがたく、筆を投じて、剣をとったのである。筆によるよりも、剣による功績のほうが、出世は早かった。また家が貧しく、母を養わなければならなかったので、富貴を得る手段として、早道の武職をえらんだともいう。

一世紀の西域諸国は、漢と匈奴の両属国家が多かった。二つの超大国のどちらにも服属する形をとっていたのである。班超が鄯善《ぜんぜん》国に使いしたとき、たまたま匈奴の使者もきていて、国王はどうやら匈奴の使者のほうを重んじたらしい。

粗末にあつかわれた班超は三十六人の決死の士を率いて、匈奴の使者の宿営を急襲して斬《き》った。鄯善王は畏《おそ》れて後漢に服するようになった。このときの急襲に先立って班超が部下を激励したことばは、名言としていまにいたるも用いられている。

――虎穴《こけつ》に入らずんば虎児を得ず。

がそれである。

班超にとって、西域は功名の舞台にすぎなかった。西域都護という重職につき、定遠侯《ていえんこう》に封ぜられ、功成り名遂げると、望郷の念は日に日につのった。しかし、西域は彼が鎮守しなければ、まだ不安であるとみられたので、洛陽《らくよう》帰還の願いは、なかなか許されない。

宮廷にあって、和帝の絶対的な信任を得ていた妹の班昭が、兄にかわって帰郷を嘆願したので、満七十になって班超はようやく洛陽に帰ることができた。洛陽に着いて一ヵ月後に彼は死んだ。

最も遠く西へ旅した甘英

漢族で最も早く西域へ旅したのは張騫《ちょうけん》だが、その後、最も遠く西へ行ったのは、班超の部下の甘英《かんえい》であろう。班超その人が足跡を印した最西の地は、カシュガルあたりであったとおもわれる。中央アジアの大月氏《だいげっし》が、パミールを越えて班超を攻めようとしたが、班超は、敵が疲れるのを待った。

大月氏は亀茲《きじ》（クチャ）の援軍を頼みにしていたが、その使者が、漢軍に攻められて行き着けなかったので、やむなく和を結んで、パミールを越えてひきあげた。そのあたりの人にとって、漢はローマとおなじほど遠い。班超は、そこでローマの話をよくきいた。ローマのことを「大秦《たいしん》」という。

中央アジアできくローマとは、住民はみな体格がよく、性格は平正で、すこぶる漢に似ている、と『後漢書《ごかんじょ》』西域伝にみえる。ただ三十六将が共同で国事を議し、賢者を立てて王とし、国に災異があれば、これを廃し新王を立てるが、廃された王もそのことを怨《うら》まないところは、漢とは異なる。――さらに漢からはこばれる絹の最大の消費地は、ほかならぬローマだときくと、班超《はんちょう》はどうしても、その国と連絡をとりたいとおもった。そして甘英《かんえい》を派遣することにしたのである。

甘英については、その生年も歿年《ぼつねん》も、出身地もいっさいわかっていない。甘英はアフガニスタンからイランを経てシリアまで行った。『後漢書』には条支《じょうし》とあるが、白鳥庫吉《しらとりくらきち》説ではこれはカルディアであり、小川琢治《おがわたくじ》説ではシリアである。どうやらシリアのほうが妥当なようにおもえる。その条支は海に面している。舟に乗って大秦へ行こうとしたが、状況をきいて、甘英はそれ以上進まずに引き返した。

順風でも三ヵ月かかるが、風がわるいときは二年かかることもあるので、乗る人は三年分の食糧を用意する。海上で死ぬ人がすくなくない、といった話をきいたのである。

土地の人は、甘英をおどしたのである。シルクロードのそれぞれの拠点は、絹貿易を中継することによって、利潤を得ていた。それなのに、漢とローマとが直接につながってしまっては、うまみがすくなくなる。

だから、甘英をおどして、まわれ右させたとおもわれる。甘英がどんな人であったか、まったくわからないが、大袈裟《おおげさ》なことを言っておどしていると、気づいていたかもしれない。だが、従者がそれ以上進みたくなかったか、あるいは自分もいやになったか、だまされたふりをして引きあげたという可能性がある。

ローマは五賢帝時代で、最も繁栄していたころであった。『後漢書』西域伝には、延熹《えんき》九年（一六六）、大秦王の安敦《あんとん》の使者が、日南（ベトナム北部）から入貢した記事をのせている。ときのローマ皇帝はマルクス・アウレリウス・アントニヌス（在位一六一年—一八〇年）であったから、安敦の字はそれに合う。だが、この使節が献上したのは、象牙《ぞうげ》、犀角《さいかく》、瑇瑁《たいまい》といった南海の物産で、ローマのものらしい品がないので、ローマ皇帝の名をかたった偽使節だろうとする説もある。

この時代にあっては、ローマはあまりにも遠い。陸路のシルクロード以外にも、東西を結ぶ海上の道もあったのだ。五世紀初頭の法顕《ほっけん》は、シルクロードを通って天竺《てんじく》へ行ったが、帰りは海路によった。海上も風浪の危険があるが、すくなくとも船に乗ったあとは、からだを使う必要はないのである。沙漠や雪山を踏み越えるシルクロードよりは、海上に運を天にまかせるほうがらくであったにちがいない。

斜陽から黄昏のシルクロード

法顕《ほっけん》の二百年後に、玄奘三蔵《げんじょうさんぞう》がこのシルクロードを往復した。だが、彼のような求法《ぐほう》の僧や、パミールで戦った高仙芝《こうせんし》のような将軍のことは、ここでは省略することにしよう。シルクロードは、もともと商人の往来する道であった。彼らは歴史に記録されることはすくなかった。例外的にみずからの体験を記録した人の名が世に伝わっている。十三世紀のマルコ・ポーロにほかならない。ロ述筆記という形だが、『東方見聞録《とうほうけんぶんろく》』は貴重な記録である。

マルコ・ポーロやその『東方見聞録』については、これまで多くのことが書かれてきた。私もなんどかふれたことがあるので、ここに蛇足を加えることもないだろう。マルコが父や叔父と、ベニスを発《た》ったのは一二七一年のことで、そのとき彼は満十七歳にすぎなかった。往《い》きは陸路で、帰りは海路であったが、じつは往きも海路のはずであったのだ。ペルシャ湾のホルムズで船に乗る予定であったが、その船があまりにもおんぼろであったので、おそれをなして、急遽《きゅうきょ》、陸路に変更したといういきさつがある。

これでもわかるように、十三世紀にあっては、シルクロードはもはや斜陽であったのだ。絹の製法は、すでに西方世界にも知られていたので、難路をおかして運ぶほどのことはなかった。絹にかわって、中国の輸出品の花形はやきものとなるが、これはかさばるうえに重いので、駱駝《らくだ》の背にのせてシルクロードを行くに適しない。船ではこばれるのにふさわしい商品であったのだ。

シルクロードは斜陽から黄昏《たそがれ》となり、そこを行く旅人のすがたもさだかではなくなった。ジンギス汗やティムールの馬蹄《ばてい》が、この地方に響いたあと、私たちの耳にはほとんどなにもきこえてこない。

十九世紀も後半になって、ようやく西方世界の人たちのすがたが、この地方に見られるようになった。長いあいだ眠っていたシルクロードが、英露の角逐《かくちく》の場として、めざめたのである。列強の勢力争い、そして地下資源などの調査、学術の進歩による学問的興味のたかまりなどで、多くの探検隊がここにはいってきた。

スウェン・ヘディンとオーレル・スタインは、この時代のシルクロードの旅人を代表する両巨人といってよい。ほかにフランスのペリオ、ドイツのル・コック、グリュンヴェーデル、ロシアのブルジェワルスキー、ロボロフスキーの名をあげることができる。もちろん日本の大谷探検隊も忘れてはならない旅人であった。

いま私たちがシルクロードを旅するとき、ヘディンやスタインの著書をあらかじめ読むことが多い。そこに多くの情報がある。だが、彼らが旅をしたときは、玄奘の『大唐西域記』やマルコ・ポーロの『東方見聞録』に頼ったのである。

マルコはヤルカンドのところで、ここでは風土病で、首にコブをつくっている人が多いと述べているが、十九世紀の探検家もおなじ現象を目撃し、六百年たっても変わらない事実にいささか感動しているようである。私は一九七七年にヤルカンドをジープで通り抜けたとき、気をつけて観察したが、首にコブをもつ人は見かけなかった。

スタインは中国文は読めなかったが、旅行中、つねに玄奘の『大唐西域記』の英訳本を、行李《こうり》にいれていたという。彼は玄奘を「私の守護聖者」と呼んでいた。

『大唐西域記』の屈支《くつし》（クチャ）の項に、この地方では子供が生まれると、板で頭をおさえて扁平《へんぺい》にする奇習があることを述べている。だが、クチャ近辺から出土、発見された壁画や塑像には、そんな奇習の形跡が認められないことから、それは玄奘が目撃したものではなく、伝聞をしるしたものであろうとされていた。ところが、一九七八年、クチャのスバシ故城の古寺から出土した棺におさまった遺骸《いがい》は、あきらかに人工的に頭骨を平たくしていることが確認された。玄奘はたしかな事実を書きとめたのである。

現在の私たちも、シルクロードのすがたを、後世に正しく伝える義務をもっている。ＮＨＫの日中共同取材特別番組『シルクロード』もその一環であるといえよう。そして、これからシルクロードを行く旅人に、遠征軍中の軍人が含まれないことを祈りたい。

初出　「サラリーマン・ライフ」ＮＨＫ出版
一九八五年六月号〜一九八六年一〇月増刊号
初刊　徳間書店　一九八八年三月

新篇 西域シルクロード物語〈随筆集〉
西域余聞
シルクロード旅ノート
二〇〇四年十一月十二日　初版第一刷
著者　陳《ちん》舜《しゅん》臣《しん》
発行者　杉田早帆
発行所　株式会社　たちばな出版
〒一六七-〇〇五三
東京都杉並区西荻南二-二-七-八2F
TEL　〇三-五九四一-二三四一㈹
FAX　〇三-五九四一-二三四八
印刷所　凸版印刷株式会社
定価はカバーに記載してあります。
落丁本・乱丁本はお取り替えいたします。
ISBN4-8133-1851-7

㈱たちばな出版ホームページ http://www.tachibana-inc.co.jp/